ETHAN HAWKE

Aschermittwoch

Roman

Aus dem amerikanischen Englisch
von Franca Fritz und Heinrich Koop

Kiepenheuer & Witsch

MIX
Papier aus verantwortungsvollen Quellen
FSC® C083411
FSC
www.fsc.org

Verlag Kiepenheuer & Witsch, FSC® N001512

1. Auflage 2016

Titel der Originalausgabe: *Ash Wednesday*

Aus dem amerikanischen Englisch von Franca Fritz und Heinrich Koop

Umschlaggestaltung: Sabine Kwauka
Umschlagmotiv: © plainpicture/Ralf Wilken
Autorenfoto: © Shane McCauley/TACK Artist Group
Gesetzt aus der Berling LT
Satz: Buch-Werkstatt GmbH, Bad Aibling
Druck und Bindung: CPI books GmbH, Leck
ISBN 978-3-462-04961-9

Das Buch

Es fängt an mit einem Ende. Ein Mann verlässt eine Frau. In einer Krankenhauscafeteria in New York verkündet Jimmy der völlig überraschten Christy, es sei aus, ohne jedoch zu ahnen, dass ihrer beider Geschichte damit erst wirklich losgeht. Christy, zutiefst verunsichert, macht sich auf den Weg zu ihrer Familie nach Texas. Jimmy, der seinen Entschluss sofort bereut, nimmt die Verfolgung auf. Sein mit aller Verve vorgebrachter Heiratsantrag wirft Christy kurzzeitig aus der Bahn. Heiraten bedeutet auch Abschied nehmen. Und so wird ihre gemeinsame Fahrt nach Houston zu einer Reise in die eigene Vergangenheit, die sie mit den verborgenen Quellen ihrer Ängste, Leidenschaften und Hoffnungen konfrontiert.

Der Autor

Ethan Hawke, geboren 1970 in Austin/Texas, wurde mit Filmen wie Der Club der toten Dichter, Gattaca und Boyhood einem großen Publikum bekannt. Für seine Rolle in Training Day erhielt er 2001 eine Oscar-Nominierung. Er ist Mitbegründer und künstlerischer Leiter der Malaparte-Theatergruppe und hat bisher zwei Romane veröffentlicht. Im Herbst 2016 erscheint »Regeln für einen Ritter«, Hawkes drittes Buch, auf Deutsch.

Die Übersetzer

Franca Fritz, Jahrgang 1962, und *Heinrich Koop*, Jahrgang 1961, übersetzen seit vielen Jahren gemeinsam aus dem Englischen und Niederländischen, u.a. Harry Mulisch, Wally Lamb, Nicholas Negroponte und Chris Howland.

Weitere Titel bei Kiepenheuer & Witsch

Regeln für einen Ritter, Hin und weg

KiWi
1502

Für Karuna

»Let's do some livin', after we die.«

The Rolling Stones

Auftritt James Heartsock

Ich fuhr durch die Gegend, in meinem 69er Chevy Nova 370 mit Vierfachvergaser, Leichtmetallfelgen und Doppelauspuff. Ein Superschlitten. Ich hatte die Schalldämpfer ausgebaut, damit er wie eine Harley klang; die Leute stehen auf so was. Beim Fahren starrte ich die ganze Zeit durchs Fenster in den Außenspiegel und schaute mich selbst an. Das tue ich immer: Ich muss einfach in alles hineinstarren, was spiegelt. Keine besonders schmeichelhafte Eigenschaft, und ich wäre auch froh, wenn ich's nicht täte, aber ich tu's nun mal. Ich bin so eitel wie nur was. Einfach widerlich. Und wenn ich in den Spiegel schaue, dann fast immer, um nachzusehen, ob ich überhaupt noch da bin, oder weil ich mir wünsche, ich wäre jemand anderes, ein mexikanischer Bandito oder so was in der Art. Ich habe einen Schnurrbart. Die meisten Typen mit einem Schnurrbart sehen schwul aus, aber ich nicht. Ich fummle nur viel zu viel daran rum. Eigentlich fummle ich ständig daran rum. Ich weiß noch nicht mal, warum ich euch das jetzt erzähle. Ich starre mich einfach immer nur an und wünschte, dass ich's nicht täte. Denn eigentlich macht es mir überhaupt keinen Spaß.

Meine Finger waren am Lenkrad festgefroren. Albany im Februar ist ein rußigschwarzer Eisbrocken. Die Frau im Radio sagte die Zeit und die Temperatur an: 8.42 Uhr und fünf Grad minus. Es war jetzt fünfzehn Stunden her, dass Christy und ich Schluss gemacht hatten, und ich stand komplett neben mir. Im Augenblick trug ich meine Uniform, die für Paraden, ziemlich eindrucksvoll. In einer Uniform fühlst du dich, als wärst du jemand, jemand mit einem Ziel, selbst wenn du gar keins hast. Du bist was Besonderes, irgendwie verbunden mit der Vergangenheit. Du bist nicht irgendjemand, irgendein *Zivilist* – du bist edel. Die ganze Sache mit der »schönsten Zeit im Leben eines Mannes« hat nur einen Haken: Es ist nichts als eine beschissene Lüge.

Dies ist meine Geschichte.

Mein Befehl war einfach unglaublich – mein Lieutenant ist ein völlig durchgeknallter Flachwichser. Eigentlich war das hier sein Job. Aber jetzt musste *ich* der Frau von irgendeinem Typen beibringen, dass jemand ihrem Mann den Kopf weggeschossen hatte. Der Name des Soldaten lautete Kevin Anderson, und er war am Abend vorher vor dem Paradise umgelegt worden. Das Paradise ist eine Bar, in der die ganzen schwarzen Jungs abhängen. Wahrscheinlich Drogen oder irgendein dämliches Besäufnis. Ich hatte ihn überhaupt nicht gekannt.

Abgesehen davon stand ich selbst auch völlig unter Strom. Ich hatte die Nacht nicht geschlafen und ständig Speed eingeworfen: Crystal Meth. Mit Christy Schluss zu machen war ein Riesenfehler gewesen; das wusste ich in dem Moment, als ich ging.

Die Army ist noch bescheuerter, als man sich vorstellen kann. Manchmal befiehlt mein Lieutenant meinen Leuten und mir, in die Stadt zu marschieren und ein paar Parkplätze zu bewachen. Das Gelände sichern. Ich bin damals freiwillig zum Militär gegangen, weil ich irgendwas Nützliches tun wollte. Davor war ich auf dem College, zwei Jahre Kent State, verlorene Zeit. Wer will schon so viel Kohle ausgeben, nur um Bier zu trinken und sich einen Tripper zu holen? Mein Dad war in der Army gewesen, und ich hatte als Junge dermaßen viel Zeit damit verbracht, Bilder von MGs zu zeichnen und von Soldaten, die sich gegenseitig das Gehirn wegpusten, dass ich irgendwann dachte, es wäre sinnvoll, in die Army einzutreten. Ich glaubte, es wäre mein Schicksal, und das stimmte auch, aber nur weil etwas dein Schicksal ist, heißt das noch lange nicht, dass es auch einen Sinn haben muss.

Ich hatte irgendwie die Vorstellung, ich stehe eines Tages in einem McDonald's und ein beknackter Irrer reißt eine Automatik aus der Tasche und fängt an, Leute umzulegen, und ich bin der einzige Typ im ganzen Laden, der ihn aufhalten kann; ich dachte, damit könnte ich ein bisschen Zivilcourage und Heldenmut zeigen. Es gibt so viele Menschen auf der Welt, dass es schwerfällt, sich von den anderen abzuheben. Als ich zwölf war, habe ich eine funktionsfähige Armbrust gebaut, mit Bolzen, die ich total tief in einen Baum versenken konnte. Das war so ziemlich das Coolste, was ich je hingekriegt habe.

Heute ist das einzig Interessante oder Bemerkenswerte

an mir mein Auto. Einfach geil. Silbern, mit breiten schwarzen Rallyestreifen in der Mitte. Ich hatte nie Probleme, Bräute aufzureißen.

Ich raste in einem Affentempo durch North Albany in den »schwarzen« Teil der Stadt, auf der Suche nach der Wohnung von diesem Anderson: 2376 1/2 Hawthorne, Apartment B. Seine Personalakte lag neben mir auf dem Beifahrersitz. Die Straßen waren rutschig, und überall sah man dreckverkrustete Schneehaufen. Das Haus war leicht zu finden, ein großer alter Kasten, den man in acht Wohnungen aufgeteilt hatte. Alle Häuser in dieser Straße sahen genau gleich aus. Offensichtlich war das hier mal der protzige Teil der Stadt gewesen – vor etwa achtzig Billionen Jahren.

Ich saß in meinem Nova unter einer riesigen, alten, kahlen Platane, direkt neben der Auffahrt zum Haus von diesem Anderson. Bäume sind was Tolles. Mein Dad stand auf Bäume. Er verdiente sein Geld damit, Bäume zu pflanzen und zu schneiden. Manchmal hing er sechs Meter über der Erde und fuhrwerkte mit einer jaulenden Kettensäge herum, während überall abgestorbene und kranke Aste zu Boden prasselten. Ich liebte meinen Dad. Wenn ich euch spüren lassen könnte, wie es war, acht Jahre alt zu sein und ihm dabei zuzusehen, wie er in irgendeinem gewaltigen Ahorn hing, sich selbst etwas vorsang und mit den Ästen sprach, wenn ihr gehört hättet, wie er nach unten brüllte: *»Jimmy, wenn du dreizehn bist und zu mir ziehst, dann werden wir 'ne Menge Spaß haben, mein Junge. Darauf kannst du deinen kleinen Arsch verwetten!«* – wenn ihr nur für diesen Augenblick in meiner Haut gesteckt hättet, wüsstet ihr genau, wie es ist, ich zu sein. Als ich älter wurde, arbeitete ich in den Sommerferien immer beim Bodenpersonal mit und half beim Schneiden und Roden. Wenn es ums Landschaftsgärtnern ging, konnte mir keiner was vormachen. Diese Platane vor mir war knapp zweihundert Jahre alt, und solange nicht irgendein Blödmann auf die Idee kam, sie umzuhauen, würde sie auch noch lange nach meinem Tod hier an der Hawthorne Avenue stehen. Keine Ahnung warum, aber irgendwie war das ein gutes Gefühl.

Ich griff mir an die Nase, um zu prüfen, ob sie blutete. Vor vier Stunden hatte ich mir die letzte Line reingezogen, zusammen mit Tony, Eric und Ed. Ed hatte den Stoff besorgt. Zuerst wollte ich nicht mitmachen, aber dann hackten sie das Zeug klein, und ich hatte ja gerade mit Christy Schluss gemacht, und *Peng* – bevor ich richtig merkte, was los war, redete ich drei Stunden lang nur noch über die Knicks und Patrick Ewing und John Starks. Tony, Eric und Ed sind drei echte Schwachköpfe, aber ich hänge trotzdem die ganze Zeit mit ihnen rum. Der Gedanke, dass ich so bin wie sie, macht mich ziemlich fertig. »Lieber allein sein als sich wünschen, allein zu sein.« Das hat mein Dad immer gesagt, aber ich habe noch nie auf jemanden gehört. Ich sage das ganz ohne Stolz, denn eigentlich ist es gut und richtig, wenn man auf andere Leute hört.

Ich hatte überhaupt keine Lust, aus dem Auto zu steigen. Mein Lieutenant ist ein Flachwichser. Wenn ich nur an ihn denke, zittert mein ganzer Körper vor Wut.

Gerade mal halb neun morgens, und der ganze Tag war schon versaut. »DIE ARMY. SCHON VOR NEUN UHR ETWAS ERLEBEN …« War das nicht der Werbespruch im Fernsehen?

Ich hatte immer wieder mal daran gedacht, zum Militär zu gehen, aber erst der Film »Top Gun« hat mich endgültig überzeugt. Tom Cruise auf der Ninja, wie er mit der Blonden rummacht – absolute Spitze! Das war ich. Klingt idiotisch, und ich kapier's heute auch nicht mehr; aber als ich aus dem stockdunklen Kino kam und auf dem Parkplatz des Einkaufszentrums stand, wo mir die brütend heiße Augustsonne auf die Birne knallte, hatte ich das Gefühl, der Film wäre ein Fingerzeig Gottes.

Natürlich hab ich's nie bis in irgendeine tuntige Elite-Pilotentruppe geschafft. Das bei weitem Aufregendste in meinem Leben waren die Drogen. Dabei hatte ich am Anfang noch Ziele. Ich wollte zu den Special Forces, den Fallschirmjägern oder vielleicht sogar zum FBI. Und jetzt lag mein Selbstvertrauen endgültig in Trümmern. Christy war der Grund für fast alle guten Dinge, die in meinem Leben passiert sind. Ich vermisste sie. Ich wünschte, ich wäre ihr nie begegnet. Ich wollte sterben, um das Unvermeidliche zu vermeiden – sie wieder zu enttäuschen.

»Du willst Schluss machen, oder?«, hatte Christy gefragt.

Sie arbeitete im Krankenhaus, und wir saßen im siebten Stock in der Cafeteria und machten Schluss. Beide in unseren Uniformen. Sie hatte ihre Krankenschwesterntracht an, einen blauen Rock und eine blaue Bluse, dazu ein Schildchen mit ihrem Namen darauf, das auf ihrer Brust festgesteckt war, und ich steckte in meiner üblichen grünen Bürouniform. Ihr langer, schlaksiger Körper wand sich unbeholfen in einem kleinen roten Plastikstuhl, ihre Haut wirkte fast durchsichtig, und ihre großen, besorgten grünen Augen waren hinter den ovalen Gläsern einer Schildpattbrille gefangen. Mein Gott, ich wollte ihr wirklich nicht wehtun.

»Sag schon, Jimmy, du willst Schluss machen, oder?«, fragte sie noch einmal.

»Ja«, antwortete ich.

»Du machst mich krank«, flüsterte sie. »Die Leute haben mir immer davon erzählt, was das für ein Gefühl ist, aber ich hab's noch nie erlebt. Es ist furchtbar«, sagte sie mit leeren Augen, als ob das Ganze bereits zwei Jahre zurückläge.

Wir waren gut anderthalb Jahre zusammen gewesen, und ich wusste nicht warum, aber sie liebte mich wirklich mit Haut und Haaren.

»Wenn du jetzt zu deinen hohlköpfigen Freunden zurückgehst und denen erzählst, dass du mich verlassen hast und wie labil ich bin, und sie dir erzählen, was für eine verrückte Braut ich bin und den ganzen Quatsch, dann denk daran, dass sie bloß froh sind, dass du wieder da bist und dich mit ihnen besäufst. Sie kennen dich nicht. Du bist ihnen scheißegal. Mir aber nicht. Ich liebe dich von ganzem Herzen, und wenn irgendjemand anders dich irgendwann mal so sehr liebt wie ich, dann denk bitte dran, dass es nichts gibt, was du *tun* musst – lass es einfach nur zu.« Sie lachte kurz. »Du bist meine größte Enttäuschung.« Sie gab mir keinen Abschiedskuss, sondern warf mir nur noch einen dieser leeren, halb schiefen Blicke zu, stand auf und ging den Flur hinunter. Ihre schwarzen Lederschuhe klackten auf dem glänzenden Krankenhausboden.

Eine Familie kam aus einem der Nachbarhäuser heraus und spazierte den Hawthorne Drive entlang, allesamt in

Anzügen, Kostümen und dazu passenden niedlichen kleinen Kindersachen. Sie waren auf dem Weg zur Kirche und sahen richtig glücklich aus. Ich mochte sie. Es ist einfach, Fremde zu mögen; schwierig wird es bei Leuten, die man gut kennt. Ich war mir sicher, ich würde die Andersons mögen. Mein Gott, ich wünschte, Kevin wäre noch am Leben.

Iowa University – mein Lieutenant ist auf die Iowa University gegangen, sonst nichts. Jeder kann auf die Iowa University gehen. Das hier war *sein* Job.

Mit einer einzigen schnellen Bewegung stieg ich aus dem Wagen aus und schloss die Tür. Am Zuschlagen der Metalltüren konnte ich hören, wie kalt es war. Mein Körper fühlte sich ganz zerbrechlich an – als ob meine ganze Hand aus Glas wäre und zerspringen würde, wenn ich irgendwas berührte. Mein Kopf fühlte sich an, als würde mir jeden Augenblick eine Tarantel aus der Nase kriechen. Wenn ich von Drogen runterkomme, scheinen die Dinge um mich herum immer ganz anders zu sein, als ob die Kids, die in den Bäumen herumklettern, mit den Ästen verbunden wären und die Bäume mit dem Wind und der Wind wiederum mit mir. Wenn mich jemand fragt, ob ich an Gott glaube, dann schüttele ich den Kopf, als ob mich das einen Dreck interessiert, aber in Wirklichkeit glaube ich dran. Ich weiß nur nicht, was ich damit anfangen soll.

Der Vorgarten der Andersons sah aus wie eine überfrorene Version der Vorhölle. Es gab einige Stellen, an denen der Schnee erst geschmolzen und dann wieder zu kleinen Eiswellen gefroren war. Tausende von hässlichen Gräsern bohrten sich ihren Weg hinaus in die Freiheit. Ich konnte

Eds widerliches Lachen hören, das sich wie eine hängen gebliebene CD in meinem Kopf über mich lustig machte. Was für ein Vollidiot. Während ich die Auffahrt zum Haus hinaufging, prüfte ich noch einmal, ob meine Nase blutete. Der nächste Drogentest war in ein paar Wochen, und dann wäre ich fällig. Dass ich es auch immer darauf anlegen musste. Ich versuchte, mich nicht sofort über mich selbst zu ärgern. Dazu war später noch genug Zeit.

Auf der Auffahrt der Andersons standen überall grüne Müllsäcke herum. Ich fragte mich, ob die Müllmänner streikten oder ob Kevin den Tag der Müllabfuhr verpennt hatte. Ich wollte da nicht reingehen. Überall auf der Veranda lag kaputtes Spielzeug – ein Dreirad mit völlig abgefahrenen Plastikreifen, Actionfiguren, deren Beine hinter die Schultern oder um den Rücken herum in eine unmögliche Haltung verdreht waren. Jede Menge grauenhaftes neonfarbenes Spielzeug, halb unter dem vereisten Schnee begraben.

Die Veranda war aus Holz und hatte wahrscheinlich vor gut dreißig Jahren zu faulen begonnen. Sie schien nur noch von einer zentimeterdicken Eisschicht zusammengehalten zu werden. Es konnte nicht mehr lange dauern, bis hier jemand ausrutschte und sich alle Knochen brach. Warum hatte Kevin nicht wenigstens vor seiner Haustür Schnee geschippt? Offensichtlich war er nicht gerade ein übermäßig intelligenter Soldat. Sein Tod hätte mir zu denken geben müssen.

Einfach unfassbar, dass ich das hier tun musste. Absolut lächerlich.

Seit Kurzem hatte ich ein Problem, bei dem ich einfach

nicht aufhören konnte zu weinen – oder besser zu heulen: Die Erkenntnis, dass ich niemand war, auf den ich stolz sein konnte, haute mich jedes Mal um. Ich konnte im Blue Sunrise hocken, lachen, trinken, einen Joint rauchen und endlos über Boote quatschen oder Autos oder Knarren oder Muschis oder irgendein neumodisches Etwas, und dann ging ich einfach aufs Klo, setzte mich auf den Toilettendeckel und heulte mir die Augen aus. Ich wollte allein sein, stürzte mich aber auf jede blödsinnige Gelegenheit, mit noch mehr Leuten um die Häuser zu ziehen.

Ich hatte dieses Loch in meiner Brust, eine ungeheure Leere. Ich konnte sie fast hören. Manchmal glaubte ich, ich brauchte nur was zu essen, oder müsste aufs Klo, oder brauchte dringend eine Frau, oder müsste eine rauchen, oder ich trank fünf Kurze schnell hintereinander, um es auszuspülen oder aufzufüllen – aber egal, was ich tat, dieses trostlose Loch in meinem Brustkorb war immer noch da. Genau über meinem Magen und unter meinem Herz.

Wenn ich ganz still dasaß und lang und tief einatmete, konnte ich es packen oder anfassen – fast jedenfalls. Aber immer wenn ich das versuchte, bekam ich's mit der Angst zu tun, als ob irgendeine große Lüge da drin säße und nur darauf wartete aufzuplatzen.

Verdammt, ich will mich nicht ändern, dachte ich. Ich will einfach nicht.

Mach das Radio an, geh ins Kino, fahr raus zur Absprungzone und spring aus irgendeinem gottverdammten Flugzeug. Tu alles, was du willst. Bleib nur nicht ruhig sitzen.

Als ich mit den bloßen Fingerknöcheln gegen die Hartholztür klopfte, schoss mir der Schmerz durch die Hand.

Ich fragte mich, was ich tun würde, wenn jetzt Jesus Christus persönlich die Tür öffnete. Mein Dad hatte Jesus geliebt; er hatte immer von ihm gesprochen, über die Macht der Machtlosigkeit.

Ich überprüfte kurz meine äußere Erscheinung, klopfte mir Hosen und Jackett ab, fuhr mit den Fingern durch mein stoppeliges Haar, strich mir sanft über den Schnurrbart und griff mir noch ein letztes Mal an die Nase, um zu prüfen, ob sie nicht blutete. Der Wind fuhr mühelos durch meine Viskose-Uniform, und meine Zähne begannen zu klappern. Ich klopfte erneut, diesmal mit der ganzen Faust. Von drinnen hörte ich die leisen Geräusche eines Zeichentrickfilms. Als ich klein war, gab's sonntags keine Trickfilme.

Eine ältere schwarze Frau in einem lila Steppmantel über einem purpurroten Kleid öffnete die Haustür, ließ aber die Fliegentür geschlossen. Bis jetzt hatte noch niemand die Sturmfenster für den Winter eingesetzt. Auf der Matte vor meinen Füßen stand »HAU AB«. Die alte Frau hatte dicke graue Wollsocken über ihre schwarzen Strümpfe gezogen und trug keine Schuhe. Sie war dick und hatte eine gesunde, glänzende Haut. Ihre Augen waren von einem äußerst hellen Braun, sodass das umgebende Weiße blassgelb wirkte. Zwei Kinder, ein vier Jahre alter Junge und ein vielleicht anderthalb Jahre altes Mädchen, saßen hinter ihr in der Küche, aßen Honig-Nuss-Cornflakes und schauten in einen kleinen tragbaren Fernseher, der auf der Plastiktischdecke stand.

»Ja?«, fragte sie. Sie hatte eine weiche, volle Stimme; wahrscheinlich sang sie im Kirchenchor.

Ich sagte nichts.

»Wer ist da? Wer ist da?«, schrie das ältere Kind.

»Niemand«, schrie sie zurück, »iss dein Frühstück und guck weiter.« Dann wandte sie sich wieder mir zu und lächelte. »Wenn du Kevin suchst, der ist nicht da.«

»Nein«, sagte ich. »Ich suche seine Frau. Sind Sie das?«

»Nein, mein Lieber, ich bin seine Mutter. Tangerine ist oben und schläft, aber ich würde dir nicht empfehlen, sie ohne triftigen Grund zu wecken.« Sie lächelte wieder und wartete darauf, dass ich ging.

»Kein Problem. Aber wenn Sie nichts dagegen haben, könnte ich vielleicht mit Ihnen reden?« Ich hatte nicht die leiseste Idee, wie ich das hier anpacken sollte. Das war nicht *mein* Job.

»Klar, komm ruhig rein«, sagte sie und stieß die Fliegentür auf. »Ist alles in Ordnung?«

»Ja, sicher«, log ich und versteckte mit einer schnellen Bewegung Andersons Akte.

»Du siehst nicht gerade gut aus, junger Mann.«

»Nein, alles okay. Mir ist nur kalt.« Ich rieb mir noch mal die Nase. Immer noch kein Blut.

»Kevin steckt doch wohl nicht in Schwierigkeiten, oder? Du bist doch nicht von der Militärpolizei?«

»Nein, nein, ich bin nicht von der Militärpolizei«, lachte ich, als ob es nur um eine harmlose Kleinigkeit ging. Im Haus war es so drückend warm, dass ich Angst hatte, in Ohnmacht zu fallen. Mein Kopf schwoll an, und ich spürte plötzlich sehr deutlich sein Gewicht.

»Heißt das, dass wir nicht zur Kirche gehen müssen?«, fragte der kleine Junge hoffnungsvoll vom Fernseher herüber.

»Heißt das WAS?«, fragte die alte Frau und schaute sich zu dem Jungen um.

»Du hast gesagt, wenn jemand da ist, der auf uns aufpasst, müssen wir nicht mit zur Kirche gehen«, erklärte er.

»Dieser Mann wird dich nicht retten. Deine einzige Hoffnung war dein Vater, und es sieht nicht so als, als ob er hier pünktlich auftauchen würde.« Sie nahm den Kopf des Jungen in beide Hände und drehte sein Gesicht in Richtung Fernseher. Dann wandte sie sich wieder mir zu, sagte »Setz dich« und nahm ein paar Zeitungen von einem der Stühle, die um den Tisch standen. Ich setzte mich neben den Jungen. Der Tisch war übersät mit Lotterielosen.

»Wie heißt du?«, fragte ich den Kleinen. Er schaute zu mir hoch, niedlich mit kurz geschorenem Haar, hellbrauner Haut und riesigen schwarzen Augen.

»Harper«, sagte er.

»Ein cooler Name.«

»Ich weiß«, nickte er.

»Also, worum geht's?«, fragte die alte Frau. Sie stand neben dem Kühlschrank und rieb sich durch den Steppmantel hindurch leicht die Arme. Die Küche war ziemlich sauber, mit blau gestrichenen Wänden. Es stand zu viel Nippes und Trödel rum, aber alles in allem machte das Haus einen gepflegten Eindruck.

»Ich hab's früher auch gehasst, in die Kirche zu gehen«, sagte ich lächelnd.

»Und heute gehst du jeden Sonntag?«, fragte sie spöttisch.

»Nein, ich gehe immer noch nicht oft hin. Eigentlich gar

nicht, aber manchmal würde ich gern gehen.« In diesem Moment zog ich die Möglichkeit ernsthaft in Erwägung.

»Vielleicht solltest du's wirklich mal versuchen«, erwiderte sie. Sie kam aus dem Süden. Ich fragte mich, was sie so weit nach Norden verschlagen hatte. »Also, worum geht's?«, fragte sie noch einmal. Es lag nur ein Hauch von Ungeduld in ihrer Stimme. Die Geräusche der stumpfsinnigen Fernsehsendung schienen auf einmal anzuschwellen. Es ist doch erstaunlich, wie sehr Kinder sich in Zeichentrickfilme vertiefen können, ohne ein einziges Mal darüber zu lachen.

»Könnte ich was zu trinken bekommen? Wäre das möglich?«, fragte ich und berührte mein Gesicht. Irgendwas war mit meinem Mund nicht in Ordnung. Das passiert mir immer, wenn ich Drogen nehme. Es ist, als ob ich versuchen würde, mein Gesicht von innen nach außen aufzuessen – ich kann einfach nicht aufhören, mit dem Unterkiefer zu mahlen und auf den Innenseiten meiner Wangen herumzukauen.

»Wir haben nur Tomatensaft«, antwortete sie, ohne sich zu bewegen.

»Das wäre toll.«

»Du willst Tomatensaft?«, fragte sie ungläubig und zwang mich, ihr in die Augen zu sehen.

»Wenn es Ihnen nichts ausmacht.«

Sie öffnete den Kühlschrank, holte den Tomatensaft raus und goss etwas davon in eine kleine blaue Plastiktasse.

»Harper, du und deine Schwester, ihr geht ins Nebenzimmer.«

»Warum?«

Seine Großmutter warf ihm einen scharfen Blick zu.

»Gehen wir nicht zur Kirche?«, fragte er leise.

»Vielleicht nicht«, sagte sie und schaute mich an.

»Ja, ja, ja!«, jubelte er, schnappte sich seine Schüssel und die seiner Schwester und stellte beide in die Küchenspüle. »YABBA-DABBA-DOO, WILMAAAAA!«, brüllte er seiner Schwester zu, packte ihre Hand und zerrte sie hinter sich her in das andere Zimmer, wobei er die ganze Zeit auf sie einschwatzte, wie toll es wäre, nicht in die Kirche zu müssen.

»Also gut, es geht um Folgendes«, sagte ich eine Millisekunde nachdem sich die Tür geschlossen hatte, und klappte die Armee-Akte auf, die ich bis dahin unter dem Arm hielt, »Ihr Sohn, der Soldat Kevin Anderson, wurde letzte Nacht außerhalb der Kaserne bei einem Schusswechsel getötet, und zwar im Zusammenhang mit einer Auseinandersetzung, die sich auf dem Parkplatz der Paradise Bar ereignete. Sein Leichnam befindet sich zurzeit im Fort Sutner Medical Center, wo die exakte Todeszeit, die genaue medizinische Feststellung der Todesursache und eine Schilderung des Tathergangs auf Sie warten.« Bis jetzt lief alles glatt – ich schaute nach unten auf Kevins Akte und dann wieder hoch zu ihr. »Kevin steht ein Begräbnis mit militärischen Ehren zu, das die US-Army ausrichtet. Weitere Beihilfen und ergänzende Informationen erhalten Sie bei der Übergabe des Leichnams. Die US-Army legt größten Wert darauf, die nächsten Hinterbliebenen so schnell wie nöti… wie möglich zu informieren. Und ähh … das wollte ich Ihnen nur sagen.« Der ganze Schwachsinn sprudelte nur so aus meinem Mund heraus. Ich bin schon so lange bei der Army, dass ich das ganze Armee-Kauderwelsch runterbeten kann wie nichts, selbst wenn ich in meinem Mund herumfuhrwerke wie jemand, der auf Koks ist.

Lange Zeit herrschte Stille. Die Frau sah mir nur in die Augen. Ich versuchte, still sitzen zu bleiben.

»Und das ist dein Job bei der Army?«, fragte sie mich ohne sichtbare Reaktion auf die Information, die ich ihr gerade hatte zukommen lassen.

»Nein, eigentlich macht niemand den Job permanent. Es wechselt. In diesem Monat fällt diese Aufgabe in den Verantwortungsbereich meines Lieutenants, der wiederum mich dazu abkommandiert hat. Der Fairness halber möchte ich jedoch noch einmal darauf hinweisen, dass das hier eigentlich nicht *mein* Job sein sollte.« Ich griff mir noch mal an die Nase und nippte an dem Tomatensaft. Er war warm und schmeckte lausig. Der Kühlschrank musste auch hinüber sein. »Es tut mir wirklich leid«, fügte ich hinzu und fühlte mich ein winziges bisschen besser.

»Hast du Drogen genommen?«, fragte sie mich. Mein ganzer Körper verkrampfte sich, als ob ich gleich einen Anfall bekommen würde. Ich schüttelte leicht den Kopf.

»Hast du Drogen genommen?«, fragte sie erneut.

»Ja«, nickte ich demütig.

»Ist mein Sohn wirklich tot?«

»Ja«, sagte ich.

»RAUS AUS MEINEM HAUS, ABER SOFORT!«, schrie sie und schleuderte die Flasche mit dem Tomatensaft in meine Richtung. Sie prallte vom Tisch ab und rollte auf den Boden, ohne zu zersplittern. Im wahren Leben ist Gewalt so harmlos. Der Deckel war abgegangen, und der ganze Raum schwamm in Tomatensaft. Sie würde Jahre brauchen, um alles wieder sauber zu kriegen. Die beiden Kleinen kamen leise durch den Flur zu ihrer Großmutter getapst und klammerten sich an ihrem Bein und dem Saum ihres Steppmantels fest.

»Was ist los, Grandma?«, fragte Harper und schaute mich an.

»Raus aus meinem Haus«, wiederholte sie, diesmal ruhig und voller Ernst. Ich rührte mich nicht, ich konnte einfach nicht. Ich wollte ihr sagen, dass ich wusste, was sie fühlte. Ich hatte nie zur Army gehen wollen, es war nur eine Schnapsidee gewesen, die sich zu einem zweieinhalbjährigen Besäufnis entwickelt hatte – ich wusste und konnte es besser. Das war so ziemlich der schlimmste Tag meines Lebens.

Mein Vater hatte Selbstmord begangen, und das Leben, das ich eigentlich hätte leben sollen, war mit ihm gestorben. Ich nahm mir selbst das Versprechen ab, wenn ich den nächsten Tag erleben sollte und wenn mir meine Nase nicht abfiel, würde ich mich ändern. Als Erstes würde ich Christy zurückholen, und sie würde mir dabei helfen, einen Weg zu finden, wie ich das hier wieder gutmachen konnte.

Kevins Mutter ging zur Tür, öffnete sie und wartete darauf, dass ich verschwand. Die Akte noch immer in der Hand, machte ich mich auf den Weg nach draußen. An der Tür drehte ich mich um, um ihr noch einmal zu sagen, dass es mir leidtat. In dem Moment schlug sie mir mit der flachen Hand ins Gesicht. Meine Nase begann zu bluten. Ich machte einen Schritt vorwärts und stieß die Fliegentür auf. Die kalte Luft betäubte mein pochendes Gesicht.

»Hey du!«, rief sie. Ich drehte mich zu ihr um, sah die Tränen der Wut in ihren Augen.

»Wie heißt du?«, schrie sie durch das Fliegengitter.

»Was?«, fragte ich, immer noch eine Hand an der Nase. Jeden Augenblick würde ich anfangen zu heulen.

»Du hast mir deinen Namen nicht gesagt. Du hast dich noch nicht mal ordentlich vorgestellt.«

»James«, antwortete ich. »Staff Sergeant James Heartsock junior.« Mein Vater wäre so enttäuscht von mir gewesen.

»Also, Jimmy Heartsock – ich werde dich nie vergessen.«

Auftritt Christy Ann Walker

Eiskalte Luft brannte in meinen Lungen, als ich über den mit tiefen Löchern übersäten Asphalt marschierte, mir auf die Lippen biss und mit einem großen Schritt in den Adirondack Trailways-Bus stieg.

Oh Heiliger Vater, barmherziger Gott, bitte hilf mir.

Ich zeigte dem Busfahrer meine Fahrkarte und fragte mich, ob er wohl sehen konnte, dass ich schwanger war. Ich konnte Jimmys Atem in meinem Nacken spüren. *Geh nicht, Süße,* hörte ich ihn flüstern. *Ich will mit dir schlafen.* Seine Finger, so stellte ich mir vor, umfassten meinen Bizeps, zogen an mir, drehten mich an der Schulter zu ihm herum. Ich ging den Mittelgang entlang, setzte immer einen Fuß vor den anderen. Er hatte nicht angerufen; dabei war ich davon ausgegangen, dass er anrufen würde. Ich konnte einfach nicht mehr weinen. Was wird er wohl sagen, dachte ich, wenn er feststellt, dass ich ein Kind von ihm bekomme, wenn er entdeckt, dass ich weg bin?

Ich ging langsam die Reihen entlang und entschied mich für einen Sitzplatz in der Busmitte, direkt am Fenster. Die

Sessel waren aus verblasstem blauen und grünen Plastik. Vor fünfzehn Jahren war dieser Bus sauber gewesen, mit leuchtenden, klaren Farben. Jetzt wirkte alles an ihm nur noch trübe. In den Armlehnen befanden sich kleine, aufklappbare Aschenbecher. Ich sehnte mich nach einer Zigarette. Mir wurde ganz schwindlig vor Verlangen. Ich öffnete meine Handtasche, nahm einen kalten, brüchigen Streifen Pfefferminzkaugummi heraus und schob ihn mir in den Mund. Ich konnte spüren, wie Jimmy mich küsste, die Wärme seiner Zunge fühlen. Er liebte es, sich von der Seite zu nähern und zuerst meinen Mundwinkel zu küssen. Ich spürte die weichen Haare seines Schnurrbarts, die rauen Stoppeln auf seinen Wangen, die mich kitzelten. Mein Hals wurde immer ganz rot und fleckig, wenn wir miteinander rummachten.

Wenn wir uns gestritten hatten oder ich Angst bekam, dass er mich verlassen könnte, nahm ich eine Decke und ein Kissen und schlief auf dem Teppich, mit dem Rücken gegen die Wohnungstür. Oh Mann, er würde mir echt fehlen.

Ein Mann setzte sich neben mich, rempelte mich an. Ich würdigte ihn keines Blickes. Er roch leicht. Ich wollte allein sein. Der Plastiksitz war hart und kalt. Mein Kissen … ich hatte mein Kissen vergessen. Der Motor des Busses stieß jetzt einen tiefen Seufzer aus, die Räder setzten sich langsam in Bewegung, die Welt, die ich gekannt hatte, zog zentimeterweise an mir vorbei, und in diesem Moment, genau in diesem Moment starb ich.

Du bist ein Nichts, flüsterte ich mir selbst zu und fühlte mich besser. Ich holte tief Luft und strich mir mit den Fingern durchs Haar.

Nichts von dem, was du jemals tun wirst, wird von Bedeutung sein. Dein Leben und das aller Menschen hier im Bus wird keine größere Rolle spielen als das der Bäume an der Straße. Regenwürmer sind genauso bedeutend wie du selbst. Das Leben eines jeden geht vorüber. Das Leben meines Kindes wird kommen und gehen wie schon das meiner Großmutter. Dieser Bus wird eines Tages in einem Haufen anderer Busse verrotten, und niemand wird wissen, dass ich jemals hier drin gesessen habe. Nach meinem Tod wird meine Geschichte in so viele andere Geschichten einfließen, dass meine Stimme ungehört untergeht. Du bist ein Nichts. Nichts ist von Bedeutung.

Das sagte ich mir immer und immer wieder. Ich wusste nicht, wer ich war und was ich war. Einen Augenblick lang fühlte ich mich wie tot.

Das Blöde ist nur, dass ich vorher schon mal gestorben bin.

Wir fuhren aus der Stadt hinaus. Am Straßenrand lagen krustige Schneereste, schwarz und rußig von Autoabgasen und anderem herumfliegenden Dreck. Die gelben Straßenschilder mit ihren Richtungspfeilen zitterten und schwankten im Wind. Ganz Albany war von einem winterlichen Schmutzfilm bedeckt.

Ich war seit sieben Stunden wach und hatte noch keine einzige Zigarette geraucht.

Der Mann neben mir rutschte in seinem Sessel hin und her. Ein gut aussehender Schwarzer mit sehr dunkler Haut. Er roch leicht, aber nicht unangenehm, sondern sanft und salzig, so wie in meiner Fantasie eine Wüste riecht. Seine

Haut hatte diese mitternachtsschwarze Tönung, und seine Hände waren kräftig und von breiten Adern überzogen, in denen man das Blut pulsieren sah. Ertrug eine Sonnenbrille mit verspiegelten moosgrünen Gläsern. Das Licht der weißen Februarsonne ließ sein Gesicht hell aufleuchten, aber ich konnte seine Augen nicht erkennen – nur seine hohen Wangenknochen und die Reflexionen des Lichts in den Gläsern.

Wir rollten langsam dahin. Offensichtlich kann ich nur dann zur Ruhe kommen und diese Gelassenheit empfinden, die das Jucken unter meiner Haut lindert, wenn ich in Bewegung bin. In der Hinsicht bin ich fast wie ein Baby. Die Momente, in denen ich auf dem schwarzen Vinylsitz in Jimmys Chevy Nova saß und er mit mir zum Videoladen fuhr, zählen zu meinen schönsten Erinnerungen. In seinem Wagen gab es nichts, was man hätte machen können, nur das Sirren des Asphalts unter uns und das Vibrieren des Motors – alles andere konnte warten, bis wir beim Videoladen waren.

Der Bus hielt an einer Mautstelle an und fuhr dann auf die Interstate 87.

Ich holte erneut tief Luft, versuchte meine Schultern zu entspannen und starrte aus dem Fenster. Jimmys Nova ist silbern mit zwei schwarzen Rallyestreifen in der Mitte – es fiel mir schwer, nicht ständig danach Ausschau zu halten. In der Fensterscheibe konnte ich schwach mein Spiegelbild erkennen. Ich hatte meine Haare abgeschnitten und schwarz gefärbt. Das ließ mich erwachsener aussehen, aber darunter fühlte ich mich immer noch wie ein Teenager. Ich versuchte, vollkommen ruhig dazusitzen und nicht zu reden. Ich beschloss, während der gesamten Reise zu schweigen.

Der Mann neben mir zog eine seiner Jacken aus, tauchte

unter den Sitz zu seinem Rucksack, rempelte mich heftig an und ließ sich mit einer Literdose Bier in einer braunen Papiertüte wieder in seinen Sitz zurücksinken. Zwischen Daumen und Zeigefinger hatte er eine Mondsichel eintätowiert. Grüne Tinte auf schwarzer Haut – man konnte sie kaum erkennen.

Er murmelte fast unhörbar ein paar Worte, bei denen es sich um ein Dankesgebet zu handeln schien, und öffnete die Dose. Das Bier schäumte und sprudelte zischend aus der Öffnung und tropfte in seinen Schoß, aber das schien ihn nicht zu stören. Lässig wischte er die verschüttete Flüssigkeit von seiner Hose.

Obwohl er geradeaus blickte, schien er irgendwie zu spüren, dass ich ihn beobachtete. »Fahren Sie den ganzen Weg bis nach Manhattan?«, fragte er.

Seine Stimme klang etwas höher, als ich erwartet hatte, aber nicht zart oder zerbrechlich, sondern verletzlich und warm. Er trug eine dicke Wollmütze mit groben Nähten und eine Daunenweste über einer schwarzen Jacke. Die Jacke hatte er bis zum Kinn geschlossen, aber am oberen Rand des Reißverschlusses konnte ich den hohen Kragen eines beigefarbenen Skipullovers erkennen. Über seinem rechten Auge hatte er eine kleine Narbe auf der Stirn. Ich konnte den oberen Rand seiner buschigen Augenbrauen sehen, die über seine Sonnenbrille hinausragten. An einem seiner Finger steckte ein großer silberner Ring, auf dem *SCHÜTZE MICH VOR MEINEN WÜNSCHEN* stand. Sein Gesicht und sein Körper waren breit und kräftig, aber zugleich auch sanft und rundlich. Er war groß, größer als ich. Und man konnte sehen, dass er ziemlich viel wog. Er hatte einen kurzen, gestutzten Schnurrbart, genau wie Jimmy, nur die Haare waren völlig anders. Jimmys Schnurrbart ist ein wenig mickrig. Das darf man ihm natürlich nicht sagen, aber so ist es nun mal.

»Erst mal bis nach Manhattan«, sagte ich und versuchte kurz angebunden zu sein, ohne dabei unhöflich zu klingen. Das Licht war inzwischen weitergewandert und schien mir direkt ins Gesicht.

»Und wohin geht's dann?«, fragte er.

»Texas«, antwortete ich, und mein Schweigegelübde löste sich in Luft auf.

»Ich will Sie nicht belästigen, wenn Sie sich nicht unterhalten wollen«, fuhr er fort. »Ich meine, ich muss mich nicht unterhalten.« Er wandte sich mir zu und sah mich an. Ich konnte seine Augen noch immer nicht erkennen. »Wenn ich irgendetwas an mir verändern könnte, dann würde ich aufhören zu reden, für immer«, sagte er.

Dann schwieg er. Ich klappte den Aschenbecher auf und zu.

»Wieso?«, fragte ich schließlich. Meine Hände waren noch ganz kalt. Ich wärmte sie, indem ich die Handrücken gegen meinen Hals drückte, als wollte ich mich selbst erwürgen.

»Weil … weil ich in meinem ganzen Leben noch nie etwas wirklich Bedeutsames gesagt habe.« Er lächelte. »Ich kann mit diesem Mund quasseln, den Leuten erzählen, wie ich mich *fühle,* sie fragen, wie sie sich *fühlen*. Aber dadurch wird die Welt nur mit noch mehr Lärm erfüllt.« Er saß vollkommen ruhig da, seine Hände in den Schoß gelegt, die Dose Bier sanft umfasst.

Ich hatte irgendwann mal Sex mit einem Schwarzen. Er war mager und neurotisch, völlig anders als dieser Typ.

»Es ist schön, wenn man verstanden wird«, sagte ich ruhig.

»Vielen Dank«, erwiderte er. Ich war nicht sicher, was er damit meinte.

Ich wühlte in meiner Handtasche, holte ein Streichholzheftchen hervor und begann, mit der Ecke des Kartons vorsichtig zwischen meinen Zähnen zu stochern. Das mache ich schon ewig – mit einem völlig ungeeigneten Gegenstand in meinen Zähnen herumstochern. Eine Angewohnheit, die Jimmy ziemlich nervt. Aber er pult mit dem Finger im Ohr und riecht dann an der Fingerspitze. *Das* ist das merkwürdigste Verhalten, das *ich* je gesehen habe.

»Wenn ich könnte, würde ich nicht einmal denken«, sagte ich leise.

»Sie wären gerne so wie ein Tier?«, fragte er und wandte sich mir wieder zu. Aber das Einzige, das ich sehen konnte, waren seine grünen Brillengläser und ein leicht verzerrtes Spiegelbild von mir selbst.

»Naja ... ja, aber so was wie ein *gutes* Tier. Wie eine Eule oder so was Ähnliches.«

»Eulen sind gut?«, fragte er.

Ich nickte. Es entstand eine lange Pause. Er wandte sich ab und blickte unverwandt geradeaus. Seine Bewegungen waren ruhig und bewusst. Er hatte wunderschöne Lippen.

»Eine Eule ist weise? Richtig?«, fragte er.

»Richtig«, erwiderte ich, »weise und gut.«

»Ich wäre lieber ein Bär«, sagte er mit Entschiedenheit. »Bären werden von niemandem gefressen. Oberes Ende der Nahrungskette.«

»Eulen werden auch nicht gefressen. Glaube ich jedenfalls.« Ich hatte zumindest noch nie davon gehört. Wieder entstand eine lange Pause zwischen uns. Es schien, als wäre unser Gespräch beendet.

Ich wünschte, ich hätte mehr Freunde. Ich weiß nicht, was passiert ist – auf der Highschool schien ich massenhaft Freunde zu haben. Der einzige Mensch außer Jimmy, der mir in Albany nahegestanden hatte, war meine langjährige Mitbewohnerin Chance. Aber sie war inzwischen verheiratet und hatte einen kleinen Sohn. Und unsere Freundschaft hatte sich in etwas verwandelt, das ich nicht wiedererkannte.

Der Bus fuhr durch den Staat New York; auf der rechten Seite der Straße lagen alte, verwitterte Gebirgszüge. Die Catskills. Hin und wieder traf ein Windstoß den Bus so heftig von der Seite, dass ich spüren konnte, wie er bis auf die andere Fahrspur versetzt wurde. Wir passierten eine Farm nach der anderen. Um die letzte Jahrhundertwende herum waren achtzig Prozent der amerikanischen Bevölkerung in der Landwirtschaft tätig. Jetzt waren es nicht einmal mehr zehn Prozent. Jimmy redet ständig über dieses Thema. Er liebt Geschichte.

»Gedanken haben ihren eigenen Wert«, sagte der Mann neben mir und brach damit das Schweigen. »Die Gedanken formen unser Handeln. Ich würde das Denken nicht aufgeben wollen. Man tut nichts, ohne vorher darüber nachzudenken.«

»Trotzdem … wenn ich könnte, wäre ich gerne spontaner, ohne vorher immer alles durchdenken zu müssen, verstehen Sie?«

»Vielen Dank«, sagte er erneut, aber dieses Mal etwas zu laut und ziemlich gedehnt. Dann verstummte er wieder, und ich wusste immer noch nicht, was er meinte.

Eine ganze Weile saßen wir schweigend da, während wir eine Ausfahrt nach der anderen passierten. Der Bus war nur halb voll. Plötzlich wurde mir ziemlich warm, und ich zog meine Jacke und mein Sweatshirt aus. Sie knisterten vor elektrostatischer Ladung. Etwas abgekühlt, lehnte ich mich in meinem schlichten weißen T-Shirt mit V-Ausschnitt in meinem Sitz zurück. Vielleicht hatte ich gerade eine Hitzewallung erlebt. Das einzige richtige Schwangerschaftsanzeichen, das ich an mir feststellte, war die Tatsache, dass ich mich in jeder Lage und Haltung unwohl fühlte, und das ohne wirklichen Grund. Alles und jedes schien schlecht zu riechen, und alles, was nicht eiskalt war, schmeckte faulig. Ich hatte meine Schuhe ausgezogen, zog die Beine hoch und schlang die Arme um die Knie. Aber wie ich mich auch hinsetzte, irgendwas war immer falsch. Ich wünschte, ich hätte mein Kissen nicht vergessen.

Hunderte und Tausende von Wagen fuhren zielbewusst in die entgegengesetzte Richtung: rote Wagen, weiße Wagen, Kleinbusse, Geländewagen, Wagen mit Kindern, Wagen mit persönlichen Autokennzeichen und Lastwagen, schwere Lastwagen. Autos sind die Todesursache Nummer eins in diesem Land, und trotzdem will jeder einen neuen Wagen haben.

Der Highway erschien mir wie ein Fluss, der sich entlang des Hudson wand und schlängelte und uns auf seinem Weg hin und her warf, als wären wir Blätter. Wir fuhren an Tankstellen vorbei, an Schnellrestaurants und Reklametafeln, die

Glück und Zufriedenheit versprachen. Ich weiß, dass die Bilder in den Zeitschriften und im Fernsehen keine wahren Abbilder der Welt sind; ich meine, das ist offensichtlich. Aber trotzdem empfinde ich ein beklemmendes Gefühl der Enttäuschung, als wäre dies die Welt, die ich sehen *sollte*.

Etwa alle fünf Minuten nahm der Mann neben mir ruhig und bedacht einen kleinen Schluck von seinem Bier und legte danach die Hände wieder in den Schoß. Das sieht man nicht oft – dass jemand völlig ruhig dasitzt, ohne irgendeine überflüssige Bewegung. Sein Kopf nickte leicht im schaukelnden Rhythmus des Busses. Ich starrte ihn an. Er hatte weder seine Sonnenbrille abgesetzt noch seine Wollmütze abgenommen noch den Reißverschluss seiner Jacke geöffnet.

»Sind Sie blind?«, fragte ich.

»Sie haben es nicht bemerkt?« Er lächelte breit.

»Nein.« Ich studierte sein Gesicht. Irgendwie hatte ich das Gefühl, er hätte mich reingelegt.

»Sind *Sie* blind?«, fragte er und lachte laut und anmaßend.

»Nein. Nur mit mir selbst beschäftigt«, erwiderte ich.

»Vielen Dank!« Er lachte erneut und klatschte zweimal kräftig mit den Händen auf seine Knie. Ich stellte meine Füße wieder ordentlich auf den Boden. Aus irgendeinem Grund machen blinde Menschen mich befangen.

Als ich dreizehn war, zwang mein Dad mich, ein blindes Mädchen, Alison, aus unserer Kirchengruppe mit zum »Wet 'n' Wild«-Freizeitpark zu nehmen. In diesem Park gab es jede Menge Wasserrutschen und Wellenbäder und Hunderte von halb nackten Teenagern, die mit einer

Dose Limo in der Hand durch die Gegend rannten. Alison konnte nicht nur nichts sehen, sie war auch noch extrem klein. Wahrscheinlich gab es da einen Zusammenhang – ich glaube, irgendein Nierenproblem oder so, aber ich war damals schon ziemlich groß, was dazu beitrug, dass ich mich in ihrer Gegenwart noch unwohler fühlte. Ich hielt ihre Hand, während wir durch den Park gingen und uns auf den Minirutschbahnen hintereinander ins Wasser gleiten ließen. Sie war lieb, aber auch eine ziemliche Nervensäge, und das Einzige, was sie wollte, war im Kinderbecken planschen und ihre Vagina direkt über eine der kleinen Wasserdüsen platzieren. »Das fühlt sich *fantastisch* an«, rief sie laut. »Oh, mein Gott«, schrie sie begeistert. »*Wow*, das musst du unbedingt probieren!«

Plötzlich klappte dieser Typ im Businessanzug in der Reihe vor mir seine Lehne vollständig nach hinten. Ich konnte seinen putzigen kleinen Kahlschädel arrogant über die Stuhllehne ragen sehen. Es war so unbequem, dass ich hätte schreien können. Genervt versuchte ich, meine Jacke und mein Sweatshirt unter meine Beine und vor die Armlehnen zu schieben. Ich versuchte alles Erdenkliche, um den Raum zwischen mir und den Kanten und Ecken auszupolstern. Den ganzen Weg nach Texas so im Sitzen zurückzulegen – das würde im Leben nicht funktionieren.

»Sind Sie sehr hübsch?«, fragte der blinde Mann.

»Was meinen Sie damit?«

»Ich stelle mir vor, dass Sie sehr hübsch sind.«

»Wieso?«, fragte ich. Ich konnte nicht sagen, ob er sich dabei ein paar warme Gedanken machte. Ich wollte ihn mögen.

Er schwieg eine Weile und strich mit der ganzen Hand über seinen Schnurrbart. »Ich habe einfach ein Bild von Ihnen im Kopf, und das sagt, dass Sie attraktiv sind. Ich möchte Sie nicht beleidigen oder Ihnen zu nahe treten«, sagte er in einem entschuldigenden Tonfall und nahm einen Schluck von seinem Bier.

»Ist schon okay«, sagte ich und rutschte ein Stück von ihm weg.

Ich vermisste Jimmy. Ich hatte überhaupt keine Lust auf das bescheuerte Texas. Großmutter war inzwischen schon so alt. Sie war die Einzige, die ich überhaupt sehen wollte, und ihr Anblick würde furchtbar deprimierend sein. Wenn ich sie anrief, erzählte sie die ganze Zeit nur von dem Tag, an dem sie Eleanor Roosevelt kennenlernte.

Großmutter gab damals in Abeline Musikunterricht für die Unterstufe, und es ging das Gerücht, dass Mrs. Roosevelt auch ihre Schule im Rahmen eines Besuchsprogramms besichtigen wollte. Großmutter nähte sich ein neues Kleid und trug es Tag für Tag, während sie andächtig auf die Ankunft der First Lady wartete. Nachdem sie elf Tage lang immer das gleiche Kleid getragen hatte, tauchte Eleanor schließlich auf, bemerkte Großmutter und kommentierte tatsächlich das besagte Kleid – es sähe aus wie »Wüstenblumen«. Während Großmutter älter wurde, bekam dieses Erlebnis eine immer größere Bedeutung; jetzt war es ihr einziger Kontakt zu einer Welt, von der sie wusste, dass sie »echt« war.

Ich berührte meinen Bauch; es war noch nicht viel zu sehen, aber wer mich gut kannte, wusste sofort Bescheid. Mein Hintern schien immer mehr in die Breite zu gehen. Wenn Jimmy auch nur einen Funken Verstand gehabt hätte, hätte er es bemerken müssen. Inzwischen verdrückte ich im Durchschnitt drei Eis pro Tag.

Ich starrte aus dem Fenster und dachte an meine Mutter, Mary. Sie gab mich bei den Nachbarn ab, als ich zwölf Monate alt war, und ließ sich danach nicht mehr blicken. Die Nachbarn riefen meinen Dad an, der mich abholte und mich zu Großmutter mit nach Hause nahm. Ich hatte immer gedacht, dass es für dieses Verhalten keine Entschuldigung gibt. Aber jetzt, mit einem eigenen Kind im Bauch, traute ich mich nicht mehr so leicht, jemanden zu verurteilen.

Meine Mutter und ich haben uns bis zu meinem vierzehnten Lebensjahr nicht mehr gesehen; erst danach kam es in Austin zu einer Begegnung bei Woolworth. Das Woolworth-Haus an der Congress Avenue war gigantisch, nicht so klein und unförmig wie die heutigen Läden, sondern wirklich riesig, wie ein richtiges Kaufhaus. Manchmal setzte Dad mich dort ab, um mich für eine Weile zu beschäftigen, wenn er ein Geschäftsessen oder irgendeine andere Verabredung hatte. Ich war gerne dort; die Stunden vergingen wie im Flug. Das Erste, was man beim Reinkommen roch, war Popcorn und Zuckerwatte. Aber wenn man durch die klinisch sauberen Gänge bummelte, entdeckte man in jeder Abteilung einen anderen Geruch – ob Kosmetik-, Eisenwaren- oder Bekleidungsabteilung, alle hatten ihren eigenen Geruch. Die meiste Zeit schlenderte ich herum, blätterte in den Zeitschriften oder genoss einfach die Klimaanlage.

Im hinteren Bereich des Kaufhauses befand sich ein kleines, unansehnliches Restaurant, das nach Hamburgern und

Hotdogs roch. Eines Sonntags saß ich dort und trank eine Vanillecola, als eine Frau mit kastanienbraunem Haar, das sie zu einem Knoten hochgesteckt hatte, an meinen Tisch kam und vor mir stehen blieb. Sie war ziemlich groß. Ich sah zu ihr auf. Sie trug ein dunkelgelbes, langes Kleid mit roten Blüten. Ich trug einen hellbraunen Rock und eine blaue Bluse, Sachen, die ich noch vom Kirchgang anhatte.

»Bist du Christy?«, fragte sie.

Ich nickte.

»Hi, ich bin Mary Larson. Ich bin deine Mutter.«

»Oh …«, sagte ich, und es entstand eine lange Pause. Sie hätte genauso gut der Sensenmann sein können – ich war augenblicklich versteinert.

Meine Mutter sah hinreißend aus. Hübsche blaue Augen und eine ranke und schlanke Figur. Sie hätte mühelos als Model durchgehen können.

»Was machst du hier?«, fragte ich.

»Dein Vater sagte mir, dass du hier wärst.«

Ein schlauer Fuchs, mein Vater.

»Du kannst dich setzen, wenn du willst«, sagte ich. »Ist es das, was du möchtest? Ich meine, möchtest du dich setzen?«

»Ja, gerne«, sagte sie. Sie hatte einen starken Südstaatenakzent. Sie lächelte, strich ihr Kleid über den Beinen glatt und setzte sich.

Dann holte sie eine kleine, in Geschenkpapier gewickelte Schachtel hervor und reichte sie mir. Ich öffnete sie jedoch nicht. Ich hasse es, Geschenke in Gegenwart des Schenkenden zu öffnen. Ich schob die Schachtel auf dem Resopal-Tischchen hin und her, fühlte mich verwirrt.

»Dein Daddy ist inzwischen ein richtig hohes Tier, was?«, fragte sie mit einem zuckersüßen, überfreundlichen Ton. Mein Vater war gerade ins Parlament des Staates Texas gewählt worden.

»Warum bist du hier?«, fragte ich.

Das Lächeln im Gesicht meiner Mutter gefror. Sie begann, systematisch ihre Hände zu wringen, als würde sie sie waschen. »Ich wollte dich kennenlernen.«

»Oh.«

»Das muss sehr schwierig für dich sein«, sagte sie und rieb über ihre leuchtend rot lackierten Fingernägel, »für mich ist es jedenfalls schwierig.« Irgendwie kam sie mir bekannt vor; nicht dass ich sie als meine Mutter wiedererkannt hätte, eher wie jemand, den man vom Fernsehen kennt.

»Wo bist du gewesen?«, fragte ich, während ich unter dem Tisch meine Clogs aus- und wieder anzog.

»Ich wohne hier in Austin.«

»Ach wirklich? Warum?« Ich konnte es kaum glauben.

»Ich weiß nicht. Dies ist mein Zuhause.«

»Ich dachte, du wärst nach Kalifornien gezogen, oder so?«

»Bin ich auch. Aber dann bin ich wieder zurückgekommen«, sagte sie. Sie hörte auf, ihre Hände zu wringen, und schien sich selbst zur Ruhe zu zwingen.

»Ach so. Irgendwie kommst du mir bekannt vor«, sagte ich.

»Ich bin deine Mutter.« Es entstand eine weitere Pause. Dann beugte Mary sich vor und streichelte behutsam meinen Arm. Ich hätte ihre Hand am liebsten weggeschlagen.

»Machst du irgendeinen Sport?«, fragte sie.

»Was?«

»Du siehst wie ein großes, starkes Mädchen aus«, sagte sie, mit ihrer Hand auf meinem Handrücken.

»Das klingt vielleicht blöde«, sagte ich.

»Tut mir leid«, sagte sie und zog ihre Hand zurück.

»Es klingt einfach blöde.«

»Tut mir leid«, sagte meine Mutter erneut, »du hast recht.«

»Ich meine, nein, ich mache keinen Sport. Du vielleicht?«, fuhr ich fort, überrascht von meiner eigenen Feindseligkeit.

»Hast du einen Freund?«, fragte sie.

Ich konnte sie einfach nicht ansehen. »Nein«, sagte ich.

»Das kommt schon noch, du bist sehr hübsch.«

»Danke, du auch«, sagte ich, was auch stimmte. Ihre Haut schimmerte im Licht, und sie hatte lange Hände, genau wie ich, nur wirkten ihre femininer. Aber ihre Zähne verrieten sie: Sie waren leicht gelblich, und entlang des Zahnfleischs sah man dünne schwarze Linien.

»Vielen Dank«, sagte sie. Wieder schwiegen wir. Und dann fragte sie: »Magst du deine Stiefmutter?«

»Ja«, sagte ich, was nicht stimmte. »Sie ist lustig. Sie erzählt ziemlich viele Witze.« Ich beschloss, es zu versuchen und das Gespräch in Gang zu halten. »Erst sagt sie irgendeinen Blödsinn, und dann sagt sie ›So ein Lötzinn‹. Das ist lustig.« Ich schwafelte einfach drauflos. »Verstehst du, was ich damit meine?«, fragte ich.

»Nein, was meinst du damit?«, fragte Mary.

Der Blick meiner Mutter jagte mir Angst ein. Sie sah leicht irre aus. Ihre Augen bewegten sich zu schnell hin und her. Mein Mund wurde ganz trocken. Und plötzlich erkannte ich sie wieder. Ach du große Scheiße, sie arbeitete hier. Meine Mutter arbeitete in der Kosmetikabteilung von Woolworth. Ich hatte sie mindestens ein halbes Dutzend Mal gesehen. Über einen Zeitraum von fünf Monaten hatte mein Vater mich bei Woolworth abgesetzt, während er »ein paar Besorgungen machte«, sodass meine Mutter mich in Ruhe begutachten konnte.

An diesem Sonntag unterhielten wir uns eine Weile. Ein ziemlich ruhiges Gespräch, ohne besondere Vorkommnisse. Sie war im Begriff, nach Houston zu ziehen. Sie hatte einen Freund. Das Geschenk, das sie mir gab, war ein Medaillon mit einem Bild von uns beiden, als ich etwa drei Monate alt war. Sie gab mir irgendeine halb gare Erklärung dafür, warum sie mich zurückgelassen hatte. Sie sei selbst noch ein Kind gewesen. Sie sei so dumm gewesen. Sie hätte einen Nervenzusammenbruch gehabt. Oder was auch immer. Aber sie bat mich nicht um Entschuldigung. Das weiß ich ziemlich genau, weil ich nämlich die ganze Zeit darauf wartete.

»Ich weiß, du denkst, wir beide würden uns überhaupt nicht kennen«, sagte Mary, als wir uns zum Abschied die Hand gaben, »weil wir so lange voneinander getrennt waren. Aber ich kenne dich. Du bist genauso, wie ich dich mir vorgestellt habe. Du warst schon immer ein wundervolles Kind.«

Noch im gleichen Moment, in dem ich aus dem Geschäft marschierte, warf ich das Medaillon fort. Ich weiß nicht, warum; ich dachte nicht einmal darüber nach. Noch auf der Congress Avenue warf ich es in einen bereits randvollen Mülleimer.

Durch das fleckige Busfenster konnte ich Hunderte von braunen Bäumen vor einem Hintergrund aus grauem, eine Woche altem Schnee erkennen. In der Ferne sah ich einen einsamen Hund, der aussah wie ein Kojote und an eine große rote Hundehütte vor einem Farmhaus gekettet war. Der frostige Boden vor der Hütte war gespickt mit Löchern und Gruben, die er gegraben haben musste. Der Hund selbst saß ruhig auf dem Dach seiner Hütte und starrte in Richtung des fließenden Verkehrs, während seine Kette schlaff von seinem Hals herabhing.

Ein Motorradfahrer fuhr direkt neben uns, auf Höhe meines Fensters. Der Typ darauf sah elend aus. Er war nicht warm genug angezogen.

»Klinge ich denn anders?«, fragte ich den blinden Mann, der neben mir saß. Ich war mir nicht sicher, ob eine Sekunde oder eine ganze Stunde vergangen war. »Ich meine, anders als hübsch?«

»Wie meinen Sie das?« Er neigte seinen Kopf zu mir herüber, als wolle er besser hören können.

»Die Menschen können wie eine *nette* Person oder eine *ehrliche* Person aussehen oder auch *verschlagen.«* Ich starrte noch immer mit leerem Blick durch das Fenster auf den Mann mit seinem Motorrad und die vorbeiziehende Landschaft.

»Darf ich Sie anfassen?«, fragte er ruhig. Er saß noch immer völlig friedlich da, die Hände um die Bierdose in seinem Schoß gelegt, und blickte unverwandt geradeaus.

»Wo denn?« Plötzlich bekam ich Angst. Ich reagiere auf jede, aber auch wirklich jede neue Situation mit der exakt gleichen Körperreaktion: der Ausschüttung von Adrenalin.

»Ihr Gesicht, Ihre Brust, Ihre Haut«, sagte er in völlig normalem Tonfall, nicht zweideutig, nicht aggressiv.

»Meine Brüste?«, fragte ich.

»Ihr Herz«, erwiderte er.

»Versuchen Sie, mit mir zu flirten?« Ich konnte nicht anders und musste einfach grinsen.

»Versuchen Sie, mit mir zu flirten?« Jetzt grinste er auch.

»Sie dürfen mich anfassen, wenn Sie möchten«, sagte ich und versuchte dabei, möglichst lässig zu klingen. Einen Moment dachte ich, dass ich mich ihm vielleicht mehr zuwenden sollte, aber ich wollte auch nicht nuttig wirken. Zum ersten Mal seit Wochen stieg meine Laune. Das war eine völlig neue Erfahrung; es fühlte sich aufregend an, als würde ich aufwachen.

Er rieb seine Hände gegeneinander, um sie anzuwärmen, und blies einen gleichmäßigen Strom warmer, feuchter Atemluft hinein. Die Haut auf der Unterseite seiner Hände hatte fast den gleichen Rosaton wie meine Hände. Zuerst streckte er seine Hände zu meinem Gesicht hoch; er saß links von mir und legte seine rechte Hand auf meine linke Schulter, als wolle er mich ruhig stellen.

»Atmen Sie ruhig weiter«, sagte er und legte seine linke Hand ganz behutsam auf mein Gesicht. Erfühlte seine Finger entlang meiner Augenhöhlen und ließ sie über meinen Nasenrücken wandern, als wäre meine Haut ein Gedicht in Brailleschrift. Ich bekam eine Gänsehaut, als wäre ich nie zuvor berührt worden. Es gab nichts, was ich tun konnte – außer seine Hand dort ruhen zu lassen; jede winzige Bewegung seiner Fingerspitzen kitzelte wie ein warmer, weicher Wind an einer bloß liegenden Nervenfaser.

»Sie haben eine markante Nase«, sagte er.

»Offensichtlich sieht das sogar ein Blinder.« Ich lachte nervös. Das ist ja wohl die Höhe, dachte ich.

Er legte seine flache Hand gegen meine Wange. Ich starrte ihn an. Ich wollte seine Augen sehen, Augenkontakt herstellen. Ich stellte mir vor, dass seine Pupillen grau und tot wären oder vielleicht auch klar und leuchtend wie die Augen eines Heiligen.

Nachdem Jimmy mir gesagt hatte, dass er mich nicht liebe, habe ich acht Tage am Stück geheult. Ich ging zwar zur Arbeit und war freundlich, aber auf der Toilette und im hinteren Treppenhaus, wo wir immer rauchen, habe ich nur geheult. Ich war nur noch ein müdes Abbild meiner selbst, eine hohle Glasskulptur – ein kräftiger Laut, und ich wäre in tausend Stücke zersplittert.

Ich wusste nicht mehr, wofür ich lebte. Jimmy, so dachte ich, würde mich vor meinem Egoismus bewahren. Ich sehnte mich nach einer Art Zentrum, einer Ausgangsposition, von der aus ich beurteilen konnte, was ich gerade machte. Wie lange kann man ein Leben führen, bei dem man morgens die Augen öffnet, ins Bad geht, den zwitschernden Vögeln und vorbeirauschenden Autos zuhört und die ganze Zeit nur denkt: »Was kann ich heute für *mich* tun?«

Seit unserer Trennung vor acht Tagen hatte mich niemand mehr berührt. Seine schwarze Hand lag heiß auf der Haut rund um meinen Mund. Ich bin mir sicher, dass mein Gesicht feuerrot anlief und mein Hals mit roten Flecken übersät war.

Er berührte meine Lippen. Mein Magen stülpte sich in meine Lungenflügel.

»Ich bin schwanger«, verkündete ich.

»Gratuliere«, sagte er leise.

»Ich bin ganz allein«, sagte ich.

Das Ganze war so peinlich. Einen kurzen Moment saßen wir beide absolut ruhig da und schwiegen miteinander. Dann berührte er wieder mein Auge, ließ seine Finger auf die andere Seite meines Gesichts wandern, berührte mein anderes Auge und wischte die Feuchtigkeit weg.

»Alles wird gut«, sagte er.

Irgendwie erschien mir dieser Mann nicht real, nicht menschlich, sondern eher wie ein Geist oder eine Vision. Ich fragte mich, ob ich meine Hand komplett durch seine Brust hindurchführen könnte. Und ich hatte das Gefühl, wenn ich die Augen auch nur eine Sekunde von ihm abwandte, würde der Bann gebrochen, und eine Taube würde von seinem leeren Sitz auffliegen.

Ich nahm meinen ganzen Mut zusammen und sagte: »Ich habe solche Angst.«

»Kein Grund zur Sorge«, sagte er und ließ seine Hand auf meinen Hals sinken. Ich war sicher, dass er das Wummern meines wild pochenden Herzens spüren konnte. »Absolut kein Grund zur Sorge.«

Er ließ seine Hand sinken, bis sie auf dem oberen Bereich meines Brustkorbs ruhte, und seine langen Finger tasteten spielerisch meine Kehle entlang. Langsam machte ich mir Sorgen, dass die Leute uns beobachten könnten. Die Sonne versank allmählich hinter den Bergen und ließ goldene Lichtstreifen entstehen, die durch den Bus schossen, auf das Haar einiger Fahrgäste auftrafen und ihre Köpfe wie in einem Feuerschein aufleuchten ließen. Andere Reisende blieben im kalten Schatten zurück. Niemand beachtete uns.

Draußen war es bitterkalt.

Er bewegte seine Hand an meinem Ausschnitt entlang und legte sie schließlich direkt zwischen meine Brüste. Seine Haut war heiß und hüllte mich ein wie eine Heizdecke.

Wir würden bald in Kingston ankommen.

Ich konnte den Pulsschlag in meinen Fingerspitzen fühlen, konnte spüren, wie das Blut durch meine Herzkammern rauschte. Ich holte tief Luft, kratzte mit meinen Fingern über meinen Daumennagel und fragte mich, wie viele Moleküle und wie viele Atome wohl in mir waren, die einst zum Körper eines anderen Menschen gehört hatten.

Ich konnte ihn neben mir atmen hören. Ich fühlte mich gut. Wirklich. Ich wurde mir eines tief in mir schlummernden Selbstvertrauens bewusst. Ich war nicht tot. Ich lebte. Es würde ein Leben nach Jimmy geben, und es hatte in diesem Moment angefangen. Nach einer Weile versuchte ich, mich seiner Hand zu entziehen, aber er ließ sie fest auf ihrem Platz und schob sie schließlich über meine Brust, über meine steil aufgerichtete Brustwarze, und ließ sie auf meiner linken Brust direkt über meinem Herzen liegen.

»Würde es Ihnen etwas ausmachen, wenn ich von Gott spräche?«, fragte er flüsternd.

»Ja«, sagte ich, »es würde mir eine Heidenangst einjagen.«

Verliebt, Verlobt, Verrückt

Als ich Christy das erste Mal begegnet bin – und das ist jetzt kein Witz, vielleicht ein Klischee, aber kein Witz –, hatte ich wirklich das Gefühl, dass mir das Herz bis zum Hals schlagen würde. Ich kriegte kein einziges beschissenes Wort raus; ich war stumm. Ich erinnere mich an das Erste, was ich je zu ihr gesagt habe. Wir waren drüben im Coach and Horses Tavern in der Innenstadt von Albany. Irgendein Typ hatte uns eine Viertelstunde zuvor miteinander bekannt gemacht, und jetzt lehnte ich mich zu ihm rüber und sagte: »Verliebt sich eigentlich jeder in sie?« Sie saß an einem runden Holztisch und rauchte Zigaretten, wie andere Leute Trauben essen. Ich weiß nicht mehr, worüber sie gerade redete – es ging irgendwie um das Apollo-Theater in New York. Ihre Stimme war einfach der Hammer: dieser Sound und das Selbstvertrauen. Sie hatte einfach Klasse. Ganz ehrlich, kaum ein Mensch unter tausend hat diese angeborene Klasse – kein affektiertes Gehabe oder Geld, kein Blödmann in einem Millionen-Dollar-Anzug, der an einem Cocktail nippt, oder irgendeine Privatschul-Mieze, die durch die Gegend stolziert, als ob ihrem Daddy der Laden gehörte, sondern natürliche Klasse, Anmut und Würde. Und sie hatte all das. Man hätte sie nehmen, durch den Schlamm wälzen und ihr gegen den Schädel treten können, und sie hätte es immer noch gehabt. Während sechs oder sieben Leute in dem grünen Kneipenlicht an ihren Lippen hängen, lehne ich mich also rüber und frage: »Verliebt sich eigentlich jeder in sie?« Warum ich das gesagt habe? Keine Ahnung. Aber ich konnte noch immer nicht mit ihr reden, weil ich wusste, dass ich wie ein schmieriger Gangster rüberkommen würde, der versucht, bei ihr zu landen; also ließ ich es cool angehen und hielt erst mal die Klappe. Erst später, nachdem wir im Gang vor den Toiletten drei oder vier Minuten schweigend nebeneinandergestanden und gewartet hatten, platzte ich einfach damit raus – sie kann das bestätigen. »Ich hab keine Angst vor dir«, sagte ich. Eine dreiste Lüge, aber mutig, das muss ich mir lassen. Die Tür zur Herrentoilette öffnete sich, und ich ging rein und machte sie hinter mir zu. Ich sah mein Bild im Spiegel, und ich sah gut aus; so was sage ich wirklich nicht oft über mich, aber an dem Abend hat es gestimmt. Ich war glatt rasiert und trug einen Anzug (ich war vorher auf einer Feier gewesen, ein Kumpel von mir hatte seine Special Forces-Ausbildung beendet, und ich sah gut aus). Später gingen wir alle noch in das Apartment, das Christy sich mit ihrer Mitbewohnerin Chance teilte. Ich weiß noch, dass wir viel gelacht und getrunken haben, Chance spielte Gitarre, und nach und nach gingen alle anderen nach Hause, und irgendwann verschwanden auch Chance und ihr Freund Bucky ins Bett. Irgendwie – ich glaube, ich hatte es den ganzen Abend darauf angelegt – blieben Christy und ich alleine über; wir saßen uns auf zwei Sofas gegenüber, und sie meinte: »Und du hast also keine Angst vor mir, hm?«

Ich grinste, und sie tat etwas völlig Irres – sie hob einfach ihren Rock hoch und zeigte mir ihre Muschi.

Etwa eineinhalb Jahre später machte ich aus Angst, und weil ich nicht anders konnte, mit ihr Schluss. Acht Tage später war ich zu einer anderen Lösung gekommen.

Wir standen auf dem Parkplatz des Busbahnhofs von Kingston und sahen uns an.

»Ich will nicht lange drum rumreden, also geb ich ihn dir einfach.« Ich hatte das verdammte Ding in der Tasche, aber meine Hände waren so steif gefroren, dass ich ihn einfach nicht rausbekam.

»Also, der ist von diesen echt angesagten … Künstlern, Juwelieren, meine ich. Deshalb denke ich, dass er dir gefällt. Handgemacht von einem bedeutenden Kunsthandwerker und so.«

Christy stand vor mir wie ein Wolf, der auf langen, dünnen Läufen lauert, jederzeit bereit, in alle Himmelsrichtungen davonzustürzen.

Sie war hinter einer winzigen alten Frau aus dem Trailways-Bus gestiegen. Sie hatte sich die blonden Haare gefärbt und ganz kurz geschnitten. Ich wollte nicht sofort davon anfangen; dabei hätte ich es wahrscheinlich tun sollen, aber ich bin nicht besonders gut in so was. Trotzdem sah sie toll aus mit ihren struppigen, wilden, pechschwarzen Haaren. Ihre Haut war vor Kälte ganz fleckig, und sie war in einen tuntigen schwarzen Parka gewickelt, unter dem ihre langen Beine in Jeans hervorragten. Sie hat einen sensationellen Arsch. Wenn man sie von hinten sieht, könnte man denken, sie wäre schwarz. Dampfender Atem stieg zwischen ihren kalten blauen Lippen auf, während sie auf mich herabstarrte.

Man muss an seinem Selbstvertrauen arbeiten, wenn man mit einem Mädchen wie Christy zusammen ist. Ihr Gehirn ist der reinste Kugelblitz, sie strahlt förmlich – und das ist keine persönliche Ansicht oder ein Kompliment, sondern einfach eine Tatsache –, und außerdem ist sie größer als ich. Es ist leicht, sich bärenstark und überlegen zu fühlen, wenn man es mit irgendeinem kleinen Mäuschen zu tun hat, das einem das Gefühl gibt, man hätte einen zehn Meter langen Schwanz, aber mit einem Mädchen wie Christy muss man sich an jedes bisschen Selbstwertgefühl klammern, das man hat. Sie ist mit Abstand das attraktivste Mädchen, mit dem ich je zusammen war.

Jedenfalls standen wir in der Eiseskälte auf diesem Busparkplatz. Der Wind peitschte Müllfetzen über den Asphalt. Überall wirbelten leere Chipstüten und Zeitungen herum. Hinter uns war die Auffahrt zur Interstate 87. Es war halb sechs Uhr nachmittags, der Rushhour-Verkehr verpestete die Luft und erfüllte sie mit einem dumpfen, grollenden Brummen. In einer halben Stunde würde es dunkel sein. Jenseits des Highways ragten die Catskills auf. Sie sind nicht groß oder majestätisch, sondern wirken eher müde und enttäuscht. Aber sie sind alt – richtiggehend ehrwürdig. Sie haben jedenfalls etwas Besseres verdient, als von den am Horizont aufgereihten Reklametafeln verstellt zu werden. Die Catskill Mountains sind die ältesten Berge Nordamerikas, das ist eine Tatsache. Auf dem Busbahnhof war nicht allzu viel los, nur ein paar Pendler, die zu ihren Bussen hasteten und dabei versuchten, ihre Mützen und Hüte aufzubehalten. Ich und Christy hatten nichts auf dem Kopf. Uns war also beiden saukalt, und meine Hände fühlten sich so tot an wie Lehm. Völlig blutleer. Ich wollte das kümmerliche Ding unbedingt aus meiner Tasche haben. Christy war schon jetzt kurz davor, sauer zu werden. Sie hasst es, wenn ihr kalt ist und sie draußen im Freien rumstehen muss. Sie ist ein sehr stiller Mensch, und auf einem Parkplatz fühlt man sich irgendwie verwundbar, was ihr bestimmt nicht gefiel.

»Also, dieses dämliche Teil brennt mir ein beschissenes Loch in die Tasche«, sagte ich und zerrte das Päckchen endlich heraus. Alles drehte sich. Wenn man mich geschubst hätte, wäre ich auf dem Arsch gelandet. Seit ich es gekauft hatte, hatte ich das niedliche Päckchen immer wieder angestarrt. Irgendwas an dem kleinen Ding machte mich ganz kirre. Je länger sie nicht wusste, was ich hier eigentlich tat, desto wütender würde sie werden, und damit würde es für mich immer schwieriger, die ganze Sache durchzuziehen. Ich musste mich beeilen.

»Den habe ich machen lassen, damit du weißt, dass das Ganze nicht nur so eine Schnapsidee von mir ist. Ich hätte auch mehr Geld dafür ausgegeben, aber ich weiß, dass du Sachen magst, die schlicht und elegant und stilvoll sind – nicht so protzig. Er ist also klassisch, aber nicht billig, okay?«

»Können wir nach drinnen gehen, Jimmy?«, fragte Christy zitternd. Ihrem Gesichtsausdruck nach zu urteilen, verstand sie alles, was ich machte, total verkehrt. Sie begriff überhaupt nicht, was ich vorhatte.

»Nein, kommt nicht infrage, wir werden nicht nach drinnen gehen und die ganze Sache im Stehen vor einem Cola-Automaten abhandeln. Dafür ist es zu wichtig.«

Sie war sichtlich wütend darüber, dass ich ihr nachgefahren war, was mich ehrlich gesagt überraschte. Ich hätte sie für romantischer gehalten.

»Es dauert nur einen Moment.« Ich wollte sie anfassen, doch sie hatte die Hände in den Taschen und wirkte zu still. Abweisend. Ich musste es tun; dann würde sich ihre Laune schon wieder bessern.

»Also, pass auf, ich mach es jetzt einfach, okay?«

Sie nickte. Die extreme Temperatur ließ ihren Blick scharf und grimmig werden, und außerdem sah sie mich an, als wäre sie nicht überrascht, wenn ich mich in einen Frosch verwandeln würde.

PENG. BRUTZEL. ZISCH. Und mein Kopf war leer.

»Ähm …« Ich stand leicht benommen da und bemerkte die kleinen gelben Sprenkel in ihren grünen Augen. Nicht, dass ich Zweifel bekommen hätte, mir war bloß so, als säße ich in einem Karussell, und das seit Tagen. Ich hatte immer mehr Fahrt aufgenommen und mich schneller und schneller gedreht, und jetzt stand ich kurz davor, wieder herausgeschleudert zu werden.

»Ich liebe dich, und ich will nie mehr ohne dich sein.«

Das war alles, woran ich mich noch erinnerte.

Ich musste einen Zahn zulegen. Christy ist wie gesagt nicht dumm. Sie weiß immer ganz genau, was jeder in einem Raum denkt. Wenn ich mich festlegen müsste, würde ich sagen, sie ist der klügste Mensch, den ich kenne. Sie und mein Vater.

Sie starrte mich jedenfalls verdammt kühl an. Ich kam mir vor wie ein Brustkorb, der nur mit Mühe eine Ansammlung brodelnder und gurgelnder Organe beieinanderhalten konnte.

»Also, die Sache ist die: Wenn ich mir ein Leben mit dir vorstelle, sehe ich in meiner Zukunft lauter Licht, verstehst du? Ich stelle es mir vor und spüre alle möglichen guten Dinge. Wie Wachstum und Licht und grüne Sachen und … und …«

Die grünen Sachen hatten mich aus dem Konzept gebracht; das hatte ich eigentlich nicht sagen wollen. Ich hatte vorgehabt, mich verständlich auszudrücken.

»Und ohne dich sehe ich nur grau, nur Scheiße, verstehst du? Alles dasselbe: nichts.«

Und dann habe ich es getan, mitten auf diesem Parkplatz im eiskalten Februarwind – ich bin auf die Knie gefallen, auf beide Knie. Meine Hände waren so taub, dass ich meine Fäuste kaum öffnen konnte. Der Boden war eisig und unbequem. Winzige Schottersteinchen auf dem Pflaster drückten durch meine Hose. Ich hatte nichts Besonderes angezogen, obwohl ich das eigentlich hätte tun sollen. Ich trug die lammfellgefütterte Cordjacke meines Dads und eine speckige grüne Hose. Ich hätte mich rasieren sollen. Christy beschwerte sich ständig über mein kratziges Gesicht. Ich hätte mich besser kleiden und rasieren können – das ist wohl wahr –, aber alles andere machte ich auf die einzige Art, die ich kannte.

Eigentlich hatte ich die ganze Sache in ihrer winzigen

Bude durchziehen wollen, mit Willie Nelsons und Merle Haggards Album *Pancho and Lefty* auf dem Teller ihres alten Plattenspielers, aber die Dinge hatten sich anders entwickelt, als ich es mir vorgestellt hatte. Trotzdem hatte ich das Gefühl, die Schläge gut weggesteckt und optimal auf die veränderten Vorgaben reagiert zu haben.

Ich hielt die kleine schwarze Schachtel so in der Hand, dass Christy sie sehen konnte. Ich erinnere mich auch noch genau an ihren Gesichtsausdruck, als ich auf die Knie fiel. Sie war definitiv perplex. Sie wirkte auch ein wenig verlegen aus Angst, ich könnte mich zum Trottel machen, doch kein Mensch auf Gottes asphaltierter Erde sah zu. Es war einfach zu kalt.

»Christy Ann Walker« – ich wollte förmlich und bedeutungsvoll klingen –, »willst du mich heiraten?«

Scheiße, ich liebte dieses Mädchen so sehr. Ich weiß nicht, wie sie es gemacht hatte, aber ich hatte das Gefühl, sie war ich. Ich glaube, deswegen hatte ich mit ihr Schluss gemacht: Ich kämpfte um mich, um mein altes Ich, das gelebt hatte, bevor wir uns begegnet waren – doch dann war ich plötzlich wieder ganz alleine, und mir wurde klar, dass es kein altes Ich mehr gab, nur noch dieses.

»Ich liebe dich, und ich habe dir diesen Ring gekauft als Symbol dafür, dass das alles kein Witz ist. Ich habe ihn extra größer machen lassen, weil man mir erklärt hat, dass es leichter ist, die Dinger enger zu machen, als sie zu weiten. Also nimm es nicht als Zeichen, Metapher, Omen oder was weiß ich, wenn er jetzt nicht passt. Irgendwann *wird* er schon richtig passen, okay? Versprochen.«

Ich klappte die Schachtel auf und präsentierte ihr den

Ring. Es war ein wunderbar zierliches Teil mit zwei Diamanten, die einen dritten, größeren Diamanten einrahmten. Ich hatte ihn so machen lassen, dass er aussah wie der Spielzeugring, den ich ihr gekauft hatte, als wir uns kennenlernten. Den hat sie sogar noch getragen, nachdem zwei der Plastikdiamanten herausgefallen waren.

Sie war platt.

Was mich, wie gesagt, überraschte. Aber das beweist nur, wie zwei Menschen, wenn sie eine Weile getrennt sind, in vollkommen unterschiedliche Richtungen denken, zu radikal verschiedenen Schlüssen und geometrisch völlig entgegengesetzten Deutungen der gemeinsamen Erlebnisse kommen und trotzdem die ganze Zeit glauben können, dass sie einander verstehen.

Christy hatte die Hände in den Taschen und sah auf mich und diesen Diamantring herab. Sie hatte angefangen, auf ihrer Oberlippe herumzukauen, und ihr Gesichtsausdruck war schrecklich nüchtern geworden. Ich hatte eigentlich erwartet, sie würde mittlerweile weinen und mich mit Küssen bedecken – was rückblickend natürlich unrealistisch war.

»Ich habe lange darüber nachgedacht. Ich neige nicht zu überstürzten Entscheidungen. Das weißt du.« Ich machte eine Pause und wartete, bis sich unsere Blicke getroffen hatten.

Sie nickte langsam.

»Ich habe mir das genau überlegt, und ich möchte dein Ehemann sein. In echt. Ohne Scheiß. Manchmal muss man einen gründlichen Blick auf sein Leben werfen und sich fragen: Was für ein Mann möchtest du sein? Und was bist du zu tun bereit, um dieser Mann zu werden? Verstehst du, was ich sagen will?«

Sie war ganz Ohr. Ich wollte unbedingt, dass sie mir zuhörte und erkannte, dass ich mich verändert hatte. Ich berührte ihr Bein. Sie beugte sich vor und hockte sich neben mich. Tränen stiegen mir in die Augen.

»Die Leute reden immer davon, wie sehr sie jemanden *lieben* und wie wichtig die *Liebe* ist. Aber was sind sie bereit, dafür zu *tun*? Meistens gar nichts. Aber verstehst du, ich liebe dich *und* bin bereit, etwas dafür zu tun. Ich möchte immer für dich da sein. Ich will, dass du dich auf mich verlassen kannst, und ich möchte, dass du mir eine Chance gibst, dir zu beweisen, dass man sich auf mich verlassen kann. Ich möchte aufhören, über irgendein fiktionales Ich in meinem Kopf zu fantasieren, das leben *könnte,* wenn ›dies‹ passierte, oder leben *würde,* wenn ›das‹ geschähe. Ich will jetzt jemand *sein*. Ich will etwas Echtes, verstehst du? Etwas, woran ich glauben kann. Ich glaube an dich und mich und daran, was mein Vater mich gelehrt hat: Es gibt kein Hindernis, das die Liebe nicht überwinden kann.

Und wir wissen beide, dass du das Beste bist, was mir je passiert ist, und klar sind das nur Worte, die Menschen *sagen,* ohne dass sie etwas bedeuten, aber was ich meine, ist, dass es auf der ganzen Welt niemanden gibt, der mich so geliebt hat wie du, meine Mutter nicht, mein alter Herr nicht, meine Freunde nicht, und du bist so verdammt schön, und« – den nächsten Teil flüsterte ich – »mit dir zu schlafen ist toller als mit irgendwem sonst, und deine Muschi ist so süß, ich mag ihren Geschmack und ihren Geruch und die weiche Haut drum herum, und du bist so intelligent und witzig und nett, und ich schlage mir gegen meine weiche Birne und denke: Wie konnte ich dieses Mädchen gehen lassen? Was will ich? Worauf hoffe ich? Niemand redet gern darüber, aber eines Tages sind wir alle tot. Tot. Deckel zu. Klar? Asche zu Asche, Staub zu Staub. Stimmt doch, oder?«

Sie nickte.

»Es gibt nichts, was mich und dich davon abhält, uns zu lieben und eine Art gigantisch leuchtende Fackel der Liebe zu sein, bis auf die Frage, wie sehr wir es wollen und was wir bereit sind, dafür zu tun.« Ich atmete tief und gleichmäßig bis in den Bauch und kippte meinen Kopf wieder in die Waagerechte. Meine Knie taten höllisch weh, also setzte ich mich einfach auf den Boden. »Ich weiß, dass ich dir unrecht getan habe, ich bin völlig ausgerastet und war dumm und gemein zu dir. Weißt du, manchmal bin ich so *total scheiß durcheinander«* – ich erhob meine Stimme und zerrte an meinen kurzen Haaren – »und kann nicht weiter sehen als bis zu meiner Nasenspitze. Ich bin unglücklich. Ich bin unglücklich. Warum bin ich unglücklich? Irgendjemand muss doch schuld sein, oder? Es kann schließlich nicht sein, dass ich ein egozentrischer Idiot bin, der nur in seiner eigenen dumpfen, dunklen Sorgenwolke rotiert. Und offen gestanden habe ich mit all den Drogen, die ich genommen habe, auch niemandem einen Gefallen getan. Aber darüber brauchen wir gar nicht mehr zu reden. Ich will keine Drogen mehr nehmen.« Der Boden war eiskalt. Ich hockte mich auf meine Knöchel und betrachtete den Ring, den sie mir immer noch nicht aus der Hand genommen hatte.

»Mir fällt nichts ein, was ich oder der bessere Teil von mir wirklich will, das nicht damit anfängt, dich zu heiraten. Ich liebe dich, Christy, ich will dein Mann sein. Das ist es. Die große Liebe. Ich habe viel nachgedacht; ich neige wie gesagt nicht zu überstürzten Entscheidungen. Du musst wissen, dass ich es ernst meine. Du bist mein Mädchen. Ich liebe dich, und wenn du mich heiratest, werde ich dich nie verlassen. Bis zu meinem Tod und darüber hinaus werde ich mich um dich kümmern. Das schwöre ich.«

»Jimmy.«

Sie sah mich mit diesem traurigen Gesichtsausdruck an, den sie manchmal aufsetzt, als wäre sie zwanzig Millionen Jahre älter als ich, und der mich ehrlich gesagt tierisch nervt. Dann betrachtete sie den Diamanten, der im kalten Winterlicht funkelte. Sie nahm ihn mit ihren langen, leicht zitternden Königinnenfingern aus der Schachtel und legte ihn in ihre Hand. Aber sie streifte ihn nicht über.

»Jimmy, mir ist eiskalt, können wir bitte reingehen?«, fragte sie nett.

»Ja, ja, klar«, sagte ich. Was hätte ich auch sonst sagen sollen?

Wir brauchten Schutz vor der klirrenden Kälte auf diesem Parkplatz in Kingston und ein wenig Abgeschiedenheit, also verkrochen wir uns in meinen Nova. Ich hatte vor Kurzem Schalensitze aus einem 73er Pontiac Firebird einbauen lassen, feines rotes Glattleder, aber arschkalt. Christy gefielen sie nicht – sie meinte, ich hätte sie zu nahe an der Tür und zu dicht vor der Windschutzscheibe eingebaut, aber das stimmt nicht. Genau so müssen sie sein.

Ich drehte den Schlüssel im Zündschloss, und der Wagen sprang Gott sei Dank an. Es wäre echt Scheiße gewesen, wenn der Motor Probleme gemacht hätte. Ich riss die Heizung auf, doch das Ergebnis war ziemlich enttäuschend. Sie stieß ein letztes, verzweifeltes Gurgeln aus, brachte jedoch kaum Wärme.

Christy hockte im Schneidersitz neben mir. So sitzt sie meistens im Auto, spielt an ihren Füßen herum oder knabbert an ihren Zehennägeln. Sie war niedlich, keine Frage, meistens jedenfalls. Sie sah zu mir rüber, betrachtete mich lange, wollte etwas sagen und tat es dann doch nicht. Sie drehte ihren Kopf zum Seitenfenster, kurbelte es herunter und zündete sich eine Zigarette an, die sie aus einer zerknüllten Schachtel gefischt hatte, die ich auf dem Armaturenbrett hatte liegen lassen. Als sie ihr Streichholz anzündete, roch es im Wagen durchdringend nach Schwefel. Sie gab sich alle Mühe, den Qualm aus dem Fenster zu blasen, aber besonders effektiv war ihre Technik nicht.

Ich konnte nach wie vor nicht glauben, dass sie über meinen Heiratsantrag nicht völlig aus dem Häuschen war. Vielleicht stand sie ja unter Schock.

»Wie hast du mich hier gefunden?«, fragte sie leise, ohne mich anzusehen.

»Fat Chance«, sagte ich.

»Nenn sie nicht so«, fauchte Christy.

Christys ehemalige Mitbewohnerin hieß Chance und war fett wie ein Nilpferd, sodass jeder sie Fat Chance nannte. Nachdem sie mir einen Haufen heißer Luft ins Ohr geblasen hatte, hatte Chance mir schließlich verraten, dass Christy den Adirondack Trailways-Bus um zwölf nehmen wollte. Ich hatte mir also Grace, Christys Katze, geschnappt – ich konnte mir nicht vorstellen, warum sie sie zurückgelassen hatte – und war, den Ring in der Tasche, mit qualmenden Reifen runter nach Kingston gebrettert. Dort macht der Bus jedes Mal einen längeren Halt, und ich dachte, ich könnte sie noch erwischen, den Sir Lancelot mimen, meinen Heiratsantrag machen, ihr die Katze wiedergeben und sie wissen lassen, dass alles paletti war. Die ganze Trennung war ein Riesenfehler gewesen, und es war mein Job, die Sache wieder ins Lot zu bringen. Auf einer öffentlichen Straße habe ich den Nova noch nie so getreten. Die Karre hat eine 6,2-Liter-Maschine aus einem 97er Mustang. Es gibt Leute, die regen sich tierisch darüber auf und behaupten, es wäre ein Frevel, einen Ford-Motor in einen Chevy einzubauen, und intellektuell gesehen bin ich durchaus ihrer Meinung, aber das Ding geht ab wie eine Rakete.

Jetzt hockte ich hier, kam keinen Schritt weiter und wurde wie ein armer Wichser am Schwanz rumgeführt.

»Was hat Chance sonst noch gesagt?«, fragte Christy und sah mich noch immer nicht an.

»Nichts.«

»Was hat sie noch gesagt, Jimmy?« Christy war wütend. Das war so ziemlich die einzige Reaktion auf meinen Heiratsantrag, die ich mir überhaupt nicht hatte vorstellen können.

Eine alte Frau ging eingemummelt in Handschuhe, Schal und Mütze langsam an unserem Fenster vorbei, und genau in diesem Augenblick fiel mir ein, dass Grace die Katze noch im Wagen war, nicht eingesperrt, weil sie ihren Katzenkorb nicht leiden kann. Grace war eine kleine, 17 Jahre alte, grau-weiße Tigerkatze, die Christy zu ihrem achten Geburtstag von ihrem Daddy bekommen hatte. Ich konnte mich nicht erinnern, warum ich sie mitgebracht hatte. Das Tier hatte sich unter dem Beifahrersitz versteckt und auf der ganzen Fahrt bis nach Kingston mit den Tatzen nach meinen Füßen geschlagen. Wenn Christy merkte, dass Grace im Auto war, würde sie total ausflippen.

»Was hat Chance dir sonst noch erzählt?«, fragte sie noch einmal. Es gab offensichtlich zusätzliche Informationen, über die ich nicht verfügte und von denen Christy befürchtete, Chance könnte sie ausgeplaudert haben.

»Chance hat nur erzählt, dass du nach Texas fährst«, sagte ich. »Sonst nichts.«

»Weißt du, *warum* ich nach Texas fahre?«, fragte sie zusehends gereizt.

»Nein. Ich will nicht, dass du nach Texas fährst. Ich will nicht, dass irgendwer nach Texas fährt. Texas ist was für Penner. Sie sollten ein großes Gefängnis draus machen oder es Zapata zurückgeben.« Ich hielt mich zurück, ich blieb locker und wurde nicht wütend. Christy antwortete nicht. Sie hatte die Hände in die Taschen ihres Parkas geschoben, und nur die Zigarette lugte noch hervor.

Sie lachte oder lächelte nicht, sah mich jedoch endlich direkt an.

»Hättest du was dagegen, einen Zahn zuzulegen, damit der Bus nicht noch ohne mich abfährt?«, fragte sie leise.

»Du willst also immer noch diesen Bus nehmen?«, fragte ich. Ebenso gut hätte sie ihre Zigarette in meinem Auge ausdrücken können. Der Gedanke, dass sie meinen Antrag ablehnen könnte, war mir nicht in den Sinn gekommen. Nie. Nicht ein einziges Mal.

»Ja«, erwiderte sie und aschte auf den Haufen alter Kippen mit Lippenstiftabdrücken, die aus dem Aschenbecher des Nova quollen. Ich war froh, dass ich ihn nicht geleert hatte; es war ein subtiles Zeichen, das sie daran erinnerte, wie viel Zeit sie in diesem Wagen verbracht hatte, wie sehr sie hierher gehörte.

»Ich habe eine Entscheidung getroffen, Jimmy«, begann sie mit erstickter Stimme, während ihr Blick zum Fenster zuckte, damit sie mich nur bloß nicht ansehen musste. »Ich fahre nach Hause. Ich habe keine Ahnung, wie du mich hier gefunden hast. Ich liebe dich; du weißt, dass ich dich liebe, ich hab es dir tausend Mal gesagt. Aber irgendwas muss geschehen mit mir und meinem Leben, verstehst du?« Ihre Zähne klapperten leise. »Seit ich siebzehn war, bin ich nicht mehr zu Hause gewesen. Als kleines Mädchen war ich mir so sicher, dass ich irgendwie in die falsche Familie hineingeboren sein musste oder so. Aber jetzt war ich acht Jahre lang weg und habe nichts anderes gefunden. Zumindest nicht, bis ich dich getroffen habe.« Sie betrachtete ihre Hose und strich die Falten über den Knien glatt. »Ich habe an dich geglaubt, Jimmy. Ich habe gedacht, es wäre wundervoll, wenn wir ein Baby hätten. Das habe ich dir gesagt, und du bist ausgeflippt.«

Ihr Blick fand meinen und hielt ihn fest.

»Jimmy, solange ich mich erinnern kann, fühle ich mich verloren, und ich will das nicht mehr. Ich möchte gefunden werden. Ich weiß, dass das merkwürdig klingt, aber die einzige Antwort, die mir einfällt, ist, zurück nach Houston zu fahren.« Sie fing an, auf ihrer Lippe zu kauen und die Nagellackreste von den Fingernägeln zu pulen. »Zwischen mir und der Welt ist eine gläserne Wand. Ich verstehe nicht, warum, aber ich muss sie loswerden.«

Ich wollte sie unterbrechen, doch sie ließ mich nicht.

»Die Leute mögen mich nicht, wirklich nicht. Ich weiß, dass du mich magst, aber ich tue mich schwer damit, einen Draht zu Leuten zu finden. Ich möchte meine Großmutter und meinen Vater sehen. Sie haben mich so geliebt, als ich ein Kind war, und ich habe seit meinem dreizehnten Lebensjahr nichts anderes getan, als ihnen ins Gesicht zu spucken.« Sie zog fest an ihrer langen, schlanken Zigarette, drehte den Kopf zum Fenster und blies den Rauch durch den Spalt, wobei circa 98 Prozent des Qualms direkt wieder in den Wagen zurückgeweht wurden.

»Ich möchte, dass du mich heiratest«, wiederholte ich. Die einzige Reaktion, die mir auf ihre Rede einfiel, war Standhaftigkeit. Ich lauschte dem dröhnenden Ticken des Sekundenzeigers meiner Uhr und wusste, dass ich jetzt stark sein musste. Die Leute merken es gar nicht, aber in diesem Ticken liegen die Augenblicke, in denen man sein Leben packt oder verkackt. Ich hatte meine Entscheidung ebenfalls getroffen und würde dabei bleiben. Bis zum Ende.

»Also, *ich* fahre jedenfalls nach Texas. Und was machst du?«, fragte sie schmallippig und ernst. Der Wagen füllte sich mit weiteren Qualmwolken. Es ist komisch, in einem Auto zu sitzen, ohne zu fahren. Nach einer Weile macht es einen richtig nervös.

Christy drückte ihre Zigarette zwischen all den anderen aus und hauchte sich in die Hände, um sie zu wärmen.

»Baby Doll« – ich war immer noch cool –, »ich bin in der Army. Darüber haben wir doch schon geredet. Ich kann eine Versetzung oder in einem Jahr auch eine ehrenhafte Entlassung beantragen, aber ich kann nicht einfach abhauen …«

»Weißt du noch, was ich in der Krankenhaus-Cafeteria zu dir gesagt habe, als du mir so mutig dein Herz ausgeschüttet und erklärt hast, dass du mich nicht mehr liebst?«, unterbrach sie mich. »Weißt du noch, was ich gesagt habe?«

Sie wartete so lange auf meine Antwort, dass ich den Kopf schütteln musste.

»Ich habe gesagt: Wofür soll ich leben?«

»Daran erinnere ich mich nicht«, murmelte ich. Natürlich erinnerte ich mich nicht daran. Woher auch? Ich hatte ihr überhaupt nicht zugehört. Ich war viel zu sehr damit beschäftigt zu überlegen, was *ich* sagen sollte.

»Ich habe mir vorgestellt, dass wir füreinander ein *Zuhause* sein könnten, aber vielleicht ist das falsch. Vielleicht kann das niemand für einen anderen sein. Aber ein Mensch braucht eine Mitte, ein Zentrum, und ich habe keins. Dich zu bitten, mir das zu geben, war zu viel verlangt.« Auch ohne Zigarette ging ihr Atem in kleinen Wölkchen, so kalt war es. »Aber ich habe die Schnauze voll, immer auf sichere Distanz gehalten zu werden. Ich habe keinen Bock auf deine wolkigen Pläne: Heute willst du mich heiraten und ein Haus für uns bauen, und morgen ist es dann zu viel verlangt, wenn ich einen Schlüssel zu deiner Wohnung haben will. Oder du erklärst mir, dass ich dich zu sehr liebe. Das habe ich nicht verdient.« Sie setzte sich auf ihre Hände. Ich fragte mich, was sie mit dem Ring gemacht hatte.

»Hast du irgendwas von dem gehört, was ich da draußen gesagt habe?«, fragte ich, weil ich mich auf mein neues, positiveres Ich konzentrieren wollte. Ich wies mit der Hand Richtung Parkplatz und schlug dabei mit den Fingerknöcheln gegen die Scheibe. Meine Hand war so spröde und kalt, dass es höllisch brannte.

»Ich habe dich gehört, aber ich glaube dir nicht«, erklärte sie schlicht. »Ich will deine schuldbewussten Küsse nicht, und ich will diesen Ring nicht.« Er lag fett in der Mitte ihrer Hand, als sie ihre blassen Finger so ausstreckte, dass sie alle auf mich zeigten.

»Ich nehme ihn nicht.« Ich hätte ihr am liebsten auf die Hand geschlagen.

»Komm, sei vernünftig, okay? Nimm ihn zurück«, sagte sie wie eine hochnäsige Lehrerin. »Er war bestimmt teuer.«

Meine komplette Taktik, der ganze Plan, den ich mir ausgemalt hatte und an diesem Nachmittag in die Tat umsetzen wollte, war im Arsch. Manchmal konnte ich nicht mal mit ihr reden. Meine Schädelplatten wurden so fest gegeneinandergepresst, dass ich dachte, mein Kopf müsste unter dem Druck bersten.

»Du meinst es nicht ernst, Jimmy. Du hast irgendeine Idee im Kopf, aber du meinst es nicht ernst. Mein Bus fährt gleich. Ich ruf dich aus Texas an, und dann können wir reden. Hier, nimm den Ring.« Sie hielt ihn mir erneut hin. Ich starrte stur auf das blaue Plastikarmaturenbrett vor mir.

»Scheiße«, sagte ich und sah sie an, den Kopf gespannt wie den Hahn einer Waffe.

»Du bist echt eine Nummer, weißt du das?«

»Erzähl mir nicht immer, dass ich es nicht ernst meine!«, brüllte ich. Die Würfel, die am Rückspiegel hingen, baumelten hin und her. Ich versuchte, mich zu beruhigen. Wenn ich brülle, macht Christy dicht, sodass ich es sofort bereue. »Irgendwas stimmt hier nicht. Das läuft alles total verkehrt. Wie kann ich die Situation ändern?« Ich bettelte, flehte sie an. »Hör doch endlich mit diesem Getue auf.« Sie benahm sich so abgehoben. Das macht sie manchmal, als wollte sie sich mit Macht in eine alles sehende und alles wissende Person verwandeln, die keine Gefühle zeigt und über all der niederen menschlichen Hässlichkeit steht, die sie umgibt.

»Ich will, dass du mit dem Getue aufhörst«, jammerte ich. »Ich will, dass du mich heiratest.«

»Ich hör mir das nicht länger an.« Sie packte den Griff und stemmte sich gegen die Tür, als ob das Auto gerade in einem See versinken würde. Nachdem sie eine Weile unbeholfen daran herumgefummelt hatte, ging die Tür schließlich auf. Kalte Luft strömte herein. Ich beugte mich rasch über sie und zog das Scheißding wieder zu.

»Bleib im Wagen«, sagte ich.

»Fass mich nicht an!«, zischte sie, und ich dachte, sie würde mir die Augen auskratzen. Sie stieß die Tür wieder weit auf.

»Mach die verdammte Tür zu!«, brüllte ich und richtete mich auf.

»Schrei mich nicht an. Bist du verrückt?« Sie saß noch immer im Wagen, starrte mich an und streckte mir wütend ihren Finger ins Gesicht.

»Ich hab dich nicht angeschrien«, sagte ich so friedlich wie möglich. »Mach bloß bitte die Tür zu.«

»Jimmy …« Sie setzte einen Fuß auf den Asphalt. »Ich

wollte dich lieben, ich wollte dir wirklich alles geben. Ich weiß, was mit deinem Dad passiert ist. Und ich weiß, was mit deiner Mutter ist …«

Die Erwähnung meiner Eltern verwirrte mich. Was hatten die damit zu tun?

»Aber es tut jedes Mal weh, so weh wie Säure auf der Haut«, fuhr sie fort, »wenn du deine Meinung änderst oder mich abweist. Also lass mich einfach gehen.«

Sie fand die kleine Schachtel eingeklemmt am Rand ihres Sitzes, legte den Ring hinein und warf sie auf das Armaturenbrett. Dann setzte sie auch ihren anderen Fuß vor die Tür, warf die Zigarettenschachtel auf die Fußmatte, schwang sich aus dem Nova und knallte die schwere, scheppernde Autotür zu.

Ich stellte den Motor ab, packte die Schlüssel und den Ring, sprang aus dem Wagen und hetzte ihr über den leeren Parkplatz nach.

»Du kannst all das sagen« – die kalte Luft weckte mich wie zwei unter Strom stehende Elektroden an meiner Stirn –, »und du kannst denken, du würdest mich besser verstehen als ich mich selbst. Aber *was ich fühle* …« Ich hatte wieder angefangen zu schreien.

Christy fuhr herum und hielt mir ihren langen Finger direkt unter die Nase. »Halt die Klappe«, sagte sie kaum hörbar. Wir standen ungeschützt auf dem Parkplatz, und der Wind zerrte an unseren Kleidern. »Schrei mich nicht an.« Sie reagiert vollkommen irrational, wenn man sie anschreit: Niemand mag es, aber sie *hasst* es. Als sie sich wieder zum Eingang des Busbahnhofs umdrehte, stolperte sie und ließ ihre Handtasche fallen.

»Du kannst weggehen« – ich sprach jetzt leiser, hing ihr aber nach wie vor im Nacken –, »arrogant und selbstgefällig, als ob du so viel schlauer und älter wärst als ich …«

»Wovon redest du überhaupt?«, fragte sie, ohne mich auch nur anzusehen. Dabei ging sie mit langen Schritten weiter und versuchte, die Tasche wieder über die Schulter zu streifen.

Ich redete einfach weiter. »Ich kenne mich immer noch besser als du, und ich sage dir, dass ich dich liebe und dich heiraten möchte. Aber ich will dir nichts vormachen, ich habe auch Schiss. Die ganze Sache macht mir Angst.«

Wir betraten den Bürgersteig vor dem Eingang des Busbahnhofs. Endlich blieb sie stehen und drehte sich zu mir um.

»Ich habe *keine* Angst, verstehst du das nicht? Das ist der grundlegende Unterschied zwischen uns. *Meine* Liebe macht mir keine Angst. Deine schon, weil sie eine Lüge ist.« Ihre Wangen waren rot und rissig.

»Das ist nicht wahr!« Ich warf meine Hände in die Luft.

Christy sagte nichts, wandte sich jedoch auch nicht wieder ab.

»Ich rede nie wieder mit dir, wenn du schreist. Okay? Hast du das verstanden?«

Ich atmete tief ein. »Bloß weil ich Angst habe, muss das doch keine Relevanz für uns haben«, verteidigte ich mich weiter und hoffte, dass ich das Wort *Relevanz* richtig verwendet hatte. Ich wollte reif und beherrscht klingen, wie ein erwachsener Mann. »Als ich achtzehn war, hatte ich schreckliche Angst, ich wäre ein Homo, aber das bin ich nicht.« Das war ein ganz schlechter Ansatz, wie mir sofort klar wurde. »Bloß weil ich Angst vor einer Bindung habe, heißt das noch nicht, dass ich es nicht kann.«

Wir standen genau vor den schmutzigen Glastüren des Busbahnhofs. Überall klebten Plakate, Bekanntmachungen und Fahrpläne.

»Ich fahre weg, okay? Hör auf, mich zu verfolgen.« Sie betonte jedes Wort. »Ich ruf dich aus Texas an. Dann können wir weiterreden.«

»Komm jetzt mit mir nach Hause und rede«, bat ich sie so direkt, wie ich konnte. »Du kannst auch morgen noch fahren.«

Sie schüttelte den Kopf.

»Ich lasse dich nicht fahren«, sagte ich und vergrub meine Hände zum Schutz gegen den Wind in den Achselhöhlen.

»Doch, das tust du«, sagte sie und betrat das schmuddelige alte Backsteingebäude. Ich folgte ihr. Es war mir scheißegal, was sie sagte.

Der Busbahnhof war voller Automaten und Fahrkartenschalter. Es roch vage nach abgestandenem Urin, aber wenigstens war man windgeschützt. Ein paar Leute schlenderten ziellos auf und ab.

»Wenn du auch nur eine Sekunde lang glaubst, dass dies das letzte Mal ist, dass du mich siehst«, flüsterte ich, immer dicht hinter ihr, während sie ein Schild suchte, das anzeigte, wo ihr Bus abfuhr, »dann irrst du dich. Während du im Bus sitzt, kannst du über die schlichte Tatsache meditieren, dass du diejenige bist, die abhaut; du gibst auf, nicht ich. Sag was du willst, aber *ich* bin hier, und *du* gehst.«

Sie ging mitten durch den Bahnhof, ohne irgendwen anzusehen, und versuchte, sich klein und unauffällig zu machen. Sie ließ die wie Kirchenbänke aufgereihten Holzsitze hinter sich, auf denen Menschen Zeitung lasen, Kaffee tranken und warteten, und steuerte auf eine Tür zu, über der stand: ZU DEN BUSSEN. Aber sie ging nicht hinaus.

»Scheiße, scheiße, scheiße!« Sie schlug mit der flachen Hand gegen die Glastür. »Oh mein Gott, Jimmy, du hast alles vermasselt!« Sie wurde nicht laut, aber in ihrer Stimme klang echter Schmerz mit, den ich bis tief in die Magengrube spürte.

»Was? Was ist los?« Ich war etwa vier Schritte hinter ihr.

Sie presste ihr Gesicht an die Scheibe. »Mein Bus ist weg.«

Alle Leute in dem Busbahnhof starrten uns an und warteten, was als Nächstes passieren würde. Ich konnte Christys Gesicht nicht sehen. Sie stand zitternd da und starrte durch die Glastür. Ich legte sanft eine Hand auf ihren Rücken. Sie drehte sich um, verpasste mir fünf Schläge gegen den Kopf und traf mich einmal hart am rechten Ohr. Dabei rutschte sie auf dem Absatz ihres Stiefels aus und fiel auf die Knie. Ich kniete sofort neben ihr. Ohne aufzublicken, veränderte sie ihre Position und schlug die Hände vors Gesicht, weil ihr offenbar gerade klar wurde, dass wir ein ziemliches Schauspiel boten.

Sie schniefte, rieb sich den Mund, stand auf und marschierte seelenruhig in die Damentoilette, während ich auf dem Boden kniend zurückblieb.

Ich erhob mich und setzte mich gleich wieder auf eine der Bänke. Irgendwann hörten die Leute auf zu gaffen.

Ich habe meinen Zenit zu früh erreicht. Mit zwölf schaffte ich 67 einarmige Liegestütze. Niemand konnte es glauben. Ich habe in einem Schulwettbewerb einen Preis gewonnen. In der sechsten Klasse war ich so etwas wie ein Gott. Alle Mädchen waren in mich verschossen. Beim Sport wurde ich immer als Erster gewählt, und in der achten Klasse war ich bereits in zwei Disziplinen in der Schulmannschaft. Na toll – das hat mir echt was gebracht.

Kaplan Sheppard, der Militärgeistliche, hatte mich als Erster auf die Idee mit dem Heiraten gebracht. Nach der Trennung von Christy war ich völlig aufgelöst und am Boden zerstört zu ihm gegangen. Ihn konnte nichts umhauen; er war bullig wie ein Football-Trainer, dabei jedoch ein guter und sanfter Mensch, mit dem man wunderbar reden konnte. Er sprach so leise, dass man ihn kaum verstand. Sogar Christy mochte ihn.

Er erklärte mir, dass das Wesen der Gnade in der Fähigkeit liegt, Veränderungen zu akzeptieren. Er sagte, ich müsse anfangen, meine Männlichkeit nicht daran zu messen, wie viele Muschis ich begrabschen oder wie viele Mädchen ich flachlegen konnte, sondern daran, ob ich einer Frau treu sein konnte. Daran, wie selten ich log und wie oft ich zur Stelle war, wenn ich gebraucht wurde. Und daran, ob ich bereit war, das Leben zu lieben, das ich hatte, anstatt andere um ihres zu beneiden.

Er hatte mich jedenfalls ganz heiß gemacht, und jetzt hatte man mir die Luft rausgelassen, und ich saß allein auf einer alten Holzbank in einem baufälligen Busbahnhof. Links neben mir stand ein Automat, an dem man Schokoriegel, Kaugummi, Kartoffelchips, Kekse, Nagelclips und alles Mögliche andere ziehen konnte. Ich fühlte mich völlig leer. Mit mir warteten acht weitere Leute, seltsamerweise alles Männer. So warteten wir zu neunt auf einen Bus, auf eine Mitfahrgelegenheit – oder auf ein Mädchen.

Ich blickte den Flur hinunter zu der geschlossenen Damentoilette.

Ich würde sagen, in den ersten vier oder fünf Monaten unserer Beziehung haben Christy und ich praktisch nicht miteinander geredet. Dabei waren wir bestimmt an fünf Abenden in der Woche zusammen, aber wir sind nicht ins Kino gegangen oder zum Essen. Manchmal haben wir ferngesehen, aber meistens haben wir einfach gevögelt. Wir haben ständig gevögelt, aber ich konnte mich buchstäblich nicht mit der Frau unterhalten. Es war absurd. Ich habe ihr komplett nonverbal den Hof gemacht. »Ich weiß, dass du nicht dumm bist«, sagte sie immer. »Hast du denn gar nichts zu sagen?« Aber ich konnte wirklich nur an eines denken, und das klang zu kitschig: Ich dachte, dass sie unsagbar schön war. Sie hat ziemlich große Ohren, die zwischen ihren Haaren hervorragen, und die machten mich einfach verrückt. Ich musste sie dauernd anstarren. Sie wackelten, wenn Christy redete, und ich wollte ständig hineinbeißen. Was soll man sagen, wenn man so etwas denkt?

Erst in Virginia Beach fingen wir an, miteinander zu kommunizieren, und da dauerte unsere Beziehung schon gut fünf Monate. Mein Colonel musste eine Dienstreise zu einem Stützpunkt im Süden machen, und ich war als sein Attaché oder Verbindungsoffizier eingeteilt worden, eher eine Art persönlicher Assistent. Es war ein lausiger Job, aber ich hatte jede Menge Freizeit. Christy wollte auf ein romantisches Wochenende nachkommen. Ich fand, dass das eine ziemlich pärchenhafte Idee war, aber ich wurde irgendwie überredet.

Ich weiß noch, wie ich nachts mit nacktem Oberkörper und Badelatschen vor dem Motel in der warmen Meeresbrise stand, die so feucht war, dass ich bei jedem tiefen Atemzug beinahe husten musste. Die salzige Luft schimmerte im Licht einer roten Neonreklame für die Bowling-Bahn nebenan. Als ich so wartend auf dem Parkplatz stand und den vorbeifahrenden Autos nachsah, schien die Welt still und friedlich bis auf mein wummerndes Herz. Es fühlte sich an, als würde in meiner Brust ein Vollblut in einer Tretmühle galoppieren. Ich konnte es nicht erwarten, sie zu sehen. Als sie schließlich in einem kirschroten Camaro auf den Motelparkplatz fuhr (die Autovermietung hatte die Reservierung verschlampt, und weil es der einzige Wagen war, den sie noch hatten, mussten sie ihn ihr überlassen) und ich ihr Gesicht sah, wusste ich, dass ich ein hoffnungslos verknallter Teenager war. Aber reden konnte ich nach wie vor nicht mit ihr. Sie parkte den Wagen, stieg aus, und wir begrüßten uns nicht einmal – ohne Scheiß. Ich sagte nur: »Woher hast du denn die Schleuder?« Doch sie zuckte bloß mit den Schultern, und wir gingen Händchen haltend zum Strand.

Wir stiegen in den warmen Ozean, fingen an, zu knutschen und rumzufummeln, und standen bald bis zur Hüfte im Wasser. Ich zog ihre Shorts herunter, ließ sie davontreiben, und wir fingen an, uns zu lieben (diese Verrückte trägt nie einen Slip). Und wir hatten noch nicht mal »Hallo« zueinander gesagt! Eine Hand in ihrem Kreuz, die andere zwischen ihren Schulterblättern, spürte ich durch Knochen und Muskeln ihr Herz pochen, genau wie meins. Das Wasser spritzte gegen unsere Körper, und die Tropfen leuchteten wie Glühwürmchen. Ich sah einen silbernen Streifen Mondlicht über dem Horizont und fragte mich, was zum Teufel mit mir passierte. Würde ich das hier überleben? Ich konnte die Umrisse von Christys Augen sehen, doch es war zu dunkel, um irgendwelche Details zu erkennen. Dann blickte ich nach unten und konnte, als wäre ihr Leib aus Kristall, sehen, wie die vier Kammern ihres Herzens sich zusammenzogen und wieder entspannten. In ihrem Brustkorb pumpte ein Herz wie wild, nur Muskeln und Blut, das wie ein Rubin in einer dunklen Höhle leuchtete. Das Herz dieses Mädchens war ein verdammter Feuerball.

Den Rest des Wochenendes haben wir geredet. Nachdem ich einmal angefangen hatte, war es unmöglich, mich wieder zum Schweigen zu bringen. Die Worte flossen wie Wasser aus einem Hahn, bis nichts mehr übrig war und ich leer, aber sauber zurückblieb. Ich erzählte ihr, wie ich mich nach dem Selbstmord meines Vaters aus einer Laune heraus zum Militär gemeldet hatte. Ich erzählte ihr von meinen Heulkrämpfen und dass ich wusste, dass ich die Army verlassen musste, obwohl ich keine Ahnung hatte, was ich als Nächstes machen sollte. Sie stellte Fragen und hörte den Antworten auch wirklich zu. Sie war sensibel und einfühlsam auf eine Art, die mir Hoffnung machte und gleichzeitig das Herz brach. Und was ihre Wirkung auf mich betrifft, so hätte sie ebenso gut eine Bombe sein können.

Ich blickte von meiner Bank im Busbahnhof von Kingston aus dem Fenster. Etwa eine halbe Meile entfernt kreisten drei Falken in der Luft.

Ich habe mal irgendwo gelesen, dass General Sam Houston glaubte, er wisse immer, dass er genau dort war, wo Gott ihn haben wollte, wenn Falken über ihm kreisten. Er hatte eine Zeit lang mit den Indianern gelebt und im Peyote-Rausch diese Vision gehabt. Ich war mir nicht mal sicher, dass es Falken waren, die ich betrachtete. Es hätten auch Bussarde sein können.

Auf der anderen Straßenseite war ein Eisladen mit einem großen Schild im Fenster:

LADEN GESCHLOSSEN – WINTERPAUSE
BEI DIESEM FROST BLEIB ICH ZU HAUSE

Zwei Typen mit leuchtend orangefarbenen Westen fuhren auf eine Tankstelle; wahrscheinlich Kaninchenjäger, denn sie hatten einen Beagle dabei. Ich war noch nie auf der Jagd. Kein Interesse.

Als ich so auf der Holzbank des Busbahnhofs von Kingston saß, beschlich mich ein unheimliches Gefühl, und ich bekam eine Gänsehaut. Ich wusste nicht mehr, wie lange ich schon hier war; es hätte eine Sekunde oder auch eine Stunde sein können. Ich fing an, mir auszumalen, wie Christy sich auf der Damentoilette umbrachte. Das wäre meine Geschichte: FRAU BEGEHT SELBSTMORD NACH HEIRATSANTRAG VON VERSAGERFREUND. Ich hörte das sanft drängende Ticken meiner Uhr, das mysteriöserweise mal lauter, mal leiser wurde.

Als ich 23 war, sprang mein Vater am 19. Dezember aus dem 18. Stock des George Taft Memorial Hospital in Cincinnati, Ohio, und starb an seinen Kopfverletzungen. Einen Tag zuvor hatte ich ihn in der Psychiatrie besucht. Das Letzte, was er zu mir sagte, bevor ich in den Aufzug trat, war: »Die Ärzte haben keine Ahnung – besorg mir einfach einen Welpen, Jimbo. Ich brauche etwas, worum ich mich kümmern kann. Ich vermisse den kleinen Jungen, der du mal warst. Kein Labrador oder so ein Scheißvieh mit Stammbaum, einfach irgendeinen Straßenköter.« Und dann ging die Fahrstuhltür zu.

Gnade: die Fähigkeit, Veränderungen zu akzeptieren.

Ich stand auf. Anfangs war ich nicht sicher, ob ich Christy suchen oder einfach gehen sollte. Doch dann lief ich mit laut polternden Schritten zur Damentoilette, machte die Tür auf und hoffte, dass keine anderen Frauen drin waren.

»Hey, Bohnenstange«, sagte ich leise. »Alles okay?«

Die Toilette war überraschend sauber, hell erleuchtet, der Boden und die Wände bis auf halbe Höhe in einem schwarz-weißen Karomuster gefliest, drei echte Glasspiegel, die Kabinentüren aus schwerem, schwarzem Holz und hohe Decken, Baujahr etwa 1940. Nicht so, wie sie die Dinger heute bauen mit einem Aluminiumblech als Spiegel und Waschtisch und Waschbecken aus pissegetränktem Plastik. Dieser Raum war ein eigenes Universum. Zum einen war es der einzige Raum im Gebäude, in dem man seinen Atem nicht sah. Die Heizung klapperte und stieß einen stetigen Dampfstrom aus. Natürlich hatten die Leute an die Wände geschrieben und ihre Namen in die Holztüren geritzt, Kritzeleien und andere Spuren pubertären Vandalismus, und trotzdem hatte alles in diesem Raum Substanz. Nicht einmal das helle Licht machte mir etwas aus. Leider war es diese Art von Halogen-Deckenbeleuchtung, die jeden Pickel im Gesicht doppelt so rot leuchten lässt.

Christy stand an einem schweren, massiven Porzellanwaschtisch mit alten Metallwasserhähnen, kramte in ihrer Handtasche und frischte ihr Make-up auf. Erfreut registrierte ich, dass sie geweint hatte. Alles war besser als diese Ist-mir-doch-egal-ich-bin-ja-so-abgehoben-Haltung. Ihr Gesicht war aufgedunsen und verquollen. Ihr schwarzer Parka lag auf dem Boden, und die Brieftasche war halb aus der Vordertasche gerutscht. Typisch Christy: Ich schimpfe ständig darüber, wie unorganisiert sie ist, dass sie ihre Sachen nie aufhängt oder sich erinnert, wo sie ihre Brille hat, so was eben. Sie trug mein altes graues Kapuzen-Sweatshirt über einem langen weißen Unterhemd. Sie hatte tolle, große Titten, über die in fetten Lettern ARMY geschrieben stand.

Ich setzte mich auf die Holzverkleidung der Heizung und wärmte meinen Hintern. Wir schwiegen beide.

»Ich könnte dich nach New York fahren«, sagte ich schließlich. »Wir holen dein Gepäck und den anderen Kram, reden noch ein bisschen und gucken, ob du mich dann immer noch nicht heiraten willst.« Ich sprach extrem leise, doch wegen der Fliesen und der hohen Decke trug meine Stimme sehr gut. Der Plan war mir erst in dem Moment eingefallen, als ich ihn laut ausgesprochen hatte.

Wieder sagten wir lange nichts. Inzwischen hatten wir uns beide etwas beruhigt. Christy wandte den Blick im Spiegel von mir ab, betrachtete ihr Gesicht und das Waschbecken und begann, am Nagel ihres kleinen Fingers zu kauen.

»Wie willst du das mit deinem Job regeln?«, fragte sie so süß, dass ich ihr Gesicht umfassen und ihre roten Wangen abknutschen wollte. Es ist wirklich irre, wie sehr Christys Gesicht sich von einem Augenblick zum nächsten verändern kann: in einem Moment hart, scharf und kantig, im nächsten weich, verletzlich und schüchtern.

»Ich mach blau«, sagte ich. »Ich ruf Ed an und sag ihm, er soll irgendwas erfinden. Drei Tage oder so komme ich damit durch.«

Christy fing an zu weinen, nicht hysterisch oder wild schluchzend, sie starrte mich bloß an, und ihre Augen füllten sich mit Tränen. Sei ein Mann, sagte ich mir. Lass sie weinen. Hol tief Luft und fülle diesen Körper aus. Du bist kein Idiot.

»Ich weiß, dass du denkst, dass alles irgendeine geheime, versteckte Bedeutung hat, die nur du erkennen kannst«, sagte ich, nach wie vor auf der Heizung thronend. »Aber du verstehst nicht alles von mir, genauso wenig wie ich. Manche Dinge sind eben Rätsel, okay?« Ich sprach ruhig und versuchte, dem Echo meiner Stimme zu entkommen. »Du bist schlau, schlauer als ich, aber auch du kannst nicht alles verstehen.«

Sie sah mich an, friedlich und reglos. Der Wind peitschte die Blätter eines Buschs gegen das Fenster im hinteren Teil der Toilette.

»Du denkst, wenn du eine Entscheidung getroffen hast, musst du sie zweihundertprozentig durchziehen, auch wenn sie gar keinen Sinn ergibt. Immer alles oder nichts. Aber du hast die neueste Entwicklung verpasst: Ich liebe dich wie verrückt, ich kann mich ändern, und ich verlasse dich nicht. Diese neuen Informationen solltest du erst mal verarbeiten, und dann kannst du die einprogrammierten Koordinaten ändern, wenn du willst.«

Ich war ungefähr ein halbes Jahr lang bei einer Panzerdivision. Da haben wir in einer Tour von Koordinaten geredet.

»Tut mir leid, dass ich deine Gefühle verletzt habe, aber ich liebe dich«, wiederholte ich. Ich wollte, dass sie meine Entschuldigung annahm, damit wir uns küssen und dann heiraten konnten.

»Jetzt liebst du mich?«, fragte sie mit todernster Miene und sah mir, die Arme verschränkt, die Hände in den Achseln ihres Sweatshirts vergraben, direkt ins Gesicht.

»Jetzt liebe ich dich.« Ich versuchte, klar, furchtlos und selbstsicher zu klingen.

»Und morgen?«

»Ich will dich heiraten«, antwortete ich.

Lange Zeit passierte gar nichts. Wir sahen uns nur an.

Sie wollte etwas sagen, doch ihre Stimme brach. Sie biss sich auf die Unterlippe und nahm einen neuen Anlauf. »Warum hast du mich nicht angerufen?« Sie weinte, als wollte sie zerfließen. Ihr ganzer Körper bebte leicht und rhythmisch, sie hatte die Arme fest an sich gedrückt und keine Kraft mehr übrig. Ich ging nicht zu ihr, sondern ließ sie weinen. Ich wusste, dass sie nicht wollte, dass ich sie auf irgendeine herablassende, verlogene Art tröstete. Manche Sachen sind beschissen und tun echt weh. Die Frage ist, ob man den Mut hat, das auszuhalten?

Es klingt vielleicht abgeschmackt, aber es ist wahr: Bis zu diesem Augenblick hatte ich mir wirklich keine Gedanken darüber gemacht, wie Christy sich gefühlt hatte. Ich erkannte, wie egozentrisch ich gewesen war.

»Es tut mir leid«, sagte ich noch einmal. »Ich habe versucht, mein Leben in Ordnung zu bringen.«

»Es sei dir vergeben«, sagte sie und versuchte zu lächeln. Sie biss die Zähne zusammen und wischte sich, ärgerlich, dass sie geweint hatte, die Tränen ab. »Aber Vergebung wird … allgemein überschätzt. Handlungen haben Auswirkungen – wie in einem wissenschaftlichen Experiment oder einer chemischen Reaktion.« Sie trat wieder ans Waschbecken, drehte beide Hähne gleichzeitig auf und ließ das Wasser im Becken zusammenströmen. Sie sah ausgelaugt aus. An ihren Blicken und Gesten erkannte ich, dass ich ihr schon am Herzen lag, sie jedoch am Ende über mich hinwegkommen konnte und würde. Das war mir vorher irgendwie nicht klar gewesen.

»Die Wahrheit«, sagte sie beinahe wie zu sich selbst, »braucht unseren Schutz nicht. Wir müssen nur in ihr leben, dann wird sie uns schützen, verstehst du?«

Ich nickte, ohne zu wissen warum; ich verstand überhaupt nicht, wovon sie redete. Sie zog eine Handvoll Zettel aus ihrer Tasche und hielt sie mir hin. Ich rutschte von der Heizung und nahm sie. Sie fühlten sich glatt und dünn an wie Faxpapier, und auf jedem waren schwarz-weiße Abbildungen, die aussahen wie Sternbilder: der Oriongürtel und der Große Wagen. Jedes Bild war anders. Auf jedem Zettel war auf der linken Seite der Umriss eines nackten Frauenkörpers eingezeichnet, mit einem Pfeil, der direkt auf den Bauchnabel zeigte. Oben und unten auf der Seite standen meterweise Zahlen und Buchstaben. Ich hatte noch nie etwas Vergleichbares gesehen und keine Ahnung, was das zu bedeuten hatte.

»Das ist unsere Tochter im Alter von 17 Wochen«, meinte Christy.

Mein Magen, meine Hände, meine Knie, alles zitterte vor Angst – einer Angst, wie ich sie seit meinem zwölften Lebensjahr nicht mehr gespürt hatte.

»Wieso hast du mir das nicht erzählt?«, stammelte ich.

»Ich weiß nicht. Ich hab es versucht. Aber je mehr ich es versucht habe, desto abweisender hast du gewirkt. Und dann – ich weiß auch nicht – habe ich Angst bekommen.«

»Es ist ein Mädchen?«, fragte ich. Ich konnte kaum atmen und würde jeden Moment anfangen zu heulen. Ich kniff den Hintern zusammen und versuchte, weder zu atmen noch zu blinzeln. Ich ballte die Fäuste und biss mir in die Wangen, damit mein Mund nicht zitterte.

Ich war überrascht, dass Christy schwanger war, aber irgendwie hatte ich es auch gewusst. »Es gibt keine Geheimnisse, nur Dinge, die die Menschen vorgeben nicht zu wissen«, hatte mein Vater immer gesagt.

»Sie sind sich nicht sicher«, fuhr Christy fort, »aber die Frau hat gesagt: ›Wenn ich mich festlegen müsste, würde ich auf ein Mädchen tippen.« Christy sah mich eindringlich an. Ich versuchte, flach zu atmen, musste mich aber sofort hinsetzen. Christy kniete neben mir und drückte mein Gesicht an ihr Sweatshirt. Es war sonst niemand dort, doch sie bedeckte trotzdem mein Gesicht, und ich spürte, wie meine Wangen heiß anschwollen und meine Augen brannten.

»Du musst gar nichts tun«, flüsterte sie mir ins Ohr. »Es

war meine Entscheidung. Ich werde mich um alles kümmern. Ich konnte es dir nie sagen, weil ich nicht wusste wie, ohne dass es so aussehen würde, als hätte ich dich in eine Falle gelockt und würde dich nun zu einem Leben zwingen, das du so ausdrücklich nicht wolltest. Ich liebe dich, Jimmy, und ich bedauere nichts. Es wird ein wunderschönes Kind werden. Ich habe mittlerweile über alle Alternativen nachgedacht, und keine stellt irgendwelche Ansprüche an dich«, sagte sie und wiegte mich in ihren Armen. Ich sah sie an.

»Was für Alternativen?«, fragte ich.

Christy sah mir tief in die Augen, küsste mich einmal, und noch mal und wieder und wieder. Unsere Wangen waren klatschnass, und ihr Mund war süß wie Kirschbonbons. Ich knöpfte den obersten Knopf ihrer Jeans auf und vergrub meinen Kopf zwischen ihren Beinen. Christy hat eine fantastische Muschi. Ich sage das nicht, um vulgär zu sein. Ich sage es, weil es stimmt.

»Nicht hier«, flüsterte sie. »Nicht hier.«

Die Scheiben des Nova waren von unserem Atem beschlagen. Christy hockte von der Hüfte abwärts nackt auf meinem Schoß, den Reißverschluss ihres schwarzen Parka bis zur Brust hochgezogen, den kleinen Diamanten an ihrem Ringfinger. Über dem Parkplatz des Busbahnhofs von Kingston war die Sonne untergegangen, wir liebten uns, und ihre Vagina schmiegte sich wie Samt um meinen Schwanz, während ich ihre Füße wärmte, indem ich sie mit den Händen massierte. Grace die Katze hockte nach wie vor unentdeckt unter dem Beifahrersitz.

Irgendwie mag ich das Gefühl, wenn man Koks schnupft, bis einem das Gehirn einfriert und man weint, weil man nicht einschlafen kann – es ist eine Todesangst oder Lebensbewusstheit –, und das Zusammensein mit Christy, ihre Küsse und ihre Feuchtigkeit, berührten auf irgendeine Weise denselben Nerv. Nur dass es mit ihr das Gegenteil von Gift war, eher wie ein uraltes, heilendes Elixier.

»Kannst du den ganzen Kram noch mal sagen?«, hauchte Christy über mir.

»Welchen Kram?«

»Warum du heiraten willst und *so.*«

»Ich bin mir nicht sicher, ob ich mich noch daran erinnere.«

Christy knurrte und spannte ihren Vaginalmuskel an.

»Nie werde ich jemanden mehr lieben als dich«, sagte ich. »Die Frage lautet also: Glaube ich an die Liebe?«

»Ja, das tust du«, beantwortete sie die Frage aufgeregt für mich. »Das tust du.« Sie bewegte ihr Becken wieder und vögelte mich weiter um den Verstand.

Ich musste an Franklin Delano Roosevelt denken, der der Legende nach in dem Augenblick, in dem er den Namen Adolf Hitler hörte, wusste, dass er dem Grund für sein Dasein auf Erden begegnet war. Sein ganzes Leben lang hatte er mit dem nagenden Gefühl gelebt, dass er auf irgendetwas wartete, und als er diesen Namen hörte, löste sich das Gefühl in Nichts auf. Er war angekommen.

Das hier war zwar eine andere Situation – viel bescheidener –, aber genau in diesem Moment, mit meinem Mädchen im Arm und unserem Kind in ihrem Bauch, wusste ich, dass der Augenblick gekommen war, auf den ich mein

Leben lang gewartet hatte. Ich würde ein Vater und Ehemann sein.

Ich gab ihr einen Klaps auf den Hintern und legte einen Zahn zu.

JESAJA

Jimmy saß auf dem Fahrersitz. Ich hockte rittlings auf ihm, von der Taille abwärts nackt, und sah ihm direkt ins Gesicht. In dieser Haltung war Jimmy fast schon unangenehm tief in mir drin. Die Fenster waren beschlagen von unserem Atem, und ich konnte von dem leeren Busparkplatz kaum etwas erkennen. Der Himmel schimmerte mitternachtsschwarz. Jeden Winter bin ich wieder überrascht, wie dunkel es um halb sechs nachmittags schon sein kann. Das, was ich sehen konnte, wirkte heiter und friedlich, wie ein ruhiger Ozean, und wenn ich meine Hüften bewegte, schaukelte der Wagen sanft hin und her, als trieben wir auf diesem Ozean.

Als ich meinen Blick von Jimmys Gesicht löste, tauchten plötzlich zwei gelbe Augen vor mir auf, die in der Dunkelheit des Rücksitzes schwebten – wie ein rätselhafter Traum. Ich sprach ein Gebet für Jimmy und mich, bat um einen Segen für unsere Liebe. Dabei wandte ich mich an niemand Bestimmtes; ich träumte nur in Gedanken vor mich hin und hoffte, jenseits des Glases und Metalls unseres Wagens ein wenig Mitleid zu erwirken. Ich wusste, dass ich den Verlobungsring nicht hätte anstecken dürfen. Ich wollte keine falschen Hoffnungen wecken.

* * *

Als ich das erste Mal bewusst gebetet habe, war ich in der dritten Klasse. Ich saß im Schneidersitz auf meinem Bett; das Mondlicht tauchte meine weißen Laken auf magische Weise in blaues Licht. Laut Vorhersage bestand tatsächlich die Möglichkeit, dass es schneien würde; es war das beherrschende Thema in allen Fernseh- und Radiosendern – Schnee in Texas ist eine absolute Seltenheit. Ich betete zu Gott: Wenn du mich nur ein kleines bisschen lieb hast, dann lass es morgen bitte, bitte schneien. Ich hasste die Schule. Für den nächsten Tag stand ein Test über die Bundesstaaten an: Hauptstädte, Blumen, Flüsse und ähnlicher Mist. Ich erinnere mich, dass ich die Straßenlaterne vor meinem Fenster anstarrte und es kaum erwarten konnte, bis sie die ersten Flocken beleuchtete. Ich erinnere mich an das Geräusch vorbeifahrender Wagen, deren Scheinwerfer meine Zimmerdecke entlangkrochen. Ich erinnere mich an mein Zimmer; eine amerikanische Flagge mit 48 Sternen hing an der Wand. Sie hatte auf Großvaters Sarg gelegen. Ich erinnere mich an den blauen Zottelteppichboden und die Pseudo-Holzvertäfelung an den Wänden. Ich erinnere mich sogar an mein Gebet. Ich hatte mich hingekniet und betete laut in Richtung des Mondes – Gott stellte ich mir einfach als zwei lange, allumfassende Arme vor, mit kräftigen maskulinen Händen, wie die meines Vaters:

»Lieber Gott, mein Name ist Christy Ann, und ich verspreche, dass ich immer an dich glauben werde und dass ich immer brav sein werde, wenn du dich entschließen könntest, es morgen schneien zu lassen, und zwar so viel, dass ich nicht zur Schule gehen muss. Vielen, vielen Dank, und ich bete auch noch für alle einsamen Menschen, die keine Freunde haben. Danke. Amen.«

Als kleines Mädchen war ich immer sehr besorgt um einsame Menschen.

An all das erinnere ich mich, aber ich kann mich nicht mehr erinnern, ob es nun geschneit hat oder nicht.

Ich warf einen Blick auf Jimmys Lippen. Schmatzende Liebeslaute begleiteten jede unserer Bewegungen. Das Wageninnere war erfüllt vom Duft unserer Körper. Wenn wir uns liebten, schien es manchmal, als gehörten unsere Geschlechtsorgane nicht wirklich zu uns. Sie bildeten eine Verbindung oder eine Brücke, auf der wir uns begegnen konnten. Jimmy und ich hatten manchmal ziemliche Schwierigkeiten, miteinander zu reden. Aber wenn wir miteinander schliefen, lösten sich die Spannungen; mein Geist öffnete sich und wurde von unendlicher Weite erfüllt. Unser Sex war so, wie ich mir den Moment nach einem Marathon vorstelle, wenn man eine riesige Entfernung zurückgelegt hat, alle Ängste in Grund und Boden gelaufen sind und man nicht mehr in der Lage ist zu denken. Es gibt nur dich und deinen Atem, der mühelos ein- und ausströmt.

Wieder tauchten zwei gelbe Augen vor mir auf, die noch immer in der Dunkelheit des Rücksitzes zu schweben schienen. Ich fragte mich, aus welchem Traum diese Augen wohl stammten oder was sie mir durch diese Vision wohl symbolisch zu verstehen geben wollten.

Ich hatte mich gar nicht von Gordon verabschiedet, dem blinden Mann im Bus. Bestimmt hat er sich Sorgen gemacht, weil ich einfach so verschwand. Wir würden uns in unserem ganzen Leben nicht mehr wiedersehen, dessen war ich mir ziemlich sicher.

»Das Einzige, was wirklich zählt, ist Gnade, die Gnade Gottes, *gratia*, *grace* …«, hatte Gordon mir gesagt.

»Ich habe eine Katze, die Grace heißt«, murmelte ich.

»Gnade bedeutet, mit einem offenen Herzen zu leben, sich der Tatsache bewusst zu sein, dass sich in jeder kleinsten Geste der Wille Gottes, Allahs, zeigt.« Er unterbrach sich. Wir waren nur noch wenige Minuten von Kingston entfernt.

»Ist Allah ein Mann?«, fragte ich. Ich konnte machen, was ich wollte, aber jedes Mal, wenn jemand den Namen Allah erwähnte, erschien vor meinem geistigen Auge das Bild mittelalterlicher Reiterhorden mit Krummsäbeln, die christliche Körperteile abhackten.

»Man darf sich Gott nicht als einen Gegenstand, eine Person, einen Mann oder eine Frau vorstellen. Allah ist kein Objekt. Gott ist nicht hier oder dort drüben.« Er machte ein paar fast spastische Handbewegungen. »Gott ist die Quelle in mir.« Er ballte seine Hand zu einer Faust und schlug sich damit gegen die Brust. »Er ist nicht ich, aber die Quelle in mir. Allah zeigt sich in seinen Geschöpfen, aber Allah ist nicht seine Geschöpfe. Taschbe: Allah offenbart sich in allem. Tanze: Allah ist jenseits jeden Wissens, vollständig unsichtbar. Die Einheit von beidem ist die Realität. Gott zu kennen heißt, zu wissen, wie er sich selbst sichtbar macht.«

Als ich mich umsah, stellte ich fest, dass eine Reihe alter Leute im Bus saß. Ich stelle mir alte Leute immer als Anhänger des Ku-Klux-Klans oder als ehemalige Nazi-Offiziere vor oder aber als richtig *nette* – ich meine wirklich nette – Senioren, die ständig für Behinderte Essen kochen, herumsitzen und dabei beten und Pfennige zählen und so alle Sünden und alles Böse auf der Welt wieder gutmachen. Diese Gedanken und Vorstellungen gehen mir immer gleichzeitig durch den Kopf. Jeder junge Mann ist entweder ein potenzieller Vergewaltiger oder mein zukünftiger Ehemann. Vielleicht sehen ja alle Menschen die Welt auf diese Weise: Alles ist wahr, und zwar zu jeder Zeit.

»Die Welt dreht sich, stimmt's?«, fragte Gordon. Es folgte eine lange Pause. Ich machte mir Sorgen; ich wusste, dass diese Frage irgendwohin führen sollte. Liebend gern hätte ich jetzt einen Schluck von seinem Bier genommen.

»Fahren Sie fort«, sagte ich einfach.

»Also, ich bin nicht die gleiche Person, die ich gestern war – wie könnten Sie mich also kennen? Wie könnte ich Sie kennen? Schließlich versuche ich noch immer herauszufinden, wer ich vor zehn Jahren war.«

Er lachte. Ich lachte mit.

»Vielen Dank.« Er lächelte breit.

Jimmy und ich haben ein paarmal die Situation erlebt, dass er ganz tief in mir drin war, aber sich keiner von uns bewegt hat. Dabei hielt ich ihn fest in mir, blickte tief in seine Augen, und nach ein paar feuchten, mysteriösen Augenblicken kamen wir beide gleichzeitig. Das passierte aber nur zufällig. Wenn wir es darauf anlegten, klappte es nie.

Draußen hatte es zu schneien angefangen. Ich konnte das leise Plopp der auf der warmen Motorhaube schmelzenden Schneeflocken förmlich hören und Tausende Schneekristalle auf den Parkplatz fallen sehen, auf dem Jimmy gerade um meine Hand angehalten hatte. Es war ein mutiger Schritt, aber ich wusste, dass wir niemals heiraten würden. Ich war zu der Überzeugung gekommen und hatte mich damit abgefunden, dass es unser Schicksal war, einander das Herz zu brechen und uns gegenseitig zu zerstören. Die Tatsache, dass wir hier miteinander schliefen, bedeutete nur einen Aufschub. Genau wie die Tatsache, dass ich seinen Ring trug: ebenfalls nur ein Aufschub. Jimmys größtes Problem war, dass er so gerne geliebt werden wollte – von mir, von allen anderen –, und zwar so sehr, dass er sein eigenes Ich nicht hören konnte. Diese Taubheit machte ihn unberechenbar. Man konnte nie wissen, wann seine eigene Stimme ihn wiederfinden würde.

Aber wir konnten miteinander schlafen. Inzwischen schwitzte ich unter meinem Parka.

»Jeder von uns hat einen bestimmten ›Auftrag‹«, hatte Gordon gesagt. »Schon allein dadurch, dass wir geboren werden, haben wir um eine Aufgabe gebeten. Das Kind in Ihrem Bauch hat bereits darum gebeten, teilzuhaben. Gibt es irgendetwas in Ihrem Leben, um das Sie nicht auf die ein oder andere Weise doch gebeten haben? Das Leben stürzt nicht einfach auf uns ein. Jesaja sagt: ›Hier bin ich. Verfüge über mich.‹« Ich erinnere mich, dass Gordon blind mit der Faust auf seine Brust schlug, wie ein Boxer, der einen Kampf herausfordert. »Hier bin ich. Verfüge über mich.«

Ich hatte bereits bei unserer ersten Verabredung Sex mit Jimmy. Meine Freundin Chance hatte mich praktisch herausgefordert. Ich wusste, dass ich das nicht hätte tun sollen, weil ich ihn vom ersten Augenblick an wirklich mochte. Ich erinnere mich genau an den Moment, als er das erste Mal in mich eindrang, weil es mir buchstäblich den Atem verschlug. Ich fühlte mich wie ein kleines Mädchen, das vom Karussell fällt; ein paar Sekunden lang konnte ich mich beim besten Willen nicht daran erinnern, wie man Luft holt. Seit diesem Augenblick hatte ich nur darauf gewartet, schwanger zu werden.

»Haben Sie Einfluss darauf, ob dieser Bus sicher sein Ziel erreicht?«, hatte Gordon gefragt. »Ob der Keilriemen sorgfältig befestigt wurde? Haben Sie Einfluss auf die Wasserversorgung? Die Getreideernte? Die Benzinherstellung? Die Gezeiten? Den Mond? Und doch beeinflussen diese sogenannten äußeren Faktoren Sie in jedem einzelnen Moment. Freiheit ist eine Gnade. Mit dem Wissen zu leben, dass man eine Manifestation Gottes ist, dass die eigenen Handlungen die Muskelbewegungen des Himmels bilden – das ist Gnade.«

Als ich die Abtreibungsklinik in Albany betrat, wusste ich, dass ich gegen eine unausgesprochene, aber bereits getroffene Abmachung verstieß. Während ich im Wartezimmer saß und eine Zeitschrift las, kam plötzlich eine Frau auf mich zu, die ich nur mit Mühe als ein Mädchen aus meiner Highschoolzeit in Texas wiedererkannte.

»Christy, bist du das?« Sie war mexikanischer Abstammung und hatte lockiges schwarzes Haar. Ihr Name war Cruz Alvarez. »Christy Walker! Oh mein Gott, wie schön, dich wiederzusehen!« Ich blickte in ihre hellbraunen Augen und wusste sofort, dass ich nicht in der Lage sein würde, die Abtreibung durchzuziehen. Diese Klinik war der letzte Ort auf der Welt, wo ich erkannt werden wollte. Ich wusste, dass ich alt genug war, um dieses Kind zu kriegen. Noch ein Jahr zuvor hätte sich eine Abtreibung durchaus rechtfertigen lassen, aber jetzt konnte ich nicht mehr so tun, als hätte ich nicht um dieses Kind gebeten – denn genau das hatte ich.

»Die Schöpfung entstand nicht etwa vor langer Zeit. Sie entsteht in jedem Moment. *Gratia,* Gnade wird dir zuteil, wenn du erkennst, wie viel von jedem einzelnen Augenblick sich deiner Kontrolle entzieht.« Gordons Stimme durchfuhr mich wie der Ton eines Holzblasinstruments. »Das ist Freiheit. Die Menschen in diesem Land glauben, Freiheit sei die Fähigkeit, wählen zu können – ich nehme einen Cadillac und keinen Buick, denn ich bin ein Cadillac-Mann. Unser einziger Zugang zu noch größeren Wahlmöglichkeiten liegt in noch mehr Geld. Aber Wahlmöglichkeiten und Geld sind nicht gleichbedeutend mit Freiheit.« Er rückte seine Sonnenbrille zurecht und hob den Kopf. »In uns gibt es ein Gefühl der Unzufriedenheit, eine Leere, die nicht gefüllt werden kann. Diese Leere ist unsere Sehnsucht nach Gott. Suchen Sie nach dieser Sehnsucht und halten Sie an ihr fest!«

Der Schnee auf der Heckscheibe schmolz in kleinen Rinnsalen und floss langsam das Glas hinunter. Noch immer starrten mich diese Katzenaugen unverwandt an, schwebten in der Dunkelheit. Sie erinnerten mich an meine eigene Katze, die Katze, die ich zurückgelassen hatte. Als ich Jimmy wieder anblickte, hatte ich plötzlich das dringende Bedürfnis, sein Gesicht zu küssen, in seine Wange zu beißen, bis sie blutete, sein Blut zu trinken, die Wunde mit einem Kuss zu versiegeln, ein Pflaster darauf zu kleben, ihn zu heilen und wieder von vorne anzufangen. Ich wollte leiden. Es gab keinen Ausweg, nur ein Augen-zu-und-durch.

Die Augen rückten jetzt weiter vor in den Lichtschein der Armaturenbeleuchtung. Ich konnte es kaum glauben.

»Oh, mein Gott Jimmy«, sagte ich atemlos und benommen. »Ist das Grace?«

Wer ist in dem Hund?

Nach einer Nacht im Kingston Skytop Inn and Steak House, einem Motel mit Panoramablick auf die Interstate 87, fuhren wir nach Manhattan, holten Christys Gepäck am Port Authority Bus-Terminal ab und beschlossen, zu Mittag zu essen.

Das Howard Johnson's am Times Square wirkte auf mich wie die Hauptkreuzung des Universums. Im Laufe eines Lebens kommt ein Großteil der Weltbevölkerung irgendwann mal hier durch. Es war ungefähr halb eins. Ich konnte Christy nicht überreden, irgendwas Nahrhaftes zu sich zu nehmen. Sie hockte mit angezogenen Knien mir gegenüber auf der Bank und tauschte praktisch Zungenküsse mit ihrem Mandarinenbecher. Der Laden war höllisch schmuddelig, aber für mich war Hojo's der Himmel. Die Fassade war komplett verglast, mit schmutzigen Scheiben, durch die ein merkwürdiges, graues Licht hereinfiel. Das Restaurant lag direkt an der Ecke 45th Street und Broadway, und draußen sah es aus wie in Tokio oder irgendeinem futuristischen Traum, ein Chaos aus blinkenden Lichtern und Schildern, die alle unterschiedliche Varianten von Sex anpriesen. Man hatte das Gefühl, in der trüben Stille eines Aquariums zu sitzen, während vor der Scheibe Schwärme manischer Fische in wilden Farben vorbeischossen.

Christys Taschen lehnten an unserer roten Plastikbank, und die Kellnerin wuselte ständig vorbei, stolperte und warf mir jedes Mal giftige Blicke zu. Sie war eigentlich ziemlich sexy – etwa Anfang vierzig, trug ihre schwarzweiße Kellnerinnen-Uniform aber wie eine Stripperin, eng und nuttig, was bei mir immer wirkt. Christy war bester Laune. Es ist leicht, sie zu lieben, wenn sie in dieser Stimmung ist. Ihre Augen leuchteten grün, und ihr Eisbecher wirkte auf sie wie Heroin auf einen Junkie. Sie drehte den langen, schmalen Löffel mit geschlossenen Augen im Mund herum und schleckte sorgfältig das Eis ab.

Wir überlegten, was wir machen sollten, und mir wurde langsam klar, dass ich eigentlich gar keine Wahl hatte – nicht wenn ich sie wirklich heiraten wollte. Ich hatte verschiedene Male probiert, ihr die Rückkehr nach Albany als mögliche Option zu verkaufen, doch daran war nicht zu denken. Die einzige Frage war, was ich wegen meines Lieutenants machen wollte. Doch das war mein Problem. Ich würde es schon irgendwie lösen. Jetzt war es Zeit, Gummi zu geben.

Der Lärm im Howard Johnson's war ohrenbetäubend. Es wimmelte von Touristen, die hier zu Mittag aßen und alle ohne Unterbrechung quatschten. Auch Christy war in Hochform.

»Ist doch komisch, oder? Wenn man so viele Menschen an einem Ort sieht« – sie wies mit ihrem Löffel auf die draußen vorbeihastenden Menschenmassen –, »kann man sich leicht vorstellen, dass wir alle wie Wasser sind, wie Wellen auf dem Ozean. Findest du nicht?«

»Ja, irgendwie schon«, sagte ich. Vielleicht sollte ich einfach den Dienst quittieren und es drauf ankommen lassen, dachte ich. Im Grunde hätte ich gar nicht erst eintreten sollen. Schließlich bin ich zwei Jahre aufs College gegangen, verdammt noch mal; ich bin kein Idiot. Aber ich habe in meinem Leben so viele Fehler gemacht und so viel Zeit vergeudet.

Am Tisch gegenüber saß ein kleines, etwa dreijähriges Mädchen mit seinem Vater, der wahrscheinlich höchstens ein oder zwei Jahre älter war als ich. Sein Bart war dichter als meiner, aber ansonsten hätten wir als Brüder durchgehen können. Es fiel mir echt schwer, ihr Gespräch nicht zu belauschen. Sie hatten ihre Karten für *Der König der Löwen* auf den Tisch gelegt. Das Mädchen hatte frische, rote Apfelbäckchen. Sie beugte sich vor, steckte ihre kleine, saubere Zunge heraus und fragte mit hoher Stimme: »Daddy, wie riecht meine Zunge?«

»Ich weiß nicht, Schätzchen«, antwortete ihr Vater. Seine Stimme war meiner verblüffend ähnlich.

»Wohin gehen wir, wenn wir sterben?«, fragte Christy und zwang mich, sie wieder anzusehen.

»Was?«, fragte ich.

»Oder genauer gesagt, wohin bin ich gegangen? Das erste Mal, als ich nach New York kam, bin ich mit meinem Vater hier gewesen, auf einer seiner Geschäftsreisen. Ich war wahrscheinlich erst zehn oder so. Und dieses kleine Mädchen lebt nicht mehr. Du kannst nicht mehr mit ihr reden.

Du kannst sie hier nirgendwo finden.« Wenn Christy redet, ist es manchmal, als hätte sie oben auf dem Kopf ein winziges Loch, aus dem einfach nur Licht strömt. Es passiert so selten, dass sie sich ganz entspannt und loslässt, dass es einem vorkommt wie ein wunderbarer Lichtregen, wenn sie es tut.

»Ich sehe dich an und denke an den Abend, an dem ich dich kennengelernt habe, und du bist nicht mehr derselbe Mensch. Ich meine, die einzelnen Elemente sind die gleichen, aber du bist anders. Schau mich jetzt an.« Christy hob, den tropfenden Löffel noch in der Hand, ihre langen Arme und forderte mich auf, sie von oben bis unten zu betrachten. »Dieser Mensch werde ich nie wieder sein. Wenn wir heute hier rausgehen – wenn es morgen geworden ist –, werde ich jemand anderes sein, jedenfalls nicht mehr genau so, wie ich jetzt gerade bin. Vielleicht ist Sterben letztlich auch nichts anderes.«

»Wovon redest du überhaupt?«, fragte ich. Die Sonne war hinter einer Wolke aufgetaucht, und ich konnte meine Augen noch immer nicht von dem Kind gegenüber losreißen, das inzwischen nur noch als Silhouette vor dem jetzt hellen Fenster auszumachen war. Ihr Vater hatte eine supercoole Lederjacke an. Es musste Spaß machen, mit seinem Kind in *Der König der Löwen* zu gehen, dachte ich. Vielleicht war es auch langweilig, keine Ahnung. Ich hatte eigentlich nie viel Zeit mit Kindern verbracht und keinen Schimmer, wie ich die ganze zukünftige Situation meistern sollte.

»Ich war seit acht Jahren nicht mehr zu Hause in Texas«, fuhr Christy fort. »Wie konnte so viel Zeit vergehen?

Ich bin jetzt eine Frau; wann ist das geschehen? Ich werde Mutter.« Sie legte sich eine Hand auf die Brust und sah mich ungläubig an.

»Willst du wirklich nichts abhaben?«, fragte ich, meinen Burger in der Hand. Ich hatte das monströse Ding schon gut zur Hälfte verputzt und konnte mit Sicherheit behaupten, dass er fantastisch war. Wahrscheinlich der beste Cheeseburger, den ich je gegessen hatte: frische Tomaten, frische Zwiebeln und eine gigantische, knackige Gewürzgurke.

Sie schüttelte den Kopf und redete weiter. »Ich meine, ich will dir was sagen. Man hört die Leute darüber diskutieren, ob das, was einen ausmacht, der Körper ist oder der Geist. Und was die Seele ist, richtig?«

Sie machte eine Pause, und ich nickte.

»Also, ich kann dir jedenfalls sagen, was man nicht ist. Man ist nicht der Körper, ausgeschlossen. Ich meine, in meinem Körper geht im Moment der reinste Karneval ab, und ich kann ihn nicht kontrollieren; ich vibriere wie … ich weiß nicht, wie der Rumpf eines abstürzenden Flugzeugs. Okay?« Sie lächelte mich an, legte ihren Löffel weg und streichelte mit beiden Händen ihren Bauch. »Der Körper, den du siehst, das bin nicht ich. Ich trage nichts dazu bei. Fühl mal meinen Ellbogen.« Sie hielt mir ihren angewinkelten Arm hin, legte meine Hand auf ihre milchweiche Haut, und ich spürte, wie ihr Gelenk vor Elektrizität nur so knisterte.

»Manchmal frage ich mich, ob unsere Persönlichkeit oder das, was wir dafür halten, nicht im Grunde kaum mehr ist als ein Radar an einem Flugzeug. Dieses Bewusstsein, oder was auch immer, ist bloß dazu da, unseren Körpern Schwierigkeiten zu ersparen, dafür zu sorgen, dass wir nicht dauernd zusammenstoßen und so.« Sie beugte sich vor und schlürfte freihändig einen Schluck geschmolzenes Eis durch den Strohhalm. »Wir halten uns unnötig auf mit Dingen wie unseren Namen, dem Geburtsort, unserem Heimatland, unserer Religion. All diese Informationen sind einfach nur an uns weitergereicht worden – sogar unsere genetischen Codes, oder?« Sie streckte ihre beinahe unförmig langen Finger aus. »Dies sind die Hände meiner Großmutter, okay? Nicht meine. Selbst das, worin ein Mensch gut ist – ob er schnell rennen oder gut rechnen kann« – sie deutete wahllos auf die um uns herum sitzenden Gäste –, »ich meine, nichts davon sind *wir.*«

»Okay, Christy, nichts davon sind wir«, sagte ich und biss noch einmal herzhaft in meinen Cheeseburger. Er war fettig, das will ich gar nicht bestreiten, aber Mann, war der Spitze. Vom Feinsten. Und das Restaurant war auch große Klasse. Vielleicht lag es nur daran, dass Christy redete, aber ich hatte zum ersten Mal seit Jahren das Gefühl, dass ich tief durchatmen konnte. Auch Christy wirkte lockerer. Ich mag es, wenn sie mit mir redet – was immer sie mir erzählen will, es ist mir egal; ich mag es einfach, dass sie mir überhaupt etwas erzählen will. Wenn unser Gefühlszustand irgendeine Art von Maßstab war, taten wir mit unserer Flucht aus Albany auf jeden Fall das Richtige. Allein die Tatsache, dass ich Meilen vom Militär entfernt war, ließ meine Schultern in die richtige Position rutschen und meinen Atem freier und tiefer gehen. Mit dem Times Square draußen und der relativen Ruhe hier drinnen kam ich mir vor, als würden wir im Mittelpunkt der Erde speisen.

Das kleine Mädchen gegenüber redete laut mit seinem Vater. »Daddy, als du ein kleiner Junge warst und ich deine Mami, bin ich einmal mit dir ins Theater gegangen. Hast du das gewusst?« Seine Antwort konnte ich nicht verstehen.

»Weißt du, wie hart ich dafür gearbeitet habe, aus Texas rauszukommen?«, plapperte Christy weiter; die Gedanken sprudelten nur so aus ihr heraus. Ich glaube, sie hatte das kleine Mädchen, den Vater oder die missmutige Kellnerin gar nicht bemerkt. In diesem Moment ging es ihr nur um mich. Sie wollte sich mitteilen. »Ich wollte immer nur nach New York. Ich habe in den Sommerferien Kurse belegt, um eineinhalb Jahre früher mit der Highschool fertig zu werden, und was habe ich dann gemacht? Ich bin hergekommen, habe einen alkoholkranken Jungen von zu Hause geheiratet und ihn drei Jahre lang bemuttert. War es das, was ich so eilig vorhatte? Das alles war vollkommen sinnlos. Es war, als hätte ich mir selbst ein Bein gestellt, verstehst du?«

Ich sehe Christy immer wie eine Zypresse, die sich aus irgendeinem geheimen Grund weigert, ihre Zweige ganz der Sonne zuzuwenden.

»Und ich wollte erst nach Hause zurückkehren, wenn ich eine starke Frau geworden wäre. Eine Respektsperson, die aus ihrer Erfahrung und ihrem Wissen rechtfertigen könnte, warum sie damals so plötzlich abgehauen ist. Aber diese Frau bin ich nicht geworden. Ich war ein siebzehnjähriges Mädchen und bin mit einer Leopardenfelljacke exakt an diesen Fenstern vorbeigelaufen, und jetzt sind acht Jahre vergangen, und ich habe nicht das Gefühl, dass irgendwas Bedeutendes passiert ist.«

»Was ist mit dem Baby?«, fragte ich.

Die Frage brachte sie aus dem Konzept.

»Bis jetzt, nehme ich an. Bis jetzt.« Sie blickte nach unten und grub ihren Löffel in die letzte riesige Eiskugel auf dem Grund ihres Bechers.

Genau in diesem Augenblick in diesem Howard Johnson's war ich verliebter in Christy, als ich es je wieder sein konnte, das wusste ich; ich wollte sie sein, in ihr sein, ihr Besitz sein, über den sie nach Belieben verfügen konnte, sie beschützen, ihr zum Einschlafen etwas vorlesen und das Eis sein, das durch ihre Kehle rann.

»Ja, ich war deine Mami«, verkündete das Mädchen neben uns und sah seinen Vater mit einem triumphierenden Nicken an. »Du warst Sofie, und ich bin mit dir in den Park gegangen und habe dir Schokolade und Saft gegeben. Weißt du das noch?«

»Nein«, erwiderte er schlicht.

Christy und ich blickten zum Vater-und-Tochter-Spiel rüber und sahen uns dann wieder an.

»Kann ich dir was echt Peinliches erzählen?«, fragte Christy mich. »Versprich mir, dass du es später nie erwähnst, es mir vorwirfst oder dich darüber lustig machst. Das tust du nämlich manchmal.«

»Klar«, sagte ich nickend.

»Versprich es«, beharrte sie lächelnd.

»Versprochen.«

»Weißt du, was ich insgeheim werden wollte, als ich ein kleines Mädchen war?«

»Was?«

»Eine Heilige.« Sie lächelte breit, und ihre Lippen waren feucht von schaumiger Eiscreme. »Und wenn ich es mir aussuchen könnte – ich meine, wenn ich wirklich die Wahl hätte –, wäre das immer noch mein Wunsch. Ich wäre gern die Schutzheilige aller Menschen, die an gar nichts glauben und das auch nicht wollen.«

Der Klang ihrer Stimme war wunderschön; die Luft schien direkt durch sie hindurchzuströmen.

»Kann ich dich nicht doch überreden, etwas zu essen?«, fragte ich sie.

»Ich habe keinen Hunger«, erklärte sie schlicht. »Wirklich nicht.«

»Ja, aber gefrühstückt hast du auch nichts.« Seit der Neuigkeit mit der Schwangerschaft machte ich mir Gedanken darüber, dass Christy besser anfangen sollte, ein wenig auf sich zu achten. Sie schnorrte immer noch Zigaretten und hatte außer Schokoriegeln und Eis nichts gegessen, seit ich sie am Vorabend eingesammelt hatte. Pfleglicher Umgang mit ihrem Körper war nie ihr Ding gewesen. Sie konnte trinken wie ein Quartalssäufer. Ich habe ihren Kopf schon unzählige Male über die Kloschüssel gehalten, aber ich glaube, ich habe sie noch nie Sport treiben sehen.

»Bild dir darauf bloß nichts ein, aber mit dir zusammen zu sein kommt dem Gefühl, dass ich irgendetwas Echtes mache, bis jetzt am nächsten. Aber wie sollen wir uns das bewahren? Wie können wir darauf aufbauen? Kannst du das? Oder ist es bloß ein Gefühl wie das Gefühl, dass ich diesen Eisbecher mag? Was bin ich, abgesehen von dem, was ich *denke?*«, holte Christy weiter aus. »Denn was ich *denke,* ändert sich dauernd. Ich weiß, ich weiß«, unterbrach sie sich selbst, »dass die Menschen deswegen anfangen zu glauben. Sie sperren ihre Gedanken ein, errichten ein paar Zaunpfähle und legen dann fest, woran sie glauben, aber das heißt nicht, dass der Zaun auch echt ist. Es ist alles ziemlich willkürlich, oder? Es kann doch nicht ernsthaft so sein, dass, sagen wir mal, die Hindus in den Himmel kommen, während alle anderen an die Wand gestellt werden, oder? Was auch immer geschieht, wird allen geschehen, ob es uns gefällt oder nicht, meinst du nicht auch?«

Sie schob ihren Eisbecher weg und fuhr sich mit ihren langen Fingern durch die Haare.

»Ich muss mal«, verkündete sie, ohne sich von der Stelle zu rühren.

»Warum gehst du dann nicht?«, fragte ich.

»Ach, ist schon wieder in Ordnung«, meinte sie achselzuckend.

»Willst du meine bösen Gesichter sehen?«, ertönte die hohe Stimme des Mädchens am Fenster. »Ich kann zwei.« Sie führte zwei komische Grimassen grimmiger Wut vor. Bei der einen verschränkte sie ihre Arme und runzelte die Stirn, bei der anderen ballte sie ihre Fäuste in der Luft und bleckte bedrohlich die Zähne wie ein Tiger.

»Ich meine, eins wollte ich dich mal fragen«, fuhr Christy lächelnd fort, amüsiert von den Mätzchen des kleinen Mädchens. »Wir sitzen hier mitten auf dem Times Square, umringt von Gott und der Welt, stimmt's? Ich meine, die Welt dort draußen ist doch gewaltig, oder?« Sie sah an dem kleinen blonden Mädchen vorbei aus dem Fenster. »Wenn du rausguckst, kannst du sehen, wie die Zeit vergeht.«

Sie hatte recht. Dort draußen waren mindestens hundert Jahre versammelt – ein verkrüppelter Baum, der sich alle Mühe gab, auf dem ihm zugeteilten Fleckchen Erde zu wachsen, eine mit Taubendreck besudelte Statue einer einstmals berühmten Schauspielerin, ein alter, müder Köter, der an das Gitter einer verlassenen Änderungsschneiderei gebunden war, die aussah, als wäre sie schon seit den Tagen von Jimmy Carters Präsidentschaft geschlossen, ein knalliges Schild mit einer nackten Frau, die eine Mikrowelle im Arm hatte – wonach man auch suchte, hier konnte man es finden.

»Glaubst du wirklich, dass wir beide, die wir hier allein an diesem Tisch sitzen, uns für den Rest unseres Lebens gegenseitig glücklich machen können?«, fragte Christy und wartete auf eine Antwort.

Das Schweigen zwischen uns schien das gesamte Restaurant auszufüllen.

»Offensichtlich nicht, richtig? Ich meine, wir wollen uns doch nichts vormachen. Lass uns den Tatsachen ins Auge sehen.« Sie beugte ihren Kopf vor, sah mich eindringlich an und schüttelte dann kurz den Kopf, als wollte sie ihren eigenen Bann brechen. »Aber Glück wird allgemein überschätzt. Niemand, der mehr als ein paar Tage lebt, wird für den Rest seines Lebens glücklich sein. Vergessen wir also das Glück. Die interessantere Frage ist, ob wir gemeinsam ein Zuhause aufbauen können? Ist das möglich? Und was ist das, ein Zuhause? Gibt es einen Ort, an dem wir leben können, der von Dauer ist? Das kleine Baby in meinem Bauch ist jetzt mehr zu Hause, als es in seinem gesamten eigenen Leben je wieder sein wird, und dabei ist es noch nicht mal geboren. Jeden Abend der nächsten hoffentlich neunzig Jahre wird es damit zubringen, sich in seinem Bett genauso warm und sicher zu fühlen wie jetzt in Mamas Bauch. Und seine Mama ist keine Heilige.« Sie wies mit ihren langen Fingern anklagend auf sich selbst. »Ich trinke gern, und ich glaube, das machen Heilige nicht. Ich kann nicht mal aufhören zu rauchen. Es gibt nicht viele Gemälde von Heiligen mit Marlboros im Mundwinkel, verstehst du, was ich meine? Aber wenn ich die Wahl hätte, wollte ich das sein – ein Mensch, der immer das Richtige tut, nicht, weil ich mich anstrenge, sondern ganz instinktiv. Ich war gern eins von den Mädchen, die sagen: ›In dem Moment, in dem ich schwanger geworden bin, haben die Zigaretten geschmeckt, als würde man einen Aschenbecher auslecken.‹ Aber das stimmt nicht. Sie schmecken super. Und ich habe eine diffuse Angst in mir, die sich von einer Sorge zur nächsten bewegt, mächtig und lauernd und ständig auf der Suche nach allem, was bei mir einen Nervenzusammenbruch auslösen könnte, verstehst du?«

Und ob. Zu behaupten, dass Christy mit ihren Nerven zu kämpfen hatte, wäre eine glatte Untertreibung.

»Und dieses Gefühl macht mich vollkommen irre – jeden Tag, jede Minute, und Rauchen beruhigt es. Wirklich.«

»Wovon redest du eigentlich, Christy? Ich habe das Gefühl, dass du versuchst, mir etwas zu sagen, ohne zu sagen, was es ist.« Dieses Gefühl hatte ich meistens, wenn wir redeten.

»Ich will dir nur sagen, wenn du versuchen willst, mich *nach Hause* zu bringen, ist das ein langer Weg.«

»Ich will dich nach Hause bringen, Bohnenstange.«

»Willst du das? Willst du das wirklich?«, fragte sie und kaute auf ihren Nägeln.

Ich nickte.

»Also, ich will dich auch nach Hause bringen.«

»Cool.«

»Nein, ich meine es ernst. Was machen wir wegen der Army?«, fragte Christy.

»Ich weiß nicht. Ich glaube, ich steig aus.« Dass sich das Gespräch plötzlich um mich drehte, war mir unangenehm.

»Willst du das wirklich?«, fragte sie wieder.

»Ich weiß, dass ich nicht mehr dorthin zurückwill«, sagte ich leise, und das war die Wahrheit. Ich musste mich verändern, das war sonnenklar. Und in diesem Moment hatte ich nicht einmal Angst. Ich hatte einen Freund, und mehr brauchte ich nicht. Mir war, als würde ich jemand völlig Neues sein, wenn ich aufstehen und dieses Restaurant verlassen würde. Die einzige Sorge, die noch an meinen Eingeweiden nagte, war: Wer würde dieser neue Mensch sein?

»Ich liebe dich, wie du bist, Jimmy, du musst dich für mich nicht ändern. Aber du wirst dich ändern«, sagte Christy, als würde sie meine Gedanken beantworten. »Mit uns beiden wird etwas passieren. Ich möchte nur das, was auch du für richtig hältst, aber wenn wir je heiraten und ein Baby haben sollen, dann gibt es gewisse Dinge, die wir vorher auf die Reihe kriegen müssen. Ich muss zum Beispiel deine Mutter treffen, sehen, woher du kommst, das Grab deines Vaters besuchen. Ich glaube, das ist wichtig.«

»Lieber nicht«, sagte ich so natürlich und spontan wie nur was.

»Doch, wir sollten das tun, Jimmy«, sagte Christy und schlug ihre Beine auf der roten Kunstlederbank des Howard Johnson's übereinander. »Lass uns deiner Mutter von dem Baby erzählen, die Sache mit dem Militär klären, all das regeln, okay? Und dann auf nach Texas. Wir müssen das richtig anfangen. Ich habe das Gefühl, dass ich in meinem Leben immer wieder bei Null angefangen habe. Ich habe nie auf etwas aufgebaut. Immer nur nichts wie weg« – sie schnippte mit den Fingern – »und von vorne anfangen.«

»Wir müssen nicht nach Ohio«, wiederholte ich.

»Ich glaube schon«, sagte sie sanft.

Ich blickte auf meinen Teller und nahm noch eine von den restlichen Pommes. Meine Mom, dachte ich. Auch das noch.

Das kleine Mädchen am Tisch gegenüber zeigte auf den alten, müden Hund, der an das Gitter der Schneiderei gebunden war. Mein Blick folgte ihrem kleinen Finger. Das Tier sah aus wie ein Labrador, der geduldig auf seinen Besitzer wartete.

»Daddy«, rief die Kleine, »wer ist in dem Hund?«

Wahre Schönheit entsteht durch Taten

Jimmys Vater war Hubschrauberpilot in Vietnam. Er persönlich hatte nie jemanden umgebracht – das behauptete Jimmy zumindest. Als Mr. Heartsock nach seiner Armeezeit nach Hause zurückkehrte, arbeitete er während der Sommermonate als Landschaftsgärtner und Bauarbeiter, und im Winter schlug und verkaufte er Weihnachtsbäume. Jimmy war acht, als sein Vater zum ersten Mal eine schwere manische Phase durchmachte. Eines Morgens nach dem Frühstück rief der damals neunundzwanzigjährige Mr. Heartsock seine Frau, Jimmys Mutter, hinaus auf die Veranda, zog seinen Ehering vom Finger und warf ihn in hohem Bogen auf die Vorstadtstraße, in der sie wohnten. Dann setzte er sich auf sein Motorrad und brauste davon. Einige Wochen später wurde er zum ersten Mal in eine Anstalt eingewiesen, nachdem man ihn nackt und halb erfroren auf dem verschneiten Footballfeld der örtlichen Highschool schlafend aufgefunden hatte.

Nach seiner Entlassung zog er in die Nachbarstadt, ließ sich zum Baumchirurgen fortbilden und blieb bis zu Jimmys

Highschoolabschluss als Wochenendvater relativ psychisch stabil. Danach war sein Geisteszustand immer wieder starken Schwankungen unterworfen. Etwa ein Jahr bevor Jimmy und ich uns kennenlernten, beging er Selbstmord. Jimmy sprach manchmal sehr ausführlich über seinen Vater, aber immer nur in seltsamen Situationen, wenn wir etwa im Supermarkt oder auf dem Weg zu einer Party waren, wo er das Thema bei unserer Ankunft abrupt beenden konnte.

Auf der Fahrt von New York nach Cincinnati erzählte Jimmy mir schließlich die ganze Geschichte.

Nach seinem ersten Collegejahr besuchte Jimmy seinen Vater zu Beginn der Sommersemesterferien in dessen Wohnung. Sein Dad stand in der Türöffnung, das Gesicht halb rasiert und die andere Hälfte noch mit Rasierschaum bedeckt. Er war ein attraktiver Mann mit dem Aussehen eines Filmstars: dunkelgrüne Augen und rötliches Haar. Von der Decke hing ein selbst gemaltes Spruchband, auf dem in kindlichen Wasserfarbenbuchstaben WILLKOMMEN ZU HAUSE gemalt war. Auf dem Tisch stand eine dick glasierte Backfix-Geburtstagstorte mit sechs oder sieben noch nicht angezündeten Kerzen. Zwei Männer saßen an diesem Tisch und starrten Jimmy ausdruckslos an. Einer der beiden war etwa neunzehn oder zwanzig, kaum älter als Jimmy und sichtlich geistig zurückgeblieben; der andere Mann war älter und hatte das glitzernde Funkeln eines Verrückten in den Augen. Jimmy kannte den zweiten Mann seit seiner Kindheit, hatte aber noch nie ein Wort mit ihm gewechselt: Es handelte sich um den stadtbekannten Spinner Bill, den man schon auf fünf Meter Entfernung riechen konnte. Die Kinder im Ort fürchteten sich alle vor ihm. Er hing ständig vor dem Lebensmittelgeschäft herum, führte Selbstgespräche, und an Wochentagen »regelte« er während der Stoßzeiten den Verkehr; die Wagen fuhren jedoch unbeeindruckt an seinen hektisch winkenden Händen vorbei. Und hier saß nun genau dieser Bill im Wohnzimmer von Jimmys Vater und wartete begierig darauf, dass die Torte angeschnitten würde.

Sämtliche Wände der Wohnung waren mit Filzstiften, Markern und anderen Stiften bekritzelt worden – Sprüche wie SEI NICHT ÄNGSTLICH – ÖFFNE DICH und ÜBERPRÜFEN SIE IHR EGO HIER zierten die Tür. Über dem Steinway-Flügel, der einen Großteil der Wohnung einnahm, stand in riesiger, wunderbar rot und gelb abgesetzter Schönschrift WAHRE SCHÖNHEIT ENTSTEHT DURCH TATEN, und direkt darunter hatte jemand mit schwarzem Kugelschreiber ALSO BENIMM DICH NICHT WIE EIN ARSCHLOCH geschrieben. Aber die mit Abstand merkwürdigste Veränderung an Jimmys Vater war der irische Akzent, den er sich zugelegt hatte, obwohl er in Buffalo im Staat New York geboren worden war.

»Ich traf diese beiden Jungs am Bahnhof und erzählte ihnen von deiner bevorstehenden Ankunft; daher beschlossen wir, einen kleinen *Ceilidh* zu veranstalten«, sagte sein Vater, die Rasierklinge noch in der Hand. »Aber du hast es vermasselt, Kumpel, du dämlicher *Hammel.*«

Als Jimmy am Morgen des gleichen Tages bei seiner Mutter angekommen war, hatte er sich nach seinem Dad erkundigt, woraufhin sie prompt in Tränen ausgebrochen war. Daher rechnete er bereits mit dem Schlimmsten, aber sein Vater hatte sich so verändert, dass er ihn nicht wieder erkannte. Die Party dauerte nur zehn Minuten, bis Mr. Heartsock zu schluchzen begann und Jimmy die beiden Gäste höflich bat, nach Hause zu gehen.

Drei Tage lang verließen Jimmy und sein Vater die Wohnung so selten wie möglich. Jimmy überredete seinen Dad, ihm die Autoschlüssel zu geben und sich nicht in der Öffentlichkeit zu zeigen. Mr. Heartsock war sich nicht sicher, was mit ihm geschah, und schwankte unschlüssig zwischen einem (wie er es nannte) sich herauskristallisierenden Hochgefühl – wobei er sich wie neugeboren fühlte und die Moleküle des Universums zum ersten Mal richtig sah und spürte – und einer tiefen Depression, während der er seine Befürchtung eingestand, dass er sich selbst oder jemand anderem Schaden zufügen könnte. Er bat Jimmy, alle Messer, sein Beil und diverse, für seine Arbeit notwendige Sägen und Eisenpiken aus dem Haus zu entfernen. Jimmy bemühte sich, ein paar nette, harmlose Videofilme auszuleihen, aber sein Vater sah selbst hinter der seichtesten Komödie noch eine wild-tragische Bedeutung. Es folgten Tiraden über den Verfall Amerikas und das Scheitern des Großen Demokratischen Experiments – dass die Identität Amerikas nur noch durch den Kapitalismus bestimmt werde und dass unsere Macht als Verbraucher unsere Macht als Wähler längst überholt habe und dass die Regierung zu einem simplen Vermittler zwischen den Wirtschaftsbonzen und der Öffentlichkeit verkommen sei. Mr. Heartsock bezeichnete die Bibel als das Gänzlich Geschmackloseste Witzbuch Numero Uno und brach im nächsten Moment in Tränen aus, als er die Demütigung beschrieb, die Jesus Christus durch die Kreuzigung erlitten haben musste – was dazu führte, dass Vater und Sohn zweimal täglich die Heilige Messe zelebrierten. Darüber hinaus feierten sie bei Kerzenschein einen Gedenkgottesdienst für den Puppenspieler Jim Henson, den Mr. Heartsock als den bedeutendsten Künstler des zwanzigsten Jahrhunderts bezeichnete. Nachdem sie den Soundtrack vom *Muppet Movie* dreimal hintereinander angehört hatten, hielt Jimmys Vater eine Litanei darüber, dass er sich so fühle, als hätte er endlich einen Bonbonladen betreten, von dem man ihm sein ganzes Leben lang erzählt habe, dass er ihn nicht betreten dürfe. Und nun – nachdem er einmal drin sei – stelle er fest, dass alles umsonst und kostenlos sei. Die Menschen würden aufgefressen von ihren Ängsten, fuhr er fort, und nun würden sie ihn fürchten, weil er jetzt das Geheimnis kenne – dass man nämlich nur zugreifen müsste.

Weniger mitteilsam war er, was gewisse »Gespräche« mit Jesus anbelangte, und so verrückt wie sein Vater inzwischen war, glaubte Jimmy, dass sein alter Herr tatsächlich mit Jesus gesprochen hatte. Irgendwie, wenn man sich in höhere Sphären begab, war es möglicherweise denkbar, dass man dem Heiland begegnete – was aber nicht bedeutete, dass man damit auch klarkam. Mr. Heartsock spielte wundervolle Klavierstücke, die er selbst komponiert hatte, und weinte eine geschlagene Stunde lang. Danach drängte er Jimmy, die einzigen fünf Stücke zu spielen, die er noch aus den verschwommenen Erinnerungen an seine Kindheit hervorkramen konnte. Nach Tagen ohne vernünftigen Schlaf fühlte Jimmy sich nicht mehr in der Lage zu sagen, wer von ihnen beiden nun tatsächlich übergeschnappt war. Sie sahen stundenlang fern, und Mr. Heartsock wetterte wortreich gegen die moderne Technik – dass sie unsere geistigen Fähigkeiten untergraben würde und dass man eine weltweite Feueralarmübung durchführen solle und dass alle Menschen in China nach Amerika marschieren sollten und alle Amerikaner nach China – um somit die Erdumdrehung umzukehren und unser Zeitverständnis radikal zu verändern.

Am Morgen des vierten Tages wachte Jimmy auf und stellte fest, dass er dreizehn Stunden am Stück geschlafen hatte und dass sein Vater verschwunden war, mitsamt Autoschlüssel und den versteckten Gartengerätschaften.

Die nächsten beiden Tage verbrachte Jimmy zu Hause bei seiner Mutter und seinem Stiefvater, während die Sorge um seinen Vater durch seine Adern pulsierte. Jedes Mal wenn das Telefon klingelte, starrte er wie gebannt auf den Apparat und fragte sich, ob dies wohl der Anruf war, der ihm mitteilte, dass sein Vater tot sei oder jemand anderen umgebracht habe. Tief in seinem Inneren war er der festen Überzeugung, dass sein Vater nicht mehr lebte. Am Abend des zweiten Tages saßen Jimmy und seine Mutter auf der Veranda vor dem Haus (die gleiche Veranda, auf der Mr. Heartsock fast zehn Jahre zuvor seinen Ehering abgenommen hatte). Es war eine schwüle Sommernacht, und die feuchtwarme Luft war erfüllt von Insekten. Sie rauchten eine Zigarette nach der anderen und tranken eiskaltes Bier. Irgendwann fiel Jimmys Blick auf das robuste Baumhaus, das die Nachbarn in dem Wäldchen hinter ihrem Haus errichtet hatten, und er fragte sich laut, wie es wohl von innen aussah. Seine Mutter sagte, dass es recht komfortabel sei, mit einem dicken braunen Teppich auf dem Boden.

»Warst du etwa schon mal da drin?«, fragte Jimmy überrascht. Seine Mutter lief feuerrot an und begrub ihr Gesicht in ihren Händen.

»Die manischen Phasen deines Vaters haben auch ihre positiven Seiten.« Sie errötete noch stärker.

»Du meinst, er kommt hierher?«

»Manchmal«, flüsterte seine Mutter und legte einen Finger auf ihre Lippen, um anzudeuten, dass sie nicht wolle, dass ihr derzeitiger Ehemann etwas von ihrem Gespräch mitbekam.

»Du hast echt Nerven, Mom«, sagte Jimmy. Seine Mutter war als junges Mädchen einmal Miss Teen Ohio gewesen und noch immer sehr attraktiv. Sie erzählte, dass Jimmys Vater sie den ganzen Sommer über besucht und zu Spaziergängen auf benachbarten Farmen eingeladen hätte und dass sie in den vergangenen Wochen einige ihrer schönsten gemeinsamen Stunden verbracht hätten. Sie gestand Jimmy, dass sein Vater immer ihre große Liebe bleiben würde, aber dass sie ihr Leben nicht als seine Krankenschwester verbringen wolle. Allerdings befürchtete sie, dass ihre jüngste Affäre seine Krankheit verschlimmert haben könnte. Obwohl er nichts darauf erwiderte, dachte Jimmy, dass sie damit vermutlich richtiglag.

In dem Moment bog der Scheinwerferkegel von Mr. Heartsocks silberfarbenem Pick-up um die Ecke und beleuchtete die Veranda. Jimmy drückte seine Zigarette aus, als sein Dad die Auffahrt hinaufkam und zwei lange, zusammengerollte Seile, diverse Handsägen, eine lange

Baumsäge, Eisenpiken und sein Beil mit sich schleppte. Er ging, ohne Jimmy oder seine Mutter wahrzunehmen, an ihnen vorbei hinters Haus und ließ die Gerätschaften mit lautem Krachen zu Boden fallen. Jimmy konnte spüren, wie sich der Rücken seiner Mutter verkrampfte. Er stand auf und folgte seinem Vater auf die Rückseite des Hauses.

»Wo warst du?«, fragte er.

»Die sind für dich«, sagte sein Vater und blickte auf die Seile und Sägen.

»Danke, aber ich kann mir selbst welche kaufen.«

»Du bist ein guter Junge, Jim, du hast ein inneres Leuchten«, sagte er ruhig. »Du wurdest auf wundersame Weise geschaffen, und du brauchst nichts und niemanden; du bist perfekt. Du bist genau so, wie du sein solltest.« Sein Vater streckte eine Hand aus, zog Jimmys Gesicht zu sich heran und küsste ihn auf den Mund – etwas, was er noch nie zuvor getan hatte. Sein Bart war hart und kratzte. »Ich liebe dich von ganzem Herzen«, fuhr er fort. »Du warst der einzige Grund dafür, dass ich überhaupt noch hier bin. Aber jetzt bist du ein erwachsener Mann. Pass gut auf deine Mutter auf.«

Er setzte sich wieder in Bewegung, doch Jimmy hielt ihn am Ärmel fest.

»Fass mich nicht an, Jimmy!«, schrie Mr. Heartsock in dem Moment und stieß seinen ausgestreckten Zeigefinger drohend in Richtung von Jimmys Gesicht. »Du weißt, ich liebe dich. Aber wenn du mich noch einmal anfasst, bring ich dich um – so wahr mir Gott helfe.« Seine Augen glänzten wie bei jemandem, der bis zur Halskrause mit Drogen vollgepumpt war. »Ich fürchte mich nicht mehr. Hast du mich

verstanden? Kann dein Spatzenhirn eine wahrhaftige Befreiung überhaupt von Furcht unterscheiden? Die Ewigkeit existiert tatsächlich. Hast du das verstanden? Der Tod ist eine Illusion.« Er schwieg einen Moment und versuchte Jimmys Gesichtsausdruck zu deuten. »Es gibt nichts, wovor man sich fürchten müsste«, fuhr er fort, drehte sich um und ging zu seinem Wagen. In einem der Nachbarhäuser schaute ein älteres Ehepaar neugierig aus einem der Fenster.

»Wo willst du hin, Dad?«, fragte Jimmy. »Mach bitte keinen Scheiß, okay?«

»James, wo willst du hin?«, fragte Jimmys Mutter mit nervös angespannter Stimme, als ihr Exmann mit schweren, gesetzten Schritten an ihr vorbeiging.

»Dad, ich lasse nicht zu, dass du jetzt wegfährst. Ich mach mir Sorgen, okay?«, sagte Jimmy in einem Ton, als spräche er mit einem Schwerhörigen.

Mr. Heartsock öffnete die dünne Metalltür seines Wagens, ließ aber den Schlüssel fallen. Als er sich bückte, um ihn aufzuheben, legte Jimmy sanft eine Hand auf den Rücken seines Vaters. Mr. Heartsock zuckte zusammen, als hätte ihn etwas verbrannt, schnellte dann hoch und holte zu einem Schwinger aus, der knapp an Jimmys Nasenspitze vorbeiging. Jimmy war etwas größer als sein Dad; er schlang seine Arme um ihn und hielt ihn von hinten fest.

»Ganz ruhig, Dad«, flüsterte er seinem Vater ins Ohr. »Du gehst heute Nacht nirgendwo mehr hin; du machst mir einfach zu viel Angst.«

»Wir müssen die Polizei rufen, Jimmy, wir müssen!«, schrie seine Mutter aus etwa drei Metern Entfernung.

Mr. Heartsock begann nun, wie wild um sich zu schlagen

und zu treten, und versuchte, Jimmys Schienbein zu treffen. Er holte zu zwei harten Schlägen gegen Jimmys Kopf aus, sodass Jimmy ihn schließlich losließ.

»Verdammt, Dad, hör auf!«, schrie er und hielt seine Arme schützend vor sein Gesicht.

Weitere Nachbarn kamen herbei.

»Könnte bitte jemand die Polizei rufen?!«, kreischte Jimmys Mutter.

»Pass auf deine Mutter auf, Jimmy.« Mit einem letzten Fluch auf den Lippen sprang Mr. Heartsock in seinen Pick-up und brauste davon. Jimmy war sich sicher, dass dies die letzten Worte waren, die er je von seinem Vater hören würde.

Aber das war keineswegs der Fall. Am nächsten Morgen rief die Polizei an, um Jimmy mitzuteilen, dass sein Vater ins George Taft Memorial Hospital in Cincinnati eingewiesen worden sei. Als Jimmy dort eintraf, lag sein Vater festgeschnallt auf einem Bett und wurde gerade von einer jungen Frau in weißer Schwesterntracht und weißer Haube befragt. Sie hielt ein Klemmbrett in den Händen, und mit dem Ausdruck märtyrerhafter Geduld auf ihrem Gesicht hörte sie Jimmys Dad zu.

»Kommen wir doch endlich mal zur Sache, okay?« Jimmys Vater redete ununterbrochen auf die Krankenschwester ein. »Sie wollen wissen, ob ich verrückt bin, und Sie glauben, Sie könnten mithilfe der kleinen Kästchen auf Ihrem Block die Trennlinie zwischen geistiger Gesundheit und Wahnsinn bestimmen: ›Hmm, hat Schlafprobleme‹, *Häkchen;* ›Hmmm, momentan arbeitslos«, *Häkchen!* Aber wenn Sie in der Lage wären, einen Schritt zurückzutreten und die Situation objektiv zu beurteilen, dann sähen Sie eine ganz in Weiß gekleidete Person mit einem Ausdruck in den Augen, der an ein kleines Mädchen erinnert, das ungefähr vier Jahre zu lange ferngesehen hat. Und direkt daneben sähen Sie einen Mann, der an ein Metallbett gefesselt ist, unfähig, sich zu bewegen, und dem gegen seinen Willen Drogen aufgezwungen werden. Sie würden all dies sehen und denken: ›Warum trägt die Frau diese lächerliche Kleidung, und warum zwingt sie den Mann, Drogen zu nehmen? Er hat ihr doch nichts getan. Wieso ist sie sich so sicher, dass *sie* die Normale ist? Sollten nicht vielmehr der Frau, die jeden Tag die gleiche Kleidung trägt, ein paar Drogen verabreicht werden, um ihre Gedankenfreiheit ein wenig anzuregen, um ihr ein klitzekleines bisschen mehr Pep zu verleihen und sie möglicherweise anzuspornen, mal etwas Aufregenderes anzuziehen?‹ Ich meine, ist es nicht mindestens genauso wahrscheinlich, dass Sie zu langsam sind und nicht ich zu schnell? Vielleicht sollten wir Ihnen ein paar Amphetamine verpassen, anstatt mich diese ganzen Beruhigungsmittel schlucken zu lassen.«

»Das ist eine mögliche Betrachtungsweise«, erwiderte die Schwester in gedämpftem Ton.

»Sehen Sie, da haben wir's … Alles nur eine Frage der Perspektive. Ich sage Ihnen: Was Sie brauchen, ist jemand, der Ihre Muschi so feurig leckt, dass Sie sich nicht mehr an Ihren eigenen Namen erinnern können – und Sie sagen, ich bräuchte eine Lobotomie.«

»Niemand sagt, dass Sie eine Lobotomie bräuchten, Mr. Heartsock«, erwiderte sie ohne sichtbare Regung.

»Aber jemand hat von Ihrer Muschi gesprochen«, sagte

er und grinste breit. »Und, ist Ihnen das jetzt unangenehm?« In diesem Augenblick entdeckte Mr. Heartsock Jimmy, der in der Tür stand. »Du musst mich hier rausholen, Jimbo. Hast du mitgekriegt, was ich letzte Nacht gemacht habe? Wir müssen uns unbedingt die Zeitung von heute besorgen. Ich bin mir sicher, dass es in der Zeitung steht. Die letzte Nacht war einfach unglaublich.«

»Sind Sie der nächste Angehörige?«, fragte die Frau. Ihre dunkelbraunen Augen waren warm und verständnisvoll. Sie hatte braune Haare und eine magnolienweiße Haut.

»Der nächste Angehörige?«, fragte Jimmy.

Sein Vater mischte sich ein. »Ja, er ist der nächste Angehörige. Hast du meine Entlassungspapiere? Lass uns hier verschwinden, Jimbo. Wir müssen uns unbedingt die Zeitung von heute besorgen. Ich bin letzte Nacht echt völlig ausgeflippt, Jim. Die Cops lieben mich, Junge.«

»Ja, ich schätze, ich bin der nächste Angehörige«, sagte Jimmy.

»Würden Sie bitte mit mir kommen?«, fragte die Schwester höflich.

»Hör nicht auf die, Jimmy! Hol mich hier einfach raus.«

Jimmy warf einen Blick auf seinen Dad und erschrak. Er erkannte ihn überhaupt nicht wieder. Der normale Grünton und das warme Zwinkern waren vollständig aus seinen Augen verschwunden. Sein Vater sah Furcht einflößend, bedrohlich, böse aus.

»Hol mich hier raus, Jimbo, du bist mein Sohn. Ich kann diese Drogen nicht nehmen; die versuchen, mich umzubringen. Das Ganze sollte verboten werden; ihr alle solltet im Gefängnis sitzen.« Sein Vater fing an zu weinen. »Lass mich nicht hier zurück junge. Ich hab doch deine Windeln gewechselt.«

Ein Schatten schien aus dem Zimmer zu fliehen. Jimmy konnte seinen Vater nur noch als den Mann sehen, den er seit seiner Geburt kannte und der an ein Bett gefesselt war und schreckliche Qualen litt. Die Schwester brachte ihn zum Leiter der Psychiatrie, der Jimmy berichtete, dass Mr. Heartsock seinen Wagen, seine Scheckkarte und seine PIN-Nummern verschenkt hatte und eine kleine Gruppe von Stadtstreichern und Prostituierten ins Cincinnati Hyatt Regency Hotel geführt und dort Zimmer für sie alle gefordert hatte. Als dies abgelehnt wurde, stellte er sich auf einen der Balkone und bat alle Anwesenden, ihre Kreditkarten zu zerreißen, als Zeichen des Protests gegen eine geldgierige Gesellschaft und die Aushöhlung des amerikanischen Geistes.

Als die Cops versuchten, ihn festzunehmen, schrie er, dass er aidskrank sei und ihnen in den Mund spucken würde, wenn sie ihn auch nur anfassten. Der Arzt empfahl, dass Jimmy – als nächster Angehöriger – die erforderlichen Papiere unterzeichnen sollte, damit sein Vater in den Hochsicherheitstrakt der Psychiatrie eingewiesen werden könnte. Jimmy konnte seinen Vater schreien hören, als er unterschrieb, aber er wusste nicht, was er sonst hätte tun sollen.

Ein paar Wochen später wurde Mr. Heartsock wieder entlassen, doch in den darauffolgenden beiden Jahren ließ sich keine Medikamentenkombination finden, die er dauerhaft nehmen konnte: Die unvermeidlichen Nebenwirkungen wie Impotenz, Zittern der Hände und Antriebsschwäche waren einfach zu schwerwiegend. Er musste mindestens einmal jährlich in eine Klinik aufgenommen werden, manchmal sogar zweimal. In seinem Abschiedsbrief schrieb er, dass die Furcht vor einer Wiederkehr der Anfälle ihm jede Freude am Leben genommen hätte.

All dies erzählte Jimmy mir, den Blick starr nach vorne auf die Straße gerichtet. Ich brachte kein Wort heraus.

Miss Teen Ohio

In Hunting Glen, wo ich aufgewachsen bin, gab es vier verschiedene Typen von Häusern – Adams, Beauford, Caroline und Denver –, aber im Grunde waren es Variationen desselben Themas: Das eine Haus hatte die Garage links, das andere rechts, das eine hatte ein Zwischengeschoss, im anderen lag das Elternschlafzimmer im Parterre. Man konnte zwischen sechzehn verschiedenen Farben wählen. Die ganze Siedlung sah aus, als wäre sie an einem einzigen Nachmittag aus dem Boden gestampft worden. Mein alter Herr sagte immer: »Wenn der Große Böse Wolf kommt, mach einfach die Tür auf.« Sein Spitzname für die Siedlung war Irrenhausen, und wenn man durch die Straßen mit ihren ordentlich gepflegten Vorgärten fuhr, rechts in die Walnut Street, links in die Chestnut Street und wieder rechts in die Pecan Street, konnte man sich leicht verirren.

Sobald ich das Haus wieder sah, hielt ich an. Schon aus hundert Metern Entfernung erkannten wir, dass in unserem Vorgarten Tische aufgebaut waren und die Nachbarn unsere Sachen durchwühlten. Dann sah ich meine Mutter über den Rasen tänzeln und mit jedem plaudern. Sie veranstaltete einen privaten Flohmarkt. Ich saß kochend vor Wut in meinem Wagen und sah regungslos zu, wie sich ein dicklicher Vorstadt-Daddy nach unserer Kettensäge erkundigte.

Meine Mutter war mal Miss Teen Ohio – das ist eigentlich alles, was man über sie wissen muss. Sie will an den Osterhasen glauben und wird richtig sauer, wenn man anzudeuten versucht, sie hätte die Eier selbst versteckt, oder ihre Begeisterung sonst irgendwie dämpft. Weihnachten packt sie für ihren kleinen weißen Malteser Geschenke ein, und alle müssen sich um den Baum versammeln und zusehen, wie das Hündchen die Päckchen mit den Krallen aufreißt. Und jetzt hüpfte sie durch den Vorgarten und sonnte sich in der Aufmerksamkeit der Nachbarn. Ihr hellbraunes Haar war frisch dauergewellt und glänzte wie eine Reklame für Hair-Conditioner. Ach ja: Ich sollte in Bezug auf meine Mom noch erwähnen, dass sie wahrscheinlich mit jedem vierten Mann in unserer Stadt geschlafen hat. Sie kann einfach nicht anders; sie gibt selbst zu, dass sie verrückt nach Männern ist. Früher hat mir das was ausgemacht, aber jetzt nicht mehr. Als ich so in dem Nova saß und den kleinen Flohmarkt betrachtete, hatte ich das Gefühl, ausgeraubt zu werden. Der Frust von knapp zwanzig Jahren war kurz davor, wie eine Granate in meinem Kopf zu explodieren. Ich konnte mich nicht rühren, sondern sah bloß zu, wie sie wie ein Eichhörnchen herumwuselte und ihre nach wie vor modelmäßige Figur von einem Tisch zum nächsten bewegte. Mein Stiefbruder und meine Stiefschwester huschten mit Geldscheinbündeln in der Hand zwischen den Leuten umher. Audrey und Julian sind sechzehn und vierzehn, gut aussehende Kids in stilechten Top-Forty-HipHop-Klamotten. Audrey trug ein gekauftes und gebügeltes Batik-T-Shirt, Julian ein Blödmann-Outfit mit einer mit Drachen bestickten Hose – irgend so ein pseudoorientalischer Buddha-Look.

Ich konnte mich weder dazu durchringen, den Motor abzuschalten, noch dazu, näher heranzufahren. Christy starrte mich an. Ihr besorgter Blick brannte auf meiner Wange.

Julian war gerade dabei, die alte Martin meines Vaters zu verscherbeln. Die untere Hälfte des Instruments war schwarz und versengt. Ich konnte mich noch lebhaft an die Nacht erinnern, in der mein Vater sie angezündet hatte. Erst als ich älter wurde und ihn mit anderen Menschen vergleichen konnte, begriff ich, wie exzentrisch mein alter Herr war. Mit fünf kannte ich nichts anderes und hielt seine chaotischen Spinnereien für normal. Wir saßen im schwachen Licht einer Tischlampe auf dem Kellerfußboden und bemalten kleine Plastikcowboys und -indianer, die wir in einem teuren Spielzeuggeschäft gekauft hatten. Keine gewöhnlichen Figuren, sondern mit genauen Details, individuellen Patronengurten und Pistolen. Es war spätnachts, und wir hatten seit Stunden mit meiner Modellfarbe gemalt und dabei Sport geguckt. Ich weiß nicht mehr, wo meine Mutter war, sie war jedenfalls nicht da. Irgendwann wurde es meinem Vater zu langweilig, er holte seine Gitarre, nahm sich den Verdünner und goss ihn über die untere Hälfte. Er sagte, er wollte, dass sie aussähe wie die von Willie Nelson. Willie Nelson hatte offenbar eine total ramponierte Gitarre, und mein Dad wollte, dass seine genauso war. Er zündete sie mit einem Streichholz an, fing jedoch, bevor das Instrument ernsthaften Schaden nehmen konnte, sofort an, es herumzuschwenken, um das Feuer zu löschen. Aber je mehr er mit dem Ding herumwedelte, desto höher loderten die Flammen. Schließlich rannte er in den Garten und rieb die Gitarre auf dem Rasen hin und her. Das Feuer hatte ein kleines Loch in den Boden gebrannt, aber im Prinzip funktionierte der Plan. Die Gitarre sah einfach schweinecool aus und hatte hinterher sogar ein einzigartiges bassiges Schnarren, das echt gut klang.

Ich rutschte auf meinem Sitz hin und her, während Julian, das Würstchen in der Drachenhose, das Instrument für schätzungsweise fünfzehn Dollar an eine Hausfrau mittleren Alters verscherbelte.

»Das ist die Martin von meinem Dad«, sagte ich laut.

»Lass los«, sagte Christy. »Glaubst du, dass du das schaffst?«

Ich sah zu, wie Dinge, die ich wiedererkannte oder auch nicht, herumgereicht und verkauft wurden. Ich atmete mehrmals tief durch und merkte, wie stinksauer ich auf all diese Leute war. Ich vermisste meinen Vater, aber für die eine Frage, die ich ihm wahrscheinlich am dringendsten stellen wollte, war er der falsche Ansprechpartner: Wohin soll ich mit all der Wut? Was ist die richtige Art, sie auszudrücken? Ich war es nämlich weiß Gott leid, ständig darüber zu stolpern.

Ich trat aufs Gaspedal, ließ den Motor dreimal aufheulen und wendete mit quietschenden Reifen auf der Straße. In der Mitte watschelte die Frau mit der Martin meines Vaters. Sie trug die Gitarre wie ein totes Hühnchen.

Dreimal kurz rechts abgebogen, und ich war wieder auf der Interstate. Und ich erzähl euch noch was über diesen Nachmittag: Ich habe meine Mom seither oft wieder gesehen, aber es war das letzte Mal, dass ich versucht habe, nach Hause zu fahren.

Crazy Horse

Ich hockte dick eingemummelt auf einem alten, verwitterten Picknicktisch aus Holz und sah Jimmy beim Basketballspielen zu. Er hatte keine Turnschuhe mitgenommen, also dröhnten seine Schritte in unförmigen schwarzen Militärstiefeln über den rissigen Betonplatz. Dicke, schwere Wolken hingen niedrig über uns. Die Luft war kalt und feucht und roch nach Immergrün. Überall verstreut lagen einzelne Schneeflecken, aber dazwischen konnte man bereits Gras erkennen, dampfend wie ein warmer See an einem kalten Morgen. Rechts von uns lag ein leerer Kinderspielplatz. Die Wippen, Schaukeln und Klettergerüste wirkten im Nachmittagsdunst einsam und verlassen. Kleine metallene Pferdchen, Einhörner und Seejungfrauen standen aufrecht und unbenutzt auf dicken Metallfedern. Jetzt, da sich die Zellen meines Babys in meinem Mutterleib exponentiell vervielfachten, hatten diese Spielgeräte eine völlig neue Wirkung auf mich.

Das hier war Jimmys Freizeitanlage; drüben im Schwimmbad direkt neben dem Parkplatz hatte er als Kind schwimmen gelernt. Das Bad war geschlossen; eine riesige blaue Plane lag über dem Becken und schützte die Betonflächen vor der Kälte. Die Umkleidekabinen waren im gleichen Rot gestrichen wie eine Scheune. Auf jeder Seite gab es eine Eingangstür; auf der linken stand JUNGEN und auf der rechten MÄDCHEN, in weißen, handgemalten Buchstaben. Drüben auf dem Rasen hinter den Umkleiden hatte Jimmy Heather Moore den Finger reingesteckt. Keine Ahnung, warum er mir das erzählt hat. Es war das erste Mal, dass ihn ein Mädchen »unten rangelassen« hatte. Das Grab seines Vaters lag auf dem Friedhof direkt hinter dem Zaun. Wir hatten es besucht, ganz kurz. Jimmy blieb drei oder vier Minuten schweigend vor dem Grab sitzen. Der Wind strich kühl über meinen Hals, während ich hinter ihm stand. Eine winzige amerikanische Flagge steckte neben dem Grabstein, als Zeichen dafür, dass sein Dad in Vietnam gewesen war.

Nach diesem kurzen Moment des Schweigens im kalten Friedhofsgras fragte Jimmy: »Weißt du, woher Crazy Horse seinen Namen hat?«

»Der Indianer?«, fragte ich zurück.

»Genau.«

»Nein«, sagte ich und versuchte so respektvoll wie möglich zu bleiben.

»Man sollte doch annehmen, dass er irgendeinen wilden Hengst gezähmt hat, richtig? Oder vielleicht, weil er so furchtlos war wie ein verrücktes Pferd.« Er schaute mich nicht an, und ich gab keine Antwort. Auch eine von Jimmys seltsamen Eigenschaften: Er war völlig fanatisch, wenn es um Geschichte ging.

»Es war einfach nur der Name seines Vaters. Das ist alles.« Er schwieg. »Eigentlich war er Crazy Horse junior.«

Der Wind blies durch seine Stoppelhaare.

»Tut mir wirklich leid, Baby, weißt du?«, sagte Jimmy zu mir. Er saß immer noch auf dem feuchten Boden vor dem Grab seines Vaters.

»Was meinst du?«, fragte ich. Mir war kalt. Ich wollte zurück zum Auto und mir meinen Mantel holen.

»Das alles hier muss dich doch ziemlich runterziehen, oder?«

»Schon okay«, sagte ich, etwas verwundert. »Ich möchte doch hier sein.«

»Eigentlich ist das hier meine Sache. Ich hasse es, dich damit zu belasten, weißt du?«

Wenn Jimmy nervös ist oder sich unwohl fühlt, redet er immer ein bisschen zu laut und sagt bei jedem zweiten Satz: »Weißt du?« Wir blieben noch ein paar Minuten sitzen, und dann stand er plötzlich auf und meinte, er wolle ein paar Körbe werfen. Er hat immer einen Basketball im Kofferraum, außerdem noch ein Zelt, ein paar Decken und irgendwelchen anderen Plunder für Notfälle. Und jetzt, knapp eine Viertelstunde später, tanzte er über den Beton, warf den Ball durch die Gegend, tat so, als ob er irgendein berühmter Sportler sei, und versuchte mich zu beeindrucken, wie der legitime Nachfolger von Tom Sawyer. Er bat mich, die letzten Sekunden irgendeines fiktiven Spiels herunterzuzählen, damit er mit dem Schlusspfiff den entscheidenden Wurf loslassen und dann über den Platz hüpfen und sich selbst zujubeln konnte wie eine Halle voll tobender Fans. Er hatte nur Spaß daran, weil ich zusah, stampfte in seinen Stiefeln durch die Gegend, redete schnell und viel, und der Atem dampfte aus seinem Mund und seiner Nase wie aus einem Teekessel. Und ich saß auf dem Holztisch, in meine Jacke eingewickelt, und sah ihm zu.

»Michael Jordan hat's einfach nicht drauf«, meinte Jimmy, während er über den Platz rannte und mit weit gespreizten Beinen zum Korb sprang, wie die unfreiwillig komische Kopie eines spektakulären Dunks. »Das ist kein Held für mich. Ich will nicht so sein wie er.«

»Und wer ist dein Held?«, fragte ich. Eigentlich hörte ich ihm gar nicht richtig zu. Ich spielte an meinem Verlobungsring herum, drehte ihn wieder und wieder um meinen Finger. Die Luft war feucht und klar, und der Wind strich mir sanft das Haar aus dem Gesicht. Ich war froh, nicht mehr im Auto sitzen zu müssen. Wir hatten sechzehn Stunden Fahrt hinter uns, und Jimmy hatte überhaupt nicht geschlafen. Ich wusste nicht, warum, aber er fand immer einen Weg, mich nicht fahren zu lassen.

»John Starks, Baby – das ist mein Held.« Jimmy ist ein glühender New-York-Knicks-Fan. Er setzte zu einem Dreipunkte-Wurf an und brüllte: »Brett und *Bingo!*« Der Ball prallte vom glänzenden Blech des Bretts ab und fiel durch den Korb in das Netz aus Kettengliedern.

Der Nova stand direkt auf dem Rasen; Jimmy hatte den Motor laufen lassen und die Türen geöffnet, damit wir Musik hören konnten. »Exile on Main Street« von den Rolling Stones dröhnte hinaus in die endlosen Weiten Ohios.

Zwei Jungs, vielleicht dreizehn und fünfzehn, spielten auf der anderen Seite des Platzes. Ich konnte ihnen ansehen, dass ihnen die Musik und Jimmys ausgelassener Jubel, sein Gebrüll und seine ganze Art auf die Nerven gingen. Sie tuschelten miteinander und warfen uns finstere Blicke zu.

»Willst du mir nicht noch was von deinem Vater erzählen, Jim?«, fragte ich, klopfte mit der flachen Hand auf den Picknicktisch und bedeutete ihm, rüberzukommen und sich neben mich zu setzen. Es war wichtig, dachte ich, dass wir anfingen, ernsthafter miteinander zu reden.

»Zu dem Thema gibt es absolut nichts mehr zu sagen. Alles, was ich weiß, hab ich dir gestern Abend erzählt.«

»Bist du sauer auf ihn?«, fragte ich.

»Nein«, sagte er ruhig.

»Bist du sauer auf mich?« Ich versuchte zu lächeln.

»Nein«, sagte er und dribbelte weiter mit dem Ball durch die Gegend. Er trug ein marineblaues Baseballtrikot mit seinem Namen auf dem Rücken über einem grauen Sweatshirt mit Kapuze; er zog das eine nie ohne das andere an. Der lächerliche Teenager-Look seiner ganzen Kleidung ist einfach rührend. Er und seine Baseballkumpel beim Militär hatten jeder fünfzig Dollar extra dafür hingeblättert, dass ihre Trikots mit ihren Namen bedruckt wurden. Auf Jimmys Hemd stand HEARTSOCK in weißen Buchstaben und darunter die Zahl 34; er sagte, es wäre wichtig. Ich konnte mir nicht helfen, aber das Shirt erinnerte mich irgendwie an den Grabstein seines Vaters.

»Ich mache mir nur Sorgen, dass du dich nicht richtig damit auseinandersetzt«, sagte ich – was auch stimmte.

»Ich *hab* mich damit auseinandergesetzt«, erwiderte er, kniete sich hin und band seine Schnürsenkel neu. Sofort nach dem Selbstmord war er vier Monate lang zu einem Psychiater gegangen, aber ohne sichtbare Wirkung. Ich bin mir sicher, dass Jimmy dem Seelenklempner nur die Hucke voll gelogen hat.

»Ich kenne dich ziemlich gut«, fing ich wieder an und versuchte, so freundlich wie möglich zu klingen, »und deshalb glaube ich nicht, dass das stimmt. Ich sitze hier, sehe dir zu und frage mich, ob du wirklich weißt, wo dich der Schuh drückt.«

»Falls du dir Sorgen machst, dass ich verrückt werde, kannst du sofort damit aufhören.« Jetzt war er doch sauer, hörte mit dem Herumdribbeln auf und klemmte sich den Ball unter den Arm. »Fang gar nicht erst mit irgendwelchen neunmalklugen Analysen an, Christy, sonst komm ich mir vor wie eine Ratte in einem Testlabor.« Ich bin mir sicher, dass Jimmy nur zur Army gegangen ist, weil er Angst davor hatte, wahnsinnig zu werden. Er brauchte einfach eine gewisse Ordnung.

Damit ich endlich aufhörte, wie verrückt an meinem Verlobungsring herumzudrehen, begann ich meine Knie zu reiben. Meine Gelenke fühlten sich schrecklich an, und die lange Autofahrt hatte ihnen auch nicht gerade gutgetan. Mit jeder Verlagerung meines Gewichts krachten und knackten meine Knorpel. »Worüber möchtest du denn dann reden?«, fragte ich.

»Über die NBA-Finalserie 1994«, sagte Jimmy und begann wieder, mit dem Ball zu dribbeln. »Um genau eine Minute nach Mitternacht am ersten Tag der Vorbereitung zur neuen Saison rief Trainer Pat Riley die Knicks in der Halle zusammen.«

»Bitte nicht«, flehte ich ihn an. Er weiß genau, dass mich kaum etwas weniger interessiert als irgendwelche Insidergeschichten aus dem Profisport.

»Er sagt ihnen, dass Michael Jordan seine Karriere beendet hat und jetzt Baseball spielt. ›Dies ist unser Jahr‹, sagt er. ›Wir sind die erste Mannschaft in der NBA, die in diesem Jahr auf dem Platz steht, und wir werden ihn als letzte verlassen. Und wenn wir das tun, werden wir die Champions sein.‹«

Jimmy redete mit einer Intensität über Basketball, die ich nicht von ihm kannte, wenn er über sein eigenes Leben sprach.

»Und sie haben es geschafft. Die Knicks kamen bis in die Endspiele. Sie spielten gegen Houston. Jede Mannschaft hatte drei Spiele gewonnen, also musste das letzte, das siebte Spiel alles entscheiden. Starks hatte bis dahin fantastisch gespielt. Du musst dir das vorstellen: John Starks, ein Typ aus Kansas, der noch zwei Jahre vorher in irgendeinem bescheuerten Supermarkt Dosen gestapelt hatte. Er war keiner von diesen Erstrunden-Picks, nicht irgend so ein verhätscheltes Weichei von einem Nike-Maskottchen.« Jimmys Vater hatte Nike nicht ausstehen können. Angeblich stellten sie ihre Schuhe nicht in den USA her und beschäftigten jede Menge minderjährige Kinder in der Dritten Welt. Sein Vater hatte ihm beigebracht, dass reich automatisch auch böse bedeutete und dass es im Grunde strafbar sein müsste, so viel für sich behalten zu wollen, wenn so viele so wenig hatten.

»Eins wollen wir mal klarstellen: Starks war kein Basketballer«, fuhr Jimmy fort. »Er war ein Künstler. Er spielte mit Gefühl, so wie Mozart, weißt du?«

Ich nickte und machte mich mit einem aufgesetzten Kulleraugen-Blick voll verzückter Aufmerksamkeit über ihn lustig. Es war einer dieser trüben Tage, wie ich sie liebe – die Luft so dick, dass man sie fast sehen konnte. Die Schwangerschaft hatte mir die unheimliche Fähigkeit verliehen, mich geistig auszuklinken – als ob ich ständig leicht bekifft wäre. Ich brach schnell in Tränen aus, lachte über jede Kleinigkeit und hatte mehr Lust auf Sex als je zuvor. Wahrscheinlich ein Trick der Natur, um für die bevorstehende Geburt einen Mann anzulocken und an mich zu binden.

»Du lachst«, machte Jimmy weiter, »aber manchmal konnte er so mickrig wirken wie jemand aus der Sommerliga der Junior Highschool, während in anderen Momenten eine dermaßen eiskalte Entschlossenheit in seinen Augen brannte, dass die gegnerischen Trainer vor Angst zitterten.« Während er erzählte, dribbelte er die ganze Zeit den Ball zwischen seinen Beinen hin und her. »Gerade eben lagen die Knicks noch mit zwölf Punkten hinten, doch ehe man sich's versah – *wuuschhhh!* –, machte John Starks dreißig Punkte, und das Spiel war gelaufen. *Peng!* Und wieder mal hatten's die Knicks geschafft.« Jimmy rannte in Richtung Korb und machte einen Korbleger, wobei seine schweren Stiefel beim Sprung höchstens fünf Zentimeter vom Boden abhoben. In seiner Einbildung musste er großartig aussehen.

Die beiden Jungen auf der anderen Seite des Platzes hatten aufgehört zu spielen und sahen zu uns rüber. Vielleicht bilde ich mir das ja nur ein, aber ich entdecke immer etwas Dunkles und Bedrohliches in den Augen halbwüchsiger Jungs. Irgendwie sehen sie alle so aus, als könnten sie einem jederzeit den Schädel einschlagen.

Über uns auf dem Hügel, hinter dem Zaun, konnte ich noch immer den Friedhof sehen. Durch das lange Sitzen auf dem Holztisch tat mir der Hintern weh. Ich fuhr mit einer Hand unter meine Jacke und unter mein Hemd und strich sanft über die Haut unterhalb meines Bauchnabels. Auf der Haut meines Unterleibs hatte sich langsam eine dünne dunkle Linie gebildet, die jeden Tag höher kroch, in Richtung meines Nabels – das äußere Anzeichen für meine wachsende Gebärmutter.

»Nur damit du's weißt«, rief ich ihm zu, »im Augenblick bist du nicht gerade der Mann meiner Träume.«

»Und hier ist er also, John Starks, unser Lebensmittelverkäufer aus Kansas.« Jimmy hatte jetzt so viel Spaß daran, seine Geschichte zu erzählen, dass es gemein gewesen wäre, ihn zu unterbrechen. »Unsere kleine Lokomotive, Mister Ich-schaff-das-schon, vor dem größten Basketballspiel der Welt: *Spiel Sieben der NBA-Finals!* Und dazu muss man wissen, wie sehr Starks das Spiel liebt. Man kann es an der Art sehen, wie er seine Trainingshosen runterreißt, bevor er aufs Spielfeld läuft – wie Clark Kent, der ein kleines Mädchen in Gefahr entdeckt. Und jetzt ist er mittendrin, lebt seinen Traum. Die Finalserie stand drei zu drei, unentschieden, aber die Houston Rockets galten als hohe Favoriten. Sie spielten zu Hause, und keine Mannschaft in der Geschichte der NBA hat jemals Spiel Sieben auswärts gewonnen.«

»Ehrlich, Jimmy, keine Mannschaft in der *Geschichte der NBA?*«, äffte ich ihn nach. Er war so begeistert, dass ich ihn einfach hochnehmen musste. »Einfach unglaublich! Aber du und John Starks, ihr habt es geschafft, wie?«

»Die Geschichte ist noch nicht zu Ende«, sagte er und hob seinen Zeigefinger wie ein Geschichtsprofessor.

»Himmel, hilf«, sagte ich.

»Hey, warum hältst du nicht endlich dein Maul?«, kam eine dünne junge Stimme aus der Entfernung und ließ uns beide erstarren. Es war der jüngere der beiden Schuljungs. Sein Kumpel stand hinter ihm und versuchte verzweifelt, sich das Lachen zu verbeißen. »Deine Musik ist ja schon schlimm genug, aber dein Scheißgelaber ist die reinste Folter.« Der Junge war vielleicht einssiebzig groß und ganz offensichtlich noch nicht ausgewachsen. Seine Arme und Hände waren viel zu groß für den Rest seines Körpers. Sein Gesicht sah aus wie ein Streuselkuchen, aber man konnte erahnen, dass er eines Tages gut aussehen würde; er hatte hohe Wangenknochen, eine gerade Nase und einen athletischen Körperbau. Er trug teure violette Basketballschuhe, und damit man sie sah, hatte er seine Trainingshosen in die Socken gesteckt. Auf seiner Brust stand MICHIGAN STATE in goldenen Buchstaben auf blauer Baumwolle, und in seinen Augen brannte eine Mischung aus Wut und pubertärem Trotz.

»Was hast du gesagt?« Jimmy hörte auf zu dribbeln und drehte sich um. Seine ganze Haltung änderte sich schlagartig.

»Jimmy, das ist doch nur ein Kind«, sagte ich leise und zog ihn zurück in meine Richtung. Dann rief ich dem Jungen zu: »Pass ja auf, was du sagst!«, in der Hoffnung, dass ich als weibliches Wesen jedes männliche Imponiergehabe im Keim ersticken könnte.

»Hey, Kleiner«, sagte Jimmy und ging auf die beiden

Jungs zu, »warum gehst du nicht nach Hause und lässt dir von deiner Mama den Pimmel eincremen?«

»Lass ihn in Ruhe, Jimmy«, sagte ich.

»Ich hab keine Angst vor dir, du Schwuchtel«, rief der Junge und warf den Kopf zurück, als hätte er ein Geweih auf der Stirn.

»Ist das zu fassen?« Jimmy drehte sich um und kam wieder in meine Richtung.

»Leck mich, du Penner«, sagte der Junge und ging hinter Jimmy her. Doch dann kehrte er um, sagte irgendetwas Unhörbares zu seinem Kumpel, und beide kicherten mit dem Rücken zu uns vor sich hin.

»Was hast du gesagt?«, fragte Jimmy wütend und drehte sich auf dem Absatz um.

»Nichts, du Schwuchtel.« Der Junge starrte mürrisch auf den Boden.

»Ist auch besser so«, meinte Jimmy. »Und jetzt verschwinde.«

»Wie wär's mit 'ner Runde?« Der Junge kam jetzt doch wieder auf uns zu, den Basketball unter dem Arm.

»Du willst gegen mich spielen?«, lachte Jimmy. »Bist du irre? Ich spiel nicht gegen einen Winzling mit einem zu großen Maul.«

»Ich würd' dich sowieso fertigmachen«, behauptete der Junge, inzwischen unangenehm nahe.

In diesem Moment wurde mir zum ersten Mal bewusst, dass etwas Schreckliches passieren könnte.

»Deine Eltern hätten dir mal ein paar Manieren beibringen sollen. Geh nach Hause und setz dich vor die Glotze«, meinte Jimmy. »Hau ab. Verschwinde!«

»Hast du Schiss?«, fragte der Junge.

Jimmy fing an zu lachen. »Hast du hundert Dollar? Dafür spiel ich gegen dich«, forderte er ihn heraus.

»Du hast gar keine hundert Dollar. Nicht mal deine Scheißkarre ist hundert Dollar wert.« Der Junge deutete auf Jimmys Nova und nickte in Richtung des Aufklebers auf der hinteren Stoßstange. »Und du bist echt in der Army?«

»Ja, ich bin echt in der Army.«

»Toller Job. Hatten die an der Tankstelle nichts mehr frei?« Bei diesem dummen Spruch brach der Kumpel des Jungen in wieherndes Gelächter aus. Die ganze Unterhaltung führte offensichtlich zu nichts.

»Mein Vater war in der Army«, sagte Jimmy, »und jetzt liegt er da oben unter der Erde, also pass auf, was du sagst.«

»Du brauchst keinen toten Dad, damit ich Mitleid mit dir kriege.« Der Junge fühlte sich offenbar stark, jetzt, wo das Gelächter seines Freundes über den ganzen Platz dröhnte.

»Geh nach Hause, Kleiner«, sagte Jimmy bestimmt. Ich war stolz auf ihn, weil er sich nicht provozieren ließ.

»Ich bin gleich wieder da, mit den hundert Dollar, und wehe, wenn du sie dann nicht hast«, verkündete der Junge.

»Ach ja? Wem willst du die Kohle denn klauen?« Ich sah nur Jimmys Rücken, aber die Anspannung in seiner Stimme war deutlich zu hören.

»Ich werd dich fertigmachen«, verkündete der Junge feierlich und packte seinen Kumpel am Jackenärmel. Dann stolzierten beide über das Basketballfeld davon.

»Der kleine Scheißer ist einfach unglaublich«, sagte

Jimmy und drehte sich wie beiläufig zu mir um, aber die Anspannung in seiner Stimme hatte nicht nachgelassen.

»Lass uns fahren, Jimmy, mir gefällt es hier nicht mehr.« Ich rutschte langsam vom Picknicktisch herunter.

»Kommt nicht infrage«, meinte Jimmy und begann wieder zu dribbeln. »Wir bleiben hier.«

»Du willst doch wohl nicht gegen den Jungen spielen?«

»Nein, aber ich bin noch nicht fertig mit meiner John-Starks-Geschichte.«

»Jimmy, du weißt doch, dass mich das nicht interessiert, oder? Ich meine, dir ist doch klar, dass diese Unterhaltung für mich von keinerlei Interesse ist?«

»Nein, nein«, antwortete er. »Werd jetzt nicht gemein. Ich weiß, dass dich das interessiert. Ich weiß es einfach.« Der Ausdruck in seinen Augen war eindringlich und voller Ernst. Der Junge hatte ihn schwer erschüttert, aber er würde sich nicht von seiner Erzählung abhalten lassen, schon allein, um sich und mir das Gegenteil zu beweisen. Außerdem war er davon überzeugt, dass seine weitschweifigen Ausführungen mich in meinem tiefsten Inneren einfach interessieren *mussten*.

»Ich wachte also am Morgen vor Spiel Sieben auf, und – zack! – mein ganzer Körper war wie elektrisiert. Ich ging nach draußen und warf ein paar Körbe, um mich zu beruhigen. Ich hatte das Gefühl, wenn *ich* mich zusammennehmen könnte, würden sie es auch schaffen.«

»Sie?«, fragte ich.

»Das Team, die Knicks. Ich hatte mir da so ein … ähm … kleines Ritual angewöhnt: Wenn ich sieben Körbe hintereinander machte, konnten die Knicks gar nicht verlieren.

Und an dem Morgen – *ding, ding, ding* – versenkte ich sie alle. Ich konnte es selbst kaum glauben.«

»Wie alt warst du?« Ich setzte mich wieder hin.

»Ich war vierundzwanzig – aber es geht hier auch nicht um ein x-beliebiges Spiel. Ich erzähle dir hier eine Fabel, eine Parabel, verstehst du?« Unter seinen tiefschwarzen Augenbrauen warf er mir einen eindringlichen Blick zu. »Diese Mistkerle haben mir alles über Einfühlungsvermögen, Leidenschaft, Integrität und die wahre Bedeutung des Wortes ›Würde‹ beigebracht. Ich erzähle dir jetzt wirklich die Wahrheit; das Ganze ist nur ein paar Tage nach dem Tod meines alten Herrn passiert, okay? Und dieses Spiel hat mir mehr über den wahren Wert eines Gebets verraten, als ich je in der Kirche darüber gelernt habe. Ich war so aufgedreht, dass ich wie im Wahn nur noch an dieses Spiel denken konnte. Irgendwann bin ich dann in der Kirche gelandet, um mich zu beruhigen. Ganz ehrlich: Ich hab mich hingekniet und angefangen zu beten. Aber dann dachte ich: Wofür zum Teufel bete ich hier eigentlich?«

»Dafür, dass die Knicks gewinnen, richtig?«, fragte ich, hörte ihm zu und versuchte herauszufinden, was er mir eigentlich sagen wollte.

»Klar, aber ich bin ja auch clever genug zu wissen, dass irgendein anderer Trottel gerade für Houston betete. Und es leben ziemlich viele Leute in Houston. Warum also sollte Gott ausgerechnet mir den Vorzug geben?«

»Jimmy, du bist völlig verrückt. Ist dir das klar?« Ich fürchtete mich immer noch davor, dass der Junge jeden Augenblick mit dem Geld zurückkommen konnte.

»Es war teils Spaß, teils aber auch Ernst«, sagte er mit einem Augenzwinkern und sah wieder aus wie er selbst. »Ich hätte einfach nur dafür beten sollen, dass der Bessere gewinnt oder dass alle ihr Bestes tun oder dass niemand sich verletzt. Aber ich war so wild darauf, dass meine Jungs gewinnen, dass ich keinen vernünftigen Gedanken mehr hinkriegte, sondern nur noch betete: »Heilige Maria, Mutter Gottes, halte deine schützende Hand über die New York Knicks. Lass sie die verdammten Houston Rockets zur Hölle jagen. Lass es John-Starks-Dreier regnen, vierzig Tage und vierzig Nächte. Lass die kleinen Leute in ganz Amerika in ihren Wohnzimmern sitzen und tief in ihren Herzen wissen, dass manchmal auch der einfache Mann aus dem täglichen Jammertal aufsteigen und einen Augenblick der Größe und Erhabenheit erleben kann, der sonst nur Königen vorbehalten ist. Lass ihn gewinnen, auf dass der Rest von uns, jeder verdammte kleine Scheißer, der irgendwo im Supermarkt Dosen stapelt, weiter träumen kann. Oh Heilige Maria, Mutter Gottes, erhöre mich.‹« Jimmy stand in der Mitte des Basketballfelds wie ein Fernsehprediger.

Ich musste einfach fragen: »Und – haben sie gewonnen?«

»Die Zuschauer in Houston waren sich ihrer Sache so sicher, dass sie schon vor Beginn des Spiels T-Shirts mit dem Aufdruck HOUSTON ROCKETS WELTMEISTER trugen.« Er fing wieder an, durch die Gegend zu dribbeln, und ich wusste, dass es ein Fehler gewesen war, auch nur einen Hauch von Interesse zu zeigen.

»Bitte erspar mir eine genaue Berichterstattung über den Spielverlauf«, sagte ich.

Auf Jimmys Gesicht erschien ein breites, zuckersüßes Grinsen. »Houston ging schnell in Führung, aber die Jungs blieben dran – so leicht wollten sie sich das Spiel nicht aus der Hand nehmen lassen.«

Mir war schon oft aufgefallen, dass es bei jungen Paaren hauptsächlich die Männer sind, die reden und reden, sich endlos über etwas auslassen und wollen, dass man ihnen zuhört, auf sie hört, sie anerkennt; bei älteren Paaren dagegen sitzt der Mann häufig mit einem abwesenden Blick still daneben, während die Frau redet wie ein Wasserfall. In welchem Alter, fragte ich mich, findet dieser Umschwung statt?

»Das Team brauchte Starks, um sich zu steigern und seinen Rhythmus zu finden. An einem Punkt des Spiels verfehlte er drei Schüsse hintereinander – *klong, klong, klong.*« Jimmy warf den Ball so, dass er mit voller Wucht gegen den Korbrand prallte, seitlich wegsprang und über den Platz hinaus ins Gras flog. Er lief ihm hinterher, hörte aber nicht auf zu erzählen. »Immer wieder landete der Ball bei ihm, und seine Mannschaftskameraden warteten darauf, dass er die Flamme wieder entfachte, die ihnen die ganze Saison hindurch den Weg gewiesen hatte. Er würde seinen Schuss wieder finden – er musste einfach.«

Ich schaute nach unten auf meinen Verlobungsring und versuchte, nur die gute Absicht zu erkennen, aber es kostete mich größte Anstrengung, darüber hinwegzusehen, wie hässlich er war. Mein zukünftiger Mann hatte wirklich überhaupt keinen Geschmack. Er hätte mich bitten sollen, den Ring mit ihm zusammen auszusuchen. Er behauptete, es wäre eine handgemachte Arbeit von einem ortsansässigen Künstler, aber für mich sah er eher so aus, als hätte ihn ein Teenager im Werkunterricht zusammengelötet. Ich streifte ihn über verschiedene Finger und versuchte, mir meine Hand alt, knochig, fleckig und gebrechlich vorzustellen, während immer noch dieser Ring daran steckte. Ich wünschte mir, er wäre hübscher; außerdem saß er an keinem Finger wirklich gut.

»Immer wieder platzierte Starks seine Schuhspitzen genau vor die Dreipunkte-Linie, so wie er es all die Jahre getan hatte, ließ den Ball fliegen und wartete auf den magischen Moment.« Jimmy schleuderte seinen Ball fast von der Mitte des Feldes in Richtung Korb. »Und wieder daneben.« Der Ball verfehlte den Korb und knallte laut gegen das Brett; Jimmy rannte ihm nach und fing ihn auf, bevor er den Boden berühren konnte. »Aber seine Mitspieler und der Trainer glaubten immer noch an ihn, auch als alle anderen schon längst die Hoffnung aufgegeben hatten. Sie wussten, dass der Mut von John Starks nicht versagen würde.«

Ich sah dem Vater meines Kindes dabei zu, wie er auf mich einquasselte, und fragte mich, wer von uns beiden den anderen überleben würde. Natürlich würde ich es sein. Dann fragte ich mich, ob wir zusammen begraben werden würden. Ich stellte mir unsere beiden Namen auf einem Grabstein vor, und der Gedanke ließ mir das Blut in den Adern gefrieren. Ich wollte nicht heiraten, auf gar keinen Fall. Ich wollte meinen eigenen Grabstein.

»Starks' Augen glühten. Selbst die Zuschauer auf den hintersten Plätzen in der Halle konnten sie leuchten sehen.

Ich schaff das schon, ich schaff das schon ... sagte er sich immer wieder und hoffte auf das Wunder, das die drohende Niederlage abwenden würde, auf den Augenblick, der für immer in »Best Of‹-Videos und Jungenträumen weiterleben sollte. Wenn Großvater eines Tages ein Bild von John Starks im Fernsehen sah, während sie sein Trikot hoch oben unter die Dachträger des Madison Square Garden hängten, oder wenn John Starks in die »Hall of Fame‹ aufgenommen wurde, dann sollte Opa sagen können: »Das ist ein echter Gewinner! Seht ihr, Kinder, die Elenden werden das Land erben.‹«

Ich konnte nichts dagegen tun: Ein Teil von mir betrachtete die Ehe als eine Art Scheuklappen für ein Rennpferd, das dem Tod hinter der Ziellinie entgegenrast. Außerdem fragte ich mich, was passieren würde, wenn wir keinen Sex mehr miteinander hätten. Ich beschloss, darauf zu bestehen, dass wir einmal am Tag miteinander schliefen – egal, ob wir Lust darauf hatten oder nicht.

»Aber es geschah kein Wunder.« Jimmy legte eine dramatische Pause ein und fuhr dann in gedämpftem Ton fort: »Als das Spiel vorbei war, schlich John Starks sich völlig unbeachtet durch das jubelnde Houstoner Publikum davon, mit blutunterlaufenen, vor Wut glasigen Augen, und blickte hinauf zum Himmel. Die Knicks hatten die Finalserie verloren, und er hatte an diesem Abend von siebzehn Würfen nur zwei getroffen.«

Ich starrte Jimmy an, der immer weiterredete. Er war sehr attraktiv, mit einem gut geformten Kopf, zu dem der militärische Kurzhaarschnitt passte. Ich stellte mir vor, dass ich spürte, wie seine DNS sich in mir vervielfältigte. Ich wurde immer fetter. Meine Titten schwollen an. Verdammt, ich hoffte nur, dass ich sie mir nicht völlig ruinierte. Ich hasse das Altwerden. Die Haut an meinen Fingern war auch nicht mehr so glatt und fest wie noch vor ein paar Jahren. Das gleiche Problem habe ich auch mit meinen Zehen. Früher ließen sich meine Fußnägel nur sehr schwer schneiden, weil sie so dick und hart waren; heute sind sie fast schon dünn. In Würde alt zu werden ist keine leichte Aufgabe. Als ich klein war, dachte ich, ich wäre überhaupt nicht eitel, aber heute weiß ich, wie schwer es werden wird, wenn ich mein gutes Aussehen verliere. Schon jetzt kann ich die Poren in meinem Gesicht erkennen und die ersten Anzeichen einer riesigen Falte zwischen meinen Augen.

»Am nächsten Tag kommt irgendein Typ zu mir und fragt: »Schon gehört? John Starks hat versucht, sich zu erschießen!« Ich zu ihm: »Mach keinen Quatsch!« »Doch«, meint der Kerl, »aber er hat nicht *getroffen*. Hahaha!«

Also gehe ich wieder in die Kirche, zur Heiligen Mutter Gottes, und frage sie: Warum gibt es keine Gerechtigkeit? Warum ist das Leben so unfair? Warum gewinnt Michael Jordan alles, was es zu gewinnen gibt, und die anderen gar nichts? Ich sehe ja ein, dass ein Basketballspiel nicht so ungeheuer komplex ist wie zum Beispiel eine Seuche oder eine Hungersnot, aber ich weiß auch, dass viele Dinge gar nicht so grundverschieden sind, wie sie auf den ersten Blick scheinen, und in einem Basketballspiel, wenn man es genau analysiert, kann auch die Antwort auf die Frage liegen, wie man einen Verbrennungsmotor repariert – verstehst du, was ich damit sagen will?« Seine Augen blickten mich verständnissuchend an. »Und als ich da saß, in dieser Kirche, und zu demselben Marienbild hochschaute, das ich am Tag zuvor so voller Hoffnung angesehen hatte, wurde mir klar, dass Gebete aus einem ganz bestimmten Grund nicht erhört werden: Wir haben nämlich nicht die leiseste Ahnung, was gut für uns ist.«

Manchmal merkt man ganz deutlich, dass Jimmy ein Einzelkind ist. Wenn er so zu reden anfängt, sehe ich förmlich seine Mutter vor mir, wie sie »Eieiei« und »Killekillekille« sagt und ihn zum Weiterplappern ermutigt. Ich habe ihn mal gefragt, ob ich ihn an seine Mutter erinnere. Ich weiß, dass es so ist. Ich habe Bilder von ihr gesehen, auf denen sie ganz genau so aussah wie ich, aber er wurde ganz nervös, als ob er irgendein sexuelles Tabu bräche, wenn er es zugäbe. Er erinnert mich wirklich an meinen Dad: Beide haben riesengroße Hände und eine Lücke zwischen den Vorderzähnen. Außerdem haben sie beide den gleichen Laufschritt drauf, wenn sie in Eile sind; dann wackeln ihre Schultern auch auf die gleiche Art hin und her.

»Hakeem ›the Dream‹ Olajuwon ist der große Star der Houston Rockets, weißt du?«, fuhr er fort. Ich nickte mit dem Kopf, als begriffe ich, wovon er gerade redete.

»Der Gewinn dieser Meisterschaft könnte das Schlimmste sein, was ihm je passiert. Wäre echt möglich. Er wird mit dem Erfolg nicht fertig, verliert komplett die Bodenhaftung, vögelt durch die Gegend, und seine Frau geht mit den Kindern zurück nach Kenia oder wo er sonst herkommt. Irgendwann braucht er jeden Tag für zwanzigtausend Dollar Koks, und eines Tages findet man ihn dann tot in einem Bordell in der Nähe von Philadelphia. Und seinen Meisterschaftsring hat irgendein kleiner Pfandleiher längst eingeschmolzen.«

Ich versuchte ihm zuzuhören, war mir aber nicht mehr sicher, ob ich noch heiraten wollte. Ein feierliches Gelübde für die Zukunft abzugeben hieß für mich, das Schicksal unnötig herauszufordern. Man konnte gute Vorsätze fassen, aber irgendetwas Langfristiges zu versprechen im Hinblick auf eine unbekannte Variable wie die Zukunft, das erschien mir ziemlich arrogant. Die Welt hat ihre Tricks, ihre gemeinen, raffinierten Tricks, um dich auf die Knie zu zwingen und alles, was du für wahr und richtig hältst, in eine glatte Lüge zu verwandeln.

»John Starks dagegen hätte in diesem Augenblick seiner scheinbaren Demütigung zu einem großen Mann werden können. Er hätte erkennen können, dass Anstand, Rechtschaffenheit und harte Arbeit sich selbst genug Lohn sind. Es ist einfach, anständig und offen zu sein und Sätze wie *Alle Menschen sind gleich* und *Ich wünsche jedem nur das Beste* zu sagen, wenn man alles kriegt, was man will. Dabei besteht die wahre Größe darin, sich genau so zu verhalten, wenn man *eben nicht* alles kriegt, was man will. Dankbarkeit im Anblick der Niederlage oder des Leidens zeigen – das sind für mich Menschen, die wirklich zu ihren Überzeugungen stehen. Ist Michael Jordan ein großartiger Basketballspieler? Jawohl. Ist er mein Held? Ganz sicher nicht. Ich werde niemanden vergöttern, nur weil er gewinnt. Ich gewinne auch nicht. Schau mich an – für Leute wie mich wurde das Wort *Enttäuschung* erfunden. Ich habe wirklich mal gedacht, ich würde so großartig werden wie John F. Kennedy, weißt du? Jemand, der sich an angesagten Orten rumtreibt und da jede Menge coole, supertolle Sachen macht. Mister Millionär. Stattdessen bin ich Mister Mittelmaß.«

Ich schüttelte den Kopf. Ich dachte überhaupt nicht mehr an Basketball.

Wie wäre es, wenn wir einander nur lieben und so wahrhaftig wie möglich zusammenleben könnten, anstatt irgendeiner Vorstellung entsprechen zu wollen, wie eine Beziehung auszusehen hat? Ein Leben ohne Lügen – ganz und gar. Sich einfach nur an einen Tisch setzen, gegenseitig in die Augen schauen und offen sagen, was man denkt. Den anderen als eigenständigen Menschen sehen, anstatt ihn immer in Bezug auf die eigene Person zu beurteilen. Ich wollte niemanden, der nur deshalb bei mir blieb, weil er es mir vor achtzehn Jahren oder so einmal versprochen hatte. Er sollte bei mir bleiben, weil er es wollte, weil er mich liebte und davon überzeugt war, dass er nichts mehr brauchte, als mit mir zusammen zu sein. Ein waches, bewusstes Leben – das war es, was ich mir wirklich wünschte.

»Wenn jemand wie die kleine Ratte hier« – Jimmy redete immer noch und deutete über den Platz in Richtung der Wohnblocks, zwischen denen der Junge verschwunden war – »mich allein sieht, denkt er wahrscheinlich: Was für ein Niemand. Aber wenn er dann dich sieht und unsere Liebe und unseren zukünftigen kleinen Hosenscheißer, wie er durch die Gegend krabbelt, dann braucht er nur ein kleines bisschen Hirn in seinem Schädel, damit ihm klar wird: ›Der Heartsock ist doch gar nicht so dumm, wie er aussieht.‹ Und wer weiß, vielleicht hat das Schlimmste, was mir je passiert ist – du weißt schon, der Tod … äh, der Selbstmord meines Vaters«, korrigierte er sich selbst, »vielleicht hat mir das gezeigt, dass ich dich liebe, oder es hat irgendwas in mir geweckt oder entfacht, das mich für dich irgendwie anziehend macht.«

»Du glaubst wirklich, dass ich dich anziehend finde?«, fragte ich. Inzwischen hörte ich ihm wieder zu. Sein Atem kam als Dampfwolke aus seinem Mund.

»Ich will damit nur sagen, dass wir nicht wissen, was gut für uns ist. Ich habe mir da drüben in der Kirche hinter dem Hügel meine unsterbliche Seele aus dem Leib gebetet dafür, dass Shannon Macquarrie und ich für immer zusammenbleiben. Und vor Kurzem hat man Shannon einen Fuß amputiert, weil ihre Durchblutung nach all den Jahren ihrer Heroinabhängigkeit völlig im Eimer ist – verstehst du, was ich damit sagen will?«

»Also hat John Starks dich Demut gelehrt?«, fragte ich und schaute wieder zu Jimmy hinüber. Ich mag die Art, wie er sich bewegt, lässig und träge, wie ein Boxer beim Aufwärmen.

»Ja, schätze schon«, antwortete er. »Weißt du, was er sagte, als sie ihn ein paar Jahre später zu einem anderen Verein abschoben? Irgendein Reporter fragte ihn, ob er etwas bedauern würde, und Starks meinte: ›Ja, ich bedaure, dass ich für New York keine Meisterschaft gewonnen habe. Ich bedaure die Zwei aus Siebzehn im siebten Spiel, aber ich hoffe, dass die Fans durch mich gelernt haben, sich am Unerwarteten zu erfreuen – und wenn sie jemals glauben, nicht tiefer sinken zu können, müssen sie nur an mich denken und werden wissen, dass es möglich ist weiterzumachen.‹«

»Ich möchte mit dir über unsere Hochzeit sprechen, Jim«, versuchte ich behutsam, auf ein gefährliches Gesprächsthema zuzusteuern.

Die kleine Ratte und sein Kumpel tauchten hinter den Umkleidekabinen auf und stapften angriffslustig über den Rasen. Sie hatten noch zwei Freunde mitgebracht, und die vier kamen mit schnellen Schritten in unsere Richtung. Wir hörten sie lachen und fluchen.

»Lass uns verschwinden«, sagte ich. »Ich kann den Kleinen nicht ausstehen. Er ist mir irgendwie unheimlich.«

»Moment, Moment, warte mal«, murmelte Jimmy und schaute sich um.

Der Junge, der immer noch sein MICHIGAN STATE-Shirt trug, brüllte über das leere dunstige Feld: »Für hundert Mäuse spielst du gegen mich, hast du gesagt!« Seine Stimme klang, als wäre er vor zwei Tagen in den Stimmbruch gekommen. »Hoffentlich hast du 'nen Kredit aufgenommen«, fügte er hinzu, als er auf dem Basketballplatz stand, und schleuderte fünf Zwanziger in den Mittelkreis wie irgendein billiger Actionheld.

»Was zum Teufel ist mit dir los, Kleiner? Bist du der Star der Kinderliga oder was?«

»Jimmy, lass uns hier verschwinden.« Ich stand auf.

»Wenn du die Kohle nicht hast, brauchst du's nur zu sagen.« Der Junge stand halb gekrümmt vor Jimmy; eine Schulter war viel höher als die andere.

»Ich werd einem Kind doch kein Geld abnehmen.« Jimmy drehte sich zu mir um und schüttelte den Kopf.

»Leck mich. Ich würd' dich sowieso fertigmachen.«

»Pass auf, was du sagst.« Jim fuhr herum und ging geradewegs auf den Jungen zu. »Leck mich ist ein großes Wort.« Er war nur ein paar Zentimeter größer als sein Gegenüber. »*Leck mich* sind zwei Worte«, erwiderte der Junge und starrte Jimmy unverwandt ins Gesicht, während seine Freunde voll gespannter Vorfreude kicherten.

»Jimmy, der Junge hat ganz offensichtlich ein Problem. Bitte lass uns jetzt fahren«, sagte ich, um ihm einen Ausweg aus der Sache zu bieten.

»Du hast Glück, dass ich was Besseres zu tun habe, Pickelgesicht.« Jimmy warf dem Jungen noch einen Blick zu und wandte sich ab.

»Leck mich! Du hast gesagt, für hundert Dollar spielst du gegen mich, und jetzt willst du kneifen?« Der Junge klang so aggressiv, dass es mir fast körperlich wehtat. Es erstaunte mich immer wieder, wie ein Tag eine ganz bestimmte Richtung einschlagen konnte – bis dann alles beim ersten Windstoß wieder umgeworfen wurde.

»Wenn ich gewinne, nehme ich mir dein Geld, wisch mir den Hintern damit ab und spül es durchs Klo, hast du verstanden?«, sagte Jimmy und blieb wie angenagelt in der Mitte des Platzes stehen.

»Jimmy, lass uns fahren«, rief ich ungeduldig.

»Du redest und redest, aber wo bleibt die Kohle?«

»Du bist ein gottverdammtes arrogantes kleines Arschloch, weißt du das?«

»Jimmy, bitte nicht«, sagte ich.

»Was ist nun mit der Knete? Oder musst du sie dir erst von ihr leihen?«

Die Augen des Jungen leuchteten tiefblau wie ein Sternenhimmel.

Jimmy zückte seine Brieftasche. »Zwanzig, vierzig, sechzig, achtzig, einhundert«, sagte er und ließ das Geld auf den Boden fallen. »Dann mal los, du Schlaumeier, gehn wir's an.« Er hob beide Geldbündel auf, legte die Scheine neben mich auf den Picknicktisch und beschwerte sie mit einem Stein, damit sie nicht wegflogen.

»Tu's nicht«, flüsterte ich.

»Ich kann nicht anders, jetzt nicht mehr«, sagte er.

»Ich setz mich ins Auto.«

»Bitte bleib hier, Baby.«

»Ich werde hier nicht rumsitzen und zusehen, wie du dich in irgendein idiotisches Spielchen verwickeln lässt.«

»Ich weiß nicht warum, aber das hier ist wichtig«, sagte er.

»Nein, Jimmy, genau darum geht es: Es ist *nicht* wichtig.«

»Ich werde gewinnen«, murmelte er und zog die Schnürsenkel seiner Stiefel fest.

»Ich mache mir keine Sorgen, ob du gewinnst oder verlierst, ich mache mir Sorgen, weil du dich wie ein Idiot benimmst.« Ich versuchte, ihn dazu zu bringen, mich anzusehen. »Wie um alles in der Welt kann das hier noch gut ausgehen? Schalte doch mal dein Gehirn ein. Er ist noch ein Kind.«

»Bitte bleib hier und sieh zu; es *ist* wichtig«, wiederholte er. Er schaute mich an, mit kalten, geistesabwesenden Augen, und dann drehte er sich um und ging raus auf den Platz. »Na los, du kleine Schwuchtel – wer trifft, fängt an.«

»Mach ihn alle, Jamie!« Seine Freunde standen am Rand des Spielfelds und feuerten ihn an. Jamie, dachte ich. So heißt der Junge also.

»Zweier und Dreier bis Einundzwanzig«, sagte Jamie.

»Vergiss es, Schwuchtel, Einer bis Elf oder gar nichts.«

Jimmy wird leicht wütend – ich kannte das schon –, und dieser kleine Junge hatte ihn so weit gekriegt.

»Hast du Schiss?«, fragte er und brachte Jimmy damit nur noch mehr auf die Palme.

»Wovor?«, sagte Jimmy und warf den Ball viel zu hart in Richtung von Jamies Kopf. »Wer trifft, fängt an, Schwuchtel.«

Was Jimmy am meisten ärgerte, war die Tatsache, dass der Junge offensichtlich keine Angst vor ihm hatte.

»Jeder zwei?«, fragte Jamie und fing den Ball einen Sekundenbruchteil bevor er seine Nase zertrümmerte. Jimmys unglaublich aggressives Auftreten hatte ihn nicht im Geringsten verunsichert.

»Erster Korb fängt an«, sagte Jimmy.

Der Junge machte einen Schritt zurück und warf den Ball. Er flog hoch in die Luft und fiel sauber in den Korb, wobei er kaum die Ketten des Netzes berührte. In diesem Augenblick wusste ich, dass Jimmy verlieren würde, und fühlte mich wie versteinert und wütend zugleich bei der Aussicht darauf, wie der Rest des Tages ablaufen würde.

»Dein Ball«, meinte Jimmy und warf ihn zurück zu dem Jungen. »Check ihn.«

»Ich werde nicht hier bleiben und zusehen; das Ganze ist einfach lächerlich«, sagte ich laut und wandte mich ab, ohne mich noch einmal umzusehen. Als ich beim Wagen ankam, hörte ich die Freunde des Jungen jubeln; anscheinend hatte er seinen ersten Korb gemacht. Ich schlug die Tür zu, drehte das Radio voll auf und knipste all die alten Schalter an, um mich etwas abzureagieren. Ich konnte einfach nicht zusehen. Ich richtete meine Augen in die entgegengesetzte Richtung, über den Friedhof hinweg auf die große graue Fläche des Himmels. Auf einer Telefonleitung hockend, steckten zwei Amseln ihre Schnäbel in die Wärme ihrer eigenen gefiederten Brust und schauten mit einem Auge in meine Richtung. Dank der laut aufgedrehten Musik konnte ich nichts vom Hin und Her des Spiels hören. Jimmy war immer noch ein solches Kind. Ich würde ihn nie heiraten. Wie hatte ich nur daran denken können? Ich starrte die beiden Vögel an und dachte an Jimmys Klassenfoto aus der Neunten, das ich einmal in seiner Wohnung gefunden hatte. Damals hatte er frisch gewaschenes, sauber glänzendes, schulterlanges Haar mit einem Mittelscheitel und einem ausgefransten Pony; auf seinem T-Shirt stand »Black Sabbath«, und auf seinem Gesicht lag das netteste Lächeln der Welt. Damals musste er etwa so alt gewesen sein wie dieser Jamie heute. Die Amseln flogen davon; wohin, konnte ich nicht erkennen.

Ich drehte mich um und betrachtete meinen Verlobten. Wie ein Besessener verteidigte er gegen diesen Teenager; seine Haare glänzten schweißnass, die klobigen Stiefel stampften unbeholfen über den Boden, und sein Gesicht war rot, verzerrt und fleckig. Die Milchbärte am Spielfeldrand sahen inzwischen nicht mehr so siegessicher aus, also musste das Spiel auf der Kippe stehen. Jimmy schüttelte immer wieder den Kopf, warf ihn in den Nacken wie ein Pferd und schnappte nach Luft. Er spielte dem Jungen den Ball aus der Hand und machte schnell einen Korb. Seine Augen suchten mich und begegneten meinem Blick. Ich versuchte zu lächeln, aber er schaute weg, bevor ich es geschafft hatte. Ich bin beim Sport nie sehr gut gewesen.

Weil ich groß bin, haben die anderen Mädchen immer versucht, mich zum Basketball oder Baseball mitzuschleppen, aber sobald alles um mich herum in Begeisterung ausbrach, wollte ich am liebsten sofort nach Hause. Jimmy schnaufte und keuchte, während dieses Kind in Dreihundert-Dollar-Sportschuhen um ihn herumtänzelte. Wenn er dieses Spiel verlor, konnte ich den Rest meiner Woche vergessen.

Ich konnte nicht anders: Bevor ich wusste, was ich tat, griff ich aufs Armaturenbrett und holte eine zerknitterte Zigarette aus Jimmys Päckchen – meine fünfte in den letzten beiden Tagen. Er hatte mir Vorwürfe gemacht, weil ich rauchte, aber dass er *selbst* damit aufhörte, kam für ihn nicht infrage. Meine Mutter hatte geraucht, als sie mit mir schwanger war, und mit mir war alles in Ordnung. Also, zumindest bin ich recht groß geworden, meine ich.

Doch während ich dort auf dem rissigen Ledersitz hockte, wurde mir klar, dass ich das Rauchen auf jeden Fall aufgeben musste. Es war einer dieser Momente im Leben eines Menschen, in denen man Farbe bekennen muss, ein Augenblick, der zeigt, aus welchem Holz man geschnitzt ist und welchen Charakter man hat. Ich konnte nicht einfach während meiner Schwangerschaft weiterrauchen und mir selbst einreden, dass ich es verdient hätte, Mutter zu werden.

Die Bässe des Autoradios wummerten durch meine Eingeweide. Kein Lärm von außen konnte diese Bassläufe durchdringen.

Ich wollte die Arme meiner Großmutter um mich spüren. Ich dachte daran, wie sehr ich es geliebt hatte, wenn sie

Klavier spielte und komische kleine Lieder dazu sang. Am besten gefiel mir eines über einen Jungen: »Der brave Bube Bernhard Bee«.

Ich steckte mir die Zigarette zwischen die Lippen. Sie war ein wenig krumm, also bog ich sie gerade.

Ich wollte diese Zigarette mehr als alles andere in meinem Leben. Ich sagte mir noch einmal, dass ich das Rauchen aufgeben musste. Auf jeden Fall. Ich dachte immer, wenn man schwanger ist, kann man die Seele des Kindes spüren, aber ich spürte überhaupt nichts.

Ich fuhr mit der Hand sanft über meinen Bauch. War da unten jemand?

Plötzlich musste ich an eine Szene mit meinem Vater denken, damals vor acht Jahren im Broadway Diner an der 54. Straße in New York. Ich hatte ihn gebeten, die Papiere zu unterschreiben, die mich aus der elterlichen Gewalt entließen, damit ich mir einen Job suchen und heiraten konnte. Mein Vater fragte mich, ob ich nicht wieder mit nach Hause kommen wollte, aber mir wäre es lieber gewesen, wenn er mir befohlen hätte, sofort mit dem Blödsinn aufzuhören, und mich nicht hätte gehen lassen. Aber er tat es – er unterschrieb die Papiere. An diesem Tag hatte ich meine Leopardenfelljacke mit Reißverschluss an, und ich spürte, dass er Angst vor mir hatte. Es erfüllte mich mit Abscheu, dass er seine siebzehnjährige Tochter allein in dieser großen Stadt zurückließ.

Damals fragte er: »Wie kommst du auf die Idee, dass du mich so sehr hassen kannst und ich dich trotzdem immer noch weiter lieben werde? Häh? Wie kommst du darauf?«

Ich würde bald wieder anfangen zu weinen. Vielleicht

war es das Progesteron, aber in letzter Zeit weinte ich ziemlich oft.

Was hatte ich getan? Bald würde ich Mutter sein, und dann würde der Ernst des Lebens beginnen. Ich fühlte mich, als ob mein wahres Ich irgendwo in einer Bar hockte und ein Glas nach dem anderen kippte. Ich wollte dieses Baby, Jimmys und mein Kind, aber es war so viel Verantwortung damit verbunden. Ich hoffte nur, dass ich keinen Dammschnitt brauchte.

Was wäre, wenn es *doch* ein Mädchen würde? Der Gedanke erfüllte mich mit Hoffnung.

Ich versuchte zu atmen.

Jetzt war genau der richtige Augenblick, um mit dem Rauchen aufzuhören. So gut wie jeder andere auch.

Die Zigarette immer noch im Mund, holte ich mein kleines rosa Feuerzeug raus.

Ich rauchte, seit ich zwölf war. Eines Sonntags legten meine Freundin Danielle und ich eine zentimeterdicke Schicht Make-up auf und gingen rüber zum Crystal Diner. Wir warfen unsere Vierteldollars in den Zigarettenautomaten, ignorierten die Furcht einflößenden Blicke der dicken Kassiererin, zogen an einem quietschenden Metallhebel, holten ein Päckchen Filterlose aus dem Schacht und schlichen wieder aus dem Laden, um sie zu rauchen.

Es mussten unbedingt Filterlose sein – wir beide hatten gerade eine Biografie über unser Idol James Dean gelesen, und er hatte immer Filterlose geraucht. Außerdem wussten wir seit unserer letzten spiritistischen Sitzung vor ein paar Tagen, dass Danielle in ihrem vorigen Leben James Dean gewesen war. Wir stellten uns hinter den Laden neben den

Müllcontainer und rauchten jede zwei Zigaretten nacheinander, bis uns schwindlig wurde, und plötzlich beugte Danielle sich vor und übergab sich. Ich habe diesen Augenblick nie vergessen, denn als ich hörte, dass Danielle mit dreiundzwanzig gestorben war, nachdem sie den ersten Speedball ihres Lebens versuchte, musste ich sofort wieder daran denken, wie sie hinter dem Diner stand und kotzte. Ihre Körperchemie oder so kam einfach nicht mit Drogen klar. Ich dachte an sie, entzündete das kleine rosa Feuerzeug und sog den Rauch tief in meine Lungen.

Ich entschuldigte mich bei meinem Baby.

Ich werde mich bessern, sagte ich.

Tut mir leid, sagte ich, aber manchmal bin ich einfach schwach.

Dann machte ich noch einen Lungenzug und kurbelte die Seitenscheibe herunter.

»Aus, du Arschloch, der Ball ist aus!«, hörte ich Jimmy durch das Ohio-Tal brüllen.

Überall am Horizont konnte man die ersten blühenden Judasbäume zwischen der grauen Masse noch kahler Bäume erkennen, die den Park und den Friedhof umsäumten.

»Mein Ball«, sagte Jimmy mehr zu sich selbst, erschöpft und außer Atem. »Wie viel steht's?« Die stoppligen Haare auf seinem Kopf waren durchtränkt vom Schweiß, und sein Gesicht glühte. Ich war mir sicher, dass seine Füße bluteten und seine Augen leidenschaftlich und gemein leuchteten.

»Sieben zu sechs für mich«, sagte der Junge und warf Jimmy den Ball zu. Ich wünschte mir, dass das Spiel vorbei wäre. »Ball im Spiel.« Der Kleine wirkte ernst und nervös; ständig zuckte irgendein Teil seines Körpers.

Jimmy schnappte sich den Ball, setzte sofort zu einem Sprungwurf an und warf. Der Ball flog in den Korb und rasselte durch das Netz. »Wie steht's jetzt?«

Statt einer Antwort schleuderte der Junge den Ball zurück zu Jimmy.

»Ball im Spiel, Mann, sieben beide.«

Jimmy warf sofort wieder und traf zum zweiten Mal hintereinander.

»Oh wie schade, Kleiner, eigentlich wollte ich gar keine zwei auf einmal treffen. Ich weiß doch, wie gern du gewinnen willst«, grinste Jimmy überheblich.

»Spiel einfach«, sagte der Junge leise.

»Willst du noch 'ne kleine Extrawette drauf abschließen, ob ich den Wurf noch mal hinkriege? Na? Dreißig Mäuse darauf, dass ich das dreimal hintereinander schaffe. Oder kriegt das so 'n lächerlicher Penner wie ich nicht hin? So hast du mich doch genannt, oder? Was sagst du, Kleiner?«

»Spiel einfach.«

»Na gut, Euer Gnaden. Tut mir leid. Rede ich dir zu viel? Tut mir echt leid«, wiederholte Jimmy schwach, fast außer Atem, während er am Rand der Dreipunkte-Zone entlangdribbelte. »Weißt du, der Herrgott hat mir keinen reichen Daddy geschenkt, der mir so hippe Hosen kaufen kann wie deine. Oder so süße rosa Stricherschühchen, wie du sie an den Füßen hast«, verhöhnte er ihn. »Und der Herrgott hat mir auch keine liebe Mama geschenkt, die mir hundert Mäuse in die Hand drückt, damit ich rausgehe und mich amüsiere. Aber weißt du, was der Herrgott mir geschenkt hat? Na, Kleiner? Weißt du, was er mir geschenkt hat?«

»Spiel einfach«, sagte der Junge und hielt die Augen auf den auf und ab hüpfenden Ball gerichtet.

»Der Herrgott hat mir einen *Sprungwurf* geschenkt«, sagte Jimmy, machte schnell einen Schritt zurück, sprang hoch und warf. Der Ball zischte zum dritten Mal durch die Maschen. Ich hatte das Gefühl, dass ich nie mehr von Jimmys Vater in Jimmy zu sehen bekommen würde als in diesem Augenblick.

Während ich Jim beim Spielen beobachtete, wünschte ich mir von ganzem Herzen, ich könnte ihn von seiner Vergangenheit befreien.

»Und wie steht's jetzt, Großmaul?«, hörte ich Jimmy den Jungen fragen, als er ihm den Ball zuwarf.

»Neun zu sieben für dich«, murmelte der Kleine.

Der Junge war kaum außer Atem, während Jimmy bei jeder Bewegung keuchte.

Ich warf meine Zigarette aus dem Fenster, öffnete die Wagentür, stieg aus in die feuchte Luft und setzte mich auf die Motorhaube. Jimmy schaute rüber und grinste. Jetzt erst wurde sein Triumph vollständig – es reichte nicht, dass er gewann, ich musste ihm auch noch dabei zusehen.

Nie wieder würde ich eine Zigarette anfassen, gelobte ich. Es war ein fester Entschluss, ein Augenblick der Klarheit. Das Schuldgefühl wegen des Rauchens war so unerträglich stark geworden, dass ich nur beim Rauchen Erleichterung finden konnte. Ich musste an Antonia denken, eine meiner Patientinnen aus dem Krankenhaus. Antonia war eine attraktive dreiundzwanzigjährige Frau aus Guatemala gewesen, cracksüchtig und im ersten Trimester ihrer Schwangerschaft. Ich war mir damals ziemlich sicher, dass sie auch als Prostituierte arbeitete, und sie hatte bereits ein Kind zur Adoption freigegeben. Ich flehte sie an, eine Entziehungskur zu machen, damit sie das Sorgerecht für ihr neues Baby behalten konnte.

»Die Drogen sind das Einzige, was mich am Leben hält«, hatte sie darauf geantwortet. »Wenn ich clean würde und dann offen und ehrlich drüber nachdenken könnte, was für ein Mensch ich geworden bin und welche Dinge ich getan und gelassen habe, müsste ich mir das Hirn aus dem Schädel pusten.«

Ich überredete sie, wenigstens für einen Schwangerschafts-Check ins Krankenhaus zu gehen. Sie trug einen langen roten Morgenmantel, ihr einziges vorzeigbares Kleidungsstück, wie sie sagte. Die Schwestern ließen sie sechs Stunden im Wartezimmer sitzen, weil sie sich weigerten, sich um eine Crackhure zu kümmern. Schließlich ging sie. Ich sah sie nie wieder.

Ich hockte auf der Haube des Nova. Der größte Vorteil an diesen Siebzigerjahre-Schlitten ist, dass sie nicht jedes Mal eine Beule bekommen, wenn man sie nur anfasst. Der vage Geschmack von feuchtem Rauch hatte sich wie ein Film über meine Zunge gelegt. Ich verfluchte ihn: ab jetzt auch keinen Kaffee mehr. Ich würde von nun an Brokkoli essen und diese tellergroßen Vitaminpillen für Schwangere. Wenn nur mein Magen nicht immer so nervös und gereizt wäre.

Jimmy machte noch einen Korb. Diesmal sagte er nichts. Dieses Schweigen war seine bisher bedrohlichste und einschüchterndste Masche. Er brauchte nur noch einen Punkt.

»Komm schon, Jamie, du kannst ihn schaffen«, feuerten seine Freunde den Jungen an. Ich konnte deutlich die

Angst in seinem Gesicht erkennen. Ich war nicht ganz sicher, aber es sah so aus, als ob er zitterte. Jimmy nahm ihn gar nicht mehr wahr; er stürzte einfach los in Richtung Korb, sprang dann plötzlich rückwärts und warf den Ball ein letztes Mal hoch in die Luft. Ein Lautloser, hätte er dazu gesagt. Dann ging er ohne ein weiteres Wort rüber zum Picknicktisch, hob den Stein vom Geldbündel, griff sich die Scheine, teilte sie in zwei Hälften, ging wieder zurück zu dem Jungen und klatschte ihm die hundert Dollar gegen die Brust.

»Und erzähl nie wieder so einen Scheiß über die toten Väter von anderen Leuten, okay? Mach dich nicht über Leute lustig, die älter sind als du. Du hast überhaupt keine Ahnung, was es mich gekostet hat, zu dem lahmarschigen Penner zu werden, der ich heute bin. Verstehst du? Du hast nicht die leiseste Ahnung.«

Die Lippen des Jungen zitterten jetzt unkontrolliert, und dicke Tränen stiegen ihm in die Augen.

»Erfolg wird nicht daran gemessen, was man erreicht, sondern daran, welche Hindernisse man auf seinem Weg überwunden hat«, fügte Jimmy hinzu und hielt seine Hand mit dem Geld immer noch fest gegen die Brust des Jungen gepresst. Ich wünschte mir, der Junge würde antworten, Wahlsprüche sind die Krücken der geistig Schwachen, aber er sagte nichts; stattdessen starrte er auf den Boden, damit niemand seine Tränen sah.

Jimmy machte einen Schritt zurück, aber der Junge fing das Geld nicht auf, sondern ließ die Zwanziger auf den Boden flattern. Es ging kein Wind, daher blieben die Scheine bewegungslos dort liegen, wo sie hingefallen waren. Ich schaute wieder zu dem Jungen und konnte sehen, wie seine Gesichtszüge langsam entgleisten.

»Lass uns endlich hier abhauen. Scheiß doch auf den Alten«, riefen seine Kumpels, aber der Junge bewegte sich keinen Millimeter.

»Hey, warum weinst du denn?«, fragte Jimmy leise, ging wieder auf ihn zu und beugte sich etwas vor, damit er dem Jungen in die Augen sehen konnte.

»Leck mich«, sagte Jamie tränenerstickt, während ihm die Rotze aus der Nase lief.

»Pass auf, was du sagst, okay?« Jimmy versuchte immer noch, den Jungen dazu zu bringen, ihn anzusehen. »Wie alt bist du?«

»Zwölf«, kam die schlichte Antwort.

»Oh mein Gott – du bist erst zwölf? Du siehst aus wie siebzehn.« Jimmy wandte sich um und schaute mich an. »Meine Güte, wo hast du denn die hundert Mäuse her?«

»Von meinem Bruder geliehen.« Der Junge holte tief Luft. »Dafür macht er mich alle.« Er schaute hinauf in den Himmel, damit ihm die Tränen nicht über die Wangen liefen und auf den Boden tropften.

»Hier, sei kein Idiot, nimm das Geld.« Jimmy hatte einen aufgebrachten Gesichtsausdruck, als er die Scheine aufsammelte und sie dem Jungen in die Hand stopfte, aber Jamie wollte das Geld nicht annehmen und weigerte sich, die Finger darum zu schließen.

»Du hast mich fertiggemacht«, meinte er und schüttelte wie wild den Kopf.

»Ist dir eigentlich klar, dass ich fast dreißig bin? Ich hab dich nicht fertiggemacht, ich hab dich knapp geschlagen.

Du hast *mich* fertiggemacht. Eins will ich dir sagen: Wenn du dreißig bist, hoffe ich nur, dass du nicht mit kleinen Jungs um Geld spielst, okay? In zwei Jahren spielst du in einer ganz anderen Liga als ich jetzt. Ich bin hier der Verlierer. Ich werde jetzt in mein Auto steigen und meiner Freundin erklären müssen, warum ich mich wie ein Teenager benommen habe, und danach muss ich das Ganze auch noch vor mir selbst rechtfertigen. Du bist eigentlich noch ein Kind, das muss man zu deiner Verteidigung sagen, aber glaub mir, du könntest dir selbst einen Riesengefallen tun, wenn du aufhören würdest, dich wie ein arrogantes Arschloch zu benehmen.«

»Leck mich«, kam die triefnasige Antwort.

Jimmy schaute nach unten auf den Boden und schüttelte den Kopf. »Siehst du, was ich meine? Das ist unmöglich. So was kannst du zu mir einfach nicht sagen.«

»Warum nicht?«

»Erst mal, weil ich dir deinen Kopf abreißen und ihn dir in den Arsch schieben kann. Aber das ist nur der offensichtliche Grund.« Jimmy unterbrach sich. »Wie heißt du eigentlich?«

»James.« Der Junge schniefte und putzte sich die Nase.

»Du heißt James? Ich auch.« Jimmy fuhr sich mit der Zunge über die Zähne und ließ die Ironie auf sich wirken. »Also, der wahre Grund, *James,* warum du so was nicht zu mir sagen kannst, ist der, dass du so was zu niemand sagen kannst. Denn wenn du nicht lernst, andere zu respektieren, wird auch niemand dich respektieren. Alles klar?«

Der Junge nickte.

»Glaub mir.«

Jimmy sah so sehr wie ein Vater aus. Er bekam langsam die ersten feinen Fältchen um die Augen, und seine Brust und seine Arme waren mittlerweile kräftig und fest. Mir kam der Gedanke, dass das Altwerden auch seine Vorteile haben könnte. Ich starrte quer über das Spielfeld auf Jims schweißnassen Kopf und sein HEARTSOCK-Baseballshirt und begriff plötzlich, dass man bei allem, was man ausprobiert, letztlich fast nie etwas anderes erwarten kann, als gedemütigt zu werden. Aber dennoch musste ich einfach auf die Liebe setzen – sie schlug jede Alternative um Längen. Ich liebte Jimmy, und ich würde ihn so schnell wie möglich heiraten, am liebsten schon morgen. Hoffentlich würden die Götter meine Demut erkennen und meine Entschlossenheit bemerken, jedes Schicksal zu akzeptieren, das auf uns wartete, und hoffentlich sahen sie auch meine Anstrengungen. In weniger als sechs Monaten würde ich unserem Kind das Leben schenken. Ich war bereit für die Ehe; ich wollte eine verheiratete Frau sein. Und Jimmy war der Vater, ein Mitglied meiner Familie und mein nächster Angehöriger.

Die Traurige Moritat von James und Christy Heartsock am Vorabend ihrer Wiedergeburt

Rathaus

An unserem zweiten Tag in Ohio bestellten wir das Aufgebot. Meine Knie waren weich wie am ersten Schultag. Als ich im Rathaus stand und die blassen und nervösen Paare betrachtete, fiel mir auf, dass der Warteraum komplett in Braun gehalten war: braune Wände, Holztäfelung, beigefarbener Linoleumboden, verblasste goldene Kordeln, die die Warteschlangen voneinander trennten. An den Wänden sah man weder Muster noch Bilder, es gab nur rote Schilder mit der Aufschrift EHEERLAUBNIS 30 $ sowie Vorschriften und Angaben über die benötigten Ausweispapiere. Das Ganze erinnerte an die Warteschlange an einem Bahnhofsfahrkartenschalter kurz nach Weihnachten – deprimierte Gesichter, Müllreste auf dem Fußboden und ein besonders eigentümlicher menschlicher Geruch. Die anderen Paare schienen nicht halb so aufgeregt zu sein wie wir – na ja, wie ich jedenfalls. Auch Christy wirkte ziemlich niedergeschlagen. Ich dagegen konnte kaum still stehen, riss Witze, grinste alle an und kniff Christy in den Hintern. Die ganze Prozedur kam mir albern vor. Ich mache gern ganz normale Sachen, stehe irgendwo Schlange, frage irgendwen, wo das Klo ist, bestelle eine Tasse Kaffee und quatsche über den Sport oder das Wetter. Ich finde solche Gespräche nicht banal; ich mag sie.

Hinter uns stand ein Latino-Pärchen in unserem Alter, und der Typ trug eine John-Deere-Baseballkappe. Ich fragte mich, ob sein Mädchen auch schwanger war.

»In fünfzig Jahren treffen wir uns hier wieder«, sagte ich zu ihm, »und wer keine Ehefrau mitbringt, muss einen Kasten Bier springen lassen.«

Der Typ lächelte mich an, aber Christy wandte sich halb verlegen, halb verärgert ab. Alle waren so schrecklich ernst, als wären wir in einer Bibliothek oder so. Zwei bewaffnete Sicherheitsleute mit missbilligenden Mienen trugen auch nicht gerade zur Stimmung bei. Ich fragte mich, warum sie hier postiert waren. Gab es oft Schlägereien oder was? Aber ich war nicht zu bremsen, ich war total euphorisch. Um eine Eheerlaubnis anzustehen gab mir das Gefühl, ungeheuer »normal«, positiv, aufrecht und gesetzestreu zu sein. Formulare unterschreiben, Angaben machen, die eigenen Handlungen dokumentieren, das gefällt mir. Seine Liebe amtlich machen.

Es war seltsam, wie bedrückt alle anderen wirkten, vor allem der chinesische Standesbeamte hinter der kugelsicheren Scheibe. Als ich ihm die 30 Dollar gab, fragte ich ihn: »Kriege ich die zurück, wenn wir uns scheiden lassen?«

Er sah mich bloß ausdruckslos an wie ein Stück Holz. Christy kniff und zwickte mir in den Rücken. Wenn Leute hyperernst sind, werde ich unwillkürlich ganz zappelig und flatterig. Vor einem wichtigen Football-Spiel in der Schule hat unser Trainer uns immer um sich geschart und große Worte über Einsatzbereitschaft und Leidensfähigkeit gemacht, die übliche »Herz-eines-Siegers«-Rede, und dabei habe ich einmal angefangen, die amerikanische Nationalhymne zu summen. Wegen solchem Unfug bin ich aus der Mannschaft geflogen – na ja, deswegen und wegen der paar Linien Koks, die ich mir auf dem Rücksitz von Deke Hammerles Oldsmobile auf dem Parkplatz der Sporthalle reingezogen hatte. Für Deke ging die Sache noch viel übler aus; er hatte ein Football-Stipendium für die Ohio State University bekommen, das er sich danach sofort abschminken konnte. Er hat nie wieder ein Wort mit mir gewechselt; ich weiß auch nicht, warum. Es war sein Stoff.

Jedenfalls konnte ich keinen Moment stillhalten, als wir jetzt wegen des Aufgebots anstanden. Ich hüpfte regelrecht auf und ab. Die ganze Zeit dachte ich an Jackie Robinson und Branch Rickey. Branch Rickey war Trainer der Brooklyn Dodgers und suchte den perfekten Mann, um die Rassenbarriere zu durchbrechen. Er wusste, dass er dafür nicht nur einen Spieler von Hall-of-Fame-Format brauchte, sondern einen echten Mann: einen Mann, der unter Todesdrohungen spielen konnte; einen Mann, der mit einem landesweit bekannten Zweite-Base-Mann zurechtkam, der ihm rassistische Beleidigungen ins Ohr flüsterte; einen Mann, der das Rampenlicht der Welt lächelnd und aufrecht ertragen und bei allem Hohn und Spott trotzdem den Ball treffen konnte. Die unverheirateten Männer sortierte Rickey sofort aus. Ein Junggeselle wusste nicht, was Opfer bedeuteten. Ein Junggeselle würde nicht auf Anhieb »das höhere Gut« erkennen, die verzögerte Belohnung, das langfristige Ziel, nicht das Tagesergebnis. Ein Familienmensch verstand diese Werte. Ein Familienmensch hatte spezielle persönliche Gründe, warum er dem Mann an der zweiten Base nicht die Fresse polierte; er hatte einen Sohn und eine Frau, denen gegenüber er noch vor dem Baseball die Verantwortung trug. Ein Familienmensch mit »stillem Glauben« wäre der Einzige, der stark genug wäre, diese Feuertaufe zu bestehen.

Und das würde ich jetzt auch sein. Ich konnte es nicht fassen. Wie sollte ich da still stehen? Ich füllte die Formulare aus, gab sämtliche Daten und Fakten an und sah zu, wie Christy ihre Blätter ausfüllte.

Sie stand über einen Tresen an der gegenüberliegenden Wand gebeugt und kritzelte vor sich hin. Seit sie ein bisschen Gewicht zugelegt hatte, sah ihr Arsch noch besser aus. Aber ihre Haut war zu blass, und ihre Augen wirkten ständig müde. Die ganze Herumfahrerei hatte ihren Tribut gefordert. An ihrem Kinn hatte sie einen kleinen, knallroten Pickel, den sie hinter ihrer Hand zu verbergen suchte.

Und dann, *wumm*, als hätte man mir mit einem Baseball-Schläger in den Magen gerammt, dachte ich, ich müsste mich übergeben. Alle Luft schien aus meinem Körper zu entweichen. Auf dem Formular stand direkt unter meinem Namen der Name dieses Wichsers, Alexander Shelberger: ihr erster Mann.

Verdammte Kacke.

»Oh Scheiße, warum musst du denn seinen Namen da hinschreiben?«, fragte ich beleidigt. Die Elektronen und Neutronen in meinen Gliedmaßen oder was auch immer waren buchstäblich erstarrt.

»Was soll das heißen?« Sie sah mich nervös und ängstlich an. Seit sie schwanger war, reagierte sie extrem emotional.

»Ich meine, das ist doch blöd.« Ich versuchte, nicht gemein zu sein. »Das trübt irgendwie die Atmosphäre, verstehst du? Mir gefällt das nicht.« In gewisser Weise bin ich sehr besitzergreifend, und bei dem Gedanken an ihn, verbunden mit der Vorstellung, dass sie mit ihm in genauso einer Schlange gestanden hatte, musste ich mir den Bauch halten, als würde ich mich wirklich gleich übergeben. Ich wusste von dem Kerl; er war ein reicher Junge namens Alex aus Christys Heimatstadt, den alle nur Tripp nannten (weil er Alexander Shelberger der Dritte war), doch bisher hatte ich ihn aktiv ignoriert – die beste Methode, mit seiner Existenz umzugehen. Er war der Hauptgrund, warum Christy keine standesamtliche Hochzeit wollte – weil sie das mit ihm gemacht hatte. Ich vermute, er war auch der eigentliche Grund für ihre Einwände gegen das Heiraten an sich.

»Was soll das heißen?«, fragte sie mich noch einmal mit aschfahlem Gesicht.

»Ich hatte ganz vergessen, dass du schon mal verheiratet warst.« Ich machte eine Pause und war mir auf einmal nicht mehr sicher, ob ich wirklich eine große Sache daraus machen sollte. »Es zieht einen bloß voll runter, weißt du?«

»Ja, ich weiß«, sagte sie stocksteif. Erst nach langem Schweigen fuhr sie fort: »Ich habe ihn nie geliebt, das weißt du. Es war keine Ehe; ich habe versucht, ihn zu einem Entzug zu überreden. Ich wünschte, ich hätte es nicht getan; er war ein gemeiner und widerlicher Mensch. Aber er ist ein Teil meiner Vergangenheit, okay?«

Als ich Christy einmal beim Umziehen geholfen habe, fanden wir all diese Fotos von ihr und Tripp, körnige Kunstfotos, die er gemacht hatte. Sie war maßlos deprimiert, eine schwarze Wolke umhüllte sie, und ihre Arme und Beine sahen aus, als wögen sie zehn Millionen Pfund.

»Alte Bilder von Menschen, die nicht mehr in deinem Leben sind ... es ist einfach so traurig«, hatte sie gesagt. »Zeiten, die dir wichtig waren, in die du etwas investiert hast, und jetzt fühlst du gar nichts mehr.« Sie hatte mich mit leerem Blick angesehen. »Da fragt man sich doch, ob das mit dem Moment, den man gerade erlebt, anders sein wird.« Dann warf sie einen Schuhkarton voller Fotos in einen großen grünen Plastikmüllsack.

»Was wirst du in zehn Jahren wohl über mich sagen?«, fragte ich sie jetzt leise und ernst und starrte auf meine Schnürsenkel, während ich über den braunen Linoleumboden des Rathauses schlurfte. »Dass du schwanger und vollkommen von Sinnen warst?«

»Hoffentlich nicht«, sagte sie schlicht, ohne den Blick abzuwenden. Sie hatte ihre kurzen Haare mit einer silbernen Haarspange zurückgesteckt. »Ich will nicht heiraten, Jimmy. Ich reiße mich nicht unbedingt darum. Für mich ist es ohne Belang, verheiratet zu sein. Ich will eine Familie, ich glaube an uns beide, ich will *dich* gern heiraten, aber wenn du nicht willst, dann scheiß drauf.«

Sie ging in die Offensive. Darin ist sie gut. Wenn sie wütend auf mich wird, fange ich immer gleich an, mich zu entschuldigen, aber wenn ich wütend auf sie bin, keilt sie sauber zurück. Sie lässt sich nichts gefallen.

»Ich habe Tripp« – sie flüsterte seinen Namen – »geheiratet, weil der Drecksack gedroht hat, sich umzubringen, wenn ich es nicht tun würde, und ich war so jung und dumm, dass ich ihm geglaubt habe. Bevor ich zwanzig war, war ich schon wieder geschieden, okay? Jedes Mal wenn er *meine Frau* sagte, war es, als würde mir jemand mit einer Gabel in die Schulter stechen, aber wenn es für dich die Atmosphäre trübt«, – sie sah mich wütend an – »dann kann ich dir auch nicht helfen.«

»Ich weiß, ich weiß, es ist bloß ein Stimmungskiller«, meinte ich achselzuckend.

»Werd erwachsen. Was soll ich deiner Meinung nach machen?«, fragte sie aufgebracht.

»Mach das nie wieder mit jemand anderem«, sagte ich mit einem falschen Lächeln.

»Jimmy …« An ihren traurig heruntergezogenen Mundwinkeln konnte man sehen, wie angespannt sie war. »Darum geht es doch.«

Als ich das Rathaus betreten hatte, hatte ich mich drei Meter groß, gottgleich und gewaltig gefühlt – und jetzt war ich verwirrt, klein, weinerlich und zerbrechlich. Vielleicht zum ersten Mal traf mich der Gedanke mit voller Wucht: Was, wenn sie mich nicht so liebt wie ich sie? Oh mein Gott. Was, wenn sie es nicht ernst meint? Ich betrachtete die Ansammlung mürrisch verlobter Gesichter um uns herum. Natürlich ist nichts für die Ewigkeit.

Wir nahmen auf zwei großen beigefarbenen Drehstühlen an einem kleinen Tisch Platz, und eine junge übergewichtige Frau fing an, unsere Unterlagen durchzugehen. Christy hatte ihre Scheidungspapiere nicht bei sich, sodass zur Bestätigung mehrere alberne Anrufe beim Zentralregister von New York erforderlich waren. Es war, als stünde man an der Supermarktkasse, und die Kassiererin fragt über Lautsprecher, was die Herpes-Salbe noch mal kostet.

»Und Sie wollen den Namen Ihres Mannes annehmen?«, fragte die Frau mit einem flachen Mittelwesten-Akzent.

Ich sagte gar nichts. Ich konnte nichts sagen.

»Ja«, antwortete sie und buchstabierte ihn: »H-E-A-R-T-S-O-C-K. Walker behalte ich als zweiten Namen.«

Ich weiß, dass es nicht wichtig ist, und wenn ich ein großes Getue darum mache, denkt ihr, ich wäre irgend so ein Macho-Arschloch, aber meine Brust war stolzgeschwellt, Mann, das will ich gar nicht bestreiten. Christy Heartsock. Ich liebte den Klang.

»Wir werden eine Familie sein«, sagte sie, ohne mich anzusehen. »Sei also kein Arschloch, weil ich schon mal verheiratet war. Die Vergangenheit löst sich leider nicht in Wohlgefallen auf. Ich bin bereit, alles zu tun, was uns auf festen Boden führt. Verstehst du, was ich meine?«

Ich nickte und versuchte, cool zu tun.

»Niemand zwingt uns, das zu tun; es ist etwas, was ich will. Willst du es auch?«

»Ja«, antwortete ich schlicht.

»Nur noch eins«, sagte die dicke Frau leise und beugte sich über den Tisch. »Es ist reine Formsache, aber Sie sind doch nicht miteinander verwandt, oder?«

Ich war wieder drei Meter groß und grinste.

EINLADUNGEN

Von meinem Bett im Millstream Motor Inn aus tat ich es – ich lud meinen Vater zu meiner Hochzeit ein. Strahlendes Sonnenlicht fiel durch die stilechten braunen Vorhänge; es war zwar erst halb neun am Morgen, aber wenn ich ihn jetzt nicht anrief, würde ich es nie tun. Seit zwei Monaten, seit der blassblaue Streifen auf meinem Schwangerschaftstest erschienen war, hatte ich mit dem Gedanken gespielt, ihn anzurufen, aber erst jetzt griff ich endlich in meine Tasche, holte mein kleines rotes Adressbuch heraus, schaute unter D wie Dad nach und rief ihn an. Immer wenn ich meinen Vater anrufe, beginnen meine Hände zu zittern; auch jetzt war ich kaum in der Lage, die Tasten des Moteltelefons herunterzudrücken. »Hallo Angst«, sagte ich zu mir selbst, »ich hätte dich fast schon vermisst.«

In meinem Adressbuch, neben Rezepten und anderem Krimskrams, lag ein achtmal zu einem kleinen Viereck gefalteter Zettel, den mein Vater mir gegeben hatte, als ich zehn Jahre alt war.

Sieben Regeln für eine Prinzessin
Zum zehnten Jahrestag der Geburt meiner Tochter Christy »Plattfuß« Walker

1. Erzähle niemandem, dass du eine Prinzessin bist. Du weißt es, und wenn du dich dementsprechend benimmst, wissen es die anderen eines Tages auch.
2. Tu niemals so, als seist du keine Prinzessin, und versuche nicht, dich selbst herabzusetzen, nur weil du der Meinung bist, dass sich andere dadurch besser fühlen könnten. Du erweist den anderen mehr Respekt, wenn du immer dein Bestes gibst.
3. Eine Prinzessin weiß, dass Erfolg sich am leichtesten daran messen lässt, wie man mit Enttäuschungen fertig wird.
4. Eine Prinzessin ist nie so arrogant anzunehmen, dass sie schon alles weiß. Nicht nur du möchtest gerne gehört und verstanden werden, sondern auch alle anderen. Je mehr du lernst, desto schlauer wirst du sein – so einfach ist das.
5. Wenn es um die wichtigen Dinge im Leben geht, gibt es keine einmaligen, nie wiederkehrenden Chancen. Mach die Zeit zu deinem Verbündeten. Eine Prinzessin kennt den wahren Wert der Geduld.
6. Eine Prinzessin ist nicht leichtfertig. Sie strebt nach Gerechtigkeit, Mitgefühl und Weisheit. Und wenn sie diese Werte gefunden hat, bewahrt sie sie. Es ist nie verkehrt, sein eigener Held sein zu wollen.
7. Eine Prinzessin stellt Ehrlichkeit über alles andere. Die Wahrheit verbergen, verschleiern, ma-

nipulieren oder kontrollieren zu wollen ist für sie reine Zeitverschwendung. Die Wahrheit existiert, mit oder ohne unser Einverständnis. Und wenn die Wahrheit unklar sein sollte, ist Schweigen häufig das beste Mittel.

Was mich an diesem Brief meines Vaters am meisten ärgerte, war die Tatsache, dass all diese Prinzessinnen-Prinzipien auf der Annahme beruhten, er sei der König. Und wenn ihr meinen Vater kennen würdet, wärt ihr auch verärgert.

Frank Steven Walker hat zwei Leidenschaften: Politik und Baseball. Als junger Mann spielte er fünf Jahre lang in der Zweiten Profiliga; danach arbeitete er drei Jahre als Manager der Fort Worth Cats, was ihn schließlich in die Lokalpolitik brachte. Er gewann auf Anhieb seine erste Wahl für einen Sitz im Repräsentantenhaus des Staates Texas und blieb danach achtzehn Jahre im Amt, bis er schließlich einen Posten als Bezirksrichter annahm. Die Leute liebten meinen Vater, und ganz besonders die Frauen. Er ist groß, hat breite, kräftige Schultern und eine große Lücke zwischen den oberen Schneidezähnen, aber mehr als alles andere beeindruckt er durch sein entwaffnendes Selbstbewusstsein. Er hat in seinem ganzen Leben keinen Tropfen Alkohol getrunken und keine einzige Zigarette geraucht; seine einzige Schwäche, so würde er sagen, sind verrückte Frauen. Er hat Lyndon B. Johnson gekannt, John F. Kennedy am Tag seines Todes die Hand geschüttelt, und in meiner begrenzten kindlichen Weitsicht schien er einer der bedeutendsten Männer der Welt zu sein.

Das Telefon klingelte dreimal, bevor mein Vater den Hörer abnahm.

»Hallo Daddy«, sagte ich und presste den Hörer so dicht ans Ohr, dass es wehtat, »ich bin's.«

Ich konnte fast sehen, wie mein Vater sich hinsetzte.

»Etwas Großartiges wird bald passieren, Daddy«, flüsterte ich. »Etwas Wunderbares.«

PATER MATTHEW

Die Tür stand offen, aber ich klopfte trotzdem. Man muss schließlich anklopfen.

Der Plan war, dass Pater Matthew uns traute. Er war der Priester, der mich gefirmt hatte, und definitiv der heiligste Typ, den ich je getroffen habe. Zum letzten Mal hatte ich ihn gesehen, als er meinen alten Herrn beerdigte, wofür alle sehr dankbar waren. Selbstmord macht viele Menschen verlegen. Pater Matthew hatte ein strenges, ernstes Gesicht, aber man konnte ihn auch zum Lachen bringen, kein Problem – man musste nur einen Furz in der Achselhöhle loslassen, und er lachte sich schief. Er war der Leiter unserer Jugendgruppe und ließ uns Zigaretten und eine Menge anderen Blödsinn durchgehen, solange wir uns gegenseitig mit Respekt behandelten. Christy war nicht katholisch, hatte aber nichts dagegen, dass er uns traute. Sie bestand nur darauf, dass der Gottesdienst abends und bei Kerzenlicht stattfinden sollte, aber ich dachte mir, dass Pater Matthew da schon mitmachen würde.

Ich besuchte den alten Priester im Gemeindebüro direkt unter dem Kirchenschiff. Der Geruch des kalten, feuchten Gemäuers in diesem Keller weckte zehntausend Erinnerungen. Als ich im Flur vor seinem Büro stand, fiel mir auf, wie wenig sich verändert hatte. Sein Zimmer war offen und zugig, und durch das einzige hohe Fenster fiel ein Streifen Sonnenlicht. Es war die Art Raum, wo man Flusen und Dreck wie Sternenstaub in den Lichtstrahlen tanzen sehen konnte. Und wenn man sich zu schnell bewegte, kam man sich linkisch und tölpelhaft vor. Überall waren Bücher übereinandergestapelt, in einer Ecke lag ein Haufen Register, denen man ansah, dass sie vierzig oder fünfzig Jahre alt sein mussten, und hier und da hatten sich Stapel alter Briefe angesammelt. Pater Matthew saß an seinem massiven Holzschreibtisch und starrte vor sich hin.

Er war noch genauso groß, wie ich ihn in Erinnerung hatte. Manche Dinge werden kleiner, wenn man älter wird, etwa der Hügel an der Pecan Avenue, wo ich aufgewachsen bin. Ich erinnere mich noch, wie ich mich mit meinem Fahrrad den Berg hochkämpfen musste, aber wenn ich ihn heute hochfahre, ist es kaum mehr als eine leichte Steigung. Der alte Priester jedoch saß da und wandte den Kopf, als suchte er irgendwas an der Decke, und seine Arme und Schultern waren genauso massiv, wie ich sie in Erinnerung hatte. Pater Matthew Allen war gut zwei Meter groß. Seine Handflächen waren größer als mein Gesicht. Das meine ich ganz ernst – er war ein voll ausgewachsenes Prachtexemplar der Gattung Mensch.

»Herein«, sagte er laut mit seinem schnarrenden Bostoner Akzent. Wir waren im Süden Ohios, und ich wette, er war seit fünfzig Jahren nicht mehr in Massachusetts gewesen, aber er klang noch immer wie Robert Kennedy.

Ich trat ein. In der Mitte des Raumes lag ein großer ovaler Teppich mit einem Spiralmuster, das zur Mitte hin immer enger wurde. Dieser Teppich musste älter sein als irgendein lebendes Mitglied meiner Familie. Er war abgewetzt und mit fremd aussehenden Haaren übersät. Ich trat vor den Schreibtisch. Als ich dreizehn war, dachte ich, Pater Matthew wäre neunzig, sodass ich keine Ahnung hatte, wie alt er jetzt sein musste. Verdammt alt jedenfalls.

Gerüchten zufolge hatte er vertraulichen Umgang mit mehreren berühmten Menschen gepflegt – berühmten Kirchenführern, sollte ich besser sagen, nicht mit richtigen Prominenten. Seine Augen erschienen mir wie die riesigen blassblauen Augen des Todes. Als ich klein war, hatte ich die kitschige Idee, dass Gott Pater Matthews Augen als eine Art Guckloch benutzte oder als Außenposten – so als ob Gott alle paar Hundert Meilen ein paar Leute zur optischen Aufklärung ausgewählt hätte. Jedenfalls hat er mich gefirmt. Diakon Smith hat den Firmunterricht und das ganze Drumherum geleitet, aber die eigentliche Firmung übernahm dann Pater Matthew selbst. Als sie stattfand, war ich völlig zugekifft – eine Ehrensache für mich und meinen Kumpel Deke. Wir hatten es uns in den Kopf gesetzt, bei unserer Firmung völlig breit zu sein, und das ist uns auch gelungen. Bei unserem Einstufungstest übrigens auch, ein weiterer strahlender Moment in meiner Geschichte. Wenn man bekifft das Glaubensbekenntnis vorträgt und dabei in Pater Matthews babyblaue Augen blickt, spürt man, dass der alte Mann im Himmel jeden unreinen

Gedanken, der je schamhaft durch deinen Kopf gehuscht ist, persönlich bearbeitet.

»Tut mir leid, wenn ich Sie störe«, sagte ich und verschränkte die Hände hinter dem Rücken, um nicht unsicher zu erscheinen.

»Wirklich?«, fragte er dröhnend. Wahrscheinlich war er inzwischen schwerhörig.

»Nein, so leid wohl auch wieder nicht.« Ich lächelte. Christy saß mit der Katze draußen im Wagen. Sie hörten Radio und warteten auf mich.

»Stell dich vor!«, brüllte er.

»Sie wollen meinen Namen wissen?«, fragte ich, irgendwie deprimiert, dass er mich nicht erkannte. Man hält sich selbst gern für unvergesslich.

»Woher kommst du?« Seine Stimme dröhnte so laut, dass ich mir sicher war, dass man ihn in den angrenzenden Büroräumen gut verstehen konnte.

»Ursprünglich? Oder wollen Sie wissen, woher ich gerade komme?«, fragte ich leise und hoffte, dass unser Gespräch dadurch einen etwas privateren Tonfall bekommen würde.

»Beides!«, bellte er so laut, dass die Fensterscheiben klirrten.

»Also, ursprünglich bin ich von hier.«

»Und deshalb soll ich mich an dich erinnern.«

»Ich hatte gedacht, dass Sie das vielleicht tun würden.«

»Hmm.« Er machte eine Pause und fummelte an einer Hautfalte herum, die von seinem Handgelenk hing. »Und woher kommst du jetzt gerade?«

»Ich bin vor ein paar Tagen von Albany rübergekommen.«

»Wie bist du hierhergekommen?«

»Wie bitte?«, fragte ich. Mein Mut sank. Ich begriff langsam, wie alt er mittlerweile sein musste. Er würde sich wahrscheinlich nicht mal dann an mich erinnern, wenn ich es ihm sagte. Die Gemeinde der Saint Patrick's Holy Trinity Church von Cincinnati war groß.

»Mit welchem Transportmittel bist du von Albany, New York, nach Cincinnati, Ohio, gekommen?«

»Ich bin gefahren.«

»Du bist gefahren?«, wiederholte er beunruhigend fix. »Mit was für einem Wagen?«

»Mit einem Chevy Nova.«

»Baujahr?«

»1969.«

»In welchem Jahr bist du geboren?«

»1969?«

»Hm-hm«, murmelte er schmatzend, als ob diese Übereinstimmung der beiden Daten eine besondere Bedeutung hätte. Ich war mir nicht sicher, ob er mich ansah oder nicht. Er schielte, was ihn leicht verwirrt wirken ließ. Auf seinem Schreibtisch stand ein großer galoppierender Hengst als Briefbeschwerer. Pater Matthew beugte sich unbeholfen vor, hob ihn an und schob ihn kindisch über den Tisch, als würde das Pferd über Papiere und Stifte zu seinen Büchern traben.

»Und was treibst du so?«, fragte er, den Briefbeschwerer betrachtend.

»Beruflich?« Auch ich konnte den Blick nicht von dem Pferd losreißen.

Er nickte.

»Ich bin Sergeant in den Streitkräften der Vereinigten Staaten.«

»Marines?« Sein Blick flackerte hoffnungsvoll auf.

»Nein, in der Army.«

»Hm-hm.« Er senkte den Blick wieder und stellte das Pferd ab. »Bei den Streitkräften hat man es nicht leicht.«

»Na ja, ich schlage mich ganz wacker«, sagte ich, verlagerte mein Gewicht von einem Fuß auf den anderen und wünschte, er würde mich auffordern, Platz zu nehmen, weil ich mich nicht einfach wie selbstverständlich hinsetzen wollte.

»Wirklich?«, fragte er und legte argwöhnisch den Kopf zur Seite. »Du schlägst dich also ganz wacker, ja?«

»Ja«, antwortete ich.

»Nun denn, gelobt sei Gott«, sagte er ruhig, aber so eindringlich, dass ich mich entschuldigen wollte.

»Also«, setzte er an und räusperte sich, »dein Name ist Jimmy Heartsock junior, du bist knapp dreißig Jahre alt, du bist in der Army, es geht dir großartig, aber du hältst es trotzdem für notwendig, in einem 69er Chevy Nova den ganzen Weg von zu Hause bis hier zu fahren, um den Priester zu besuchen, der dich gefirmt hat.«

»Sie haben mich erkannt!« Ich war gerührt. Der Typ war wahrscheinlich der korrekteste Mensch in meinem Leben. Ich kann mich noch lebhaft an seine Predigten erinnern und daran, wie er während des Abendmahls das Brot brach. Er war machtvoll, beeindruckend und königlich. Andererseits war er ein beschissener Liturg. Einige der Diakone und auch andere Kirchenmänner schafften es, die Gesänge der Liturgie förmlich und ehrfurchtsvoll klingen zu lassen, aber

Pater Matthew mit seinem Bostoner Akzent war schrecklich. Für jeden kleinen Absatz brauchte er Ewigkeiten.

»Ja, ich erkenne dich; du hast immer nach Rauch gestunken. Und du stinkst immer noch nach Rauch. *Du solltest aufhören zu rauchen!*«, brüllte er mit tiefer, rasselnder Stimme.

»Ich weiß, Sir«, erwiderte ich lachend. Es tat so gut, wiedererkannt zu werden.

»Es ist eine schlechte Angewohnheit. Wenn du nicht vorsichtig bist, wird dein Leben zu 98 Prozent aus schlechten Angewohnheiten bestehen. Die jungen Priester laufen durch die Gegend, bekreuzigen sich und danken Gott 24 Stunden am Tag – auch eine schlechte Angewohnheit. Sie sollten es besser nur einmal machen und dabei wirklich Dankbarkeit empfinden.«

»Da haben Sie recht, Sir. Schlechte Angewohnheiten können einen umbringen.«

»Setz dich«, sagte er und deutete auf einen alten Holzstuhl in der Ecke. Als ich den Stuhl holte und näher zum Schreibtisch trug, riss ich aus Versehen einen Kalender von der Wand. Er sah ziemlich billig aus, als würde man ihn beim Kauf von irgendwas anderem gratis dazubekommen. Jeder Monat zeigte das Bild einer anderen Blume. Ich blätterte ihn zurück zum Februar. Ich kannte den Namen der abgebildeten Blüte nicht, aber sie war schön gelb.

»Und warum bist du hier? Um nach mir zu sehen?«, fuhr er sarkastisch fort. »Um dich zu vergewissern, dass ich immer noch da bin?«

»Nein. Ich meine …« – ich lächelte –, »deswegen natürlich auch.«

»Garantiert.« Er grinste vor sich hin.

»Ich möchte heiraten«, erklärte ich laut und deutlich und blickte ihm in das Auge, das meines Erachtens sein gesundes sein musste.

»Glaubst du an Gott?«, fragte er mit voller, kehliger Stimme sofort zurück.

Ich sagte nichts. Ich konnte nicht. Die Frage kam so unerwartet.

»Warum wollt ihr in der Kirche heiraten? Gehört der Glaube zu eurem Leben? Ist er Teil der Beziehung, die ihr miteinander habt?«

»Nicht ausdrücklich, aber sie ist schwanger, wissen Sie?« Ich hab keine Ahnung, warum ich diese Worte wählte. Sie ließen uns erbärmlicher wirken, als wir waren.

»Nein, das wusste ich nicht, aber es ist trotzdem interessant. Weiter.«

»Na ja, wir wollen zusammen eine Familie gründen und wünschen uns einen Segen, wissen Sie? Und wir haben gedacht, irgendeine Zeremonie zum Beginn würde uns vielleicht Mut machen, wissen Sie?«

»Würdest du bitte aufhören, ständig *Wissen Sie?* zu sagen. Es macht mich nervös. Geh davon aus, dass ich es nicht weiß, und berichte einfach weiter.« Er stieß einen gewaltigen Husten aus. Der Mann war immer noch ziemlich einschüchternd. »Wenn der Segen nicht in irgendeinem Glaubenssystem wurzelt«, fuhr er fort, »dann weiß ich nicht, wie viel Mut er euch machen wird, mein Sohn.«

»Die ganze Sache mit Gott haben wir noch nicht so richtig geklärt, aber das heißt nicht, dass wir es nicht irgendwie wollen«, stammelte ich. Der Gedanke, dass er uns abweisen könnte, war furchtbar. »Ich meine, das Gute in mir denkt darüber nach – über Gott, meine ich –, aber ich will Sie nicht anlügen und Ihnen erzählen, dass ich ein gläubiger, praktizierender Katholik bin, denn das bin ich nicht.«

»Ich habe verstanden, dass du kein praktizierender Katholik bist. Ich habe verstanden, dass weder du noch deine Freundin praktizierende Katholiken seid.« Das sagte er mit einem listigen Zwinkern, als ob ihn die Tatsache, dass ich mein Leben in einer Tour verbockte, amüsierte. Ich lächelte zurück.

»Betest du manchmal?«, fragte er.

»Normalerweise nicht, es sei denn, ich will etwas wirklich unbedingt, wissen Sie?« Das hatte ich als Witz gemeint, aber es klang, als ob ich ein Idiot wäre. »Das letzte Mal habe ich für die Knicks gebetet.«

»Für wen?«

»Für die New York Knickerbockers – die Basketball-Mannschaft«, erklärte ich und wand mich auf meinem Stuhl. Meine Zehen waren immer noch wund von dem Basketballspiel vor ein paar Tagen. Blasen an den Füßen verheilen nur langsam.

»Hm-hm«, sagte er gedehnt, als wäre ich mit einem Mal noch dümmer geworden, als er ohnehin vermutet hatte.

»Das war eigentlich ein Witz.« Ich lächelte erneut, erkannte jedoch, dass er sich nichts vormachen ließ. »Das Problem ist folgendes, Sir«, fuhr ich fort und scharrte mit den Füßen, unsicher, worauf ich hinauswollte. »In vielerlei Hinsicht – in fast allen wichtigen Punkten bin ich von mir selbst enttäuscht. Mein Leben hat nie im Dienst von irgendwas anderem gestanden, als meinem eigenen Vergnügen nachzujagen, wissen Sie?« Ich sah ihn an und hoffte auf ein Zeichen seiner Zustimmung.

»Nein, das wusste ich nicht.« Er schüttelte den Kopf.

»Und das hat mich absolut nirgendwohin geführt«, sagte ich und spürte auf einmal diese bohrenden Stiche hinter den Augen, als ob ich gleich anfangen müsste zu weinen. »Ich habe nicht viel zustande gebracht, obwohl ich das ehrlich gesagt wirklich wollte – es lag nicht an mangelndem Ehrgeiz. Ich glaube, dass es in Wirklichkeit eher an meinen mangelnden Fähigkeiten oder an meinem mangelnden Talent lag, wissen Sie?« Ich biss mir auf die Lippe. »Offenbar bin ich in gar nichts gut genug. Und damit habe ich zu kämpfen. Aber ich weiß, dass es nicht darauf ankommt, was man tut, sondern wie man es tut. Richtig?« Das war ein Spruch, mit dem sich mein Daddy immer getröstet hatte. »Und ich liebe dieses Mädchen wirklich und sehe sie als Gelegenheit, als Fenster, wissen Sie?« Ich biss mir erneut auf die Lippe. »Eine Chance, mal irgendwas richtig zu machen. Selbst wenn das ein ziemlich bescheidenes Ziel ist, ist es doch eins, das ich vielleicht erreichen kann.«

»Wann hast du zum letzten Mal gebeichtet?«, fragte er ruhig.

»Oh Gott!«, sagte ich aus Versehen laut. Dass unser Gespräch darauf hinauslief, hatte ich nicht gewollt. Auf einmal war ich mir sicher, dass das alles viel zu lange dauerte. Christy wartete auf dem Parkplatz auf mich.

»Oh, das ist ziemlich lange her«, antwortete ich und versuchte dabei zu lachen. Ich wollte jetzt nur noch möglichst schnell hier raus. Es war eine sentimentale Idee gewesen, überhaupt herzukommen. Manchmal mache ich einfach unüberlegte Sachen.

»Die Leute glauben, Zeremonien wie die Hochzeit, die Beichte, die Firmung, die Taufe« – er verlagerte sein Gewicht und schlug ein Bein über das andere, wobei seine Knochen schmerzhaft knackten – »seien bloße Traditionen und Rituale, und das können sie natürlich auch sein. Meistens sind sie das sogar. Aber« – er hob seine Faust und sah mich aus wässrigen Augen intensiv an – »sie sollten eigentlich viel mehr sein: Orientierung, Rückkehr zur Mitte, Neuausrichtung und Läuterung. Und die Beichte wird am häufigsten missverstanden. Die Sünde an sich ist nichts, weswegen man sich schuldig fühlen sollte; eine Sünde wird weder missbilligt noch bestraft. Die Sünde selbst ist die Strafe. Kannst du mir folgen?« Er zwang mich, ihn anzusehen. »Du wendest dich vom Licht ab, und die Dunkelheit ist die Strafe.«

Er zuckte mit den Achseln wie ein kleiner Junge und bohrte einen Finger in seine Slipper, um sich am Fuß zu kratzen.

»Wenn du lügst«, fuhr er, weiter kratzend, fort, »lebst du mit einer Täuschung, und wenn du das lange genug tust, wirst du erkennen, dass es keine andere Strafe geben muss als die, die du dir selbst auferlegst. Die Beichte ist nicht dazu da, dir die Last der Schuld zu nehmen; die Beichte bezeugt lediglich den Wunsch nach Neuanfang. Verstehst du?«

Ich nickte benommen.

»Es geht darum, seinen Wunsch nach Licht und Aufrichtigkeit zu erkennen. Manchmal hilft es, Dinge für sich selbst in Worte zu fassen. Verstehst du?« Er sagte das Letzte so schnell, dass es wie ein Wort klang. Ich fragte mich, wo der große Unterschied zwischen *Verstehst du?* und *Wissen Sie?* lag.

»Sie wollen, dass ich gleich hier und jetzt beichte, meinen Sie das?«, fragte ich nervös und mit einer Gänsehaut.

»Eigentlich will ich Mittag essen«, sagte er spöttisch, »aber ich bleibe gerne noch einen Moment sitzen und diskutiere mit dir über dein Seelenleben. Denn deswegen bist du ja wohl hier.«

Es entstand ein langes Schweigen. War ich deswegen hier? Ich betrachtete meine Füße. Die Pflaster, die ich auf meine Blasen geklebt hatte, hatten sich verdreht und gelöst, und ich spürte, wie sie als kleine Knubbel in meinen Stiefeln drückten.

»Ich würde dich sehr gern trauen, James«, sagte er. »Es wäre mir eine Ehre. Aber ich möchte wissen, mit wem ich es zu tun habe. Ich kannte den Jungen, der du mal warst, und ich mochte ihn sehr, aber den Mann kenne ich nicht.«

»Ich habe in meinem Leben drei Mädchen geschwängert, die daraufhin … na ja, Sie wissen schon, abgetrieben haben«, sagte ich rasch, mehr als Provokation denn als Beichte.

»Hm-hm«, murmelte er. Für diese Art von Gespräch fand ich den Raum verdammt hell. Da waren mir diese dunklen Kabinen lieber. »Wie hießen sie?«, fragte er.

»Ahm … also, Lisa, Juliet und, ähm … na, Sie wissen schon.«

Er schüttelte den Kopf.

»Susan Morse«, fügte ich rasch hinzu.

»Das war ziemlich verantwortungslos von dir«, stellte Pater Matthew schlicht fest, und ich merkte, dass er nicht gemein zu mir sein wollte.

»Ich weiß«, sagte ich. »Außerdem habe ich mit ziemlich vielen Prostituierten geschlafen«, ergänzte ich und überraschte mich damit selbst.

»Wie vielen?«, fragte er bloß.

Ich habe mit Stripperinnen, Nutten, verheirateten Frauen, geschiedenen Frauen, einem siebzehnjährigen Mädchen, mit zwei und drei Mädchen auf einmal und mit Müttern geschlafen, deren Kinder im Nebenzimmer waren. Ganz im Ernst, wenn ihr mich in dem einen oder anderen Zimmer, in dem ich war, gesehen hättet, würdet ihr mich nicht mögen. Ich habe Sachen getan, von denen ich besser die Finger gelassen hätte. Das ist die Wahrheit, und ich fühle mich deswegen echt scheiße. Das Problem ist, dass man bloß von einem Tag zum nächsten lebt, und manchmal kommt einem das, was man macht, erst später, wenn man es jemandem erzählen muss, schlimm vor.

»Fünf oder zehn«, sagte ich ruhig; natürlich wusste ich es genau. »Zwölf«, korrigierte ich mich, »aber Namen weiß ich keine.« Ich versuchte zu lächeln.

»Und das bereust du?« Er machte eine Pause und verlagerte sein Gewicht.

Ich dachte darüber nach, ob ich es bereute, aber ich konnte schlecht so tun, als hätte ich mich dabei nicht prächtig amüsiert. Nutten anzurufen und dann darauf zu warten, dass sie kamen, war der spannendste Teil. Ich kann mich erinnern, dass ich mit meinen Freunden Tränen gelacht habe, wenn wir uns gegenseitig von unseren Eroberungen erzählten.

»Ich weiß nicht«, sagte ich. »Wenn ich es laut ausspreche und Sie dabei ansehe, schäme ich mich irgendwie.«

»Du hast das Gefühl, dass es dir leid tun *sollte?*«

Ich nickte und blickte betreten zu Boden. Ich erinnerte mich an mein erstes Mal mit einer Nutte. Sie kam aus Virginia und arbeitete tagsüber als Zahnarzthelferin. Ich weiß nicht, ob das stimmt; das hat sie mir jedenfalls erzählt. Nachdem wir fertig waren, konnte ich ihr nicht in die Augen sehen; in Boxershorts und den Blick starr auf den Hotelboden gerichtet, gab ich ihr die hundert Dollar. Sie zog ihre spärliche Kleidung wieder an, ging ins Bad, telefonierte mit irgendwem, zog sich eine Linie Koks rein, öffnete die Zimmertür, und ich sah ihre Schuhe hinausgehen. Wir sprachen kein Wort miteinander. Hinterher stürzte ich zum Spiegel im Bad, um zu überprüfen, ob sich mein Gesicht irgendwie verändert hatte. Ich fühlte mich echt mies, doch sobald mein Kumpel reinkam, fing ich an zu lachen. Am nächsten Abend haben wir es gleich wieder gemacht.

»Ich habe auch eine Menge Drogen genommen«, sagte ich spontan. »Ich hab jede Menge Kokain geschnupft, Amphetamine geschluckt, ein paarmal Heroin geraucht … Erst neulich war ich breit im Dienst, als ich einer Mutter die Nachricht überbringen musste, dass ihr Sohn umgekommen war. Ich hatte ein echt schlechtes Gewissen.«

»Wie war ihr Name?«, fragte Pater Matthew, wandte den Blick ab und hauchte in seine Hände.

»Anderson. Soundso Anderson«, erinnerte ich mich.

»Es ist wichtig, die Namen der Menschen zu behalten. Verstehst du mich, Jimmy?«

Ich nickte, obwohl ich mir ziemlich sicher war, dass ich nichts verstand.

»Bist du wütend, James?«

»Was?«, fragte ich. »Nein.«

»Weil ich mir nämlich vorgestellt habe, dass du eines Tages zu mir kommen könntest, und ich dachte, dann würdest du sehr wütend sein.«

»Weswegen sollte ich denn wütend sein?«, fragte ich ernsthaft neugierig.

»Auf deinen Vater und deine Mutter. Du warst ein prima Junge, aber du hattest es nicht leicht.«

»Tatsächlich?«, fragte ich. Meine Augen fingen an zu brennen, als wären sie von einem Skorpion gestochen worden.

»Wenn mein Vater sich umgebracht hätte, wäre ich sehr wütend«, sagte er leise.

»Ich liebe meinen Dad«, sagte ich und schüttelte den Kopf. Meine Brust schwoll an, und ich wusste, dass ich anfangen würde zu weinen, wenn ich noch einen Atemzug machte. »Warum reden alle immer so schlecht über meinen Dad?« Ich wurde tatsächlich ein bisschen sauer. Jedes Mal wenn mich jemand nach meinem Dad fragt, kriegt er so ein mitleidiges Funkeln im Blick, als würde ich irgendwas nicht kapieren.

»Ich mochte deinen Vater auch, Jimmy.« Wieder sagten wir beide lange nichts, während der Priester überlegte, wie er das Gespräch fortführen sollte. Er saß mir an seinem alten Schreibtisch gegenüber, während ich nervös an meinem Schnauzer herumfummelte. Ich versuchte, meine Gefühle zu beherrschen, mich zu sammeln und ihm in die

Augen zu sehen. Als sich unsere Blicke schließlich trafen, riskierte ich einen Atemzug und fing sofort an zu weinen. Mindestens zwei oder drei Minuten saß ich schluchzend und mit bebenden Schultern vornübergebeugt auf dem unbequemen Holzstuhl und flennte wie ein Vierjähriger, so heftig, dass ich kaum Luft bekam. Pater Matthew rührte sich nicht, er streckte nicht seine Hand aus, um mich zu trösten. Er saß einfach geduldig da.

»Kannst du mir sagen, warum du weinst, mein Sohn?«, fragte er schließlich.

Ich hatte keine Ahnung. Ich erinnerte mich nur daran, dass ich dachte, wie verdammt leid ich meine ganze eigene Scheiße war. Meine Lebensgeschichte interessierte mich nicht mehr. Ich wollte heiraten, neu anfangen, aber die Erinnerungen hingen so schwer an mir wie ausladende tote Äste.

»Es ist bloß … Es ist bloß …« Ich wusste nicht, was ich sagen wollte, bis ich es schließlich sagte. »Ich bin so eitel, wissen Sie? Ich kann es Ihnen nicht erklären … aber so ist es. Unglaublich eitel. Ich betrachte mich ständig im Spiegel, und es macht mich ganz krank.« Ich schlug die Hände vors Gesicht und weinte noch ein bisschen. Ich hatte nicht gewusst, dass ich so heftig schluchzen konnte.

»Was siehst du?«, fragte Pater Matthew. »Beschreibe es mir.«

»Schwäche«, sagte ich und bedeckte meine brennenden Augen mit beiden Händen.

»Ich sehe einen starken jungen Mann vor mir sitzen. Und eitel sind wir alle, Jim. Erlaube dir, dich selbst zu mögen.«

Er verschränkte die Arme, und wir saßen noch eine

Weile schweigend da. Ich hatte den Kopf nach wie vor in den Händen vergraben.

»Weinen ist okay, mein Sohn, es hat nichts Wichtiges zu bedeuten, es ist einfach natürlich.« Wieder schwieg er eine Zeit lang. »Die Leute denken immer, wenn sie weinen, würde etwas ganz Gewaltiges passieren. Aber dem ist nicht so. Emotionen haben eigentlich nicht viel zu bedeuten.«

Ich wischte mir die Augen, blickte auf und atmete tief ein.

»Wenn du aus unserem Gespräch heute eins mitnimmst«, fuhr er fort, »dann hoffentlich das: Es ist in Ordnung, wütend zu sein; es ist erlaubt. Man braucht nämlich furchtbar viel Kraft, um so zu tun, als wäre man es nicht.«

Nachdem ich mich wieder gefasst hatte, forderte Pater Matthew mich auf, ihm Christy vorzustellen. Sie sah, dass ich aufgewühlt war, das war offensichtlich, doch sie sagte nichts. Ihr Haar war von meiner Strickmütze ganz strubbelig, und ihre Augen waren verquollen, wahrscheinlich von einem Nickerchen. Sie sprach kurz mit dem Pater, voller Haltung und Würde. Ich war extrem angespannt, weil ich Angst hatte, dass sie etwas Anstößiges sagen könnte, aber natürlich war er nach drei Minuten viel mehr von ihr angetan, als er es je von mir gewesen war.

»Wenn Sie mich fragen, warum ich heiraten will, lautet die Antwort: Jimmy.« Sie sprach ruhig und gelassen, strich ihre Haare hinter die Ohren und ordnete die Knöpfe ihrer Bluse. »Jedes Mal wenn er den Mund aufmacht, habe ich keine Ahnung, was er sagen wird. Er ist der ehrlichste Mensch, den ich je getroffen habe. Er lernt schnell und macht denselben Fehler nur selten ein zweites Mal.« All das sagte sie, ohne zu mir herüberzusehen. »Er versucht zu lernen, und er lernt auch, und er bringt mich zum Lachen, und die Welt ist ganz allgemein ein hellerer Ort, wenn er in meiner Nähe ist.«

Sie schlug die Beine übereinander. »Ich sollte Ihnen erzählen, dass wir nur zusammengekommen sind, weil meine Freundin Chance mich dazu überredet hat, alles ein bisschen lockerer zu sehen und ein paar Erfahrungen zu sammeln. Ich beschloss also, einen One-Night-Stand auszuprobieren, und an diesem Abend traf ich Jimmy in der Kneipe. Was soll ich sagen? Unsere Begegnung ist mir regelrecht unter die Haut gegangen.« Sie fasste ihren Sitz mit beiden Händen und fügte hinzu: »Er ist der emotional stärkste Mensch, den ich kenne. Man kann sich an ihm festhalten. Er geht Probleme frontal an. Er fordert mich heraus und hört mir zu. Ich kenne ihn jetzt seit eineinhalb Jahren und habe das Gefühl, wir hätten uns erst letzten Dienstag getroffen. Entweder das, oder vielleicht kenne ich ihn auch schon seit zehntausend Jahren, ich weiß nicht genau.«

Schließlich blickte sie doch zu mir rüber, zuckte die Schultern und sah wieder Pater Matthew an. »Und außerdem liebt er mich. Und wenn ich seine Liebe spüre, wird mir klar, dass ich nicht weiß, ob ich je zuvor geliebt worden bin.«

Sie lächelte und fuhr praktisch ohne Pause fort. »Als mir die Weisheitszähne gezogen wurden, hatte ich sechs Tage lang Fieber und konnte kaum etwas essen. Und dieser Torfkopf hier hat mich gepflegt. Er hat für mich Videos ausgeliehen, mir Suppe gekocht und eingeflößt, er hat sich extra frei genommen und aufgepasst, dass ich nicht rauche, er hat mir aus der Zeitung vorgelesen und mir die Füße massiert. Ich wusste gar nicht, dass so etwas in ihm steckt. Ich kann es nicht richtig erklären, aber ich habe zugesehen, wie er eine Banane in den Mixer getan hat, um mir einen Milchshake zu machen – und damals war ich schon neun Monate mit ihm zusammen –, und es war, als würde man erfahren, dass dein bester Freund fliegen kann und aus irgendeinem Grund nie dazu gekommen ist, es dir zu erzählen. Und ich habe gedacht, wenn ich ein Fünkchen Verstand im Kopf habe, dann halte ich ihn fest, und genau das versuche ich zu tun.«

Einen Moment lang sagte niemand etwas. Pater Matthew sah Christy direkt mit ausdrucksloser Miene an.

»Das habe ich Jimmy auch schon gesagt: Mein ganzes Leben lang habe ich einen Ruhepunkt gesucht. Und ich hoffe, dass Jimmy und ich füreinander dieser Punkt sein können.« Zum ersten Mal, seit sie den Raum betreten hatte, schien sie zu atmen. »Wissen Sie?«

»Ja, ich verstehe«, sagte er. Ihr hielt er keine Standpauke, weil sie zu oft *Wissen Sie?* sagte. Christy weiß eben, wie man einen guten Eindruck macht. Sie sah sich in dem Raum um, registrierte die Stapel von Büchern und die allgemeine Unordnung. Ihre Augen leuchteten grün, und ich sah, dass sie das Ganze genoss. Irgendwie hatte sie das Gefühl, mich zu verteidigen, und das tat sie gern.

»Um ganz offen zu sein«, sagte sie und blickte zu mir, um abzuschätzen, wie weit sie gehen konnte, »wäre es mir, was Kirchendinge angeht, vollkommen egal, ob wir jüdisch, hinduistisch oder islamisch heiraten, aber weil Jimmy katholisch erzogen ist, scheint dies doch ein …«, sie geriet ins Stocken und suchte nach dem richtigen Wort, »… ein ebenso passender Ausgangspunkt wie jeder andere.«

»Da hast du aber jemanden gefunden«, sagte Pater Matthew zu mir. »Wenn ich ihr zuhöre, fange ich an, dich zu mögen.«

Ich lächelte unsicher.

»Wann wollt ihr heiraten?«

»Wir hatten an Freitag gedacht«, sagte ich immer noch leicht heiser.

»Diesen Freitag?«

»Wir erwarten ein Baby«, fügte Christy hinzu.

Ich lächelte schüchtern. Mir schwirrte und dröhnte der Kopf vom Weinen, doch ich war stolz auf mein Mädchen und angenehm verlegen wegen all der netten Sachen, die sie über mich gesagt hatte. So hatte ich sie noch nie reden hören. Das Leben pulsierte brodelnd in ihr, man konnte ihren Herzschlag aus zehn Meter Entfernung spüren, und in ihrem Körper schienen fünfzehn Personen gleichzeitig zu leben.

Mit einem kleinen, in rotes Leinen gebundenen Gebetbuch schickte der alte Priester uns unserer Wege. Wir sollten die diversen liturgischen Varianten studieren, eine für uns besonders passende aussuchen und ihn am nächsten Tag anrufen. Er würde sich erkundigen, ob die Kapelle frei war. Dann umarmte er uns beide, was mich irgendwie zum Lachen brachte, und schlurfte den Flur hinunter.

ABENDMAHL

Zwei Tage später kam er in Ohio an. Typisch mein Vater, so dramatisch. Ich hatte ihn angerufen, um ihm zu sagen, dass wir eine kleine Hochzeitszeremonie in der Saint Patrick's Cathedral in Cincinnati planten. »Das werde ich mir auf keinen Fall entgehen lassen«, hatte er geantwortet, sofort und mit fester Stimme. Mein Vater und Chance waren die einzigen Leute, denen ich Bescheid sagte. Jimmy lud seine Mom ein und seinen Stiefvater und irgendwelche Army-Freunde aus Albany, von denen aber keiner kommen konnte, weil sie auf irgendeinem Manöver waren. Er wirkte nicht sehr enttäuscht. Er meinte, er würde sowieso keinen Trauzeugen brauchen. Er wollte die Sache allein durchstehen.

Wir trafen meinen Vater und BJ, seine neue Frau, im Restaurant des Ramada Inn-Hotels, in dem sie ein Zimmer genommen hatten. Jimmy zeigte sich von seiner besten Seite; er kann wirklich äußerst gewinnend sein, wenn er will. Er gab vernünftige Antworten, wenn man ihn etwas fragte, aber den Großteil der Zeit schwieg er, stand nur neben mir und hielt mir den Rücken frei.

Mein Vater und Jimmy waren sich schon einmal begegnet, als ich in Albany meinen fünfundzwanzigsten Geburtstag feierte. Ich hatte Jimmy erst eine Woche vorher kennengelernt, aber er kam kurz bei meiner kleinen Party vorbei und ging relativ früh wieder. Ich erinnere mich, wie ich mit ihm die Abfahrt hinunterlief und ihm auf der Motorhaube seines Wagens einen Abschiedskuss gab. »Weißt du, was mir an dir so gefällt?«, sagte ich und küsste ihn auf den Mund. »Du behandelst mich genau wie eine deiner schnellen Nummern – was ich ja auch bin.«

Dann ging ich zurück auf die Party und tanzte weiter mit meinem Dad. Jimmy erzählte mir später, er hätte die Party »deprimierend« gefunden, weil er das Gefühl hatte, dass niemand mich dort wirklich gekannt hätte, nicht mal mein Vater.

Ich habe Jimmy nie die seltsame Verwandlung erklären können, die jedes Mal eintritt, wenn ich meinen Vater treffe: Urplötzlich scheint sich in mir eine Persönlichkeitsveränderung zu vollziehen. Im Allgemeinen sind die zeitlichen Abstände zwischen unseren Begegnungen so groß, dass ich irgendwie zu einer idealisierten Version der Person zurückkehre, die ich war, als wir uns das letzte Mal wirklich nahestanden. Im Grunde genommen verwandle ich mich in die Erwachsenenversion einer Achtjährigen. Ich versuche das zu verhindern, sooft wir uns begegnen, aber es gelingt mir nicht. Wenn ein Besuch meines Vaters näher rückt, beginne ich, eine Abneigung gegen die Person zu entwickeln, die ich geworden bin, und wünsche mir verzweifelt, ich könnte wieder dieses achtjährige Mädchen sein. Meine Frisur gefällt mir nicht mehr, und irgendwann ende ich wieder bei einem Pferdeschwanz. Dazu passen natürlich keine Ohrringe, also ziehe ich auch keine an. Mein Vater hat keine Ahnung, wer ich bin, und unter der Last seines Blicks möchte ich ihn das auch nicht wissen lassen. Ich brauche seine Liebe und Anerkennung so sehr, dass ich ihn deswegen hasse. Und dabei will ich ihn nicht hassen, ich will ihn lieben. Ich will ihm sagen, dass er großartig ist und dass ich stolz auf ihn bin, und dieser Wunsch erzeugt einen Donner, der so laut ist, dass ich nichts anderes mehr hören kann.

Als mein Vater das Restaurant in Ohio betrat, fiel mir sofort wieder ein, was ich an ihm am wenigsten mag: die Art, wie er sich anzieht. Er betrat das Lokal in einem Anzug, der so aussah, als hätte er ihn 1983 bei Woolworth gekauft. Dabei ist der Mann nicht arm. Im Verlauf seiner Karriere im Dienste der Öffentlichkeit ist es ihm gelungen, eine schöne Stange Geld auf die Seite zu legen. Aber er kauft aus Prinzip keine neuen Sachen. Es ist einfacher, zehntausend Dollar von ihm geschenkt zu bekommen, als sich einen Fünfdollarschein zu leihen.

Man kann Frank Walkers maskuline Ausstrahlung noch aus zwanzig Metern Entfernung spüren. Seine Schultern, sein Kinn, seine leichte Stirnglatze sind so männlich wie die Hörner auf dem Kopf eines Widders. Der Mann wirkt so, als könne er einfach mit allem fertig werden – von der kleinsten emotionalen Krise bis hin zur Kneipenschlägerei.

Er stürmte durch das Restaurant, umarmte mich heftig und rieb mit seiner Hand über meinen vorstehenden Bauch. Instinktiv zuckte ich zurück. Wir hatten uns fast zwei Jahre lang nicht gesehen, aber er geht einfach drauflos, ohne unsere Entfremdung überhaupt wahrzunehmen.

»Und du hast dich also dazu entschlossen, wieder zu heiraten?«, waren seine ersten Worte.

Jimmy, BJ und jeder, der die Szene beobachtete, konnte die Spannung spüren – aber nicht mein Vater. Als wir später alle am Tisch saßen, begann er sofort, BJ eine langweilige alte Anekdote über mich zu erzählen.

»Als Christy sieben Jahre alt war, sieben, ich sag's euch« – wie alle Politiker liebt er Anekdoten –, »kam sie zu mir ins Büro geschlendert und meinte: ›Dad, ich hab drüber nachgedacht, aber ich kann mich einfach nicht entscheiden, ob ich nur einmal heiraten soll oder ganz viele Male.‹« Er lachte. Er verzichtete dabei großzügig auf die Vorgeschichte, die darin bestand, dass ich am Abend zuvor die Treppe heruntergekommen war und ihn beim Sex mit Janice, der Babysitterin, erwischt hatte.

Seine neue Frau, BJ, war ein Schatz, und mein Vater behauptete, er wäre zum ersten Mal das Experiment einer Ehe mit einem normalen Menschen eingegangen. Er war bereits viermal verheiratet gewesen und mit unzähligen anderen Frauen ausgegangen, aber nur eine aus dem ganzen Haufen hätte man als normal bezeichnen können: Deila, meine erste Stiefmutter. Sie war toll, zwanzig Jahre alt und Vorschullehrerin. Ich liebte sie. Einmal nähte sie mir ein ledernes Cowboykostüm, komplett mit Jacke, Weste, Beinschützern und besetzt mit türkisfarbenen Perlenfransen.

Die Ehe hielt nur acht Monate. An dem Tag, an dem sie uns verließ, kam sie mit Tüten voller Lebensmittel in den Armen in unser Haus im Ranch-Stil drüben an der

Norwood Avenue. Ich ging direkt hinter ihr und trug einen Azaleenbusch, den wir gerade gekauft hatten. Im Haus stießen wir auf meinen Vater, der ins Telefon flüsterte. Er legte sofort auf und drehte sich mit einem schuldbewussten Ausdruck auf dem Gesicht zu uns um.

»Mit wem hast du gesprochen?«, wollte Deila wissen.

»Rosalie Harding«, stieß er hervor.

»Wer ist sie?«, fragte Deila.

»Äh, tja, du weißt doch, sie arbeitet drüben bei Montgomery Ward.«

»Und warum hast du mit ihr gesprochen?«

»Tja, das ist eine gute Frage«, sagte mein Vater und versuchte, ein Grinsen zu unterdrücken. Deila ließ die Einkaufstüten fallen, drehte sich um und ging aus dem Haus. Ich war völlig verwirrt – nicht so mein Dad. Sechs oder sieben Wochen später kam sie zurück und brachte die Scheidungspapiere mit. Dabei war es gar nicht ihre Absicht, sich von ihm zu trennen. Sie sagte ihm, er solle entweder die Papiere unterzeichnen oder ihr versprechen, nie mit einer anderen Frau zu schlafen. Sie sagte, wenn Gott ihm alles vergeben und vergessen könne, würde sie versuchen, das Gleiche zu tun. Und mein Vater erwiderte: »Natürlich will ich weiterhin mit dir verheiratet sein – du bist die beste Frau, der ich jemals begegnet bin –, aber eines muss ich dir in aller Offenheit sagen: Wenn du dich im Hinblick auf den Treueaspekt der Ehe unnachgiebig zeigst, werde ich dich zutiefst enttäuschen müssen.« Er redete immer so – sehr förmlich und so geschwollen wie möglich.

Ich erinnere mich so gut daran, weil ich genau zwischen ihnen auf dem blauen Sofa saß. Deila brach in Tränen aus, und mein Vater unterschrieb die Papiere auf dem Küchentisch. Ein knappes Jahr danach heiratete sie einen anderen und bekam drei Söhne, die alle blind zur Welt kamen. Mein Vater beharrt bis zum heutigen Tag darauf, dass sie die beste Frau ist, die er je kennengelernt hat. »Sie ist eine Heilige«, sagt er dann, selbst in Gegenwart einer neuen Frau oder Freundin, »und zieht diese drei blinden Jungs groß. Wenn ich nicht selbst so ein großes Kind wäre, hätte ich ein tolles Leben mit ihr haben können.«

BJ lächelte höflich. Sie war ein paar Jahre jünger als mein Vater, vielleicht achtundvierzig, aber in ihrem grauen Anzug auf würdevolle Weise attraktiv. Die Frauen im Leben meines Vaters schienen in gewisser Hinsicht alle austauschbar zu sein. Ich weiß nicht wie, aber selbst in seinem gehobenen Alter schaffte er es immer wieder, außergewöhnlich charmante Frauen an Land zu ziehen. Außerdem war BJ kein Dummchen; sie arbeitete als Marketingchefin im Alley, dem größten Theater von Houston.

»Und wie geht's dir, Plattfuß?«, fragte mein Vater, während wir noch immer unbehaglich in der Mitte des Restaurants standen. Er wusste einfach nie, wie er mit mir reden sollte. Als kleinem Mädchen stellte er mir die lächerlichsten Fragen, im Versuch, mit mir zu kommunizieren. »Wie denkst du über die Geiselnahme im Iran?« – »Was hältst du von Carter?« Einmal, als wir rückwärts aus der Ausfahrt setzten, überfuhr er das Kätzchen vom Nachbarn und hielt noch nicht einmal an; er war viel zu sehr in Gedanken verloren. Außerdem hatte er, als ich klein war, die seltsame Angewohnheit, mir seine Hand zum Kuss hinzuhalten. Ich weiß nicht, woher er das hatte; ich habe nie gesehen, dass ein anderer Mann so etwas tat. Er war nur an geistiger Arbeit interessiert – daran und an Frauen und Baseball. Körperliche Arbeit erinnerte ihn an seine Geburtsstadt, Stonewall, Texas, und er hasste Stonewall. »Ich habe kein Verständnis für Menschen, die dem Lernen nichts abgewinnen können oder es ablehnen. Und diese ganze gottverdammte Stadt steckt voller Leute, die der Toleranz gegenüber völlig intolerant sind«, sagte er oft. Seine Hände sind fast schon unförmig groß. Sie haben die gleiche Wirkung wie Popeyes Unterarme – wenn sie einem einmal aufgefallen sind, kann man nicht mehr aufhören, sie anzustarren. Mein Vater wirkt alt, aber nicht, weil er kränklich oder gebrechlich aussieht, sondern eher wie das letzte Reststück eines Stoffs, der stärker und dichter gewebt ist als das Material, aus dem unsere Generation besteht. In seinem Inneren lauert der Jähzorn. Er durchschlägt mit seiner Faust Kühlschranktüren und hat auch mich gelegentlich geschlagen; aber in erster Linie habe ich ziemliche Angst vor ihm.

Eines muss ich Frank Walker allerdings lassen: Er hat sein Leben wirklich intensiv gelebt und das Sorgerecht für mich übernommen zu einer Zeit, in der alleinstehende Väter in Texas noch seltener waren als heute. Zugegeben, auch Großmutter hat eine Menge ihrer Zeit dafür geopfert.

»Danke, dass du mich eingeladen hast«, sagte er quer über den Tisch, nachdem wir uns alle gesetzt hatten. Sein Blick traf mich wie ein Schlag ins Gesicht. Die Ernsthaftigkeit in seinen hellbraunen Augen erschreckte mich.

»Danke, dass du gekommen bist«, murmelte ich unbehaglich, während meine Blicke durch das Restaurant schweiften. In diesem Moment konnte ich mich nicht daran erinnern, warum ich ihn eingeladen hatte, aber es hatte wohl mit der Vorstellung zu tun, dass ich mit meiner alten Familie im Reinen sein wollte, bevor mein Leben mit meiner neuen Familie begann.

»Mit der kriegst du alle Hände voll zu tun«, meinte mein Vater zu Jimmy. »Einmal waren wir bei Neiman Marcus zum Einkaufen, und Christy – sie kann damals höchstens fünf gewesen sein – spaziert in die Damenabteilung, geradewegs in die teuerste Ecke, und beginnt einen Ständer mit Kleidern durchzusehen, immer eines nach dem anderen. Schließlich entscheidet sie sich für eins – sie kann das verdammte Ding kaum heben – und sagt zu mir: ›Daddy, das hier. Das *muss* ich haben.‹ Es war mit Sicherheit das teuerste Kleid im ganzen Warenhaus, und sie hatte knapp drei Minuten gebraucht, um es zu finden.«

»Und hast du's mir gekauft, Daddy?«, fragte ich rein rhetorisch.

»Nein, zum Teufel!«, verkündete mein Vater. »Hör mal, Jimmy, dieses Mädchen hat wirklich geglaubt, ich könnte alles. Ich erinnere mich an einen Sommer, in dem ich ihr einen Job als Page im Parlament drüben in Austin besorgt hatte. Wir haben die ganze Zeit zusammen im Omni gewohnt. Das war ein toller Sommer, was, Christy?«

»Es war das Marriott«, erwiderte ich und faltete meine Serviette peinlich genau zusammen. Das Einzige, an das ich mich erinnerte, wenn ich an diesen Sommer dachte, waren die Hitze und die vielen einsamen Stunden, die ich in den Fluren und Hallen des klimatisierten Hotels verbracht hatte.

»Na ja, wie auch immer. Der September geht vorbei,

und wir liegen auf unseren Betten im Zimmer und sehen gerade fern, als sie mir sagt, dass sie im nächsten Jahr wieder Page sein will. Ich antworte ihr – was sie natürlich schon wusste –, dass die Kinder der Abgeordneten den Job immer nur einen Sommer lang bekommen. Und sie sagt: »Oh Daddy, du und ich, wir wissen doch beide, wenn du es willst – ich meine, wenn du es *wirklich* willst –, findest du einen Weg.« Er legte eine Pause ein, um den dramatischen Effekt zu erhöhen. »Sie weigerte sich einfach einzusehen, dass ich ein Niemand war.«

Ich hatte meinen Vater diese Geschichte schon öfter erzählen hören und fand es immer wieder eigenartig, dass er sie so liebte. Anscheinend war er wohl der Ansicht, dass sie ihn auf irgendeine Weise gut aussehen ließ, aber ich habe nie herausfinden können, auf welche.

Er hörte nicht auf, Jimmy Klischeefragen zu stellen – was er mit seinem Leben anfangen wolle und welche Richtung er nach seiner Armeezeit einschlagen wolle. Solange ich nach unten auf die Salz- und Pfefferstreuer schaute, hielt ich es einigermaßen aus; die Stimme meines Vaters klang sogar angenehm. Ihr Tonfall rief viele Erinnerungen wach und gab mir zu verstehen, dass die Welt sich nicht allzu sehr verändert hatte. Wenn ich ihren Klang hörte, wollte ich wieder auf seinem Schoß sitzen, aber seine Augen sorgten dafür, dass ich am liebsten aufgestanden und auf die Toilette gegangen wäre.

»Ich habe dir dieses Buch hier mitgebracht. Ich denke, du wirst es wiedererkennen.« Er hob ein altes, zerlesenes grünes Buch hoch, das ich von meinem elften bis zu meinem fünfzehnten Lebensjahr fast ohne Unterbrechung mit mir herumgetragen hatte. »Emily Dickinson. Du warst ein echter Emily-Dickinson-Fan, weißt du noch?«

»Natürlich«, sagte ich und wog das Buch in der Hand. Er hatte eine Widmung hineingeschrieben: *Damit du weißt, dass manche Dinge sich nie ändern, ln Liebe, Daddy.* Ich weiß, dass er immer versucht hat, mich von ganzem Herzen zu lieben, aber selbst mit diesem Wissen war es mir beinahe unmöglich, diese Liebe zu erwidern. Viele Menschen wachsen ohne einen Vater auf, aber ohne Mutter erwachsen zu werden ist, als würde man die ganze Zeit mit einer Eselsmütze in der Ecke stehen. Egal wie mein Vater diese Leere auch zu füllen versuchte, er hatte keine Chance.

»Du bist sehr lieb, Daddy«, sagte ich.

»Ach was, ich bin nur froh darüber, dass du mich wenigstens *dieses Mal* eingeladen hast.« Er lächelte und enthüllte damit die riesige Lücke zwischen seinen Schneidezähnen. Sofort hatte er mich wieder auf hundertachtzig. Ich warf Jimmy einen entschuldigenden Blick zu.

Ein Grund dafür, warum ich ihn mein ganzes Leben lang so sehr gehasst habe, besteht darin, dass irgendetwas tief in mir wirklich glaubt, er könne alles schaffen, wenn er es nur wollte – und es macht mich wütend, dass er so vieles, was mich anging, *nicht* getan hat. Nach einem Autounfall, den ich als Fünfzehnjährige in einem Trans-Am zusammen mit ein paar betrunkenen älteren Jungs hatte, brauchte ich eine Bluttransfusion. Ich war felsenfest davon überzeugt, dass mein Vater mich hätte heilen können, wenn er es nur gewollt hätte. Eigentlich hätte ich gar nicht in dieser Arztpraxis liegen müssen, angeschlossen an all diese Maschinen und Herzmonitore. Er hätte dafür sorgen können, aber aus irgendeinem Grund tat er es nicht. Tief in meinem Inneren war ich davon überzeugt, dass jedes Unglück, das mich traf, nur geschehen konnte, weil er mir nicht genug Beachtung schenkte.

Als Mädchen hatte ich nie offene Wut gespürt, weder ihm noch anderen gegenüber. Wenn irgendetwas unangenehm wurde, wollte ich immer nur allein sein. Selbst als ich aus Texas wegging, verließ ich ihn nicht im Zorn. Stattdessen war ich froh und glücklich darüber, dass ich endlich meine Ruhe hatte. Seit meinem siebten Lebensjahr hatte ich Texas gehasst und die meisten Menschen, denen ich dort begegnete. Ich bin immer früh ins Bett gegangen, damit ich länger träumen konnte. Mein Vater fuhr mit uns all diese Fernstraßen entlang, und mir kam es so vor, als würde Houston nur aus Highways und Autohändlern bestehen. Seit ich das erste Mal von einem Ausreißer gehört hatte, wäre ich am liebsten weggelaufen – nicht weil alles so schrecklich war, sondern weil ich mich so sehr nach Einsamkeit sehnte. Meine Kindheit verbrachte ich mit dem Warten und der Suche nach dem passenden Grund, um wegzulaufen, und als mein Vater Marilyn heiratete, hatte ich ihn endlich gefunden. Sie behauptete, ich sei der wahre Grund für die Schürzenjägerei meines Vaters, weil viele Männer in der Umgebung ihrer heranwachsenden Tochter sexuell frustriert würden; also wäre es das Beste für alle Beteiligten, wenn ich auszöge. Darauf hatte ich gewartet. Mit dreitausend Dollar in der Tasche, die ich mir hinter der Theke einer Eisdiele verdient hatte, nahm ich das nächste Flugzeug nach New York. Natürlich kam Tripp hinterher, und so gelang es mir nie, wirklich ganz neu anzufangen.

Nicht fähig, meinem Vater in die Augen zu sehen, während wir alle gemeinsam im Ramada Inn zu Abend aßen, wurde mir plötzlich klar, dass ich einige neue Bewältigungsstrategien entwickeln musste. Die Methoden, die ich angewandt hatte, um meine Kindheit zu überstehen, waren damals nützlich und vorteilhaft gewesen, aber mittlerweile völlig ungeeignet. Echte Begeisterung für andere Menschen konnte ich nur aus der Entfernung aufbringen. Es fiel mir leicht, sie zu mögen, solange sie mir nicht zu nahe kamen – dies galt besonders für meinen Vater. Durch die räumliche Trennung hatte ich gelernt, ihn zu lieben, aber ich wusste nicht, wie ich mich mit ihm verständigen sollte, wenn er vor mir stand. Es erschien mir zu gefährlich. Nur wenn ich allein war, ging mein Atem regelmäßig. In gewisser Weise war ich gegen mein eigenes Leben allergisch. Wenn Menschen auf mich einredeten und Reaktionen von mir erwarteten, schwoll mein Kopf an, und ich bekam Ausschlag. Würde das mit meinem eigenen Kind auch so sein? Würde ich meine Tochter lieben, wenn sie in der Schule war, und mich seltsam distanziert fühlen, wenn ich sie in den Armen hielt? In meinen schönsten Erinnerungen kam immer nur ich selbst vor. Lesen, die Straße hinuntergehen, in den Bus einsteigen, meine Sachen waschen – bei diesen ruhigen und friedlichen Tätigkeiten konnte ich innerlich mein Leben spüren und genießen. Als Jimmy und ich uns getrennt hatten, war das für mich fast eine Erleichterung. Auf diese Weise würde ich ihn ewig lieben können; so fiel es mir viel leichter. Bewegung und Einsamkeit schienen mir die wichtigsten Techniken zu sein, die ich zum Überleben brauchte.

»Wirst du eigentlich jemals lernen, still zu sitzen?«, fragte mein Vater.

»Wie bitte?«, fragte ich.

»Du kleiner Zappelphilipp rutschst die ganze Zeit auf deinem Stuhl hin und her.«

»Das sagst ausgerechnet du!«, fauchte ich zurück.

»Sie ist nur aufgeregt und nervös, Frank«, meinte BJ freundlich. »Lass sie in Ruhe.«

»Sie kann einfach nicht still sitzen, Jimmy«, sagte mein Dad und deutete auf mich. »Halt sie einfach an allem fest, was du von ihr zu packen kriegst, denn unsere Christy ist immer in Bewegung. Ich hab jahrelang versucht, mit ihr Schritt zu halten, aber so wie's aussieht, will sie sich einfach nicht einholen lassen – zumindest nicht von mir.«

»Das stimmt nicht«, sagte ich und winkte nach dem Ober.

»Du bist doch kein Alkoholiker, oder, Jimmy?«, fragte mein Vater. Sofort gefror mir das Blut in den Adern. Ich wusste ganz genau, worauf er hinauswollte.

»Nein, Sir«, antwortete Jimmy lächelnd. »Ich möchte Sie nicht täuschen, ich habe ganz sicher eine Menge wenig schmeichelhafter Eigenschaften, aber ich bin kein Trinker.«

»Du hast doch schon von Tripp gehört, oder?«, erkundigte sich mein Vater unschuldig.

Ich hätte am liebsten mitten auf den Tisch gekotzt. Seit unserer Ankunft im Restaurant hatte ich nur darauf gewartet, dass mein Vater mir meine Vergangenheit unter die Nase hielt, damit ich daran roch.

»Ich weiß, dass Christy schon einmal verheiratet war«,

erwiderte Jimmy, und sein Gesicht nahm einen etwas ernsteren Ausdruck an.

»Nun, du hast die Geschichte noch nie aus meiner Sicht gehört.« Mein Dad grinste. »Dieser Typ war ein VER-SAGER. Das stimmt doch, oder, Chris?«

»Wenn du das sagst.« Ich biss mir auf die Lippe und zwang mich, mich zusammenzunehmen. *Schau ihm in die Augen, sagte ich mir. Schau ihm in die Augen und sag ihm, dass die Wahrheit dir keine Angst macht. Sag ihm, dass du geliebt wirst und nichts anderes brauchst.*

Wenn ich ihm nur fest in die Augen sehen und seinen starren Blick erwidern könnte, dachte ich, würde das die Zukunft verändern. Eines Tages werden die Wissenschaftler herausfinden, dass unsere DNS kein absolut unveränderlicher Code ist. Sie werden entdecken, dass es eine Verbindung zum unteren Ende des Strangs gibt, die sich im Laufe unseres Lebens immer wieder zusammendreht oder löst. Wenn ich meinen wahren Kern enthüllen und meinem Vater offen in die Augen sehen könnte, würde das wie ein Donner durch die Hautschichten unserer beiden Körper rollen und irgendein mikroskopisch kleines genetisches Fragment für immer verändern. Meine Angst würde sich in Nichts auflösen, und Mut würde an ihre Stelle treten. Diese Verschiebung, das Ergebnis einer einzigen kleinen Handlung, würde meine gesamte Programmierung verändern und sogar die Festverdrahtung meines Kindes beeinflussen. Ich wusste, dass die einzige nur annähernd sinnvolle Leistung, die ich je vollbringen könnte, darin bestand, meine Instinkte ein klein wenig zu schärfen oder abzustumpfen – zum Beispiel, indem ich meinem Vater in die

Augen sah, während er darauf bestand, meinem Verlobten, meinem Zukünftigen, der Liebe meines Lebens zu erzählen, was für eine Versagerin ich war.

»Sie wollte also meine Erlaubnis, dieses Ekelpaket heiraten zu dürfen, okay? Sie war erst siebzehn und lebte mit ihm zusammen in New York – ich meine, kannst du dir das vorstellen? Ich fahre also nach New York und besuche die beiden. Sie wohnen im Algonquin Hotel, weil sie beide auf die reizende Idee gekommen sind, berühmte Schriftsteller zu werden …« Er unterbrach sich. »Wie hieß sie noch mal, die auch dort gewohnt hat?«

»Dorothy Parker«, erwiderte ich knapp. Dabei hatte ich Dorothy Parker nie gemocht.

»Also – Christy hat sicherlich eine Menge angeborenes Talent. Wenn man sich dieses Mädchen im Alter von fünf Jahren angeschaut hat, wusste man sofort, dass es nichts gab, was sie nicht hätte schaffen können. Sie war eine Gewinnerin. Ihr gelang einfach alles, was sie sich in den Kopf gesetzt hatte, aber sie hielt es nicht für *cool,* eine Gewinnerin zu sein. Sie glaubte, es sei cool, sein Leben wegzuwerfen. Und dieser Widerling Tripp war der Weltmeister im Weitwurf. Kannst du mir folgen?«

Ich hielt einfach Jimmys Hand unter dem Tisch fest und betrachtete eingehend die Haut seines Gesichts. Er hatte einen Haufen roter Barthaare, obwohl das Haar auf seinem Kopf schwarz war. Ihm schien es überhaupt nichts auszumachen, meinem Vater in die Augen zu schauen.

»Ich komme also in ihr Hotelzimmer, und dieser Tripp« – mein Vater sprach den Namen aus wie einen Fluch – »bietet mir ein Glas Wein an. Verdammt, wir haben halb zwölf vormittags, er will meine siebzehnjährige Tochter heiraten, und er bietet mir ein Glas Wein an. Körpergeruch war für diesen Kerl so was wie ein Echtheitszertifikat. Er stinkt, sie steht wie eine völlig zerlumpte jugendliche Ausreißerin hinter ihm, und das Zimmer sieht aus, als würden zwei Vierjährige darin hausen. Und der Typ war … er war doch mindestens vier oder fünf Jahre älter als du, oder?«, wandte er sich mir zu.

»Vier Jahre.« Ich hatte es geschafft. Ich schaute in seine gelb gesprenkelten Augen und antwortete ihm. Es schien ihm nicht einmal aufzufallen.

»Für einen Vater war dieses Algonquin Hotel wie der siebte Kreis der Hölle.« Mein Dad war nicht mehr zu bremsen. »Sie geht nach New York, um Virginia Woolf oder Dorothy Parker oder was auch immer zu werden, und keine sechs Monate später besteht ihr ganzes Sehnen und Trachten darin, das Objekt seiner belanglosen Fotoaufnahmen zu sein. Diese Pfeife ist doch tatsächlich auf die Idee gekommen, er wäre ein *Fotokünstler* – stimmt's? –, und jetzt soll meine Tochter aus heiterem Himmel ein *Fotomodell* sein, und von mir erwartet man, dass ich irgendwelche Papiere unterschreibe, damit sie als Erwachsene arbeiten kann, und noch einen weiteren Stapel, damit man sie diesen Freak heiraten lässt.«

»Ich habe dich nur nach New York eingeladen, damit du dem Ganzen ein Ende machst«, sagte ich leise. Während ich ihm ins Gesicht schaute, fiel mir auf, wie seltsam er mich ansah.

»Damals hast du etwas ganz anderes gesagt.« Er lachte, ein volles, herzhaftes Lachen. »Du meine Güte, also so wird die Geschichte heute erzählt? Jimmy, ich bin mir sicher, dass *dir das* klar ist, aber sollte ich dabei zusehen, wie meine Tochter sich bewusst selbst schadet?« Er warf die Arme in die Luft wie König Lear. »Das war das Wochenende, an dem ich dich verloren habe.«

»Du hast mich nicht verloren, du hast die Papiere unterschrieben«, erwiderte ich schlicht. Jetzt konnte ich gar nicht mehr aufhören, ihn anzusehen. Ich liebte ihn, ich konnte nichts dagegen tun. Am liebsten hätte ich ihn auf die Wangen geküsst. Ich *wollte* gar nicht wütend sein. Ich wollte all das Gute sehen, das er für mich getan hatte. Ich war lange genug auf der Welt, um Menschen zu kennen, deren Eltern wirklich tiefe seelische Wunden hinterlassen hatten – Menschen, die vergewaltigt und missbraucht worden waren, Menschen, die man völlig vernachlässigt hatte. Mein Vater hatte nichts Derartiges getan. Wir hatten einander einfach nur falsch eingeschätzt. Und als sich jetzt unsere Augen begegneten, wussten wir nicht, woran wir uns halten sollten. Er war genau das, vor dem ich weglief, und dennoch blieb er ein Teil von mir. Und plötzlich wurde mir klar, dass das der Grund war, warum ich ihn eingeladen hatte.

»Ich habe diese Papiere unterschrieben, weil ich dich nicht verlieren wollte«, sagte er und schaute mir in die Augen. »Du siehst es vielleicht nicht so, mein Schatz, aber du hättest sowieso getan, was du tun wolltest. Ich dachte nur, ich könnte dir als Verbündeter näher sein als als Feind.« Er hielt irme und schaute sich Hilfe suchend am Tisch um, aber seine Augen kehrten wieder zu mir zurück. »Aber ich glaube dir, wenn du sagst, dass ich das Falsche getan habe. Du warst schon als Kind sehr einschüchternd.«

»Zum Teufel, Daddy, ich war nicht einschüchternd – du hast nur nie gewusst, wie man zuhört«, sagte ich und versuchte zu lächeln. »Mehr musst du gar nicht tun.« Ich hielt seinem festen Blick mittlerweile mühelos stand, und er hörte mir zu.

»Okay«, sagte er schließlich, und sein Lächeln verschwand, »ich werde es versuchen.«

Unter dem Tisch griff ich nach Jimmys Hand wie ein Pilot nach seinem Steuerknüppel.

»Wie meine Mutter zu sagen pflegte:« – mein Vater grinste und entblößte die Lücke zwischen seinen Schneidezähnen – »›Frank hat bei allem, was er sich vorgenommen hat, Erfolg gehabt, außer in Heiratsdingen.‹ Ich hoffe, das ist kein Wesenszug, den ich dir vererbt habe.«

»Aber das hängt nicht nur von ihr ab, Sir.« Ich hatte das Gefühl, als ob das Jimmys erste Worte in zwanzig Jahren waren. »Dazu gehören immer noch zwei. So lautet doch die, Sie wissen schon«, – er unterbrach sich und lächelte – »die alte Volksweisheit, oder?«

Jimmy konnte einen immer wieder überraschen. Tripp interessierte ihn einen Dreck – genauso wenig wie mein Dad. Er schien einfach nur froh zu sein, dass ich seine Hand hielt. Und zum ersten Mal seit einer Ewigkeit blieb ich still sitzen.

DER SEGEN

Wir wohnten in einem typischen *Motel-6*-Zimmer für ältere Ehepaare. Die Neonreklame vor der Tür warb mit einem Swimmingpool und Pay-TV und goss ihr strahlend blaues Licht über die Route 28. Der Pool lag genau in der Mitte des Parkplatzes und war für den Winter mit einer Plane abgedeckt. Ein indisches Pärchen aus Neu-Delhi führte den Laden. Keine Ahnung, was sie ausgerechnet nach Ohio verschlagen hatte, aber sie hielten alles blitzsauber, schienen sich wohlzufühlen und waren sehr gesprächig und freundlich. Christy lag in der Badewanne und wusch ihre Haare. Sie war in letzter Zeit so verdammt freundlich. Ihre Schwangerschaft hatte einen Schleier gelüftet, den Vorhang der Depression beiseitegezogen, der sie oft umhüllt hatte. Früher verfiel sie gern und ziemlich plötzlich in einen Zustand extremer Gereiztheit. Wenn ich eine Bananenschale auf dem Tisch liegen ließ oder die Klobrille beim Pinkeln nicht hochhob, bekam sie immer Zustände. Aber ab dem vierten Monat ihrer Schwangerschaft war sie plötzlich wie verwandelt, wühlte mir in den Haaren rum oder knabberte an meinen Ohrläppchen. Sie war fast ununterbrochen nett zu mir. Und wenn irgendwas Blödes passierte, wenn ich mich zum Beispiel verfuhr oder ein Paar Handschuhe verlor, lachte sie nur darüber. Und sie liebte es, wenn ich sie anfasste: Wir machten es zweimal pro Tag. Andererseits konnte sie schon anfangen zu heulen, wenn sie nur CNN sah.

Aber in der Badewanne hat sie schon immer gern gelegen. Sie schleppt eine Extratasche mit Badesachen mit sich rum: Badesalz, Öl, Sprudeltabletten, Mineralien und so weiter. Ich saß auf dem Bett, das T-Shirt aus, die Jeans an, den Ton im Fernseher abgedreht und völlig in das Gebetbuch vertieft. Das Vaterunser war schon immer mein Lieblingsgebet gewesen: *Und vergib uns unsere Schuld, wie auch wir vergeben unseren Schuldigern.* Es hatte einfach was, die ganzen Segnungen und Gelübde. Sie sammelten sich in mir wie Wasser in einer Wolke und machten mich extrem empfindsam. Ich würde nicht gerade behaupten, dass ich wirklich das Mysterium Christi in mir spürte – es könnte auch die Vertrautheit der Worte oder pure Nostalgie gewesen sein –, aber diese Sätze brannten mir in der Brust. Es war, als würden sie sich von den Seiten lösen und ein Bindegewebe zwischen all den verschiedenen Augenblicken meines Lebens bilden: meine erste Heilige Kommunion, Weihnachtsabende, Sonntagsschule, Firmung. Scheiße, selbst meine Unschuld hatte ich auf einer Jugendfreizeit verloren. Die Erkenntnis, dass Jesus immer dabei gewesen war, wenn mir irgendwas wirklich Wichtiges passierte, ließ mich eine enge Verbindung zu ihm spüren, oder zumindest zu seinem Namen. Es fühlte sich gut an, diesen Worten wieder nahe zu sein, als ob es eine Art von Ordnung, eine Konstante in meinem Leben gab, die ich nur durch meine eigene Blindheit eine Zeit lang nicht gesehen hatte.

Ich dachte daran, dass mein ungeborenes Kind unmöglich all die Geräusche begreifen würde, die es jetzt im Badezimmer zu hören bekam – die Drehungen des Körpers der Mutter, das Echo, das von den gekachelten Wänden widerhallte, das Rauschen des Wassers –, so wie auch ich die Bewegungen und Geräusche nicht verstehe, die mein Leben geformt haben. Verdammt, ich saß auf dem Bett, las in diesem Buch und hörte Christy im Wasser planschen, und für einen kurzen Augenblick fühlte ich mich in Gottes Hand. Ich weiß noch nicht mal genau, was ich mit Gott meine, aber ich fühlte mich in seiner Hand, genauso wie ich das früher schon mal erlebt hatte; es war, als ob ich von einer tief im Boden versteckten elektrischen Strömung oder einem unterirdischen Fluss getragen würde. Ich hatte den Weg erreicht, den zu gehen mir vorbestimmt war, und ich war nie sehr weit davon entfernt gewesen.

Ich wechselte aus der Dunkelheit des Schlafzimmers in das grelle Neonlicht des Badezimmers, klappte den Klodeckel runter und setzte mich. Chris war völlig untergetaucht, kam aber nach ein paar Sekunden wieder an die Oberfläche. Sie wischte sich den Badeschaum aus den Augen und grinste dümmlich. Die Schwellung in ihrem Bauch hatte mittlerweile Melonengröße erreicht, und eine dünne dunkle Linie zog sich über ihren Unterleib nach oben. Ihre großen Brüste schienen im schaumigen Badewasser zu treiben.

»Darf ich dir daraus was vorlesen?«, fragte ich und deutete auf das kleine Gebetbuch in meinen Händen.

Sie nickte und wischte sich das Haar aus der Stirn und hinter die Ohren. Ihre riesigen Zehen spielten mit dem Wasserhahn und drehten ihn, bis kein Wasser mehr herauslief. Die Geräusche verstummten. Nur das leichte Dröhnen der Heizung und meine Stimme durchdrangen die Stille.

»Das ist der Trauungssegen, okay?« Ich schaute sie ängstlich an, wartete auf irgendeine ermutigende Geste.

Sie nickte. Mit ihren nassen, am Kopf klebenden Haaren wirkten ihre Augen groß und erwartungsvoll wie bei einer Zwölfjährigen.

»›Himmlischer Vater‹«, begann ich mit dünner, nervöser Stimme, »›wir danken Dir für Deine ewige Liebe, mit der Du Jesus Christus zu uns gesandt hast, auf dass er unter uns wandele als Sohn einer irdischen Mutter und den Weg des Kreuzes zu einem Weg des Lebens mache.‹«

Ich schaute nicht hoch. Ich bin nicht gerade ein begnadeter Vorleser, deshalb konzentrierte ich mich weiter auf die Worte. »›Wir danken Dir auch dafür, dass Du den heiligen Ehebund zwischen Mann und Frau segnest. Dein reicher Segen, Herr, komme herab auf Bräutigam und Braut, und die Kraft des Heiligen Geistes stärke ihre Liebe zueinander. Schütze sie vor ihren Feinden, führe sie zum ewigen Frieden, lass ihre Liebe wachsen und gedeihen und lege sie wie ein Siegel auf ihre Herzen, einen Mantel um ihre Schultern und eine Krone auf ihre Häupter.‹«

Ich liebte diese Sätze; Wogen der Ergriffenheit liefen durch meine Brust wie kochendes Wasser. »‹Segne sie im Schlaf wie im Wachen, in ihrer Arbeit wie in ihrer Gemeinschaft, in Freude wie in Trauer, im Leben wie im Tode. Und am Ende ihres Lebens führe sie in Deiner ewigen Gnade in die Gemeinschaft der Heiligen, zu dem Fest ohne Ende, das du denen bereitest, die dich lieben.‹« Ich musste eine Pause einlegen, damit die Gefühle nicht zu stark in mir aufwallten und ich unkontrolliert zu heulen begann; mein Blick war so verschwommen, als ob ich durch eine zentimeterdicke Wasserwand schaute, aber ich hielt meine Augen immer noch auf den Text gerichtet. »‹Darum bitten wir durch Jesus Christus, Deinen Sohn, unseren Herrn und Gott, der in der Einheit des Heiligen Geistes mit Dir lebt und herrscht in alle Ewigkeit. Amen.‹«

Nachdem ich den letzten Satz gelesen hatte, *Peng!*, fing ich sofort wieder an zu heulen. Ich kann nicht erklären, was mit mir los war, aber es zerriss mich fast. Es klang alles so verdammt tiefsinnig und unergründlich: »EIN SIEGEL AUF IHRE HERZEN«, »GEMEINSCHAFT DER HEILIGEN«. Meine Augen waren rot und verquollen. Diese Worte hatten mich umgehauen wie ein Vorschlaghammer. Christy und ich würden einander das Einzige schenken, was wir wirklich zu geben hatten: unsere Zeit. Wir würden uns die Minuten unseres Lebens schenken. Verdammt noch mal. Ich hatte so lange nicht ernsthaft über Gott nachgedacht, und jetzt überschlugen sich meine Gedanken. Ich hätte nicht sagen können, was »der Weg des Kreuzes« bedeutete, oder irgendjemandem erklären können, was der Heilige Geist ist, aber ich liebte dieses Mädchen, wir würden heiraten, und ich würde BADEN IN DER HIMMLISCHEN GNADE MEINES MICH EWIGLICH LIEBENDEN VATERS.

»Alles in Ordnung mit dir, Jimmy?«, fragte Christy.

Ich schaute von meinem roten Leinenbändchen auf, das ich mittlerweile umklammerte wie ein Kind seine Schmusedecke, und Christys Gesichtsausdruck traf mich wie ein Schock. Sie hatte Angst.

»Du bist doch nicht etwa gerade wiedergeboren worden oder so was?«, fragte sie mich in vollem Ernst.

Ich dachte einen Augenblick nach. »Nein, keine Sorge. Es ist einfach nur wunderschön, findest du nicht?«

»Ich finde es … ich weiß nicht, es macht mir Angst«, sagte sie sanft und bewegte ihre Knie im Badewasser leicht vor und zurück, bis das schaumige Wasser an den Seiten der dünnen Plastikwanne hohe Wellen schlug. Dann setzte sie sich auf, und ihre Brüste hingen nass und schwer an ihr herab. »Diese Art der Sprache«, fuhr sie langsam fort, »lässt mich immer denken, dass ich in einem früheren Leben wahrscheinlich auf dem Scheiterhaufen gelandet wäre.« Sie spritzte sich Wasser ins Gesicht. »Wenn ich das höre, läuft's mir kalt den Rücken runter.«

Ich fühlte mich, als hätte sie mir eins auf die Nase verpasst. »Aber irgendwie ist es doch auch schön, oder?«, fragte ich schwach.

Sie zuckte die Achseln und verschwand wieder mit dem Kopf unter Wasser.

Plötzlich trübte sich mein Blick; ich hatte das Gefühl, als würde ich erblinden. Ich konnte die Hand nicht vor den Augen sehen. Ohne ein weiteres Wort stand ich auf, stolperte hinaus aus dem Licht des Badezimmers und ertastete mir meinen Weg auf das Motelbett und in die Dunkelheit des gedämpften Fernsehlichts.

»Alles in Ordnung?«, rief sie aus dem Bad. »Tut mir leid, dass ich von dem Text eine Gänsehaut kriege, aber ich kann nichts dagegen machen. Über Gott zu reden erscheint mir irgendwie so sinnlos.« Einen Augenblick herrschte Ruhe, während sie überlegte, wie sie es mir erklären sollte. »Es ist so, als würde man einen Brunnen direkt neben dem Fluss bohren, verstehst du? Das Wasser ist schon da; man braucht nicht danach zu graben. Alles, was an einer Religion gut und wertvoll ist, umgibt uns jeden Tag. Man braucht deshalb nicht zur Kirche zu gehen. Um ehrlich zu sein, sind mir Kirchen irgendwie unheimlich. Jedes Mal wenn ich eine Kirche betrete, habe ich das Gefühl, dass der ganze Ort irgendeine außenstehende Macht um Hilfe anfleht – als ob Gott, oder wer auch immer, nicht in uns, sondern irgendwo da draußen wäre und uns das Gute vorenthalten würde. Irgendwie will mir die Vorstellung nicht in den Kopf, dass jemand oben auf einem Berg steht und kleine Gefälligkeiten verteilt – aber nur, wenn wir ganz brav ›bitte, bitte‹ sagen. Das kann ich einfach nicht glauben, verstehst du?«

Ich starrte ins Nichts, hörte ihre Stimme und krümmte mich bei jedem ihrer Sätze mehr zusammen.

»Ich schätze, ich glaube an Gott«, sagte ich benommen. Wir hatten noch nie zuvor über diese Dinge gesprochen. Dabei ging es um ein wichtiges Thema; es überraschte mich, dass es zwischen uns noch nie zur Sprache gekommen war. Durch die einen Spaltbreit geöffnete Badezimmertür konnte ich das strahlend weiße Waschbecken sehen, aber sonst sah ich nichts, nur den glänzenden, nassen Fußboden und das strahlend weiße Waschbecken. Eigenartig, dachte ich, wie ich von einem Augenblick zum anderen das Gefühl bekommen konnte, Christy überhaupt nicht zu kennen, und gleichzeitig merkte, wie wenig sie mich kannte.

Es gibt einen Ort tief in mir drin, wo ich mich mit allen Dingen verbunden fühle, nicht nur mit Bäumen und Gras und Hunden, sondern auch mit Häusern und Treppen, Steinen und Bürgersteigen. Es ist ein totenstiller Ort, den ich meines Wissens noch nie jemandem gezeigt habe und es wahrscheinlich auch gar nicht könnte, ein Ort, der stocknüchtern bleibt, wenn mein Körper sturzbesoffen ist, ein anderes Bewusstsein, das wie eine Antenne ausgerichtet ist und mich in perfekten Einklang mit einem anderen Teil des Universums bringt. Es war dieser Teil von mir, den ich zu unserer Hochzeit mitbringen wollte, ein zentraler Raum, von dem aus ich meine Gelübde aussenden konnte. Ich stellte mir vor, dass diese geheime Antenne meine Verbindung zu einer wie auch immer gearteten Ewigkeit wäre und dass sie derjenige Teil von mir wäre, den Christy entdeckt hätte und lieben würde. Und es war der gleiche magische, zeitlose Teil von ihr, den ich heiraten wollte. Aber in der Dunkelheit des Motelzimmers wurde mir klar, dass niemals jemand alles über mich wissen würde, ganz egal, ob ich verheiratet war oder nicht; mein wahres Ich würde immer von anderen entfremdet und allein sein. Ich war nicht in der Lage, meinen beschränkten, verrückten Glauben in Worte zu fassen, und ich wusste, wenn ich es versuchte, würde ich so danebenhauen, dass es nur noch oberflächlich und belanglos klänge. Ich spürte bereits das vertraute Gefühl einer alles betäubenden Wut in mir aufwallen.

»Sieh mal«, sagte Christy und zog den Stöpsel aus der

Wanne, »mir ist es egal, ob du an Gott glaubst. Es war nur irgendwie unheimlich, wie du die Bibelstelle vorgelesen hast – als ob du Moses wärst oder so.«

»Moses?«, knurrte ich und hörte dem Wasser zu, das aus der Wanne abfloss. »Warum fängst du jetzt mit Moses an?«

»Du weißt schon, was ich meine.«

»Nein, weiß ich nicht.« Manchmal benimmt sie sich so richtig oberschlau. Am liebsten hätte ich ihren Kopf vor die Badezimmerwand gedonnert. Mir war schwindlig vom vielen Denken. Mein Magen tat mir weh. Meine religiösen Vorstellungen waren so unausgegoren, dass sie nicht mal der oberflächlichen Prüfung einer Fünfjährigen standgehalten hätten, und das machte mich wütend. Ich massierte mir die Stirn und presste einen Finger schmerzhaft tief in meine Augenhöhle, um etwas von dem Druck abzubauen, der sich in meinem Schädel aufgestaut hatte.

»Wenn du und ich mit dem Heiligen Geist eins werden sollen«, sagte Christy durch die Tür, »müssen immer noch du und ich das Einswerden übernehmen, und ich kann mir nicht vorstellen, dass irgendein Gott, der etwas auf sich hält, sich auch nur einen feuchten Dreck dafür interessiert, welches Ritual wir vollziehen, solange wir es in bester Absicht tun, okay?« Sie kletterte aus der Wanne, wickelte sich ein kratziges dünnes Motelhandtuch um den Oberkörper und ein zweites um ihre Haare. Durch meinen verschleierten Blick konnte ich über dem grellweißen Strahlen des Waschbeckens kurz ihre Reflexion im Spiegel erkennen. »Ich will damit sagen: Ich werde nicht meine ewige Liebe auf einen Haufen schwachsinniger Sprüche schwören, an die ich nicht glaube. Verstehst du, was ich meine, du Dussel?« Sie versuchte, ihre Sätze lustig und harmlos klingen zu lassen.

Ich sagte nichts und richtete meinen Blick auf das flackernde Blau des Fernsehers. Werbespots zuckten an mir vorbei.

»Süßer … bist du noch da? Süßer?« Sie steckte ihren Kopf durch die Tür und schaute mich an.

»Sie sind nicht schwachsinnig«, sagte ich im Versuch, für eine Religion einzutreten, der ich im bisherigen Verlauf meines Erwachsenenlebens so gut wie keine Aufmerksamkeit geschenkt hatte. Es nicht zu tun hätte bedeutet, meine Herkunft zu verleugnen und all die Tausende kleiner Gebete, die ich heimlich bete. Wieder mal vergaß ich zu atmen.

»Tut mir leid, dass ich sie schwachsinnig genannt habe, okay? Das sollte nur ein Witz sein«, sagte sie aufrichtig. »Weißt du eigentlich, dass blinder Glaube an diese Dinge zu Kriegen und widerwärtigen Gräueltaten führt? Ist dir das klar?« Ihre Stimme hatte wieder diesen ernsthaften, superseriösen Ton angenommen, den ich so zum Kotzen finde.

»Manche Menschen tun so was eben«, sagte ich.

»Klar, und zwar die, die aus kleinen roten Büchern vorlesen.« Sie drehte sich wieder in Richtung Waschbecken um.

»Jetzt reicht's aber! Ich dachte, es wäre schön! Verklag mich doch! Eine Sekunde lang hab ich mich mal gut gefühlt – *entschuldige, dass ich geboren wurde!«*, brüllte ich und schlug mir selbst so hart vor den Kopf, dass ich dachte, ich würde umfallen. Ich tue das manchmal – wenn ich am liebsten auf irgendwas einprügeln würde, verpasse ich mir stattdessen selber eine. Doch dann zwang ich mich zur Ruhe und versuchte, meine Stimme wieder unter Kontrolle zu bringen. Im Badezimmer herrschte die gleiche Furcht erregend friedvolle Stille, die immer auf einen meiner Ausbrüche folgt. Ich habe es ja schon erwähnt, und es ist wirklich kein Witz: Christy hasst es, wenn man sie anschreit.

»Es ist eine Art Lied, verstehst du?« Ich versuchte, mich von meiner kühlen, beherrschten Seite zu zeigen. »Wie ein Song, den du vergessen hast, aber dann kommt er im Radio, und du kennst den Text immer noch auswendig und bist froh darüber, dass er immer noch irgendwo gespielt wird und dass du immer noch mitsingen kannst – so als ob dein beschissenes Leben nicht mit einer Fantastillion Kilometern pro Stunde an dir vorbeirasen würde.«

»Ich wäre froh, wenn du nicht so viel fluchen würdest«, war alles, was sie sagte.

Etwa eine Minute lang schlich ich durch die Gegend, ohne sie anzuschauen; dann schaltete ich den Ton im Fernseher wieder ein und blieb über eine Stunde lang schweigend davor sitzen. Es lief eine alte Folge von *Babylon Five,* und ich sah sie mir an, während Christy sich fürs Bett zurechtmachte und lautstark ein paar Koffer zuschlug.

Während ich halb weggetreten auf dem Bett lag, wanderten meine Gedanken zurück zu meiner ersten Freundin Lisa. Meine Güte, ihr Lächeln konnte einen wirklich umhauen – so herrlich schief und sarkastisch! Sie war katholisch und ein ziemlicher Feger. Ich erinnerte mich daran, wie ich sie draußen auf dem Parkplatz vor der Highschool geküsst hatte, während der Schnee auf uns herabrieselte. Die Haut in ihrem Nacken war ganz warm, und durch ihre blaue Daunenweste hindurch befummelte ich ihre Titten. Sie hatte kurz vorher den Führerschein gemacht, und wir standen neben dem grünen Chrysler-Kombi von ihrem Dad. Der Schnee sammelte sich auf unseren Köpfen wie zu lustigen Party-Hütchen und brachte uns zum Lachen. Sie war einfach anbetungswürdig: kastanienbraunes Haar, sehr zierlich – überhaupt nicht wie Christy. Sie liebte mich, als ob ihr ganzes Leben davon abhinge, als ob ihr Herz zerspringen würde, wenn die Welt mich jemals enttäuschte. Später an diesem verschneiten Tag fuhren wir ins Haus ihrer Eltern und machten auf dem Sofa im Wohnzimmer rum, während *Terminator* im Pay-TV lief. Sie schenkte mir ihren Körper – um damit zu spielen, ihn zu berühren und zu küssen. Ich meine das jetzt nicht irgendwie sexistisch; es war einfach ihr Geschenk an mich. Meine Hand glitt in sie hinein und machte diese feuchten, schmatzenden Geräusche, aber sie lächelte nicht und schaute auch nicht peinlich berührt zur Seite, sondern saugte mich einfach in sich hinein. Ich kann immer noch in die Tiefe ihrer braunen Augen sehen. Als ich in sie eindrang, flüsterte sie mir ins Ohr: »Gibt es sonst noch etwas, was ich für dich tun kann?«, und ich kam wie ein Wasserfall. Es fühlte sich an, als ob alle Gewebeflüssigkeit aus meinem Rückgrat herausströmen würde, und ich blieb wie gelähmt in ihren Armen liegen. Verdammt, ich vermisse sie. Ich werde sie immer vermissen. Manchmal tut es richtig weh. Die Sehnsucht nach der Vergangenheit ist wie eine spürbare körperliche Qual. Mein Gott, ich würde mich so gern an jeden einzelnen Augenblick meines Lebens erinnern können. Am liebsten würde ich überhaupt nichts vergessen. Denn wenn ich mich erinnern könnte, hätten die gerade vergangenen Sekunden irgendeine Bedeutung oder würden sich vielleicht zu einer Erklärung oder einem Vorsatz verdichten. Aber ich ließ Lisa hängen – ich hatte sie angebufft, und die ganze Geschichte mit der Abtreibung verwirrte und veränderte sie total. Sie weinte und weinte, rief wochenlang bei uns zu Hause an, aber … ich konnte nicht anders. Etwa einmal pro Jahr telefonieren wir immer noch miteinander. Sie hat zwei Kinder. Sie erzählte mir, dass sie ihren Mann hasst, aber wahrscheinlich sagt sie das nur mir zuliebe. Niemand wird mich je wieder so lieben. Die Last all dieser Erinnerungen weckt in mir eine Sehnsucht nach einer Stille, wie ich sie wahrscheinlich nur nach einer riesigen Überdosis Heroin erleben könnte oder wenn ich meinen Schädel unter die Räder eines fahrenden Busses hielte.

Wumm! Mein Wachtraum voll nostalgischer Erinnerungen zerplatzte wie eine Seifenblase, als Christy die Tür aufriss, aus dem Motelzimmer stürzte und ohne Schuhe auf den Parkplatz hinausrannte. Ich sprang auf.

»Wo willst du hin?«, rief ich ihr nach.

»Ich hole mir nur ein Eis«, rief sie zurück, anscheinend überhaupt nicht mehr wütend, und hastete in Richtung Rezeption. Ihre Füße hüpften über den kalten Boden wie ein kleiner Vogel. Das war ihre einzige echte Verhaltensänderung seit Beginn der Schwangerschaft: ihre unersättliche Lust auf Eis. Den ganzen Tag, während wir in der Stadt herumliefen, unsere Besorgungen machten und alles für die Hochzeit vorbereiteten, hatte sie auf Unmengen von Eis herumgekaut wie ein Jagdhund auf einem saftigen Knochen. *Knirsch, knack, schlürf. Knirsch, knack, schlürf.* Sie machte mich völlig wahnsinnig. Ich übertreibe nicht – sie hat wirklich die ganze Zeit über Eis in sich hineingeschoben. In jedem Supermarkt, an dem wir vorbeikamen, besorgte sie sich einen großen Styroporbecher voll Eiskrem. Es hat an dem Tag angefangen, an dem sie mit dem Rauchen aufhörte.

Ich war froh darüber, dass sie es drangegeben hatte. Aber jetzt erwartete sie von mir, dass ich das Gleiche tat, und schaufelte dabei Eis in sich rein wie ein verdammter Eisbär.

»Oh Jimmy, ooohhh Jimmy!«, rief Christy sofort, nachdem sie wieder ins Zimmer geflitzt war und die Tür schnell hinter sich geschlossen hatte.

»Was? Was ist los?«, fragte ich, aus irgendeinem Grund flüsternd. Ich sprang auf, während die Panik meinen Körper durchzuckte wie ein Peitschenknall. Seit ihrer Schwangerschaft beherrschten die Geheimnisse von Christys Körper und die Sorgen um ihre Gesundheit meinen Tagesablauf.

»Sieh dir das an!«, sagte sie, ließ sich sofort rückwärts aufs Bett fallen und zog ihr Hemd hoch, unter dem ihr nackter Bauch zum Vorschein kam. Ich stieg auf das Bett und kniete mich über sie.

»Mach das Licht an«, drängte sie und flüsterte jetzt ebenfalls. Ich beugte mich vor und knipste das schwache gelbe Licht der Nachttischlampe an.

Tja, und dann sah ich etwas, was ich wahrscheinlich nicht annähernd so zauberhaft und wunderschön beschreiben kann, wie ich es miterleben durfte. Aber ich werd's versuchen.

Kurz nach dem Selbstmord meines Vaters – ich hatte mich gerade verpflichtet – wurde ich für vier Monate in der

Nähe von Scagway, Alaska, stationiert; es ging um die Räumung irgendeiner Basis. In den kalten, dunklen Januarnächten habe ich da draußen ein paarmal die Aurora Borealis gesehen, das Nordlicht, und das war einfach der WAHNSINN. Lichter tanzten über den Himmel, die Stratosphäre schlug kleine Wellen wie ein ruhig daliegender See, in den die ersten Regentropfen fallen, oder blähte sich auf wie ein sauberes Bettlaken, das man über eine Matratze wirft. Der Himmel über mir führte im wahrsten Sinne des Wortes ein Schauspiel auf, und es war großartig, überwältigend und komisch zugleich. Und das sind auch die einzigen Worte, die mir einfallen, wenn ich den Anblick meines Babys beschreiben soll, das sich im Leib seiner Mutter bewegte.

»*Du* kannst uns führen«, sagte Christy leise. Meine Hand lag immer noch auf ihrem Bauch und versuchte, mein Kind zu fühlen.

»Wie meinst du das?«, fragte ich. Ich konnte die gelben Sprenkel tief im Inneren ihrer grünen Augen sehen.

»Ich werde nicht immer mit dir einer Meinung sein oder wissen, wovon du gerade sprichst, aber das muss nicht heißen, dass du etwas falsch machst. Du musst an dich selbst glauben. Du hast ein großes Herz, Jimmy, wie ein Pferd, und ich glaube daran. Ich glaube daran einfach mehr als an kleine rote Bücher, verstehst du?«

Ich habe eine Theorie: Wenn eine Frau einen Mann wirklich halten möchte, muss sie ihm nur erzählen, dass sie an ihn glaubt und dass er einen großen Schwanz hat. Mehr ist nicht nötig. Und es muss noch nicht mal stimmen.

»Wir schreiben unseren eigenen Hochzeitssegen«, sagte ich, »und zwar so, dass er uns beiden gefällt. In Ordnung?«

»Das wollte ich hören«, sagte sie. »Weißt du was, Jimmy? Und bitte werd nicht sauer, wenn ich das jetzt sage.«

Immer wenn sie so anfängt, weiß ich, dass ich mich gleich aufregen werde.

»Manchmal glaube ich, du hast Angst, deinen Vater zu übertreffen – du weißt schon, als Mann –, weil du glaubst, ihn damit bloßzustellen oder irgendwie zu betrügen. Aber das wird nicht passieren. Wenn er der gute Vater war, den du in Erinnerung hast, würde er stolz auf dich sein.«

Sie schwieg einen Moment und schaute mich an, um zu sehen, ob sie irgendwelche Gefühle verletzt hatte.

»Das macht mich nicht sauer«, sagte ich, während sie sich neben mir ins Bett kuschelte.

»Fein.« Sie seufzte, schloss die Augen und rückte noch etwas näher heran.

Ich schaltete die Nachttischlampe aus und hielt sie eng umschlungen, stolz auf meine muskulösen Arme. Vermutlich hatte sie recht: Gott war es völlig egal, welche Worte wir benutzten, letzten Endes kam es nur auf unser Ziel an. Etwa eine Stunde war vergangen, als ich spürte, wie der Schlaf sie in meinen Armen schwerer werden ließ. Ich lächelte immer noch bei der Erinnerung an den Anblick unseres kleinen, um sich tretenden Babys, und dann sagte ich es laut, einfach so, aus einem Reflex heraus:

»Lieber Gott, ich bete für mein Kind, und ich bete für Christy.« Ich sprach ein wenig in Richtung des Fensters und der flackernden Lichter auf dem Parkplatz, und meine leise Stimme hallte leicht im leeren Zimmer nach. »Wache über sie und lehre mich, sie für immer und ewig zu lieben.«

Ich hielt einen Moment lang inne und fragte mich, ob

mir vielleicht jemand zuhörte. Ich war mir nicht sicher. Von der Rezeption drang indische Musik durch die Wände unseres Zimmers. Dann platzte ein weiterer Gedanke aus mir heraus.

»Ich bete für alle Mütter und alle Kinder. Ich bete für alle Menschen, die einsam sind, und für alle Menschen, die sich Kinder wünschen.« Dann schwieg ich wieder und musste lächeln – entweder weil ich mir blöd vorkam oder weil ich mich jetzt besser fühlte. Draußen hörte man jemanden ungeduldig hupen.

»Ich möchte auch für alle toten Menschen beten, und für die Väter. Für alle Väter; ich bete für sie.« Dann fügte ich etwas feierlicher hinzu: »Auch für meinen Dad, bitte.«

Grace die Katze hüpfte auf das Bett, was mich kurz zusammenzucken ließ. Dann kletterte sie über Christys schlafenden Rücken und auf ihr dunkles Haar und rieb ihre feuchte Nase an meiner Schulter. Christy rollte sich auf die andere Seite, und die Katze glitt zum Rand des Betts, vorsichtig darauf bedacht, keine achtlos herumliegenden Gliedmaßen zu berühren. Christy schmiegte ihr Gesicht gegen meine Rippen. Plötzlich wurde mir alles klar, und es war so leicht und einfach, als ob ich durch die Windschutzscheibe eines Autos auf die Straße schaute: Nichts von all dem hatte ich mir wirklich selbst ausgesucht; seit meiner Geburt war mir alles einfach nur passiert, eins nach dem anderen, wie eine Kette von Knallfröschen. Mein Vater, Lisa, Christy – wir befanden uns alle im freien Fall. Ich hatte mir Christy nicht ausgesucht, sie war mir einfach nur begegnet. Und ich war ihr begegnet. Verdammt, eigentlich stehe ich auf kleine Mädchen mit hohen Stimmchen und kleinen Händen, die ständig lachen; das ist genau mein Typ. Ich hätte mich in so ein Mädchen verlieben können, katholisch wie Lisa, oder in eine, die auf aufgemotzte Autos stand oder die dümmer war als ich, aber ich hab's nicht getan. Ich hab mich in Christy verliebt. Die Katze krabbelte über meine Brust nach oben und suchte sich einen Platz genau über meinem Kopf aus. Dann begann sie langsam meine Haare zu kneten wie ein Bäcker seinen Brotteig. Ihr ganzer Körper vibrierte in einem tiefen, zufriedenen Schnurren. Ihre Krallen gruben sich in meine Kopfhaut, aber nicht so tief, dass es wirklich wehtat. Das Glück, das die Katze empfand, war viel zu groß, als dass ich sie hätte verscheuchen wollen.

Dann sagte ich leise – für den Fall, dass Chris nicht allzu tief schlief – noch ein Gebet für Lisa, in dem ich Gott darum bat, dass es ihr gut ging. Und um die Sache abzurunden, ließ ich mir sogar noch ein paar Sätze für Christys ersten Ehemann einfallen, das Arschloch. Als Nächstes überraschte ich mich selbst – es war vielleicht etwas, das ich einmal einen Priester hatte sagen hören, aber ich hatte das Gefühl, als würde es mir selbst einfallen. »Ich schenke dir mein Leben«, sagte ich. »Ich schenke es dir ganz und gar. Was immer auch geschieht.«

Als ich aufwachte, war ich nackt. Das war eine meiner sonderbaren Eigenarten: Manchmal ziehe ich mich im Schlaf völlig nackt aus.

CHANCE

Man sollte annehmen, dass man so etwas wie eine Eheschließung gemeinsam als Paar erlebt, aber das stimmt nicht. Es ist vollkommen egal, für welche Art von Zeremonie man sich entscheidet, man erlebt sie immer als Individuum. Zumindest war das bei mir der Fall.

Ich saß in einem der Nebenzimmer der größten Kirche von Cincinnati, während meine beste Freundin Chance mir die Fingernägel lackierte. Zu meiner Rechten hing das Porträt eines niedergeknüppelten Jesus am Kreuz. Als ich sein gequältes Gesicht betrachtete, musste ich an diesen Satz denken – »Das himmlische Königreich ist wie ein Senfkorn« –, der in meinen Ohren eher buddhistisch als christlich klang. Der Himmel ist hier, jetzt und alle Zeit. Es gibt nichts, was du bräuchtest und nicht schon hättest. Erwartungen – die sind das eigentliche Problem. Ich konnte mich an kein einziges Ereignis erinnern, das mit größeren Erwartungen befrachtet war als mein Hochzeitstag.

»Deine Hände zittern«, sagte Chance. Ihr stark blondiertes Haar hing ihr in die Augen. Sie war am Tag zuvor mit dem Kleid, ihrem Ehemann Bucky und ihrem acht Monate alten Sohn Griffin angereist.

»Ich weiß«, sagte ich. »Gib mir noch eins von diesen Dingern.« Ich zeigte auf den Haufen Pfefferminzbonbons, den sie in ihre Handtasche gestopft hatte.

»Du brauchst keins mehr«, erwiderte sie ruhig.

»Doch, ich brauch noch eins«, bettelte ich und fügte hinzu: »Meinst du, ich sollte einen Schleier tragen?«

»Unbedingt«, sagte Chance und gab meiner Hand einen Klaps, damit ich aufhörte, herumzuzappeln und nach den Bonbons zu grapschen.

»Ich weiß nicht recht. Ich glaube, eher nicht.« Um die Wahrheit zu sagen: Ich fürchtete mich vor dem Heiraten. Der Gedanke an zwei gescheiterte Ehen jagte mir panische Angst ein, aber es lag nun mal durchaus im Bereich des Möglichen. Tief in mir lebte eine Zigeunerin, eine mächtige Frau mit klimpernden Armreifen, die einen Höllenlärm veranstalteten.

»Halt doch mal still«, flüsterte Chance, während sie mit dem Lackieren meiner Nägel fortfuhr.

»Bitte gib mir noch eins von den Bonbons«, versuchte ich es erneut. Aber Chance setzte mit entschlossener Miene ihre Arbeit fort. Auf der anderen Seite der Tür konnte ich den Organisten hören, der eine Art Präludium spielte.

»Hättest du gedacht, dass ich mal so fett werden würde?«, fragte ich und betrachtete meinen Leibesumfang.

»He, Miss Texas, das ist mein Kleid, das du da trägst. Du bist überhaupt nicht fett.« Chance lachte und zog meine Hände zu sich heran, damit sie meine Nägel trockenblasen konnte. »Du siehst wunderschön aus.«

»Meinst du wirklich?«, fragte ich, meine Arme gerade in ihre Richtung ausgestreckt. »Glaubst du nicht, dass die Leute mich bemitleiden werden?«

Dieses weiße Kleid, das sich um meinen ständig wachsenden Bauch schmiegte, sorgte dafür, dass ich mich verlegen und unbehaglich fühlte.

»Ich bemitleide dich nicht, ich freu mich für dich. Du verdienst es, Christy. Du verdienst alle guten Dinge, die dir widerfahren.« Der Nebenraum, in dem wir saßen, war freundlich und warm und bis oben hin mit Kerzen und Nippes angefüllt. Der Heizkörper in der Ecke glühte förmlich. Chances leicht gerötete Gesichtshaut wirkte gesund und gut durchblutet. »Steh mal auf«, befahl sie.

»Warum sollte ich einen Schleier tragen?«, fragte ich erneut, während ich aufstand und meine lackierten Nägel betrachtete. Der Verlobungsring an meinem Finger leuchtete auf wie die Fackel der Vergänglichkeit. Der Sinn der Ehe, dachte ich, musste irgendetwas sein, das über das bloße Zusammensein hinausgeht, denn letztendlich würden wir ja doch wieder voneinander getrennt. Einer von uns, Jimmy oder ich, würde zuerst sterben. Möglicherweise erwischte es mich zuerst. Dann würde meine Kreditkarte annulliert, und mein Führerschein hätte seine Existenzberechtigung verloren. Es gab keine Ziellinie, keinen Wettbewerb, den es zu gewinnen galt. Der Sinn der Ehe musste in etwas anderem liegen.

»Warum muss ich mein Gesicht verdecken?«, fragte ich.

»Weil das hübsch aussieht«, sagte Chance und erhob sich. Sie trug ein königsblaues Kleid, das ich noch nie an ihr gesehen hatte und das ihr sehr schmeichelte. Die Farbe passte genau zu ihren Augen.

»Meinst du wirklich?«

»Ja, das meine ich wirklich.« Chance glättete das Kleid an meinen Schultern. In dem Moment hatte ich plötzlich das Gefühl, dass die Ehe möglicherweise doch eine Art heiliger Stand sein könnte, ein Raum, in dem ich meinen Narzissmus abstreifen und meine Fähigkeit zu geben vertiefen konnte. In all den Jahren hatte ich so viel Zeit und Energie mit der Suche nach einem Zuhause verschwendet, aber langsam wurde mir klar, dass für mich ein Zuhause einfach darin bestand, meiner eigenen Fähigkeit zu lieben nahezukommen.

»Glaubst du, hier gibt's irgendwo ein Bier?«, fragte Chance, als sie zu einem der Stühle ging und den Schleier aufhob.

»Das bezweifle ich«, sagte ich.

»Gibt's kein Bier, schnell weg von hier.« Chance grinste, während sie den vertrauten Spruch zitierte. »Es wird Zeit, Süße. Bist du bereit?«

Mein Vater wartete bereits ungeduldig vor der Tür und harrte sehnsüchtig auf sein Stichwort.

»Hättest du das gedacht, dass ich bald Mutter werde?«, fragte ich und blickte auf meinen Bauch. »Es geht alles so schnell.«

»Was geht alles so schnell?«

»Ich weiß nicht … das Leben.« Während ich heranwuchs, entdeckte ich die bittere Tatsache, dass die Märchen nicht die Wahrheit erzählten: Bäume konnten gar nicht sprechen, Adler packten niemanden mit ihren Klauen, um ihn dann hoch hinaufzutragen, Feen tanzten nicht in den Wäldern. Eine tiefe Traurigkeit begleitete die Erkenntnis, dass all das

Fantastische nur ein Mythos war. Alles war genau so, wie es schien. Aber seit kurzer Zeit – möglicherweise im Zusammenhang mit der bevorstehenden Hochzeit, möglicherweise aber auch durch die Schwangerschaft – lag plötzlich wieder so etwas wie kindliche Magie in der Luft. War ich mir wirklich sicher, dass die Vögel nicht vielleicht doch geflügelte Himmelsboten waren? Dass Wale nicht doch Wesen von einem anderen Stern sein konnten?

»Um die Mutterschaft brauchst du dir keine Gedanken zu machen; die hat ganz natürliche Ursachen«, sagte Chance, während sie an meinem Schleier herumzupfte. »Verheiratet zu sein, *das* ist meiner Ansicht nach etwas vollkommen Unnatürliches.«

»Wie ist es denn?«, fragte ich. »Ist es okay?«

»Das erzähl ich dir später.« Sie lächelte geheimnisvoll. »Ist mein Lippenstift noch in Ordnung?«

»Erzähl mir jetzt davon«, forderte ich sie auf.

»Es ist der blanke Horror«, sagte sie in vollem Ernst. »Du wirst alles geben, was du hast, aber das wird nicht reichen. Du wirst dich über ihn ärgern und das Gefühl haben, dass er höchstpersönlich dein Leben ruiniert hat, und – was das Schlimmste ist – damit liegst du vollkommen richtig.« Sie drehte den Schleier in ihren Händen und kam auf mich zu. »Er wird dich verachten und all deine Gaben als eine Selbstverständlichkeit hinnehmen. Du wirst dich beim besten Willen nicht erinnern können, wie du dich überhaupt in diesen trägen, egozentrischen Mistkerl verlieben konntest. Nachts wirst du in deinem Bett vor Einsamkeit weinen, wie schon dein ganzes Leben lang, nur dass du jetzt neben jemandem liegst und diese Art der Einsamkeit zehnmal schlimmer ist als alles, was du bis dahin erlebt hast.« Sie stieß einen tiefen Seufzer aus und fuhr fort: »Und dann, eines Heiligabends, fahrt ihr langsam durch einen Schneesturm, beide schweigsam, weil ihr panische Angst habt, dass der Wagen von der Straße abkommt, aber irgendwie schafft ihr es bis nach Hause. Ihr fallt euch in die Arme, lacht vor Erleichterung und fangt an, euch zu küssen, und dir wird plötzlich klar, dass du während der ganzen Zeit, in der du nur genörgelt und dich beschwert hast, ihm nicht einmal in die Augen gesehen hast. Und als du das schließlich doch machst, erkennst du auf einmal den besten Freund, den du je gehabt hast, und du wirst es nicht glauben können, dass er die ganze Zeit direkt neben dir gesessen hat.«

»Ich glaube, den Rest solltest du mir doch später erzählen«, sagte ich.

Chance ging einen Schritt zurück, den Schleier noch immer in der Hand, und betrachtete mich. »Deine Mutter sollte jetzt hier sein, Christy«, sagte sie. »Ich wünschte, sie könnte sehen, wie schön du heute bist.«

»Ja, das wünschte ich auch.« Ich hatte in den letzten Tagen ziemlich viel über meine Mutter nachgedacht. Was, wenn ich meine Tochter genauso im Stich lassen würde wie sie mich? *Das werde ich bestimmt nicht tun,* versprach ich mir selbst, aber dieser Schwur hallte hohl in meiner Brust nach.

Ich erinnerte mich an einen Sonntag zu Beginn unserer Beziehung, als Jimmy und ich eine Hand voll Psylos eingeworfen hatten und den Nachmittag dank der Zauberpilze auf einem angenehmen Trip verbrachten. Der Tag war lang und voller Abenteuer. Wir gingen ins Kino und dann in den Park; wir lachten uns auf der Kinderschaukel halb schlapp und aßen stark gewürzte äthiopische Gerichte. Wir waren verliebt, und es war Frühling – diese eine Woche Ende April oder Anfang Mai, wenn sämtliche Bäume Albanys blühen und die Blütenblätter wie ein rosa Regen auf die darunterliegenden Straßen fallen.

Als wir an diesem Abend wieder in meiner Wohnung gelandet waren, setzte Jimmy sich mitten in der Eingangstür auf den Boden und sah hinaus auf die Straße. Während er die vorbeifahrenden Wagen beobachtete und sich die Frühlingsbrise durch die Haare wehen ließ, fiel er in einen Trancezustand. Auf diese Weise muss ungefähr eine halbe Stunde verstrichen sein, in der er nur dasaß und seinen Kopf mit dem Verkehrsfluss rhythmisch vor- und zurückbewegte. Ich machte mir einen Tee und stand in der Küche, während ich darauf wartete, dass er etwas abkühlte, als ich plötzlich eine Vision hatte. Von meinem Standort aus konnte ich die Eingangstür sehen, aber als ich rüberschaute, war Jimmy verschwunden. Dort, an seiner Stelle, saß ein mächtiger grauer Wolf, der mit seinem Schwanz den Eingang zu meiner Wohnung fegte. Wie gebannt blickte ich dorthin, atmete einfach ruhig weiter und wartete darauf, dass die Halluzination verschwand. Der Wolf blickte zu mir rüber, und in der gelben Iris seiner glühenden Augen konnte ich ganz deutlich Jimmy erkennen. Das Tier war mir nicht fremd, und ich hatte keine Angst. Es beschützte mich. Ich beobachtete, wie sich sein Bauch hob und senkte. Ich beobachtete, wie seine Ohren im Wind zuckten. Minuten verstrichen, aber die Halluzination blieb. Schließlich blickte ich zu Boden, und wo meine Füße hätten sein sollen, sah ich zwei graue Pfoten. Auch mein Körper war mit einem prächtigen grauen Pelz bedeckt, und ich bemerkte, dass ich keine Farben mehr erkennen konnte.

Jimmy und ich kannten uns schon seit sehr langer Zeit. Das spürte ich bereits in der Nacht, als er mich das erste Mal berührte, und jetzt wusste ich sicher, dass ich damit richtiglag. Ich trug das Bild von ihm und mir in Wolfsgestalt die ganze Zeit unserer Beziehung mit mir herum und genoss die Vorstellung, dass er und ich zusammen durch die Zeit gereist waren und uns in unterschiedlichen Erscheinungsformen wiedertrafen.

»Ich verstehe ja, dass du dieses Ding nicht tragen willst«, meinte Chance, während sie mir den Schleier aufsetzte und meine Haare um ihn herum feststeckte. »Du möchtest klar und offen erscheinen, dich nicht verstellen oder maskieren, und du willst nicht vorgeben, etwas zu sein, das du nicht bist.« Unsere Blicke trafen sich, und sie lächelte. »Mit anderen Worten: eine Jungfrau.« Chance war Physiotherapeutin in dem Krankenhaus, in dem ich arbeitete, und sie wusste, wie man mit Menschen umgehen musste. Ihre Hände waren warm und beruhigend.

»Du denkst, es ist okay, Weiß zu tragen, weil das schließlich erwartet wird und hübsch aussieht, aber in deinem Herzen weißt du, dass du nicht mehr unschuldig und kein kleines Mädchen mehr bist. Und du meinst, dass das Tragen eines Schleiers einfach zu weit geht oder – schlimmer noch – eine glatte Lüge ist. Und du willst nicht lügen, wenn du vor dem Altar stehst. Hab ich recht?«

»Ich brauche wirklich noch eins von diesen Bonbons«, sagte ich, ohne auf ihre Frage einzugehen.

»Nein, brauchst du nicht«, erwiderte sie kurz. »Aber genau da liegt der Hase im Pfeffer: Erstens ist ein Schleier nun mal sexy. Das ist eine Tatsache. Ich weiß nicht wieso, aber die ganze Sache mit der Jungfräulichkeit scheint die Männer total anzumachen. Und wenn der Pfarrer sagt …« – sie imitierte eine tiefe, würdevolle Stimme – *»Sie dürfen die Braut jetzt küssen,* dann möchtest du doch, dass dein Ehemann deinen Schleier lüften muss, um dich zu küssen.« Geheimnisvoll lächelnd hob sie den Schleier von meinem Gesicht. Es war in der Tat eine sehr eindrucksvolle Geste.

»Kann ich bitte noch eins von diesen Bonbons haben?«, fragte ich.

»Nein«, sagte sie kurz angebunden. »Du bist weiß Gott nicht unschuldig. Glaub mir, ich hab keineswegs vergessen, was für ein kleines Luder du bist – und an der Syracuse University gibt's eine ganze Reihe Jungs, die sich auch ziemlich gut erinnern können, was für ein Flittchen du sein kannst –, aber ich weiß etwas, was du nicht weißt.«

Sie ließ den Schleier wieder über meine Augen sinken und sah mich mit einem gespielt schüchternen Ausdruck an. »Und das ist Folgendes: Du bist eine Jungfrau. Schon gut, schon gut – ich weiß, dass du ein vier Monate altes Kind in dir trägst.« Sie tätschelte meinen Bauch. Ich versuchte, ihn einzuziehen, aber es gelang mir nicht.

»Ich habe auch nicht geglaubt, dass ich noch eine Jungfrau sei, als ich geheiratet habe«, fuhr Chance fort. »Aber Geschlechtsverkehr allein reißt das Jungfernhäutchen nicht fort, meine Liebe.«

Chance verstand es, den richtigen Ton zu treffen. Bevor sie heiratete, hatten wir ein Jahr lang zusammen gewohnt, und es gab niemanden auf der Welt, mit dem man sich besser unterhalten konnte.

»Mit dem Mann zu schlafen, den man liebt, bedeutet nicht, seine Unschuld zu verlieren, und auch der Vollzug der Ehe heute Nacht wird nicht zum Verlust der Unschuld führen. Du wirst sie erst verlieren, wenn du vom Baum der Erkenntnis isst. Hab ich recht?« Sie wartete meine Antwort erst gar nicht ab, hob stattdessen meine Arme an und zupfte an meinem Kleid herum, während sie fortfuhr. »Den ganzen Blödsinn, den du in deinem Leben veranstaltet hast, hast du unwissentlich gemacht – so viel ist klar. Wärst du wissentlich vorgegangen, dann hättest du vor drei Jahren diesen Jason geheiratet, wie ich es dir geraten habe, hättest jetzt eine Million Dollar auf der Bank und könntest seinen Zebrateppich rauswerfen oder was auch immer es war, was dich an ihm gestört hat. Aber das hast du nicht gemacht. Stattdessen bist du durch die Gegend gelaufen und hast dich wie ein dummes kleines Mädchen verliebt – und das ist der Grund, warum ich dich liebe und warum du immer noch eine Jungfrau bist.«

Sie senkte meine Arme, drehte mich um und begann, an der Rückseite meines Kleides herumzuzupfen.

»Du wirst deine Unschuld erst nach der Geburt verlieren, wenn du wieder vollständig verheilt bist und wenn du deinen Mann in den Arm nimmst und zum ersten Mal wieder mit ihm schläfst. Das ist der Moment, in dem du vom Baum der Erkenntnis isst.« Neben der Tür stand ein Blumenstrauß von meinem Vater. Der zarte Duft der Päonien erfüllte langsam den ganzen Raum. »Wenn du ihn sexy findest, obwohl du weißt, was es bedeutet, seinen Samen zehn Monate in dir heranreifen zu sehen – und es sind *zehn* Monate, nicht neun. Ich weiß nicht, wer dieses Gerücht in die Welt gesetzt hat –, wenn du also mit ihm schläfst in dem Wissen, dass du eine durch und durch erwachsene Frau bist. Das ist der Moment, in dem du dich umsiehst und erkennst, dass du nackt im Garten Eden stehst. Bis dahin bist du nur ein Mädchen.«

Chance ging nun um mich herum, umkreiste mich, betrachtete mich aus jedem Blickwinkel. Ich stand befangen mitten im Raum und versuchte, ihren Gesichtsausdruck zu deuten.

Die Zukunft kam erbarmungslos, tosend und in donnerndem Tempo auf mich zu, wie eine Dampflokomotive, die durch einen Tunnel raste, während ich mitten auf den Gleisen stand und gebannt in die Scheinwerfer starrte. Die Zukunft ließ nicht mit sich spaßen. Es gab keinen Weg mehr zurück; diese Schwangerschaft war eine offene Tür. Ich wusste es, und ich wollte auch wirklich durch diese Tür hindurchschreiten, aber ich spürte, wie mir die Beine versagten. Alles, was ich sah, schien nur der Schatten dessen zu sein, was ich nicht sehen konnte. Meine Heirat stand unmittelbar bevor, und mit ihr würde meine Kindheit endgültig enden.

Sechs Highways nach Süden

Es war in der dunkelsten Stunde der Nacht. Ich fuhr bereits seit siebzehn Stunden. Den Kaffee in meinem Atem, den Schleier vor meinen Augen, die sanften Vibrationen des Motors in meinen Beinen – all das liebte ich. Neben mir schlief Christy, ihre gewaltigen Füße schräg über meinen Schoß gelegt und den Kopf gegen ein Kissen an der Beifahrertür gekuschelt. Der Nova brummte vor sich hin, während die Meilen hinter uns zurückblieben. Ich hätte nicht sagen können, ob Christy erst seit zwanzig Minuten oder schon seit zehn Stunden schlief. Es kam mir vor, als ob wir seit Tagen kein anderes Paar Scheinwerfer mehr gesehen hätten. Für mich ist Autofahren eine Leidenschaft, so sinnlich und hypnotisch wie kaum etwas anderes. Ich kann vierundzwanzig Stunden am Stück fahren – kein Problem.

Konzentration und ein wachsames Auge für Details, darauf kommt es an. Man muss die Straße vor sich im Auge behalten und mit dem Wissen aus den zurückliegenden Kilometern abgleichen. Merk dir die Autos, zähl sie. Eine alte Frau in einem Kombi, Zigarette im Mund, 90 km/h. Zwei männliche Weiße, etwa 25 Jahre alt, beide lachend, große Pappbecher in der Hand, in einem blauen 96er Dodge Pickup, 105 km/h. Achte immer darauf, was die Autos rund um dich herum vorhaben. Wir alle wissen, dass für einen Unfall immer zwei schlechte Fahrer nötig sind. Sei der Polizei immer einen Schritt voraus. Benutz dein Gehirn. Ein guter Fahrer erkennt eine Radarkontrolle, lange bevor er daran vorbeikommt. Bleib immer aufmerksam und konzentrier dich auf das, was du tust. Niemals rechts überholen; dadurch kommt es zu mehr Unfällen als durch alle anderen Verkehrsverstöße auf dem Highway. Lass deine Gefühle aus dem Spiel. Gute Zeiten, schlechte Zeiten, guter Tag, schlechter Tag – es macht keinen Unterschied. Die Welt dreht sich immer weiter, und du hast immer noch drei Autos vor dir und zwei hinter dir. Präg dir die markanten Punkte ein, an denen du vorbeikommst; wenn du dich jemals verirren solltest oder umdrehen musst, findest du auf diese Weise immer wieder den Weg zurück. Vertraue deinen Instinkten und triff deine Entscheidungen schnell und unmittelbar. Und wenn du einen Fehler machst, nimm ihn hin und tritt wieder aufs Gas.

Ich schüttelte den Kopf wie ein Pferd mit einer langen Mähne und trieb den Nova auf 150 km/h. Bei der Geschwindigkeit läuft er ruhiger und gleichmäßiger als bei Hundertzehn oder Hundertzwanzig. Das gehört auch noch dazu: Man muss sein Auto kennen.

Christy sah hübsch aus, wenn sie schlief. Die Muskeln in ihrem Gesicht entspannten sich völlig, bis sie aussah wie eine Madonna mit roten, gut durchbluteten Wangen und Lippen. Der goldene Ehering um ihren Finger glitzerte und funkelte im grünen Schein der Armaturenbeleuchtung. Sein Gegenstück an meiner Hand klopfte leicht gegen das Steuer. Wir waren inzwischen seit neunundzwanzig Stunden Mann und Frau, und die Panik, die eigentlich hätte aufsteigen sollen, hatte bis jetzt noch nicht eingesetzt.

Die Hochzeit war problemlos über die Bühne gegangen. Vor dem Gottesdienst musste ich zusammen mit Pater Matthew in einem kleinen Ankleidezimmer links hinter dem Altar warten, bis die Musik einsetzte; auf dieses Zeichen verließen wir beide den Raum und gingen zum Altar, woraufhin der Gottesdienst begann. Christys Vater und ihre Stiefmutter waren extra für die Feier von Houston aus eingeflogen. Meine Mom saß neben ihnen, und auch Chance war gekommen, zusammen mit ihrem vertrottelten Ehemann Bucky und ihrem Kind; das waren so ziemlich die Einzigen in der Kirche. Die Minuten vor der Trauung hatte ich nervös in der Sakristei herumgestanden, mit einer Hand in der Hose Taschenbillard gespielt und darauf gewartet, dass Pater Matthew seine priesterlichen Gewänder und Insignien anlegte. Mein Smoking kam zwar aus dem Leihhaus, aber es war ein altes Prachtstück aus Wolle, das mir wie angegossen passte. Pater Matthew sagte mir noch ein paar Worte über die Gefahren der Eifersucht, während er sein schwarzes Hemd mit Oxford-Kragen aufknöpfte; darunter kam ein abgetragenes, dünnes weißes Unterhemd mit V-Ausschnitt zum Vorschein, das seine kaum noch lebendigen Knochen bedeckte. Ich wollte nicht zu viel in seine Worte hineininterpretieren, aber es kam mir vor, als ob er irgendeine Art von Lektion oder Metapher in seinem Gerede versteckte. Vielleicht versuchte er aber auch nur, mich abzulenken. Er erzählte davon, welche Quelle des Schmerzes die Eifersucht für ihn gewesen sei. Irgendwie war es unwirklich, den alten Mann so reden zu hören, während er in seine Robe stieg. Die Priester, erzählte er, würden sich ständig darüber in den Haaren liegen, wer zum Bischof ernannt würde und wer nicht, und teilweise wegen noch viel belangloserer Dinge streiten.

»Diese ganze lächerliche Eifersucht. Warum können die Menschen nicht mit dem zufrieden sein, was sie sind?«, fragte er mich.

»Keine Ahnung«, antwortete ich, die Hände immer noch tief in den Taschen meines Smokings vergraben.

»Zu wissen, wer man ist, und dies auch akzeptieren zu können – das ist eine Lebensaufgabe«, meinte er und ließ sich eine Kette mit einem riesigen silbernen Kruzifix um den Hals fallen.

Das Ganze erinnerte mich an ein Spiel, das ich manchmal im Kraftraum mit mir selbst spiele. Ich schaue mir all die anderen Typen an, wie sie Gewichte stemmen, und versuche herauszufinden, worin ich besser bin als jeder Einzelne von ihnen. Normalerweise hilft mir das dabei, mich überlegen zu fühlen – außer wenn jemand wie Captain Powers in die Halle kommt: Hauptmann bei den Fallschirmjägern, ein Spitzenbowler, mit einer Frau, die nicht nur scharf aussieht, sondern auch nett ist, dazu noch zwei Söhne und Kampferfahrung im Golfkrieg. Außerdem hat er irgendeinen jungen Rekruten davon abgehalten, sich in den Duschräumen der Kaserne das Licht auszublasen – der Kerl ist einfach irre. Er kann einen Dreiviertelliter Wodka trinken und trifft die leere Flasche danach immer noch aus fünfzig

Metern Entfernung. Als er vierzehn war, kamen seine Eltern bei einem Flugzeugunglück ums Leben, also kann man noch nicht mal behaupten, er wäre verwöhnt und wüsste nicht, was Leiden ist. Die üblichen Vorurteile greifen einfach nicht bei ihm. Und ich sitze dann in der Halle, sehe ihm dabei zu, wie er 120 Kilo stemmt, und die ganze Ungerechtigkeit der Welt stürzt auf mich ein. Ich weiß, dass ich ihn als Vorbild hätte betrachten sollen, aber stattdessen spürte ich ein körperliches Unwohlsein, das alle in mir aufkommenden bewundernden Gefühle im Keim erstickte – seine Vortrefflichkeit traf mich wie ein Schlag ins Gesicht.

»Gott liebt dich mehr als dein bester Freund; er kennt dich besser und liebt deine Seele mehr als jede Geliebte, und seine Liebe ist unverbrüchlich«, sagte Pater Matthew. »Außerdem solltest du nie vergessen, dass er jeden anderen Menschen ebenso liebt wie dich.«

Ich kam einfach nicht dahinter, warum er mir die ganze Zeit die Ohren vollpredigte. Doch plötzlich drehte er sich zu mir um und sagte verärgert: »Ich bin bei der Ernennung der neuen Bischöfe wieder übergangen worden. Kannst du dir das vorstellen?«

Ich schüttelte ungläubig den Kopf, die Hände immer noch tief in den Hosentaschen vergraben.

Die ganze Zeit, während wir parallel zum Mississippi nach Süden fuhren, schwebte ich auf einer Wolke ungetrübten Glücks. Flitterwochen in New Orleans und dann weiter nach Texas, um dort meine Angelegenheiten mit der Army zu regeln und die Geburt vorzubereiten – das war der Plan. Ich hatte in den letzten Tagen so viel Sex gehabt, dass sich mein Geist in einem Zustand heiterer Ruhe befand, wie ein Patient nach stundenlanger, intensiver Elektroschocktherapie.

Christys Füße waren so verdammt groß, dass ich grinsen musste, wenn ich sie ansah. Sie schlief immer noch, als wir die Staatsgrenze nach Missouri überquerten, und ihre Zehen krümmten sich leicht in meinem Schoß. Ich schaute wieder auf den goldenen Ehering an meinem Finger. Er war ein wenig zu groß, aber ich mochte das Gefühl. Ich stellte mir vor, dass meine Kinder den Ring nach meinem Tod behalten und glauben würden, ich hätte große, geheimnisvoll mächtige Hände gehabt. Meine Hände sind zwar nicht weibisch oder so, aber ich wünsche mir manchmal trotzdem, dass sie etwas eindrucksvoller wären.

Die Kirche hatte toll ausgesehen. Wir hatten alles so gemacht, wie Christy es wollte: abends und bei Kerzenlicht. Der ganze Raum leuchtete bernsteinfarben, als sie den Gang herunterschritt, den kugelartigen Bauch im strahlend weiß leuchtenden Hochzeitskleid weit vorgereckt, neben sich am Arm ihren Vater mit dem breitesten Lächeln der Welt auf den Lippen. Ja, sie sah einfach hinreißend aus, und ja, sie sah zart und zerbrechlich aus, aber vor allem strahlte sie Zuversicht aus.

Ich könnte heulen, wenn ich an diesen Augenblick denke.

Ich warf einen Blick auf sie, wie sie quer über den Vordersitz des Nova ausgebreitet lag, im schwachen grünen Schein der Armaturenbeleuchtung, immer noch tief und fest schlafend. Sie hatte einen dicken roten Wollpullover an, mehrere bunte Schals um den Hals und meine blaue

Strickmütze auf dem Kopf. Elegante kurze Locken ihres gefärbten schwarzen Haars fielen in alle Richtungen über ihre blasse Stirn. Grace die Katze schlief unter meinem Sitz. Ein schwacher Duft von Katzenstreu erfüllte das Wageninnere. Wir hatten eine kleine Kiste auf die Rücksitze gestellt, die wir zwar immer peinlich sauber hielten, aber selbst der Geruch von frischem Katzenstreu ist wenig verlockend. Das Radio war aus, trotzdem konnte im Nova von Ruhe keine Rede sein: Die alte Schleuder machte ein Heidenspektakel. Der Kilometerzähler gab ein lautes, schnelles Klackern von sich, aus der Heizung kam ein tiefes Dröhnen, und ab Tempo neunzig begann das ganze Armaturenbrett zu bibbern und zu rütteln, als ob es jeden Augenblick abfallen wollte. Solange die Anlage aufgedreht war, fiel das alles nicht weiter auf (ich hatte ein Soundsystem eingebaut, das so viel Strom zog, dass es seine eigene Batterie brauchte), aber ohne die Musik kam man sich vor wie in einem B-52-Bomber.

Immer noch hellwach und mit gut 120 km/h unterwegs, versuchte ich mich aufs Fahren zu konzentrieren, aber manchmal schweiften meine Gedanken einfach ab. Für einen Erwachsenen ist Zeit etwas furchtbar Kompliziertes. Ich vermisste die Schule: erste Klasse, zweite Klasse, eine klare Struktur von Tagen, Monaten und Jahren. Achte Klasse, neunte Klasse, erstes Semester, zweites Semester – irgendwie war alles deutlich vorgegeben; man wurde versetzt oder blieb hängen. Und jetzt trieb ich steuerlos quer durch das Land, durch den Raum. Meine Zeit in der Army war wahrscheinlich auch abgelaufen. Angst legte sich schwer auf meine Schultern, während ich daran dachte, wie mein Lieutenant mich am Telefon angeschrien und mir befohlen hatte, sofort in die Kaserne zurückzukehren. Er hatte mir mit unehrenhafter Entlassung gedroht, und ich schätzte, dass das das Schlimmste war, was diese ganze Nummer mir einbringen konnte. Mein Kumpel Eric hatte für mich einen Dringlichkeits-Urlaubsantrag gestellt, und sein Dad war der Colonel, also bestand Hoffnung, dass ich mit einem Straferlass davonkam; aber es bestanden durchaus Zweifel bezüglich der Frage, ob mein Entfernen von der Truppe entsprechend militärischer Vorschriften erfolgt war oder nicht. Eigentlich war mir das scheißegal, aber was sollte ich jetzt anfangen? Ein Onkel von mir hatte in Cleveland mit einer Fleischfabrik Millionen gemacht und mir schon öfter angeboten, mich einzustellen. Ich würde bestimmt auch einen guten Börsenmakler oder sogar einen Cop abgeben; als Exsoldat kriegte man leicht einen Job bei der Polizei. Aber mit einer unehrenhaften Entlassung konnte ich das vergessen.

Oh mein Gott, dachte ich, wahrscheinlich hatte ich mir gerade mein ganzes restliches Leben versaut!

Das Beste an der Jugend war die Tatsache, dass man als »vielversprechend« gelten konnte. Aber mittlerweile lag ein ziemlich großes Stück meines Lebens hinter mir, und fast alles davon war bestenfalls mittelmäßig verlaufen.

Ich weiß, dass es nicht gerade wie ein außergewöhnlicher Traum klingt, aber ich wäre gern Sportler geworden. Wenn ich mein Leben noch einmal leben könnte, würde ich mich ganz aufs Schwimmen konzentrieren. Es gab Leute, die glaubten, ich hätte das Zeug zum Olympiateilnehmer gehabt – ich meine, wenn ich mir wirklich Mühe gegeben hätte. Ein paar Jahre lang hielt ich den Ohio-Landesrekord über 50 m Delphin. Aber letzten Endes war ich wahrscheinlich zu klein, um wirklich ganz oben dabei zu sein, und selbst Leistungssportler wirken irgendwie kläglich und deprimierend, wenn sie älter werden. Und es ist ja nicht so, dass jemand mit besonderen Fähigkeiten auch automatisch eine bedeutende Persönlichkeit wird. Mein größter Wunsch, sozusagen mein Lebensziel war es, eine Person zu sein, die ich bewundern konnte – nicht mehr und nicht weniger. Ich hatte angenommen, dass meine Hochzeit ein Schritt in die richtige Richtung wäre; stattdessen stellte ich überrascht fest, wie schutzlos ich mir ohne die Army vorkam.

Christy wollte, dass ich mein Auto verkaufte – es war ihr nicht »kinderfreundlich« genug –, und ich wusste, dass sie im Grunde recht hatte. Für sie war dieser Wagen das Symbol meiner allumfassenden Unfähigkeit, erwachsen zu werden. Wenn die verdammte Karre überhaupt bis Texas durchhielt, würde ich sie dort verkaufen müssen. Wer würde ich dann sein, irgendeine trübe Tasse mit einem 89er Kombi? Ich weiß ja, dass Dinge wie Autos und Klamotten oberflächlich und belanglos sind, aber trotzdem fiel es mir schwer, mich in einer bürgerlichen häuslichen Umgebung zu sehen. Das Gute an der Army ist, dass sie einen jung hält. Es ist eine Welt für junge Männer, voller Spielzeuge für junge Männer. Schneemobile, Schießstände, schnelle Autos, schnelle Boote, Stripperinnen – all das machte ziemlich viel Spaß, aber vor allem war es das immerwährende Versprechen von Freiheit und Abenteuer, ohne das ich nur schwer würde leben können. Nicht dass ich jemals ein Abenteuer erlebt hätte, aber trotzdem. Meine Güte, das Leben war so viel komplizierter, als ich gedacht hatte. Eigentlich wollte ich nur ein Mädchen lieben und ehren und so weiter – und plötzlich wurde alles, was ich bisher über mich zu wissen geglaubt hatte, weggeweht wie ein Haufen Blätter.

Wir fuhren immer noch durch Missouri, als der schwarze Nachthimmel sich langsam in ein dunkles Blau verfärbte. Bis New Orleans waren es wahrscheinlich noch gut zehn Stunden. Ich musste unbedingt etwas schlafen, bevor wir dort ankamen. Christy wurde langsam wach. Einen Augenblick lang räkelte sie sich unbehaglich, dann setzte sie sich auf und rieb sich die Augen. Ihr Gesicht war zerdrückt und missmutig wie das einer Zweijährigen. Sie beugte sich nach unten Richtung Wagenboden, nahm Grace hoch, setzte die graue Katze auf ihren Schoß und streichelte sie sanft, während wir alle drei schweigend den Anbruch der Morgendämmerung betrachteten. Ich konnte es immer noch nicht glauben. Wir waren tatsächlich verheiratet.

* * *

Das Nervenaufreibendste an der ganzen Hochzeit war für mich die ganze Ehevollzugsgeschichte gewesen. Ich weiß auch nicht warum, aber seit meinem elften Lebensjahr oder so hatte ich panische Angst, ich könnte ihn in der Hochzeitsnacht nicht hochkriegen. Ein Schatten der Unfähigkeit und des Versagens würde sich über unsere Erinnerungen an den wichtigsten Tag unseres Lebens legen; wir würden alle unsere Hochzeitsfotos wegwerfen, und ich würde eine sexuelle Blockade entwickeln und impotent werden, außer bei Nutten und perversen Transvestiten.

Seit ich mich ernsthaft mit dem Gedanken ans Heiraten befasste, hatte ich dieses Szenario in Gedanken immer wieder durchgespielt. Also kann man sich die dunklen Abgründe der Angst vorstellen, in denen ich steckte, als ich vor dem Altar stand und »Ich will« sagte. Ich konzentrierte mich nicht auf meinen Treueschwur und dachte auch nicht *Oh, ich bin ja so glücklich!*, sondern spielte mit einer Hand in der Tasche an mir herum, ließ mein bestes Stück in der Smokinghose leicht vor- und zurückschwingen und vergewisserte mich, dass es noch am Leben war. Bis wir endlich den Kuss hinter uns hatten, war ich so spitz geworden, dass ich Christy auf der Kirchentoilette noch einen verdrückte, unmittelbar bevor es an die Hochzeitsfotos ging.

Wenn ich Sex mit einem Mädchen habe und richtig scharf werden will, stelle ich mir normalerweise immer irgendwas vor, das ich noch reizvoller finde, ein hübscheres Mädchen oder eine noch geilere Situation. Aber als ich Christys Gesicht sah und das weiße Hochzeitskleid, das in alle Richtungen über das Waschbecken ausgebreitet war, und die weiße Haut ihrer nackten Beine, die mich umschlangen, wusste ich, dass ich genau jetzt einen Augenblick erlebte, von dem ich träumen und zu dem ich mein ganzes Leben lang zurückkehren würde. Kein Traum konnte besser sein als das Hier und Jetzt. Mein Leben war nicht länger von den Vielleichts bestimmt – vielleicht begegne ich auf dieser Party der Frau meines Lebens, vielleicht lerne ich bei meinem neuen Job meine Traumpartnerin kennen, vielleicht ist das Mädchen hinter mir in der U-Bahn meine ewige große Liebe. Nein, meine ewige große Liebe schlief im Auto direkt neben mir und hatte lächerlich große Füße, meine ewige große Liebe war im vierten Monat schwanger und süchtig nach Eiskrem und wollte wissen, warum es mir so verdammt schwerfiel, erwachsen zu werden.

Ich starrte angestrengt auf den Highway hinaus und konnte in knapp zweihundert Metern Entfernung die dunklen Schatten und gelben Augen von wilden Tieren erkennen, die zwischen den Bäumen verschwanden. In meinem Kopf hörte ich noch immer Pater Matthews Massachusetts-Akzent:

»Wenn ihr in Liebe zueinanderstehen wollt, so müsst ihr zuerst lernen, die Wahrheit zu lieben. Suchet den Geist Gottes, der in euch lebt, und ihr werdet das Geheimnis des ewigen Lichts und Gottes Liebe für alle Menschen in euch finden.« Das war der einzige priesterliche Rat, den Pater Matthew uns am Altar gab. Während des Gottesdienstes verzichtete er auf jede Art von Predigt, wofür ich ihm sehr dankbar war. Christy und ich hatten mit ihm zusammen eine kurze Zeremonie festgelegt, mit der wir alle drei gut leben konnten. Aber bei seinem lockeren Umgang mit der Heiligen Schrift war es für mich kaum verwunderlich, dass die Kirchenoberen sich nicht gerade beeilten, ihn zum Bischof zu ernennen.

Ich fand den Gottesdienst zu Herzen gehend und anrührend. Meine Mom meinte jedoch, er wäre »kurz und irgendwie komisch« gewesen, und der andauernde Verzicht auf einen erbaulicheren Wortlaut hatte sie verstimmt. Manchmal kann sie wirklich ein Biest sein. Ich will ja nichts Schlechtes sagen – »Ehre Deine Mutter« und so, stimmt's?

Und das tue ich schließlich auch –, aber die ganze Veranstaltung hatte sie ziemlich mitgenommen. Christy dachte, es wäre wichtig, dass sie bei der Hochzeit dabei ist, also habe ich sie eingeladen, aber ihre gesamte Einstellung war von vornherein negativ: Das Ganze schien ihr lästig, der Zeitpunkt war schlecht gewählt, und sie musste am nächsten Tag auf eine Geschäftsreise.

Am Morgen nach der Hochzeit fuhr ich sie zum Flughafen, und sie brachte es nicht fertig, auch nur ein nettes Wort zu sagen.

»Wirklich schade, dass ihr keine Musik hattet.«

»Warum war die Messe so kurz?«

»Meine Güte, was ist Pater Matthew alt geworden.«

»Wie viel hat Christy eigentlich zugenommen?«

Sie hatte offensichtlich das Gefühl, dass die kurze Strecke zum Flughafen die geeignete Gelegenheit war, um mir mitzuteilen, dass sie nichts von der Ehe hielt. Und der einzige Rat, den sie mir geben konnte, lautete »Lass dich nicht zu sehr runterziehen«, falls sich nicht alles so entwickeln sollte, wie ich es erhoffte.

»Eine Ehe scheint nur dann zu funktionieren – zumindest sehe ich das so –, wenn beide Beteiligten kein wirkliches Interesse an einem erfüllten Leben haben«, sagte sie, während sie mit beiden Händen die Handtasche auf ihrem Schoß umklammerte. »Die Ehe ist genau das Richtige für all jene, die sich hauptsächlich für Äußerlichkeiten interessieren. Ich fürchte nur, dass du nicht zu dieser Sorte Mensch gehörst. Vielleicht ja doch – ach, ich weiß auch nicht.« Sie wühlte in ihrer Tasche, auf der Suche nach dem Flugticket. »Ich würde sagen, ich habe es nie wirklich genossen, verheiratet zu sein; das Einzige, was ich genossen habe, waren die Hochzeitsfeiern. Also hoffe ich, dass ihr beide gestern eine Menge Spaß hattet.« Als sie von ihrer Tasche aufblickte, sah sie nicht mich an, sondern betrachtete die flache Landschaft Ohios.

»Hast du wirklich nichts Positives zu sagen, Mom?«, fragte ich, wobei ich versuchte, nicht zu überempfindlich zu reagieren.

»Oh, versteh mich nicht falsch. Es war ein wunderschöner Gottesdienst, und ich freue mich wirklich für dich, wirklich, das tue ich.« Ihre Stimme klang so klar und melodisch wie eh und je. »Es ist nur so … also ehrlich gesagt hoffe ich, dass du dich zu nichts gedrängt fühlst. Du musst auf der Hut sein. Schwangere Frauen denken nicht immer allzu klar.«

»Was soll denn das jetzt wieder bedeuten?«, fragte ich, während ich mit beiden Händen das Lenkrad umklammerte.

»Du lieber Himmel, Jimmy, ich versteh wirklich nicht, warum du so empfindlich reagierst. Ich wünsche euch beiden alles Gute, wirklich, ganz ehrlich.«

»Das sagst du jetzt schon die ganze Zeit, Mom, aber irgendwie klingt es nicht danach.«

»Hör zu, Junge. Ich zähle nicht gerade zu den stärksten Befürwortern der Ehe, und ich hoffe, dass es bei euch besser klappen wird als bei mir. Wenn du aber nur einen Schönwetterbericht hören willst, bin ich nicht der richtige Ansprechpartner. Den Rest seines Lebens mit jemandem zu teilen ist nicht so toll, wie es immer heißt.« Vorsichtig zog sie ihre Lippen nach und betrachtete sich in dem kleinen Spiegel, den ich auf die Innenseite der Sonnenblende geklebt hatte. »So wie ich es erlebt habe, scheint immer einer der Partner auf Kosten des anderen zu wachsen, und ich möchte nicht, dass du derjenige bist, der immer mehr schrumpft.«

»Du magst Christy nicht, richtig?«, fragte ich.

»Ich kenne sie doch gar nicht, mein Junge. Aber wenn du sie liebst, muss sie einfach fantastisch sein.« Sie küsste ihre eigene Hand, um den überschüssigen Lippenstift loszuwerden.

»Weißt du was, Mom? Ich glaube, ich werde eine Weile nicht mehr mit dir reden, okay?« Mühsam versuchte ich, die Ruhe zu bewahren, aber ich hatte das Gefühl, als würde mein Innerstes nach außen gestülpt.

Als wir am Flughafen ankamen, half ich ihr mit den Koffern und küsste sie zum Abschied auf die Wange.

»Hör mal, tu dir einen Gefallen«, war das Letzte, was sie noch sagte, »sieh zu, dass du diesen Wagen loswirst.«

Während ich ihr hinterhersah, wie sie durch die automatischen Eingangstüren schritt, rieb ich über die Muskeln um meinen Bauchnabel, um mich zu beruhigen. Bis zu diesem Moment hatte ich mich noch nie so erwachsen gefühlt. Es gab keinen Zweifel mehr, dachte ich – die Nabelschnur war definitiv durchtrennt.

In einer Hinsicht hatte meine Mutter allerdings den Nagel auf den Kopf getroffen: der Wagen. Bei der ganzen Beterei der vergangenen Woche hatte ich vollkommen vergessen, dass es nur eins gab, wofür ich wirklich hätte beten müssen – die verdammte Scheißkarre. Ich war für jede zurückgelegte Meile dankbar, klopfte mir nach jeder durchfahrenen Kurve auf die Schulter. Sollte es zu regnen anfangen, wären wir echt geliefert: Der Nova hatte keine Scheibenwischer. Ich hatte sie irgendwann abgenommen, um sie durch bessere zu ersetzen … aber man weiß ja, wie so was läuft.

Als wir Missouri verließen und die Grenze nach Arkansas überquerten, schien der Highway plötzlich keine Hauptverkehrsader mehr zu sein. Die Straße wurde immer schmaler und wand sich eine lange Steigung hinauf. Ich konnte mich überhaupt nicht erinnern, dass wir den Highway verlassen hatten, und der Anstieg war so steil, dass ich ängstlich auf den Drehzahlmesser starrte und den Motor jaulen hörte. Christy schien das Ganze noch nicht zu beunruhigen; sie spielte mit Graces Halsband, drehte es hin und her und streichelte die weichen Ohren ihrer Katze. Wo war ich nur falsch abgebogen, fragte ich mich, ich hatte doch wirklich aufgepasst. Ich versuchte, die Situation in den Griff zu kriegen, bevor Christy merkte, dass wir uns verfahren hatten. Vielleicht waren wir ja auch noch auf dem richtigen Weg, versuchte ich mich selbst zu beruhigen.

Als wir die Kuppe des Hügels erreichten, begann sofort dahinter der Abstieg. Das Vibrieren der Bremsklötze schlug durch bis in meine Eingeweide. Es erübrigt sich wohl, darauf hinzuweisen, dass ich keinen Bremskraftverstärker hatte.

Im Tal angekommen, folgten wir einer Kurve, hinter der sofort der nächste steile Anstieg begann. Christy beugte sich zu mir rüber und schaltete das Radio ein – Rauschen. Die Suchtaste durchkämmte alle Kanäle, ohne auch nur ein einziges Mal anzuhalten. Christy schaltete das Radio aus und legte ihren Sicherheitsgurt an, wobei sie den Gurt unter der Wölbung ihres Bauchs festmachte.

»Sieh bloß zu, dass diese Karre es bis nach New Orleans schafft, Cowboy«, sagte sie leise.

»Denn sonst?«, fragte ich.

»Denn sonst hast du ein echtes Problem, Fremder!«, sagte sie, machte ihren Finger feucht und steckte ihn mir ins Ohr. Je weiter ihre Schwangerschaft fortschritt, desto schwieriger war es, sie runterzubringen. Progesteronrausch, nannte sie das.

»Mann, nicht jetzt«, maulte ich und lehnte mich von ihr weg. Ich war gereizt, weil ich nicht wusste, wo wir waren und wie weit wir uns schon von der Hauptstraße entfernt hatten. Es war immer noch dunkel; die Morgendämmerung schien nicht so schnell anzubrechen wie zuerst gedacht. Ein Lastwagen donnerte auf uns zu; sein Fernlicht schien uns grell ins Gesicht. Ich ließ kurz meine Lichthupe aufblitzen, aber er reagierte nicht. Trotzdem ließ ich mein Fernlicht aus, gezwungenermaßen: Ein geblendeter Fahrer ist besser als zwei. Einen Moment lang konnte ich absolut gar nichts sehen, nicht einmal den Mittelstreifen, und um mich herum wurde alles gleißend hell. Aber auch dieser Moment ging vorüber, und wir fuhren noch immer auf der Straße, ratterten und klapperten wie ein altes Skelett durch diese verlassenen Hügel.

Mit einem Klack schaltete ich mein Fernlicht wieder ein.

… und die andern sind im Licht

Wir hatten die Hochzeitssuite im Fairmont Hotel in New Orleans gebucht. Das Zimmer war üppig ausgestattet und hatte hohe, rissige Decken. Vor hundert Jahren hatte das Fairmont wahrscheinlich mal als ausgesprochen extravagant gegolten. Sämtliche Flure waren mit schweren roten Samtteppichen ausgelegt, die prunkvolle Eingangshalle strahlte im Glanz der riesigen Kronleuchter, und die Wände waren mit wundervollen Malereien verziert. Aber wie überall in New Orleans hatten Flecken und Schmutz die Farben verblassen lassen, sodass nur noch ein müder Abklatsch der ursprünglichen Pracht zu sehen war. Die ganze Stadt schien mit einem Alkoholfilm überzogen zu sein.

Nachdem wir eingecheckt hatten, zog ich mich aus und bereitete alles für mein abendliches Bad vor. Vom Badezimmer aus konnte ich Jimmy sehen, der ein paar Liegestütze machte, während er sich im Fernsehen das Ende eines Basketballspiels ansah. Zwischendurch legte er immer wieder eine kurze Pause ein, um einen Bissen von der kalten Pizza zu nehmen, die in einer Schachtel vor ihm auf dem Boden lag.

»Können wir etwas Musik hören?«, fragte ich durch die Tür, als ich hörte, dass die Kommentatoren das Ergebnis diskutierten.

In der Fernsehanlage befand sich auch ein Radio, und Jimmy schaltete das Spiel aus und suchte nach einem passenden Sender. Die Deckenbeleuchtung war ausgeschaltet, und da der Fernseher nun nicht mehr flackerte und auch sonst keine Lampe eingeschaltet war, wurde der Raum nur von einem gelben Lichtschein erhellt, der sich von der sieben Stockwerke unter uns liegenden Stadt in die Hochzeitssuite ergoss und allem einen Sepiaton verlieh. So, wie Jimmy auf dem dicken, abgenutzten Zottelteppich saß, wirkte er wie eine alte Fotografie. Er trug nur seine Boxershorts, und die Haut auf seinen Beinen und seiner Brust schimmerte weich und golden wie ein Karamell-Milchshake. Er stand auf und kam zielbewusst auf mich zu. Ich konnte ihm ansehen, dass er jetzt tanzen wollte, aber nur mit einem Badehandtuch bekleidet und vollkommen nüchtern war ich dazu nicht in der Stimmung. Tanzen macht mich immer verlegen, es sei denn, ich hab was getrunken. Irgendeine alte Sinatra-Melodie knisterte aus dem Fernsehlautsprecher, und ich erkannte an Jimmys Reaktion, dass er den Song mochte. Er zog mich an sich und formte die Worte mit den Lippen nach, während die Musik weiterdudelte. Dann nahm er meine Hände, hielt sie in offizieller Tanzhaltung, und wir begannen zu tanzen, als befänden wir uns auf dem Abschlussball unserer Highschool. Das Handtuch rutschte von meiner Brust auf den

Boden, sodass ich vollkommen nackt dastand. Aber Jimmy ließ nicht zu, dass ich mich bückte, um es aufzuheben, und schwang uns stattdessen in die Raummitte.

Also gut, dann eben *ein* Nackttanz, beschloss ich.

Jimmy tanzte wahnsinnig gern. Sein Vater hatte ihm ein paar Tanzschul-Schritte beigebracht, und wahrscheinlich hatte er sie seitdem bei jedem Mädchen ausprobiert, aber es machte Spaß, mit ihm das Tanzbein zu schwingen und seinen eleganten Bewegungen zu folgen. Frank Sinatra führte uns durch das Zimmer, während ich nach dem Ruhepunkt in unserem Tanz suchte. Gleichzeitig spürte ich, wie Jimmy, gegen meinen Bauch gedrängt, eine Erektion bekam.

Ich stellte mir vor, dass ich eine Weide wäre, nachgiebig und geschmeidig, aber letztendlich stark und fest verwurzelt. Während Jimmy seinen Ständer fest an mich presste, bewegten wir uns langsam durch den Raum und hielten uns eng umschlungen. Als das Lied endete und ein neues begann, ließ er sich auf die Knie sinken, küsste meinen Bauch und kitzelte meinen Nabel mit seinen Lippen. Dann rutschte er unter mich und führte seinen Mund zwischen meine Beine. Unbehaglich stand ich in der dunklen Raummitte. Ich wollte mich hinsetzen und vom Fenster weggehen, konnte mich aber nicht entschließen, auch nur einen Schritt zu machen.

Als ich Jimmy zwischen meinen Beinen spürte, wie er mich küsste, leckte und liebte, tat er mir plötzlich leid. Würde er als verheirateter Mann wirklich glücklich werden? Auch wenn es eine alberne, jungenhafte Eigenschaft war, aber gerade Jimmys Abenteuerlust schätzte ich besonders an ihm. Aus seinen Augen strahlte der Wunsch, sich selbst zu beweisen. Ich fragte mich, ob ihm ein Leben als Ehemann und Vater auf Dauer genügen würde.

Ob mein Vater und meine Mutter wohl je so miteinander getanzt hatten, als Frischvermählte, die einander festhielten und küssten in dem Bestreben, den Rest ihres Lebens miteinander zu verbringen? Wahrscheinlich ja.

Jimmy hob mich hoch und setzte mich auf dem Bett ab. Manchmal, wenn wir uns liebten, rief ich in Gedanken die alten Götter an – Apollo und Aphrodite –, um sie in den Raum zu locken und zu einem Liebeszauber zu bewegen.

Wogen sexueller Lust drängten meine geschäftigen Gedanken rücksichtslos beiseite. Mein Körper ruhte nun auf den Baumwolllaken unseres Betts, und Jimmys Kopf war zwischen meinen Beinen vergraben, während seine Hände nach oben glitten und sanft meine geschwollenen Brüste umfingen.

Als Kind war ich von den Ereignissen rund um meine eigene Geburt regelrecht besessen gewesen. Sämtliche Geschichten, die sich um das erste Zusammentreffen meiner Eltern, meine Empfängnis und meine Geburt rankten, hatte mein Geist zu dem Stoff verwoben, aus dem Legenden entstehen. Jedes Mal wenn ich mit meinem Dad jemanden in einer Buchhandlung oder in der Schlange vor dem Kino traf, dessen Namen ich aus einer der Anekdoten wiedererkannte – jemand aus dem Freundeskreis meiner Eltern, als sie noch frisch verliebt waren –, hatte ich das Gefühl, ich würde einer Figur aus meinem Lieblingsroman die Hand schütteln. Inzwischen war ich mir jedoch meiner Rolle als Figur in einem noch größeren Epos bewusst.

Nur vier Monate zuvor hatte Jimmy mich zu einem Angelausflug überredet, und an irgendeiner Tankstelle in der Nähe des Lake Ontario hatten wir den alten Tankwart, Wayne Sheffle, gefragt, ob er nicht einen geeigneten Angelplatz wüsste. Er erzählte uns von einer verschwiegenen Bucht irgendwo auf seinem Gelände, in der die Fische wunderbar bissen. Wenn wir wollten, könnten wir dort auch zelten. »Jungen Liebenden helfe ich doch immer gern«, sagte er und zwinkerte uns zu. Drei Tage lang zelteten wir an dieser Bucht, schwammen nackt im eiskalten Wasser, pflückten Blumen und liebten uns in unserem blauen Zweimannzelt, während es draußen regnete. Unser Kind muss am zweiten Tag während dieses heftigen Regengusses oder später in der gleichen Nacht gezeugt worden sein. In der dritten Nacht kamen zwei Ortsansässige in unsere kleine Bucht, feuerten ein paar Schüsse ab und forderten uns lautstark auf, sofort von ihrem Land zu verschwinden. Sie waren offensichtlich betrunken und gefährlich. Jimmy kroch aus unserem Zelt und ging zu ihnen hinüber. Der größere der beiden Männer machte einen Schritt auf ihn zu und hielt ihm seine Schrotflinte direkt ins Gesicht.

»Verschwindet von meinem Land!«, lallte der Mann und drückte den Gewehrlauf gegen Jimmys Brust.

Jimmy stand einen Moment ruhig da und streckte schließlich seine Hand aus. »Hallo, ich bin Jimmy Heartsock. Und wie heißen Sie?«

Der Mann sah ihn einen Augenblick verwirrt an. »Das geht dich gar nix an; verschwindet einfach von meinem Land.«

»Wayne Sheffle hat uns gesagt, dass wir hier zelten könnten«, sagte Jimmy und hielt immer noch seine Hand ausgestreckt, während die Flinte nach wie vor auf seine Brust gerichtet war.

»Wayne Sheffle ist ein Arschloch. Er hat mir mein Land geklaut.«

»Ja, er schien wirklich ein Arschloch zu sein«, sagte Jimmy.

Langsam senkte der Mann seine Flinte und schüttelte Jimmy widerstrebend die Hand. Es folgte ein kaum verständlicher Monolog über irgendwelche Urkunden und Eltern und darüber, dass Wayne Sheffle ihn übers Ohr gehauen habe. Schließlich zogen die beiden Männer ab und verkündeten, dass wir ruhig noch eine Nacht bleiben könnten, aber wenn wir Wayne Sheffle noch mal sähen, sollten wir ihm ausrichten, dass sie mit ihm noch nicht fertig wären. Noch vor Anbruch der Morgendämmerung packten wir unsere Sachen und fuhren davon, aber Jimmy hatte ohne es zu wissen seine erste Prüfung als Vater bestanden: Er hatte mich und unseren befruchteten Embryo vor einem Haufen betrunkener Hinterwäldler beschützt.

Die Geschichte meines Kindes war nun unentwirrbar mit meiner eigenen verwoben. Eines Tages wird es mich vielleicht fragen: »Was hast du an Daddy besonders geliebt?«, oder: »Warum habt ihr in Ohio geheiratet?« Vielleicht würden wir in zehn Jahren auf dem Weg zum Sommercamp genau an diesem Hotel vorbeifahren und auf den Ort unserer Flitterwochen zeigen. Vielleicht wären wir dann aber auch schon geschieden.

Nur die Ruhe, Christy, redete ich mir selbst zu.

Während ich mich auf der weichen Hotelmatratze wälzte, rief ich die Götter an und versuchte, mir nicht allzu viele

Sorgen zu machen, als Jimmy sich schließlich über mich schob. Sorgsam darauf bedacht, meinen Bauch nicht flach zu drücken, küsste er mich, sein Mund feucht von meinem eigenen salzigen Geschmack, und drang in mich ein. Was auch immer das Schicksal für uns bereithielt – die Erkenntnis, dass ich nur eine Nebenrolle in einem viel längeren, sich immer weiter entfaltenden Gedichtepos spielte, war eine Erleichterung. Ich rollte mich auf die Seite und setzte mich auf ihn. Jimmy war einfach fantastisch. Dieser ganze Heiratszirkus war furchtbar anstrengend gewesen. Wenn alles glattlief, erkannte ich, dann würden wir den Rest unseres Lebens wahrscheinlich in diesem Tempo verbringen.

Am nächsten Morgen wachte ich um halb sechs auf, zog mich an und wagte mich nach draußen, während die gesamte Innenstadt sich gerade erst schlafen legte. Bei den Hotelpagen unten in der Eingangshalle handelte es sich ausnahmslos um attraktive schwarze Männer in prächtigen rotgoldenen Uniformen und mit einem ausgesprochen erotischen Südstaatenakzent. Sie nickten und lächelten mir schweigend zu, als begleiteten sie mich in eine frühere Epoche dieses Jahrhunderts. Ich war hungrig, und ich wollte ein Eis.

Ich genoss die Stille, bummelte durch die großzügige, leere Hotelhalle, dann die breite Eingangstreppe hinunter und hinaus auf die Straße. Draußen lagen die Temperaturen noch nicht allzu hoch, aber man konnte bereits erahnen, dass es ein heißer Tag werden würde. Es war der heißeste Mardi Gras seit siebenundsechzig Jahren, das hatten wir zumindest am Tag zuvor im Radio gehört. Eis, dachte ich, ich brauche unbedingt ein Eis.

Genau wie die Stadt roch auch ich nach Sex. Der breite Boulevard, der am Fairmont Hotel vorbeiführte, war auf beiden Seiten mit Metallgittern der Louisiana State Police abgesperrt, die sich bis zum Horizont erstreckten. Aber um diese Uhrzeit zogen weder Karnevalswagen vorbei, noch jubelten und schrien Tausende von Menschen. Stattdessen war der gesamte Boden mit Unmengen von Müll bedeckt: angebissene Sandwiches, leuchtendrote Pizzaschachteln, Tausende von Bierbechern, Zigarettenpackungen und grüne Heinekenflaschen, die im Rinnstein hin und her rollten. Durchsichtige Plastiktüten bauschten sich auf und fielen gleich danach wieder in sich zusammen; Zeitungsblätter lagen über den Asphalt verstreut, zusammen mit den Schalen von Flusskrebsen und Garnelen, die in die Fugen des Bürgersteigs getreten worden waren. Aus den ohnehin schon überquellenden Mülleimern an den Straßenecken ragten ineinandergestapelte *Pat O'Brian's Hurricane*-Pappbecher. Unter meinen Füßen zerbrachen Millionen und Abermillionen von Glasperlen, und an jedem Baum, an jeder Straßenlaterne und an jeder Statue hingen noch mehr gelbe, rote, grüne, violette und orangefarbene Perlenketten. Als Jimmy und ich am Tag zuvor hier angekommen waren, schien der gesamte Boulevard von einem Meer aus Zigtausenden Menschen bedeckt zu sein. Kinder, Erwachsene und Senioren jeder Hautfarbe standen in dichten Reihen hintereinander und versuchten, diese kleinen Glasperlenketten aufzufangen, die von den vorbeiziehenden Wagen heruntergeworfen wurden. Aber jetzt lag die Straße wie ausgestorben vor mir. Ein junger Schwarzer in einer weiten blauen Hose und einem weißen Hemd stand vor einem Lokal namens Picadilly Lounge und klopfte träge zwei Teppiche aus, die er über mehrere Parkuhren drapiert hatte.

Als ich die Straße überquerte und in Richtung des French Quarter weiterging, musste ich über einen weißen Widderschädel steigen, der unerklärlicherweise neben einer zerquetschten grünen Plastikflasche und einigen Hamburgerpackungen aus rotem Styropor am Straßenrand lag. Seine Hörner waren mit violetten und gelben Perlenschnüren umwickelt, die lose aus seinen leeren Augenhöhlen hingen.

Die Sonne musste noch über die niedrigen Gebäude dieses Viertels steigen, aber hin und wieder brachen zwischen den Häusern warme, orangegelbe Sonnenstrahlen hervor, die lange, dünne Schatten warfen. Ein paar Meter weiter bog eine junge Frau in einem schwarzen Minirock und locker geschnürtem weißen Miederoberteil um die Ecke; ihre Frisur hing schief und zerdrückt unter dem Gummiband der Katzenmaske, die sie noch immer trug. Ihre Beine waren nackt: Die Strümpfe hielt sie in der Hand. Ohne mich wahrzunehmen, ging sie an mir vorbei wie ein dahinschwebender Geist.

Links und rechts von mir warben Reklametafeln in den Schaufenstern der geschlossenen Bars für diverse Sexshows – LEBEN IST LUST: MÄNNER UND FRAUEN ZEIGEN ALLES! Über die Schaukästen waren Fotos von nackten Mädchen verteilt; schwarze Flächen bedeckten ihre Genitalien. An der Seitenwand eines alten Backsteingebäudes prangte eine große, jahrzehntealte, handgemalte Werbung für *Ginger-Mint-Julep* in verblasstem Grün. Genau das wollte ich jetzt – eine schöne kühle Ingwerlimo mit Eis. Auf einer Bank lag ein schlafender Mann in einer nagelneuen Jeansjacke, Hunderte von bunten Perlenketten um den Hals gewickelt. Der Bürgersteig hinter der Bank roch säuerlich nach Erbrochenem.

Als ich nach links in die Rue Dauphine abbog, kam ich an zwei Männern vorbei, die sich als Blech-Holzfäller und feiger Löwe aus *Der Zauberer von* Oz verkleidet hatten. Ich fragte mich, was wohl mit Dorothy und der Vogelscheuche passiert war. Vielleicht lagen sie ja noch bewusstlos in irgendeinem Tanzschuppen, zusammen mit lauter anderen schlafenden Märchenfiguren.

Allmählich gefiel es mir, schwanger zu sein, und ich empfand bereits ein Gefühl süßer Nostalgie – ich wusste, dass ich mich eines Tages danach sehnen würde, hierher zurückzukehren, und dass dieser Morgen zu den besonderen Momenten in meinem Leben zählte. Leicht watschelnd ging ich weiter und genoss die Schönheit der leeren Straßen. Als Kind war ich schon mal in New Orleans gewesen, aber ich hatte kaum noch Erinnerungen an diesen Besuch, nur ein paar alte Fotos. Mein Vater hatte mich eines Tages, kurz nach Weihnachten, zu einem öffentlichen Dreikönigsfeuer irgendwo im Zentrum des French Quarter mitgenommen. Auf einem grünen Rasenfleck zwischen zwei großen Straßen stapelten die Familien ihre alten Weihnachtsbäume aufeinander. Kleine Kinder standen um den Scheiterhaufen herum, Becher mit heißem Kakao in den Händen, während die trockenen Bäume in der mild-feuchten Luft rasch aufloderten und wie Zunder brannten. Überall schmolz Lametta und stieg wirbelnd in den Himmel auf. Der Duft der versengten Kiefernbäume kitzelte mir in der Nase, während ich zusah, wie mit Seide dekorierte Baumkugeln sich verzogen und schmolzen. Es gibt ein Foto von diesem Abend, auf dem ich auf den Schultern meines Vaters sitze und eine kleine weiße Krone auf dem Kopf trage. Der weiße Feenzauberstab baumelt lose in meiner Hand. Zu diesem kleinen Mädchen von einst habe ich heute keinerlei spürbare Verbindung mehr – und eines nicht allzu fernen Tages werde ich auch keine Beziehung mehr zu der Frau haben, die ich jetzt bin. Es ist schon erstaunlich, dass ich jeden einzelnen Moment als beständig empfinde, als wäre der Mensch, der ich in jedem dieser einzelnen Momente bin, unveränderlich. Als ich sieben Jahre alt war, habe ich mir geschworen, niemals Sex zu haben – das Ganze klang so widerwärtig. Mit elf Jahren erschien es mir unvorstellbar, dass ich jemals heiraten oder einen Beruf ausüben würde. Und jetzt kann ich mir den Tod nicht vorstellen. Mir ist klar, dass er wahrscheinlich eines Tages genauso mühelos daherkommen wird wie Sex und genauso unausweichlich sein wird wie das Erwachsensein, aber dennoch kann ich seine Existenz nicht spüren. Doch auf dem Weg durch die frühmorgendlichen Straßen von New Orleans fühlte ich mich dem Leben nach dem Tod näher als je zuvor; das gesamte French Quarter roch, als wäre es bereits vor vierzig Jahren dahingeschieden. Die Vergänglichkeit war hier zum Greifen nah. Und irgendetwas sagte mir, dass auch sie so vorübergehend und endlich war wie die Kindheit.

Die Sonne kletterte langsam über die Häuser, und der Tag war angebrochen. Innerhalb einer Sekunde veränderten sich die ganze Stimmung und der Charakter der Stadt. Etwa zwanzig Meter vor mir lachte eine junge Frau ausgelassen, während sie auf den Schultern ihres Freundes ritt, der wie ein wild gewordenes Pony in Richtung Bourbon Street galoppierte. Sie waren völlig selbstvergessen. Dieser Sonnenaufgang gab mir plötzlich das Gefühl, genau dort zu sein, wo ich sein sollte: auf dieser Straße, zu dieser Stunde, mit diesem Kind in meinem Bauch und meinem frisch angetrauten Ehemann schlafend in unserem Hotelzimmer. Ich musste einfach lächeln, als sich in mir die Erkenntnis ausbreitete, dass – egal, was auch geschehen mochte – alles genauso war, wie es sein sollte.

Hab Vertrauen, schien das Licht mir sagen zu wollen.

Was wäre, wenn du wirklich jeden Tag, jeden einzelnen Moment immer zur exakt richtigen Zeit am exakt richtigen Ort wärst – was auch immer du tätest?

Als ich das Ende des French Quarter erreichte, sah ich, dass auf der anderen Straßenseite ein Fastfood-Restaurant bereits geöffnet hatte. Ich ging hinüber und kaufte einen großen Becher Orangensaft mit Tonnen perfekt geformter, kleiner Eiswürfel.

Danach schlenderte ich durch die Rue Dauphine zurück zum Hotel, während die Sonne mit jedem Schritt höher kletterte und es immer heißer wurde.

Als ich die Stufen zum Fairmont Hotel hinaufstieg und köstlich-kühle Eiswürfelstückchen im warmen Mund zergehen ließ, spürte ich plötzlich eine seltsame Feuchtigkeit zwischen den Beinen. In der Abgeschiedenheit des leeren Aufzugs griff ich unter mein Kleid und betastete mich. Als ich meine Hand wieder hervorzog, war mein Finger dunkelrot vor Blut.

Veilchendienstag

»Also gut, hören Sie mir jetzt bitte genau zu. Ich möchte Sie wirklich nicht beunruhigen, da wir erst noch weitere Untersuchungen durchführen müssen, aber ich mache mir große Sorgen um Ihren Gesundheitszustand. Im Augenblick kann ich bei Ihrem Kind keinen Herzschlag feststellen, obwohl der in der zwanzigsten Woche eigentlich deutlich zu hören sein sollte.«

Dr. McCarthy schwieg einen Moment und sah Christy an, blickte dann zu mir hoch und wieder zurück zu Christy.

»Bei Ihnen sind Blutungen aufgetreten«, fuhr der Arzt fort. »Falls sich die Plazenta vollständig von Ihrer Gebärmutter löst, könnte das sehr starke Blutungen zur Folge haben. Und je mehr Sie sich bewegen, desto mehr Blut verlieren Sie. Wir wissen es noch nicht mit absoluter Sicherheit, aber es besteht die Möglichkeit, dass Ihr Kind bereits tot ist. Doch wir müssen jetzt in erster Linie an Sie denken. Wenn Sie viel Blut verlieren, müssen wir die Gebärmutter so schnell wie möglich ausschaben und eventuell eine Bluttransfusion vornehmen.«

Christy und ich saßen beide regungslos da, während wir uns den Vortrag dieses übergewichtigen, vom Alkohol schwer gezeichneten Arztes anhörten. Er war ein typischer Südstaatler, einer dieser Typen, die ohne ein Glas Martini in der Hand immer leicht kränklich aussehen. Christy hatte sich wieder angezogen und saß auf einem roten Plastikstuhl. Ich stand hinter ihr, eine zusammengerollte Zeitschrift in den Händen. Der Arzt sprach mit solch sanfter und leiser Stimme, dass ich das Gefühl hatte, ich würde ihm von den Lippen ablesen. Sein Name stand in ordentlichen weißen Buchstaben auf seinem Namensschild. Wir waren in einem kleinen, nicht sehr eindrucksvollen Krankenhaus etwa eine Stunde nördlich von New Orleans. Natürlich hatten wir zuerst die innerstädtische Ambulanz aufgesucht, aber die dortige Erste-Hilfe-Station war vollkommen überlastet mit der Versorgung von Stichwunden, Drogenopfern und anderen Unfällen, die aus dem Chaos des Mardi-Gras-Festivals resultierten. Bei diesem Krankenhaus hier war es genau das Gleiche – nur mit dem Unterschied, dass es schlechter ausgestattet schien. Wir hatten uns kurz vor zwölf bei einer der Krankenschwestern gemeldet; inzwischen war es fast Viertel vor zehn, und in den sieben Stunden, die wir im Wartezimmer verbracht hatten, war ich das Gefühl nicht losgeworden, Zeuge des Verfalls der Menschheit zu sein.

»Ich mache mir ernsthaft Sorgen um Sie, Christy«, sagte der Arzt in einem Papi-wird-es-schon-richten-Tonfall.

»Warum machen Sie sich keine Sorgen um das Kind?«, fragte sie beherrscht, wobei ihr ganzer Körper angespannt war vor Wut.

»Selbst wenn das Kind noch leben sollte, könnte es in den nächsten sechs Wochen nicht von sich aus überleben. Und das ist ein langer Zeitraum.« Wieder schwieg er einen Moment und machte weitere Notizen auf einem Zettel, der vor ihm lag. »Wir müssen Sie offiziell aufnehmen.« Er sah sie an. »Die Untersuchungen werden wir jedoch nicht vor morgen früh durchführen können.«

»Warum nicht?«, fragte sie.

»Bedauerlicherweise haben wir nur ein Ultraschallgerät, und unser Radiologe ist seit dem Nachmittag aushilfsweise im Andrew Jackson Memorial Hospital. Das Festival hat sämtliche Kapazitäten der gesamten Region erschöpft.«

»Wenn das so ist, werden wir wohl ein anderes Krankenhaus aufsuchen müssen«, sagte Christy. Unter ihrer Haut zeichnete sich die angespannte Muskulatur ihrer Unterarme ab, während sie die Plastiklehnen ihres Stuhls umklammerte. Sie drehte sich zu mir um. »Ich will nach Hause.«

»Ich kann verstehen, dass Sie beunruhigt sind«, leierte der Arzt weiter, »und ich verstehe, dass Sie gerne in eine vertraute Umgebung wollen, aber ich kann gar nicht energisch genug darauf hinweisen, wie sehr dies Ihren Zustand verschlechtern würde.«

»Dieses Gerät habe ich noch nie gesehen«, sagte Christy und deutete auf den Apparat, den der Arzt auf ihren Bauch gedrückt hatte, um die Herztöne des Kindes abzuhören – ein bizarr aussehendes Werkzeug, das am Kopf des Arztes befestigt schien.

»Ich benutze dieses Fetoskop« – er hielt das komische Ding hoch – »schon seit sehr langer Zeit. Und es war immer ausgesprochen zuverlässig.«

»Das ist aber nicht das Gerät, das mein Arzt in Albany zur Überprüfung der Herztöne benutzt«, erklärte Christy.

»Nein, wahrscheinlich verwendet er ein Doppler-Gerät – eine technisch ausgeklügeltere Untersuchungsmethode. Bedauerlicherweise besitzen wir so etwas nicht.«

»Und warum nicht? Sind wir hier etwa in Istanbul?« Christy wurde langsam aggressiv.

»Es kann doch nicht schaden, wenn Sie bis morgen früh hier im Krankenhaus bleiben«, redete der Arzt weiter auf sie ein und blätterte wieder in seinen Papieren. »Ich brauchte dann nur noch ein paar Informationen. Könnten Sie mir etwas über Ihre Ernährungsgewohnheiten sagen?«

»Was meinen Sie damit?«, fragte Christy und wirkte dabei nervös und unbehaglich.

»Wie viele Mahlzeiten essen Sie am Tag? Wie viel Eiweiß und wie viel Eisen enthalten diese Mahlzeiten? Wie viel Wasser trinken Sie pro Tag? Und wie viel koffeinhaltige Getränke? Haben Sie auf diese Dinge geachtet? Das sind schließlich keine unbedeutenden Nebensächlichkeiten.«

Christy starrte ihn sprachlos an. Der Typ musste ungefähr Mitte sechzig sein und roch wie ein Badezimmer- Desinfektionsmittel.

»Ich weiß nicht«, war alles, was sie herausbrachte.

»Haben Sie dreimal täglich gegessen?«

»Nein.«

»Haben Sie spezielle Vitamine für Schwangere genommen?«

»Nein.«

»Rauchen Sie?«

»Ich hab ein paar Zigaretten geraucht.« Sie warf mir einen Blick zu.

»Trinken Sie?«, fragte er weiter.

»Nein.« Sie schwieg einen Moment und sagte dann: »Ich meine, ich habe vielleicht ein paar Gläser Wein getrunken.«

»Haben Sie auf Kaffee verzichtet?«

»Nein.«

Der Arzt sah mich ungläubig an.

Ich weiß nicht genau, warum ich das tat – wahrscheinlich, weil ich in diesem Moment sowieso nur ein totales Wrack war –, aber aus irgendeinem Grund fing ich an zu lachen.

Er lächelte nicht zurück.

An diesem Tag war einfach alles schiefgegangen. Zum ersten Mal seit unserer Hochzeit war ich am Morgen alleine aufgewacht, und weder eine Dusche noch der Fernseher noch das Gedudel aus dem Radio konnten diesen lähmenden, alles beherrschenden Gedanken zum Schweigen bringen: *Ich will nicht verheiratet sein – ich will allein sein.* Ich meine, ich wusste natürlich, dass es dafür jetzt zu spät war, aber der Gedanke sprang mich von allen Seiten an. Am Abend unserer Ankunft in New Orleans waren Christy und ich an etlichen Kneipen und Sportbars vorbeigekommen, und ich wünschte mir nichts sehnlicher, als hineinzugehen, einen Whiskey und ein Bier zu bestellen und mit den anderen Männern über Basketball zu reden – ich hätte alles dafür gegeben. In mir tobte ein heftiger Streit; ich fühlte mich wie gefangen. Und je länger ich darüber nachdachte, desto deutlicher wurde mir eines klar: Ich *fühlte* mich nicht wie gefangen, ich *war* gefangen.

»Als Ihr behandelnder Arzt und als Geburtshelfer halte ich es für zwingend notwendig, dass Sie die Nacht über hier bleiben. Sie dürfen das Krankenhaus jetzt auf keinen Fall verlassen und müssen mir die Zeit geben, die erforderlichen Untersuchungen durchzuführen. Sie schweben womöglich in großer Gefahr, Christy. Ich werde Ihnen eine Kanüle anlegen und eine Infusion geben, um Ihren Blutzuckerspiegel zu stabilisieren und um sicherzugehen, dass wir im Notfall ohne Verzögerung Kochsalzlösung, Blutkonserven oder Medikamente verabreichen können. Ihnen ist sicher bewusst, dass wir über den Zustand des Fötus im Augenblick keine zuverlässigen Angaben machen können.« Mithilfe dieser Einschüchterungstaktik versuchte er, an sie heranzukommen.

Ich war außerstande, diese Information zu verarbeiten. Ärzte dürften einfach nicht so übergewichtig sein wie dieser Typ. Irgendwo hatte ich mal gelesen, dass New Orleans die höchste Fettleibigkeitsrate der U SA hat – wahrscheinlich zu viele *Beignets* und *Po Boy*-Sandwiches oder Ähnliches –, aber das Gewicht dieses Arztes wirkte nicht besonders vertrauenerweckend. Der kleine Raum, in dem wir uns befanden, roch nach irgendeiner Salzlösung. Da ich sowieso keine Krankenhäuser mochte und außerdem nicht gerade behaupten konnte, die ersten Tage unserer Ehe in vollen Zügen zu genießen, fühlte ich mich wie die eine Hälfte eines siamesischen Zwillings: Der muffige Raum, der aufgeblasene Arzt und diese Horrornachricht legten sich wie eiskalte Finger um meine Kehle.

»Und warum geht das nicht?«, fragte Christy ruhig, erhob sich und packte ihre Sachen in ihre Handtasche.

»Warum geht was nicht?«, fragte der Arzt zurück.

»Warum können Sie *keine zuverlässigen Angaben über den Zustand* meines Kindes machen?« Christy sah den Arzt direkt an; sie sprach klar und deutlich, aber ihr Gesicht war völlig ausdruckslos.

»Das habe ich Ihnen doch schon gesagt. Bedauerlicherweise hilft unser Radiologe heute Nacht in einem Krankenhaus in New Orleans aus. Dank der ganzen Hysterie rund um das Festival muss die medizinische Versorgung der örtlichen Bevölkerung leider zurückstehen.«

Christy lachte ungläubig.

»Er wird gleich morgen früh hierherkommen«, fuhr der Arzt fort. »Aber wenn es sich bei Ihnen um eine Fehlgeburt handelt, schweben Sie in großer Gefahr und sollten nicht mehr herumlaufen.«

»Ich denke, wir sollten warten und die Untersuchungen machen lassen, Süße«, mischte ich mich ein. »Ich meine, es besteht doch immer noch die Möglichkeit, dass das Baby lebt, oder? Das stimmt doch, oder?« Nervös wandte ich mich an den Arzt und suchte nach einem Platz, um die Zeitung abzulegen.

»Ja, diese Möglichkeit besteht, aber das ist noch kein Grund, auf die geeigneten Vorsichtsmaßnahmen zu verzichten.«

»Also, was mich betrifft – ich werde jetzt gehen«, sagte Christy ruhig, nahm ihre Schildpattbrille ab und steckte sie in ihre Handtasche. Mit zwei schnellen Schritten war sie durch die Tür.

Ich weiß nicht warum, aber irgendwie schien ich auf das, was um mich herum geschah, nicht zu reagieren. Als ich endlich meinen Hintern in den Flur bewegt hatte, war sie schon halb auf dem Weg zum Aufzug.

»He, jetzt warte doch mal einen Moment!«, rief ich ihr hinterher.

Als ich sie eingeholt hatte und am Arm festhielt, drehte sie sich um und versetzte mir einen Fausthieb gegen die Brust.

»Lass mich los«, zischte sie in einem lauten, mühsam beherrschten Flüsterton und stürmte den glänzend sauberen Gang runter.

»Christy!«, brüllte ich und trabte hinter ihr her.

»Du hättest zu mir halten sollen, du Arsch«, sagte sie, drehte sich wieder um und schlug mir erneut gegen die Brust. »Warum hast du da drin gelacht?«

Ich hielt sie fest und schlang meine Arme um sie, aber sie kämpfte sich frei. Der Arzt kam hinter uns her; seine schweren alten Glieder stießen bei jedem Schritt gegeneinander.

»Ich fühle mich hier nicht sicher. Ich weiß, dass es meinem Baby gut geht«, sagte sie und zog mich zum Aufzug, wo sie auf den kleinen runden Knopf drückte.

»Hören Sie, Mr. …« – McCarthy warf einen Blick auf seinen Block – »Mr. Heartsock. Es wäre wirklich sehr töricht von Ihnen, das Krankenhaus jetzt zu verlassen. Sie sollten unbedingt hier bleiben. Ihre Frau schwebt in ernsthafter Gefahr.«

Die Aufzugtür schwang auf, und Christy ging hinein. Ich zögerte eine Sekunde, wusste, dass wir besser bleiben sollten, folgte ihr dann aber in den Fahrstuhl. Der Arzt und zwei Schwestern sahen stumm zu, wie sich die Tür hinter uns schloss.

Als wir endlich allein waren, verpasste Christy mir eine saftige Ohrfeige. Meine Haut kräuselte sich vor Schmerz. Ich hielt meine glühende Wange und blickte zu Boden, weg von ihr. Mein ganzer Körper, jede einzelne Zelle und jede Nervenfaser zitterten vor Anspannung und dem Wunsch, dieses Krankenhaus nicht zu verlassen.

»Was zum Teufel hast du vor?«, murmelte ich in Richtung Aufzugtür und hielt mir immer noch die Wange. Ich wusste, was Christy von mir brauchte – sie brauchte jemanden, der sie dazu brachte, hier zu bleiben. Aber dann dachte ein anderer Teil von mir, dass ich sie vielleicht unterstützen sollte – egal, ob das nun verrückt war oder nicht. Immerhin gab es berechtigte Zweifel am medizinischen Wissensstand dieses Arztes. Während der Aufzug nach unten glitt, standen wir einen langen Moment schweigend nebeneinander.

»Wie konntest du einfach lachen, als er mich nach meiner Ernährung fragte?«

Ich sah sie an. »Flippst du jetzt völlig aus? Komm schon, beruhig dich erst mal wieder!« Ich versuchte, bestimmt aufzutreten.

»Red nicht in diesem Ton mit mir«, fauchte sie.

Die Aufzugtür schob sich auf, und Christy stürmte in den Flur, den langen Korridor hinunter, durch diverse Schwingtüren und vorbei an Patienten auf Krücken, Getränkeautomaten, einem Schwarzen im Smoking, einer Frau, die sich ihr verbundenes Auge zuhielt, einem Kind mit verletztem Finger und einer Fülle anderer behandlungsbedürftiger Patienten in einem großen Wartezimmer, die auf einen flackernden Fernsehbildschirm starrten. Sie marschierte unter mehreren großen Uhren hindurch, deren Sekundenzeiger sich synchron fortbewegten. Aus den Lautsprechern rieselte Musik eines lokalen Radiosenders. Sie ließ die Pförtnerloge hinter sich, dann das Geschenkelädchen und rauschte schließlich durch die gläsernen Automatiktüren. Erst als ihr die Stille des Parkplatzes mit dem Meer von Wagen entgegenschlug, blieb sie plötzlich stehen. Ich lief etwa zehn Schritte hinter ihr. Die schwüle Nachtluft war drückend warm; der schwarze Asphalt des Krankenhausparkplatzes glänzte vor Feuchtigkeit. Im strahlenden Halogenlicht der Straßenlaternen leuchteten Hunderte von geparkten Wagen in allen Farben des Regenbogens. Verwirrt und ratlos hielt Christy einen Moment lang inne. Sie versuchte sich zu orientieren, suchte nach dem Nova und marschierte dann in die richtige Richtung. Sobald sie den Wagen gefunden hatte, öffnete sie die schwere silberne Tür, glitt auf den Sitz und drückte den Knopf auf ihrer Seite hinunter. Ich öffnete die Fahrertür, stieg ebenfalls ein und griff nach dem Schlüssel, obwohl ich eigentlich nicht die Absicht hatte, den Parkplatz zu verlassen. Bestimmt wird uns der Arzt, eine Schwester, ein Pfleger – *irgendjemand* – hierher folgen, dachte ich. Die Ledersitze waren noch warm von der Hitze des Tages und verströmten einen muffigen Geruch, den ich normalerweise als tröstlich empfinde. Ich steckte den Schlüssel ins Zündschloss, machte zwei, drei Startversuche, bis der Wagen schließlich ansprang. Den Blick auf das Armaturenbrett gerichtet, tat ich so, als wartete ich darauf, dass der Motor warm lief.

»Beruhig dich doch erst mal«, sagte ich. Ich wusste, ich

durfte auf keinen Fall zulassen, dass wir dieses verdammte Krankenhaus verließen.

»Willst du eine Annullierung der Ehe, oder was?«, fragte sie.

»Jetzt mach mal halblang«, sagte ich.

»Das Baby ist tot, Jimmy. Hast du das kapiert?«

»Das Baby ist nicht tot. Der Typ da drin wollte nur noch ein paar Untersuchungen machen. Schließlich geht man zum Arzt, um sich untersuchen zu lassen. Bei dir haben Blutungen eingesetzt, und wir sollten herausfinden, warum das so ist.« Ich versuchte, kühl und überlegt zu erscheinen.

»Pass auf: Je eher ich nach Houston komme, desto schneller kann ich auch behandelt werden – anstatt hier darauf zu warten, dass diese Idioten ihre Ausrüstung zusammenkriegen.« Christy kaute auf ihrer Lippe herum, als wollte sie sie abbeißen.

In der darauffolgenden Stille blickte ich hinüber zu Christy und sah, wie sie ihre Augen schloss und langsam die Luft einzog. Nach einer Weile wurde ihre Atmung flacher und schneller, und ich machte mir Sorgen, dass sie bald hyperventilieren würde.

»Lass uns losfahren, Jimmy. Lass uns endlich losfahren.« Sie öffnete die Augen und sah mich an. »Worauf wartest du noch?«

Ich legte den Rückwärtsgang ein und drehte mich um, damit ich sah, wo ich hinfuhr. Verdammte Scheiße, ich würde sie nach Texas bringen, aber ich wusste, dass es verkehrt war.

»Oh Gott, oh Gott, oh Gott«, murmelte Christy in einem fort und atmete stoßweise ein und aus. Sie hatte die

Augen geschlossen und hielt die Arme fest um den Körper geschlungen, während sie langsam vor- und zurückschaukelte. Der Nova setzte sanft zurück. Ich nahm den Gang raus, trat auf die Bremse und versuchte vorsichtig, sie an der Schulter zu berühren, aber sie zuckte zusammen, und ich zog meine Hand zurück. So saßen wir eine Weile schweigend da, der Wagen halb in und halb außerhalb der Parkbucht.

Direkt über uns hing eine der hellen Parkplatzlaternen und beleuchtete Christys Gesicht und ihre geschlossenen Augenlider. Sie versuchte, ihre Atmung wieder in den Griff zu bekommen, indem sie fest gegen ihre Schläfen drückte.

»Lass uns ins Hotel fahren, die Katze holen, unsere Sachen packen, und dann ab nach Houston«, bat sie eindringlich.

»Bist du dir sicher, dass du nicht doch lieber wieder reingehen willst?« Ich holte tief Luft und sagte dann in einem Ton, als würde meine Aussage schriftlich protokolliert: »Denn das ist meiner Meinung nach genau das, was wir tun sollten.«

Christy sah zu mir herüber. »Gib mir die Autoschlüssel. Ich werde da nicht wieder reingehen.« Die Wut in ihrer Stimme wuchs mit jeder Sekunde. »Ich will nach *Hause,* Jimmy. Seit ich Albany verlassen habe, versuche ich nach Hause zu kommen. Ich habe absolut kein Vertrauen zu den Ärzten und der medizinischen Versorgung da drin. Ich fühle mich hier nicht sicher. Bitte bring mich nach Hause.«

Wortlos legte ich den Rückwärtsgang ein, fuhr aus der Parklücke und dann in Richtung Hotel.

Es war der letzte Abend des Mardi Gras, Veilchendienstag, und als wir schweigend durch New Orleans fuhren, konnte ich die Spannung und Aufregung spüren, die in der Luft lagen, während sich immer größere Menschenmassen versammelten. Ein Trupp von – wie mir schien – mindestens zweitausend Harley-Davidsons zog auf beiden Seiten an uns vorbei. Den ganzen Tag über hatte ich mit dem Wunsch gekämpft, mir einen Drink zu genehmigen. Die vielen Betrunkenen, die in und aus Kneipen, Restaurants und Bars strömten, waren dabei auch nicht gerade eine Hilfe.

Ich setzte Christy vor dem Hotel ab, damit sie schon mal packen konnte, während ich einen Parkplatz suchte. Als ich wieder allein in meinem Nova saß und der Motor ungleichmäßig unter mir spuckte und vibrierte, während ich mich langsam durch den Karnevalsverkehr schob, fühlte ich mich plötzlich so allein und verloren wie ein kleines Kind, das auf einer Kirmes seine Eltern verloren hat. Der neonfarbene Lichtschleier des French Quarter verwandelte die Gesichter der Menge in schaurige rote und grüne Fratzen. Sämtliche Festivitäten gipfelten in einer Parade, die Punkt null Uhr schlagartig enden würde.

»Sehen Sie zu, dass Sie von der Straße kommen, wenn die Party zu Ende ist«, hatte uns der Portier im Hotel gewarnt. Offenbar endete der Mardi Gras um Schlag Mitternacht, dem Anbruch des Aschermittwochs, und die Straßen gehörten wieder den städtischen Polizeikräften.

Ich parkte den Wagen verkehrswidrig drei Häuserblocks vom Hotel entfernt und raste regelrecht los, um wieder zu Christy zu kommen. Immer wieder wurde ich angerempelt, oder die Leute versuchten, mit mir zu tanzen. Mit jeder Minute wuchs das Gedränge. Tausende von Menschen strömten durch die Straßen. Ein junger Mann in zerrissenen Jeans und einem *New Orleans Saints*-T-Shirt hing mit gespreizten Armen und Beinen über der Motorhaube seines roten Honda Civic, während zwei uniformierte Polizisten einen weiteren Typen vom Beifahrersitz zerrten. Einen kurzen Moment lang war ich durch den Sog der Massen verwirrt und dachte, ich hätte mich verlaufen, aber nachdem ich einen Blick über die Köpfe der wogenden Menschenmenge geworfen hatte, erkannte ich die Fassade des Fairmont Hotels. Mühsam kämpfte ich gegen die Angst an, von der ich wusste, dass sie ein absolutes Inferno in meinem Kopf verursachen würde, sobald sie freikäme. Der Gedanke, dass Christy eine Fehlgeburt haben könnte, schnürte mir die Kehle zu. Ich war mir sicher, dass wir das Falsche getan hatten, indem wir das Krankenhaus verließen.

Als ich oben ankam, stand die Tür zu unserem Hotelzimmer offen. Ich ging rein und fand Christy im Bad: Sie saß angezogen auf dem Toilettendeckel, um sie herum standen unsere gepackten Taschen, und die Katze in ihrem Transportkorb schnurrte leise auf ihrem Schoß. Christy drehte sich um, sah mich an und sagte mit sanfter, ruhiger, kindlicher Stimme: »Warum habe ich nicht vernünftig gegessen? Ist das denn so schwer? Meinst du, es liegt am Rauchen? Was bin ich nur für ein neurotisches Wrack!« Dann schwieg sie und blickte auf ihre Knie hinunter.

»Du versuchst doch schon dein Bestes. Mehr kann man nicht tun«, sagte ich, leicht außer Atem, und blieb unschlüssig in der Badezimmertür stehen.

»Es ist zu spät«, sagte sie, als hätte sie bereits einen Blick in unsere Zukunft geworfen.

»Es ist nicht zu spät«, erwiderte ich rasch. »Auf dem Weg hierher hatte ich plötzlich das ganz deutliche Gefühl, dass alles wieder in Ordnung kommt. Wir bringen dich jetzt einfach zu einem Arzt, fahren dich nach Hause, so wie du es wolltest, und alles andere wird sich finden, okay? Glaub mir, es wird alles gut.« Ich hatte dieses Gefühl zwar überhaupt nicht gehabt – ganz im Gegenteil –, bemühte mich aber, irgendwas zu sagen, das sie aufmunterte.

»Was hat der Arzt noch mal gesagt? Ich weiß gar nicht mehr, was er gesagt hat«, flüsterte sie.

Ich antwortete nicht. Diesen ganzen Horror, den der Arzt uns erzählt hatte, würde ich mit Sicherheit nicht noch mal wiederholen.

»Lass uns fahren, Süße. Ich möchte, dass du bald zu einem Arzt kommst.«

Langsam stand sie auf, hielt den Transportkorb in einer Hand und glättete mit der anderen ihr Kleid. Aus irgendeinem unerklärlichen Grund hatte sie sich Zeit zum Schminken genommen und eines ihrer teuersten Kleider angezogen: ein weinrotes Baumwollkleid, das mit einem Wildblumenmuster bestickt war und ihr bis zu den Waden reichte.

»Es sind keine weiteren Blutungen aufgetreten. Hältst du das nicht auch für ein gutes Zeichen?«, fragte sie, während sie ihre kleinen Opalohrringe anlegte.

»Zumindest nicht für ein schlechtes«, sagte ich.

»Oh Mann«, seufzte sie.

Einen Moment dachte ich an all die Dinge in meinem Leben, die ich in Badezimmern getrieben hatte.

»Tolle Flitterwochen, was?«, fragte sie und versuchte zu lächeln.

»Keine Sorge, Süße, keine Sorge. Es wird alles gut«, bemühte ich mich, sie zu beruhigen. »Wir müssen jetzt nur einen Schritt nach dem anderen machen und das Spiel nach Hause bringen.« Das ist typisch für mich, dass ich mich immer in Sportmetaphern flüchte. Man sollte annehmen, dass ich dafür allmählich zu alt wäre.

»Ich hatte mir so gewünscht, dass es schöne Flitterwochen werden.«

»Ich weiß, Süße. Ich auch.«

Sie wollte sich nach ihrer Tasche bücken, aber ich schnappte sie mir, wuchtete sie über meine Schulter und ging ins Schlafzimmer, um das andere Gepäck zu holen.

»Lass mich auch was tragen«, sagte sie höflich.

»Lieber nicht«, erwiderte ich und hievte mir die vierte und letzte Tasche über die Schulter.

Ohne ein weiteres Wort verließen wir das Hotel. Ich war schwer beladen mit dem Gepäck, und Christy trug den Transportkorb mit der Katze.

Auf der Straße war die Menschenmenge inzwischen dermaßen angewachsen und so dicht gedrängt, dass wir kaum aus dem Hotel herauskamen. Hunderte von Trommlern und Bläsern gaben den rhythmischen Pulsschlag der Stadt vor. Jazzbands von jeder Highschool in Louisiana marschierten an uns vorbei, droschen auf ihre Trommeln ein und versuchten sich tapfer an Versionen von »Dixieland« und »When the Saints go Marching In«. Ich bemühte mich, Christys freie Hand festzuhalten und mir einen Weg durch die Menge zu bahnen, kam aber nur mühsam vorwärts. Eine der Taschen rutschte ständig von meiner Schulter runter zu meinem Ellbogen, und ich konnte sehen, wie Christy sagte:

»Lass mich dir helfen«, aber kein einziges Wort davon hören. Ein etwa vierzig Jahre alter Typ direkt links von uns hielt ein Schild über den Kopf und schrie seine Botschaft in die Menge: »HUGE-ASS BEERS!« Die Menschen strömten von allen Seiten heran, um zu seinem Bierstand zu gelangen. Nachdem wir uns ein paar Meter weitergekämpft hatten, umgaben uns neue Geräusche. Ein Mann predigte durch ein Megaphon, die Arme verzweifelt der Menge entgegengestreckt. Passanten hielten sich die Ohren zu, während sie versuchten, an ihm vorbeizukommen.

»Wenn der Herr auf unsere Welt hinabsieht, dann vergießt Er Tränen – Er vergießt Tränen, weil die Gier nach Macht die menschliche Würde zugrunde gerichtet hat!«, schrie er mit heiserer Stimme in seine Flüstertüte. Neben ihm standen drei Assistenten in schwarzen Anzügen und verteilten Handzettel.

Christys Hand fest umklammert, versuchte ich die nächste Straßenecke zu erreichen, die gerade mal zwanzig Schritte entfernt lag. Hinter mir beobachtete Christy die Welt um uns herum mit einer Art resignierter Verzweiflung. Auf den Balkonen über uns drängten sich Hunderte von Verbindungsstudenten mit nackten Oberkörpern. Links von uns sah ich einen weiteren langen, diesmal jedoch kunstvoll verzierten Balkon mit eleganten Männern und Frauen in Smoking und Abendroben.

»Zum Ersten, Zweiten, Dritten – zeigt uns eure Titten!«, brüllten die Studenten unisono und brachen in grölendes Gelächter aus. Zwei Mädchen vor uns hoben ihre T-Shirts hoch und hielten den Männern ihre wackelnden Brüste entgegen, die sie wie Augen geschminkt hatten, die Brust-

warzen als Pupillen. Im nächsten Moment prasselten Tausende von Perlenketten auf uns herab. Eine der Ketten traf Christy direkt ins Gesicht, und sie taumelte vorwärts, während sie Grace an sich drückte und nach dem roten Striemen über ihrer Augenbraue tastete.

Unsere Blicke kreuzten sich. Hin und wieder fange ich einen ihrer typischen Blicke auf: ein abwesendes Starren, wenn wir in der Schlange vor dem Kino stehen, oder ein dunkler, leerer Blick, wenn wir zusammen durch die Gegend fahren – der unabsichtliche Ausdruck eines bitteren Vorwurfs. Es war klar, dass sie mich in diesen Momenten hasste. Zu anderen Zeiten – zum Beispiel wenn wir uns liebten – war Christys Zuneigung zu mir leicht und mühelos, und ich spürte ihren aufrichtigen Wunsch, mich zu lieben und für mich zu sorgen. Aber mit gleicher Regelmäßigkeit hatte ich den Eindruck, dass es sich bei dieser Zuneigung nur um momentanes Mitleid handelte und dass sie mich im Grunde als lästiges Hindernis empfand.

Heutzutage will niemand mehr hören, was es wirklich heißt zu lieben, denn das Ganze ist ziemlicher Beschiss. Die Liebe ist wie ein Diamant – von außen hübsch, aber von innen knallhart, scharf und kantig. Jemanden wirklich zu lieben sollte nicht mit so etwas wie Vergnügen verwechselt werden. Einen anderen Menschen zu lieben ist genauso schmerzhaft und frustrierend wie die Suche nach sich selbst. Und obwohl es wahrscheinlich das Einzige auf der Welt ist, das die Mühe lohnt, bedeutet das noch lange nicht, dass das Ganze ein Spaziergang wird.

»Ich wäre besser im Krankenhaus geblieben«, hörte ich Christy hinter mir sagen.

Ich hätte ihr eine knallen können. Jeder verschissene Schritt, den ich heute gemacht hatte, war falsch gewesen.

Werd endlich erwachsen, schrie ich mir innerlich zu, während wir uns weiter durch die Menschenmassen kämpften. Die Taschengurte schnitten in meine Schulter. Es gibt eine ganze Menge an Menschen auf dieser Welt, und es hatte fast den Anschein, als hätten die meisten von ihnen sich in diesem Moment im French Quarter zusammengedrängt. Als ich fünfzehn war, hatte mein Vater mir mal gesagt, was der Grund dafür sei, dass ich mich in ein solches Arschloch verwandelte: Ich wollte einfach nicht wahrhaben, dass alle Menschen gleich waren; und das würde mir mein Leben lang Probleme bereiten. Ich sah mich um in dem Chaos aus Lichtern, Menschen und Karnevalswagen und fragte mich: Konnte es tatsächlich sein, dass wir alle gleich waren? Durfte ich denn wirklich nicht mit besonderer Hilfe rechnen?

Während wir im Krankenhaus warteten und auch danach, als der Arzt mit uns sprach, hatte Christy mich die ganze Zeit angesehen und mir die stumme Frage gestellt: Hältst du zu mir? Hilfst du mir? Aus jedem ihrer Blicke sprach die Überzeugung, dass ein richtiger Mann die ganze Situation besser im Griff hätte und dafür sorgen würde, dass alles in Ordnung käme. Ich dagegen hatte ihr nichts zu bieten außer meiner eigenen Unsicherheit. Ich hätte ein paar Telefonate mit anderen Kliniken oder Gynäkologiestationen führen sollen: Es musste doch in der Gegend noch andere Krankenhäuser geben, die nicht so weit weg waren wie Houston. Christys Hand hing schlaff und kalt in meiner.

Allmählich verlor ich in dem Gewirr aus Straßen, Gassen und Menschen die Orientierung und konnte mich nicht mehr daran erinnern, ob der Wagen links oder rechts von uns stand. Meine Hände zitterten; ich war vollkommen hilflos. Vor mir ging eine junge Frau in einem atemberaubenden langen schwarzen Kleid; ihre Hüften, ihr Rücken und ihr Hintern besaßen den eleganten Schwung eines Panthers. Ihr Gesicht konnte ich nicht sehen. »Jeder Mensch ist ein Orakel Gottes.« Ich erinnerte mich, dass mein Dad mir das mal gesagt hatte. Was zum Teufel hatte er damit gemeint? Die Frau drehte sich um; sie war älter, als ich gedacht hatte, aber immer noch wahnsinnig verführerisch. Sie bog nach links, und in der Hoffnung, dass das die Richtung war, wo unser Wagen stand, marschierte ich hinter ihr her.

»He, Baby, zeig uns deine Muschi«, hörte ich plötzlich hinter mir. Ich drehte mich um und sah einen grotesk dünnen Hinterwäldler, der Christy direkt ins Gesicht lachte. Sein nackter Oberkörper war von oben bis unten mit Tätowierungen bedeckt, die bis zu seinen Armen reichten. Christy versuchte, dem Typen auszuweichen, der sich zusammen mit zwei weiteren Saufkumpanen halb schlapp lachte.

»Was hast du gerade gesagt?« Ich drehte mich um.

»Ich hab deiner Alten nur gesagt, dass sie uns mal ihre hübsche Muschi zeigen soll.« Seine Kumpels verschütteten vor Lachen fast ihr Bier. Ich weiß nicht warum – es war das erste Mal seit Jahren –, aber ich ließ die Taschen fallen, holte aus und verpasste ihm drei schnelle Gerade mitten ins Gesicht: *Bamm-bamm-bamm*. Blut spritzte aus seiner Nase, tropfte auf mein Hemd, und ich spürte, wie zwei oder drei Knochen in meiner Hand brachen. Er sank auf die Knie; ich packte ihn an seinen langen Haaren und landete noch einen weiteren harten Treffer auf seiner Schläfe. Mein gesamter Arm – vom Handgelenk bis zur Schulter – wurde völlig taub. Einer seiner Freunde schlug mir von hinten auf den Kopf. Ein Adrenalinstoß rauschte durch meine Adern, und ich fühlte mich drei Meter groß: Mein Sehvermögen war messerscharf, die Farben leuchteten hell, und meine Reflexe kamen punktgenau. Sauerstoff strömte wie eine Droge durch meine Lunge. Zum ersten Mal an diesem Tag fühlte ich mich richtig gut. Ich würde diesen Typen zusammenschlagen, bevor er auch nur daran denken konnte, noch mal zuzulangen, doch irgendjemand briet mir von hinten so kräftig eins über, dass ich nichts mehr sehen konnte. Aber ich ging nicht zu Boden.

»Leg dich ja nicht mit mir an!«, schrie ich wieder und wieder, und dann stürzte ich mich auf dieses miese Schwein und riss ihn zu Boden. Um uns herum stolperten und stürzten und drängten die Leute, und ein paar versuchten, uns auseinanderzuzerren. Christy kreischte in einer Tonlage, die mehrere Frequenzen über dem restlichen Tumult lag, während ich weiterhin blindlings Hiebe austeilte, ohne zu wissen, wen ich überhaupt traf. Irgendwann gelang es mehreren älteren Männern, sich zwischen mich und dieses Hinterwäldlerarschloch zu drängen. Alles schrie und fluchte durcheinander. Christy stand vor mir und kreischte: *»Hör auf hör auf hör auf!«*

Unsere Taschen waren überall verstreut, wurden hin und her getreten. Nur dieser dämliche Transportkorb steckte wie ein Football fest unter Christys linkem Arm. Gesicht, Arme, Knie: Meine Haut war überall aufgeschlagen. Ich muss schrecklich ausgesehen haben. Einer der Typen riss sich los, um wieder auf mich loszugehen. Aber als er nah genug ran war, stellte Christy sich direkt vor ihn und stieß einen gellenden dämonischen Schrei aus, der tief aus ihrem Inneren kam und allen Umstehenden das Blut in den Adern gefrieren ließ.

Sie schnappte sich eine der Taschen, während ich die anderen zusammenraffte. Dann drängten wir uns in die vorbeiziehende Menschenmenge und ließen diese Arschlöcher hinter uns.

Während wir uns vom Ort des Geschehens entfernten, dämmerte mir allmählich die Erkenntnis, was für ein Idiot ich doch war.

»Wo steht der Wagen?«, fragte Christy ununterbrochen. Ich zeigte nur nach vorne und hoffte, dass es die richtige Richtung war. Christy führte uns, während ich nur hinterherstolperte, die Taschen an mich presste und mit der anderen Hand meine Nase umklammerte, aus der das Blut floss wie aus einem Wasserhahn. Inzwischen bewegten wir uns sehr viel leichter und zügiger durch die Menge, da mein Aussehen die Leute erschreckte und sie ängstlich ausweichen ließ.

»Hier lang?«, fragte Christy.

Ich nickte. Durch eine Lücke in der Menge konnte ich den Nova erkennen. Grüne, rote und violette Lichter glitzerten auf dem Chrom und spiegelten sich in der Windschutzscheibe. Die arme Katze war völlig verängstigt. Verzweifelt versuchten wir drei, uns zum Wagen durchzuschlagen. Plötzlich brach hinter uns ein explosionsartiger Krach los. Ich drehte mich um und sah in der Ferne einen Wirbel aus roten und blauen Polizeilichtern, begleitet von panisch schreienden und rennenden Menschen. Im ersten Moment dachte ich, dass sie hinter mir her wären.

Waren sie aber nicht – es war bloß Mitternacht.

Planlos umherirrende Feiernde rannten an uns vorbei, während es von allen Seiten Perlenketten und Popcorn regnete. Pappbecher mit warmem Bier flogen in Richtung der Cops, und schließlich konnte ich durch das Getöse, die Sirenen und das Spritzwasser hindurch das angenehm unwirkliche Hufklappern einer größeren Anzahl von Pferden hören.

Noch immer tropfte mir das Blut aus der Nase und rann über meine Hand; mein Kopf fühlte sich so leicht an wie ein Ballon, und meine Sicht war vollkommen verschwommen.

»Gib mir die Schlüssel«, sagte Christy und streckte ihre Hand aus.

»Nein, kommt nicht infrage«, sagte ich mit erstickter, näselnder Stimme. »Ich fahre.«

»Jetzt benimm dich doch nicht wie ein Idiot, Jimmy«, sagte sie, ihre Hand immer noch ausgestreckt.

»Hör zu, ich kann fahren!«, brüllte ich, ließ die Taschen auf den Bürgersteig fallen, fummelte mit dem Schlüssel herum und schob mich an Christy vorbei zur Fahrertür.

»Du fährst uns noch in den Graben – du weißt doch gar nicht, was du tust.«

Es kam überhaupt nicht infrage, dass ich sie fahren ließ. Herrgott noch mal, diese Frau hatte ernsthafte Schwangerschaftskomplikationen! Ich würde fahren, und damit basta! Ich ließ mich auf den Fahrersitz fallen, zerrte die Taschen hinter mir in den Wagen und warf sie auf die Rückbank, wobei ich Christy und die Katze nur knapp verfehlte. Christy setzte sich neben mich. Schweigend sahen wir zu, wie die Menschen an uns vorbeiströmten, allesamt in die andere Richtung: Einige gingen, andere liefen, manche trugen abenteuerliche Kostüme, andere waren nackt, aber alle taumelten betrunken, vergnügt und lachend durch die Straßen – alle, bis auf uns.

Ich drehte den Zündschlüssel um. Der Wagen braucht immer mindestens drei Versuche. Beim vierten Startversuch wurde ich langsam nervös.

»Oh Gott, Jimmy«, flüsterte Christy leise.

Beim fünften Versuch wurde mir schlecht. Ich wartete einen Moment, um dem Anlasser eine kurze Verschnaufpause zu gönnen, und fragte mich, ob meine Nase gebrochen war und wie sie wohl aussah.

Beim sechsten Startversuch sprang der Wagen endlich an, und die Muskulatur in meinem Rücken entspannte sich ein wenig, bis ein etwas erträglicheres Maß an extremer Anspannung erreicht war. Der Motor stotterte ein paar Sekunden und verfiel schließlich in seinen üblichen ruhigen Rhythmus. Wir waren startklar. Ich legte gerade den ersten Gang ein, als mir plötzlich klar wurde, dass wir nirgendwohin konnten. Etwa fünfzig Meter vor uns kam ein gewaltiges Polizeiaufgebot, das die gesamte Straße ausfüllte, direkt auf uns zu. Zahlreiche Megaphone stießen unverständliche, elektronisch verzerrte Aufforderungen aus, und eine Lichtshow aus wirbelnden blauen und roten Streifenwagenlichtern begleitete den Aufmarsch der Staatsgewalt. Erst in diesem Moment wurde mir klar, dass die Polizei rigoros vorrückte, um die Straßen wieder in Besitz zu nehmen, und dass ich im absoluten Halteverbot stand.

Die vorderste Reihe der Polizei-Armada bildete ein Trupp Bereitschaftspolizisten, die Schulter an Schulter vorrückten und Körper und Gesicht hinter durchsichtigen Plastikschilden vor den heranfliegenden Bierbechern schützten. Direkt dahinter marschierte fast eine komplette Hundertschaft Streifenpolizisten, denen weitere Hundert berittene Polizisten folgten. Die Pferde – wundervoll gepflegte Tiere – hoben ihre stolzen Hufe hoch über den Dreck auf der Straße und wirkten ausgesprochen einschüchternd. Links und rechts neben dem Polizeiaufgebot nutzten irgendwelche versprengten religiösen Gruppierungen die Gelegenheit, um das Evangelium zu verkünden. Einer der ortsansässigen Kirchenvereine trug zwei große Spruchbänder mit sich, auf denen GOTT HASST DIE SÜNDE stand. Mit dem Strom der Menschen schwamm auch ein junger Typ von Anfang zwanzig, der ein fast fünf Meter hohes Holzkreuz auf dem Rücken schleppte, das mit Gurten um seine Brust befestigt war. Schweiß tropfte von seinem blassen Gesicht. Er sah aus, als würde er jeden Moment zusammenbrechen und dabei noch ein paar Leute mit sich reißen. Aber er torkelte weiter und balancierte die ganze Zeit dieses gigantische Kreuz.

Es bestand nicht die geringste Chance, den Wagen auch nur einen Millimeter fortzubewegen; die Menschen umschwirrten uns wie ein Schwarm Bienen. Ich blickte zu Christy hinüber. Sie sah aus wie ein kleines Mädchen: Sie hatte die Hände ruhig im Schoß verschränkt, das Haar mit Haarklämmerchen festgesteckt, und ihre Haut glänzte schweißfeucht. Wie zum Teufel waren wir hier reingeraten? Die Cops marschierten unaufhaltsam auf uns zu. Hin und wieder schlug einer der Passanten auf unsere Motorhaube oder kletterte kurz auf unsere Stoßstange, um einen Blick über die wogende Menschenmenge zu werfen. Schließlich sah Christy zu mir herüber, und unsere Blicke trafen sich. Der Ausschnitt ihres Kleides folgte der wunderschönen Form ihres Halses und gab den Blick auf ihr elegantes Schlüsselbein frei. Sie war sechsundzwanzig Jahre alt. Es ist erstaunlich, dass irgendjemand überhaupt dreißig wird.

»*Weiterfahren! Weiterfahren!*«, brüllten die Cops und schlugen auf die Motorhaube des Nova, während sie an uns vorbeizogen. Aber wo sollte ich hin? Die Pferde, die jetzt unseren Wagen passierten, wirkten regelrecht hypnotisierend, und das Klappern ihrer Hufe erinnerte mich an meine Kindheit: *klippedi-klapp, klippedi-klapp.* Ich beugte mich zu Christy hinüber, um ihre Hand zu halten, aber sie bemerkte es nicht einmal – so sehr war sie von der Szenerie um uns herum gebannt. Etwa vierzig Meter hinter den Pferden folgte die Feuerwehr: Feuerwehrleute marschierten neben den riesigen roten Wagen, spritzten die Straße mit Wasser ab und erzeugten kleine Bäche aus Müll und Dreck, die in Richtung der Rinnsteine flossen. Unsere Windschutzscheibe wurde von einem Feuerwehrschlauch mit Wasser bespritzt und abgespült, sodass die Sicht verschwamm wie im Inneren einer Autowaschanlage. Noch immer waren wir von allen Seiten von Lärm und Geschrei umgeben. Ich zog meine Hand zurück und ließ sie in meinen Schoß fallen. Meine Nebenhöhlen waren mit Blut verstopft; jeder Atemzug klang wie das Röcheln eines Sterbenden.

»Weiterfahren! Weiterfahren!«, brüllten uns die Feuerwehrleute an. Ich sah zu Christy hinüber und versuchte, ihr ein tröstendes Lächeln zu schenken. Aber sie lächelte nicht zurück; mit ausdruckslosem Gesicht sah sie mich an. Ich hatte nicht die geringste Ahnung, was sie in diesem Moment dachte. Den Feuerwehrleuten folgten ein weiterer Aufmarsch von Polizisten und ein Konvoi aus etwa hundert Streifenwagen, die uns allesamt *»Weiterfahren! Weiterfahren!«* zubrüllten. Ich würde ja gerne, dachte ich, wenn ich nur könnte. Die gesamte Prozession dauerte ungefähr eine halbe Stunde. Endlich zogen die letzten Polizisten in Begleitung von ein paar Streifenwagen an uns vorbei; hinter ihnen öffnete sich die breite Straße, ruhig, leer und glänzend sauber.

Hastig legte ich den ersten Gang ein, aber wegen meiner verstopften, geschwollenen Nase erwischte ich versehentlich den Rückwärtsgang und setzte den Wagen rückwärts gegen die Bordsteinkante. Wortlos und stur geradeaus blickend rammte ich den ersten Gang rein, und wir brausten los, ließen New Orleans hinter uns.

Die Uhr im Autoradio zeigte 00.32 Uhr – Aschermittwoch hatte begonnen.

Liebe und andere Unbilden

Ich mag es, wenn irgendwas Unplanmäßiges passiert. Eine Reifenpanne, ein Zug, der mitten auf der Strecke festsitzt, oder lange, wetterbedingte Verzögerungen am Flughafen – jedes Mal wenn die Erde sich nicht einfach reibungslos weiterdreht, bin ich irgendwie erleichtert. Dann bin ich wieder ein Kind, neugierig, verwirrt, ohne jeden Plan, was als Nächstes passieren wird. Einen Moment, einen kurzen Atemzug lang, bin ich mal nicht verantwortlich. Ich brauche nichts weiter zu tun, als einfach nur zu reagieren – bis die Zeit sich selbst wieder eingeholt hat, der Reifen gewechselt ist, der Zug wieder anrollt oder der Schnee schmilzt und das Gewicht der Verantwortung wieder auf meinen Schultern lastet. Manchmal wünsche ich mir fast einen Tornado oder Orkan oder sogar einen Krieg – irgendetwas, um die Trägheit des Alltags einen Moment lang zu unterbrechen. Als Erwachsener ist das Wissen um verpasste Möglichkeiten, das verkümmerte Wachstum, das man in den Knochen spürt, einfach ermüdend. Eine Katastrophe kann da eine regelrechte Erleichterung sein – solange man nicht dafür verantwortlich ist.

In dieser Hinsicht hatte der unerbittliche Schrecken dieses ganz besonderen Mittwochs etwas an sich, was mir gefiel: Ich verdiente diese Situation nicht, das Ganze war vollkommen unfair, und es war nicht meine Schuld. Vom Rücksitz des Streifenwagens aus konnte ich nichts erkennen außer der flachen Landschaft und den wie Dominosteinen aufgestellten Reklametafeln.

Auch die *Gemeinde Jesu Christi* hatte ihre Botschaften entlang des Highways verteilt:

BRAUCHST DU EINEN EHEBERATER?
VERSUCH'S MAL MIT MIR,
GOTT

Ich hasste Texas.

Die Polizeibeamtin fuhr schweigend weiter. Durch die milchige Glasscheibe konnte ich ihren Nacken sehen. Rötlich-braune Locken kräuselten sich unter ihrer Mütze. Um uns herum konnte ich die Moleküle spüren, wie sie immer stärker gegeneinanderprallten, als wüssten auch sie, dass ich nicht hierhergehörte. Ich konnte die Temperatur steigen hören und die Bewegungen des Lichts spüren. Ich hatte das Gefühl, als hockte ich wie betäubt in der Mitte eines riesigen Labyrinths. Es gab viele Pfade, die aus diesem Zentrum herausführten, aber einer war genau wie der andere, und sie alle waren Teil ein und desselben größeren Musters. Der Lärm um mich herum verdichtete sich zu einem dumpfen Brummen wie das statische Rauschen eines

Fernsehers, dessen Antenne abgeknickt ist. Irgendwie hatte ich unser Kind im Stich gelassen. Wenn man sich elend oder schwach fühlt, kommt man leicht auf den Gedanken, dass man bestraft wird. Ich sah aus dem Fenster und betrachtete die helle Morgensonne. Der Himmel wirkte trügerisch freundlich und heiter; das Problem ist nur, dass es in Texas um 8.27 Uhr bereits brüllend heiß ist.

Ich erinnerte mich wieder an Jimmys Tirade: »Hör zu. Es ist mir egal, ob dieses Baby lebt oder stirbt – ich liebe es trotzdem. Genau wie ich dich liebe. Sein Tod ändert überhaupt nichts.« Ich hörte ihm nicht zu. Ich war wie versteinert, starrte stumm auf das Tachometer und hielt mich am Türgriff fest, während wir zwischen den Spuren hin und her wechselten. Jimmys silberner Nova schoss wie ein Komet durch die Nacht.

»Wir schaffen das schon. So leicht lassen wir uns nicht unterkriegen, okay?«, rief er über den Lärm des dröhnenden Motors. »Man muss einfach nur fest daran glauben. Du musst einfach nur daran glauben.«

»Pass auf, wo du hinfährst«, sagte ich ruhig. Während der vergangenen alptraumhaften vierundzwanzig Stunden hatte ich einer – meines Erachtens durchaus so zu bezeichnenden – ausgewachsenen Angstattacke widerstanden, und jetzt war ich einfach nur noch erschöpft.

»Wer fährt hier? Ich oder du?«, fuhr er mich an.

»Ich wollte nicht, dass wir heiraten, Jimmy. Wirklich nicht.« Ich wollte ihn verletzen, so wie er mich verletzt hatte. Er hatte mich zu einem Gefühl grenzenloser Glückseligkeit verleitet. Ich hatte meine Deckung aufgegeben – mit dem Ergebnis, dass ich bestraft wurde. Jimmys

Nase war blutverkrustet. Er zog sich immer noch an wie ein Teenager: Eine grüne Hose unter einer Cordjacke mit Lammfellfutter bildete seine tägliche Uniform. Es war schrecklich, immer allein die volle Verantwortung tragen zu müssen.

»Warum gibst du so leicht auf? Was hast du für ein Problem?« Mit einem völlig gestörten Gesichtsausdruck sah er zu mir herüber, die Augenbrauen höhnisch gerunzelt. Draußen am Horizont setzte allmählich die Morgendämmerung ein. Er war so müde, dass seine Augen ganz matt und glasig wirkten, und seine Hände zitterten vor Erschöpfung. »Weißt du, was mit dir los ist? Du hast ein riesengroßes Problem mit deinem Selbstwertgefühl! Dabei bist du ein gottverdammtes *Energiebündel!* Du bist eine Göttin, eine Vollblutfrau! Du bist der Muhammad Ali unter den Weibern. Aber du weißt es nicht. In deinem Kopf schwirren nur solche Gedanken wie *Es wird niemals funktionieren. Alles ist Scheiße.*« Er imitierte mich mit einer hohen, weinerlichen Stimme. »Und das ist der Grund, warum du dich nicht vernünftig ernährst. Das ist der Grund, warum du rauchst. Du beweist dir selbst, wie unfähig du bist. Du fürchtest dich davor, *He, hier bin ich,* und *Ich bin glücklich!* zu sagen.« Er kurbelte die Scheibe runter; der Wind fegte ihm ins Gesicht, als er in den Himmel hinausschrie: »Oder: *Mein Leben ist einfach fantastisch! Ich werde es allen zeigen!* Du denkst, dass das überheblich wäre und nur die Götter herausfordern würde, aber das ist Quatsch. Du bist die schärfste Braut, die ich je gesehen hab. Du bist clever, du bist wahnsinnig stark, du jagst mir eine Heidenangst ein. Ich muss mir ständig sagen, dass ich mich zusammenreißen soll, nur um dir in die Augen zu sehen.«

»Könntest du bitte die Scheibe hochkurbeln?«, fragte ich. Der Wind wirbelte meine Haare durcheinander und blies sie mir ins Gesicht.

»Ich brauche keinen Glauben.« Wieder imitierte er meine Stimme. »Das nenne ich ausgemachten Schwachsinn.« Mit einer Hand kurbelte er die Scheibe hoch, während er mit der anderen das Steuer umklammerte und wir mit 130 Stundenkilometern über den Highway dröhnten. »Dieses Baby stirbt vielleicht, aber trotzdem glaube ich an die Liebe. Ich hab keine Ahnung, warum überhaupt irgendjemand geboren wird. Und ich hab keine Ahnung, welchen Sinn es hat, dass *ich* geboren wurde und irgendwann sterbe. Aber man muss irgendjemandem gegenüber Rechenschaft ablegen, und du bist *mir* Rechenschaft schuldig! Wir sind Rudeltiere. Ich brauche dich, und ich liebe dich!« Er schlug mit der Faust auf das Armaturenbrett.

Ich zuckte zusammen, drehte den Kopf weg und lehnte meine Wange gegen das kühle Glas des Seitenfensters.

»Irgendwas muss das Ganze doch zu bedeuten haben, und wenn wir es uns aus den Fingern saugen müssen. Okay, wir denken uns jetzt einfach was aus: Ich liebe dich, und du liebst mich. Dabei bleiben wir dann. Lass uns das Ding nach Hause bringen, okay?« Jimmy sah zu mir rüber, wandte seinen Blick fast eine ganze Minute von der Straße ab. »Sieh dich doch an – total arrogant, ein lebender Vorwurf. Du bist von mir enttäuscht, richtig? Aber glaubst du, *ich* wäre nicht enttäuscht? Glaubst du etwa, dass ich dich immer toll finde? Von wegen. *Du* hockst dort auf deinem hohen Ross und konzentrierst dich auf all das, was ich nicht bin. Und weißt du was? *Du* bist auch nicht alles. Und ich denke, du respektierst mich nicht, weil ich dich liebe. Weil du nämlich denkst, dass nur ein Blödmann wie ich dir wie ein Hündchen nachläuft.« Er hechelte wie ein Cockerspaniel. »Ich will dir mal eins sagen: So sicher wie das Amen in der Kirche bin ich der beste Mann, den du je kennenlernen wirst. Du willst deinen Traum – ich bin deine Eintrittskarte. Gieß mich, und ich werde wachsen. Aber wenn du weiterhin nur da rumsitzt und dich selbst bemitleidest und ständig aufrechnest, was in deinem Leben alles schiefläuft, dann wirst du ewig unglücklich bleiben.«

»Bitte konzentrier dich auf die Straße«, sagte ich in einem möglichst friedfertigen Ton. Er ignorierte mich.

»Vielleicht wurde dieses Baby ja gezeugt, um uns zusammenzubringen, und damit hat es seinen Zweck erfüllt. Im Leben passieren nun mal üble Dinge. Hör mir gut zu, ich will eines klarstellen: Ich werde Affären haben. Das sag ich dir gleich hier und jetzt. Was das betrifft, hab ich einen verdammten Schwanz in der Hose, und glaub mir, Baby, der ist dazu da, dass man ihn benutzt. Okay, wir können fünfzig Jahre zusammen sein, und doch wird in der Zeit irgendein Scheiß passieren. Aber das heißt nicht, dass man aufhören darf zu kämpfen, dass man einfach aufgeben darf. Entspann dich, mach's dir bequem, wir werden noch 'ne Weile zusammenbleiben.«

Ich war nicht in der Lage, ihn anzusehen. Neben mir saß ein rasender Irrer. Er fing wieder an, mich nachzuahmen: *»Also, mein erster Mann, das war ein Typ ... Ach, und mein zweiter Mann*, das war ein richtiges *Arschloch.« Wenn* ich in diesem Moment ein Messer gehabt hätte, hätte ich es ihm direkt in die Brust gerammt.

»Eine kleine Prüfung. Das schaffen wir schon«, fuhr er fort. »Die Welt ist schlecht. Ich hab die ganze Zeit versucht, alle davon zu überzeugen, dass ich ein guter Mensch bin, aber das bin ich nicht. Ich bin kindisch. Ich will, dass alles so läuft, wie ich es will. Ich will, dass du so bist, wie ich dich haben will. Ehrlich gesagt will ich, dass du exakt so bist wie ich. Ich denke, dass die ganze Welt exakt so sein sollte wie ich! Ich will immer die Fäden in der Hand haben. Ich tue mir selbst leid, ich bin heuchlerisch, ich erzähle Schwachsinn über Menschen, die ich eigentlich mag. Ich bin kein guter Mensch, und ich will auch keiner sein, da scheiß ich drauf, aber ich bin auch kein *schlechter* Mensch.« Er wackelte mit dem Finger wie eine Lehrerin, die einen Drittklässler tadelt, und plötzlich ballte er seine Hand zur Faust. »Ich will ein Wolf sein, und ich will dich in meinem Rudel haben, und wenn dieses Baby stirbt, pflege ich dich wieder gesund, und wenn das Baby doch zur Welt kommt, werd ich seine verdammte Nabelschnur durchschneiden. Du kannst dich drauf verlassen. Keiner von uns ist allein – das ist der entscheidende Punkt. Ist das denn keine Erleichterung?« Er schwieg einen Moment und sagte dann: *»Würdest du mich vielleicht mal ansehen!«* Er schlug mehrmals gegen das Wagendach.

»Nein, ich will nicht«, sagte ich. Ich konnte ihm auch nicht länger zuhören. Er redete und redete, aber ich wusste nicht, mit wem er sprach. »Ich will, dass du auf die Straße siehst, damit du weißt, wo du hinfährst.«

»Ich weiß schon, wo ich hinfahre. Ich fahre IMMER GERADEAUS.«

»Bitte fahr etwas langsamer.«

Er schien nur noch mehr aufs Gas zu drücken.

»Jetzt hör mal genau zu, was ich dir zu sagen habe.« Er sprach nun sehr bedächtig: »Du bekommst im Leben genau das, was du gibst. Ich weiß, dass du mich für ein wandelndes Klischee hältst, aber der Grund dafür, dass Klischees stimmen, ist der, dass keiner von uns einzigartig ist. Verstehst du das? Unsere Erfahrungen sind alles andere als einmalig.« Wir rauschten an einem Schild vorbei, das die Stadtgrenze von Houston markierte. »Im Augenblick muss es etwa achtzigtausend Frauen auf dieser Welt geben, die alle Angst haben, dass sie ihr Kind verlieren könnten. Und weißt du was? Einige werden es verlieren und andere nicht, und eines der glücklichen Kinder, das doch zur Welt kommt, wird ein Massenmörder werden. Vor wenigen Monaten warst du dir noch nicht mal sicher, ob du dieses Kind überhaupt haben wolltest – und jetzt ist dein ganzes Leben zerstört, wenn du es verlierst? *Schwachsinn.*«

Genau in dem Moment tauchte der Streifenwagen hinter uns auf.

»Oh Gott.« Mehr brachte ich nicht heraus, während ich wie gebannt auf die rotierenden Blaulichter im rechten Außenspiegel starrte.

»Scheiße, scheiße, scheiße«, sagte Jimmy. Wir hielten auf dem Seitenstreifen und warteten schweigend, während der Nova rasselte und röchelte.

»Unsere Hochzeit hab ich gehasst«, sagte ich laut. Bis zu diesem Moment war mir der Gedanke nicht ein einziges Mal gekommen, aber jetzt, in dieser Situation, hatte ich das Gefühl, dass unsere Heirat an dem ganzen Elend schuld war.

»Red nicht so über unsere Hochzeit«, sagte Jimmy, ohne mich anzusehen. »Die Hochzeit war große Klasse. Das war der schönste Tag deines Lebens.«

Die Polizisten schienen Stunden zu brauchen; wahrscheinlich überprüften sie unser Kennzeichen im Computer. Alle halbe Minute fuhr ein Wagen an uns vorbei und jagte einen Schauder durch unsere Sitze und meine Nerven.

»Wann war die Kiste zum letzten Mal in der Inspektion?«, fragte ich und deutete auf den Nova.

Es folgte ein langes Schweigen. Ich versuchte, durch meinen Seitenspiegel die Bewegungen der Cops zu erkennen.

»Was meinst du damit, du hast unsere Hochzeit gehasst?«, fragte er schließlich.

»Sie war beschissen«, sagte ich, nicht mehr fähig zu irgendwelchen Emotionen. »Ich hatte mir eine große Hochzeit im Freien gewünscht, mit einer Band. Ich wollte hübsch aussehen und nicht schwanger sein.«

»Du hast hübsch ausgesehen.«

»Und ich wollte nicht in einer Kirche heiraten. Ich glaube noch nicht mal an Gott.«

»Doch, das tust du. Sag nicht so was, das kotzt mich an.«

»Okay«, sagte ich, aber eher zu mir selbst. Dann wandte ich mich ab und sah aus dem Fenster auf die weite trockene Ebene. Am Straßenrand lagen zerknüllte Papierchen zwischen schäbig wirkenden Grasbüscheln. In der Ferne ragte Houston bedrohlich am Horizont auf.

Ohne jede Warnung startete Jimmy eine weitere Tirade

und imitierte mich mit einem pseudoernsthaften kindlichen Quengeln. »*Ich glaube nicht an Gott. Es gibt keinen Grund für gar nichts. Alles nur Illusion. Mir doch egal, ob es Berge oder Wüsten oder Regen oder Schnee gibt – das ist alles ohne Bedeutung. Reiner Zufall, dass es Sauerstoff für mich zum Atmen gibt, der rein zufällig von der Sonne geschaffen wird, wenn sie auf die Bäume trifft, die rein zufällig aus den Mineralien im Boden entstehen, der rein zufällig von meinen verwesenden Vorfahren gebildet wird. Aber einen Grund dafür? Nein, den gibt es nicht. Aber, ja, es gibt einen Mond, der den Himmel erleuchtet, wenn die Sonne untergegangen ist, aber wen interessiert das schon? Das Ganze dient keinem höheren Zweck. Es gibt nur mich und meinen kleinen Kummer. Nein, eine Daseinsberechtigung für Robben und Haie und Adler und Kühe existiert nicht – alles nur ein Riesenbeschiss. Es gibt nur mich und mein schwarzes Loch.*«

»Du bist so ein Arschloch«, sagte ich rasend vor Wut. »Du hast einen Typen verprügelt. Wir sind auf dem Weg zum Krankenhaus, und du hast nichts Besseres zu tun, als einem Typen die Fresse zu polieren. Wie alt bist du eigentlich? Zehn? Ich muss mich um alles allein kümmern. Wir versuchen, zu einem anständigen Arzt zu kommen, und du rast mit dreihundert Sachen in einem Wagen, der schon bei Tempo fünfzig nicht mehr sicher ist. Nein, ich glaube nicht an irgendetwas und an dich schon gar nicht.«

Wir sahen uns von unseren Sitzen aus an, und in diesem Moment hätten auch ein Ozean und zehntausend Jahre zwischen uns liegen können. Ich hätte nicht gedacht, dass ich mich ihm jemals so fremd fühlen könnte. Ich erkannte nicht einmal mehr sein Gesicht.

»Sieh dich doch an: Du bist vollkommen verantwortungslos. Kapierst du das überhaupt?«, fuhr ich fort. Die beiden Polizisten saßen noch immer in ihrem Wagen mit den rotierenden Blaulichtern. »Wer wird sich um mich kümmern? Ich bin *schwanger*, Jimmy.« Ich war gar nicht mehr so wütend – eigentlich dachte ich eher laut vor mich hin.

Jimmy schüttelte den Kopf. »Ich kümmer mich um dich. Du tust so, als würde ich es noch nicht mal versuchen.«

»Ich muss ständig in deinem Urin sitzen, Jimmy, weißt du das eigentlich? Ich bin schwanger, und wenn ich morgens aufwache – nicht dass ich je ein Auge zumachen würde – und zur Toilette gehe, was ich etwa zigmal am Tag tue, dann hocke ich jedes Mal in einer Pfütze aus deinem Urin.«

»Hör zu: Das kommt nicht wieder vor, okay? Ich verspreche es.« Er ließ seine Hand durch die Luft sausen, machte eine unglaublich dramatische Geste. »Ich schwöre bei Gott, dass ich nie wieder auf den Toilettensitz pisse. Okay? Können wir das Thema jetzt beenden?« Und als würde er mit sich selbst reden, fügte er leise hinzu: »Ich muss sehen, dass ich dich zu einem Arzt kriege.« Ungeduldig drehte er sich zu dem Streifenwagen um.

»Na, herzlichen Glückwunsch, das machst du ja ganz großartig.« Es schien, als wäre ich jemand anderes – ich sagte einfach alles, was mir in den Sinn kam. »Als wir eben an der Tankstelle gehalten haben, hast du mich noch nicht mal gefragt, ob ich irgendwas zu trinken will. Orangensaft, Wasser, vollkommen egal, irgendwas. Der Gedanke: ›He, vielleicht hat sie ja Durst?‹ ist dir überhaupt nicht in den Sinn gekommen.«

»Ich hab eine ganze Tonne Gatorade im Kofferraum. Willst du eine? Wünschen Ihre Hoheit vielleicht ein Glas?«

»Das Zeug ist warm, und ICH HASSE GATORADE«, erwiderte ich und fing an zu weinen. Heiße salzige Tränen liefen über mein Gesicht. »Ich will meinen Vater anrufen«, sagte ich laut. Ich hätte nichts dagegen gehabt, wenn mein Vater Jimmy verprügelt hätte.

»Du musst es mir einfach nur sagen«, fuhr Jimmy in einem überbesorgten, einfühlsamen Ton fort. »Du brauchst mich nur zu fragen. Sag mir einfach: ›He, ich hätte gern etwas Wasser‹, und schon hol ich es dir. Aber ich kann keine Gedanken lesen.«

»Ständig muss ich dir sagen, was du tun sollst: Rasier dich, putz dir die Zähne, nimm ein Bad, wasch deine Haare. Wie willst du jemals in der Lage sein, für ein Kind zu sorgen? Du kümmerst dich doch um gar nichts«, zischte ich zwischen heißen Tränen.

»Herrgottnochmal! Ich muss dich dringend zu einem Arzt bringen.« Jimmy machte ein finsteres Gesicht.

In dem Moment erschien eine Polizistin mit kurzen, rötlich-braunen Locken an der Fahrertür, begleitet von einem weiteren Cop – einem langen, hageren Typen, der am Kofferraum stehen blieb. Jimmy kurbelte seine Scheibe herunter.

»Führerschein und Fahrzeugpapiere«, sagte die Polizistin, die Hände ruhig in die Hüften gestemmt.

»Hören Sie, Officer, meine Frau hier ist schwanger, und es sind ein paar Komplikationen aufgetreten, und wir haben ziemliche Eile, nach Houston ins Krankenhaus zu kommen.«

»Warum nach Houston?«

Die Frage schien Jimmy zu verblüffen. »Ich weiß nicht, da wollten wir eben hin. Wir waren erst in einem anderen Krankenhaus, haben uns dann aber überlegt, dass Houston die bessere Wahl wäre. Christys Familie lebt in Houston.« Er machte eine lahme Geste in meine Richtung. Die zertrümmerte Nase mitten in seinem Gesicht war unserer Sache nicht gerade förderlich.

»Zeigen Sie mir erst mal Ihren Führerschein und die Fahrzeugpapiere«, sagte sie, ohne jedes Anzeichen von Mitgefühl.

»Ja, sofort. Einen Moment.« Jimmy fummelte in der Innentasche seiner Jacke, hob dann seinen Hintern leicht an und suchte in seiner Gesäßtasche. Danach beugte er sich zu mir rüber und griff zum Handschuhfach. Als er es öffnete, sah ich als Erstes die kleine Pistole, die Jimmy immer darin aufbewahrte. Das braune Lederhalfter fiel zusammen mit der Pistole direkt auf meinen Schoß.

Beide Polizisten schrien »Vorsicht, Schusswaffe!«, während sie gleichzeitig ihre Waffen nach vorne rissen und auf jeden von uns richteten. Jimmy hob die Hände, aber ich saß einfach nur da; mir war alles vollkommen egal. Ich konnte noch nicht mal meine Arme bewegen. In diesem Moment hasste ich Jimmy. Als ich ihn heiratete, hatte ich keine Ahnung, wie schmerzhaft es ist, durch jemand anderen definiert zu werden.

»Das ist eine registrierte Waffe«, sagte Jimmy ruhig und in einem friedfertigen, passiven Ton. »Ich habe einen Waffenschein. Mein Name ist Staff Sergeant James S. Heartsock von der US-Army. Es gibt keinen Grund zur Beunruhigung. Wir werden Ihren Anweisungen voll und ganz Folge leisten.«

»Oh Gott.« Mir wurde kotzübel, als ich Jimmys Soldatengeschwafel hörte. Mit dieser Person habe ich nichts zu tun, hätte ich den Polizisten am liebsten gesagt, aber mein Mund war wie ausgetrocknet.

»Steigen Sie langsam aus dem Wagen«, sagte die Frau, während ihr Kollege in den Nova griff, die Tür öffnete und die Pistole von meinem Schoß nahm. Schließlich stiegen wir beide aus. Ich habe keine Ahnung, wie ich das machte – ich hatte keinerlei Kontrolle über meine Gliedmaßen. Wir sahen aus wie ein jugendliches Verbrecherpärchen: Jimmy mit seiner gebrochenen Nase und dem irren Blick und ich mit meinem von der Schwangerschaft aufgedunsenen Gesicht und den rot geheulten, verquollenen Augen.

»Ich weiß, wer Sie sind, Staff Sergeant James Heartsock. Und aus dem Computer weiß ich auch, dass Sie im Staat New York per Haftbefehl gesucht werden. Was haben Sie dazu zu sagen? Sie stehen unter dem Status ›Unerlaubtes Entfernen von der Truppe‹, Sir.« Offensichtlich hatten sie unser Kennzeichen überprüft. Das war es also, wofür sie so lange gebraucht hatten.

Jimmy schwieg einen Moment, während er diese Information verarbeitete. »Mein Lieutenant ist ein Riesenarschloch, Officer. Er weiß genau, dass ich gerade geheiratet habe und dass wir ein Kind erwarten. Ich bin beurlaubt. Ich habe einen Brief an den Colonel geschrieben.«

»Ich mag es nicht, wenn man in meiner Gegenwart flucht, Sir. Ich würde es sehr begrüßen, wenn Sie das unterlassen könnten«, sagte sie in kühlem, unbeteiligtem Tonfall.

Wenn ich das Baby nicht schon verloren hatte, dann reichte die panische Angst in meinen Eingeweiden bestimmt aus, um es jetzt noch umzubringen. Ich sah über das Dach des Nova hinüber zu Jimmy. Ich hatte ziemlich lange nicht geschlafen, und ich war in meinem ganzen Leben noch nie so verängstigt gewesen.

Jimmy und ich mussten auf der Rückbank des Streifenwagens Platz nehmen, während Grace in ihrem grauen Plastiktransportkorb jammerte und miaute, als wäre sie rollig. Jimmy hatte in der Tat eine Lizenz zur Führung einer Waffe – im Staat New York. Schließlich setzte sich der Streifenwagen in Bewegung und ließ unseren Wagen auf dem Haltestreifen des Interstate Highway 10 zurück. Während der Nova vor dem Hintergrund der flachen, öden Landschaft von Texas immer kleiner wurde, hoffte ich inständig, dass ich den Wagen nie wieder zu Gesicht bekam. Jimmy hatte sich gegenüber der Polizei besorgter über den Zustand und die Zukunft dieser Karre gezeigt als jemals um meine Schwangerschaft. Sie erklärten uns, dass sie Jimmy an der Polizeiwache absetzen und mich ins Krankenhaus bringen würden, während ein Abschleppwagen den Nova später abholen und bis zu Jimmys Entlassung in Gewahrsam nehmen würde.

»Es tut mir wirklich leid«, flüsterte Jimmy mir auf dem Rücksitz des Streifenwagens zu: Sein Gesicht war geschwollen und durch das Unterdrücken von Tränen ganz fleckig. »Es tut mir wirklich leid.« Ich saß da wie versteinert und schwieg. Nach einer Weile sagte ich mit kaum hörbarer Stimme: »Hast du gehört, was die Polizistin gesagt hat? Du hast dich unerlaubt von der Truppe entfernt.

Du weißt offensichtlich nicht, was du tust. Ich versichere dir: Ich hab deine Pfadfinder-Durchhalteparolen von wegen ›Ich glaube an die Liebe, Baby, lass es uns zusammen durchstehen‹ durchaus gehört, aber ich glaube dir nicht. Das sind nur leere Worte, die nicht aus deinem Herzen kommen. Diese ganze Haltung hast du nur übernommen, das bist nicht du. Du sagst die richtigen Dinge, weil du auf der richtigen Seite stehen willst, aber deine Taten sprechen eine ganz andere Sprache. Du bist noch nicht bereit für diese Verantwortung. Du willst weder jemanden verärgern, noch willst du an irgendetwas schuld sein. Ich seh es die ganze Zeit in deinen Augen, deine Wut, deine Zweifel an mir. Du redest auf mich ein wie auf einen lahmen Gaul, aber damit versuchst du nur, dich selbst zu überzeugen. Du hast dieses Baby nie gewollt. Das war nicht deine Entscheidung. Du solltest nach Hause fahren und versuchen, einen klaren Kopf zu bekommen. Diese Reise, unsere Ehe – das war alles viel zu schnell und überhastet. Vielleicht verliere ich das Kind, vielleicht aber auch nicht – unabhängig davon sollten wir jetzt nicht den zweiten Schritt vor dem ersten machen. Ich ruf dich an, wenn sich alles etwas beruhigt hat, wenn ich mit den Ärzten gesprochen habe, aber du solltest nach Hause fahren und für dich ein paar Dinge klären.«

»Du kennst mich überhaupt nicht«, flüsterte er leise zurück. Der Streifenwagen fuhr langsam weiter, ohne Blaulicht, ohne Sirenen, er trug uns einfach immer nur weiter. »Glaubst du wirklich, ich würde jetzt nach Hause fahren? Meinst du im Ernst, ich würde dich jetzt allein lassen?«

»Ich möchte, dass du gehst. Du hast dich unerlaubt von

der Truppe entfernt, Jimmy. Ich spüre das an der Art und Weise, wie du mich berührst, und ich hab seit unserer Hochzeit das Gefühl, dass du wegen all der Zweifel, die du mit dir rumschleppst, nur halb bei mir bist.« Das entsprach der Wahrheit. Seit diesem Tag schien er ständig abwesend zu sein. Einmal hatte ich ihn beobachtet, wie er mich wie ein fremdes Objekt betrachtete und sofort ein Lächeln aufsetzte, als er meinen Blick bemerkte. »Die Art und Weise, wie du im Krankenhaus gelacht hast, als wäre das alles meine Schuld, als hätte das Ganze überhaupt nichts mit dir zu tun.«

»Nur weil ich mich manchmal wie ein Arschloch benehme, heißt das noch lange nicht, dass ich dich nicht liebe.«

»Du tust so, als sei die Liebe eine Entscheidung, die man einmal trifft, und damit wäre alles erledigt.«

»Es *ist* auch eine Entscheidung«, sagte er kaum hörbar. Die beiden Polizisten vor uns schienen uns überhaupt nicht wahrzunehmen. »Du trennst dich von mir, und in ein paar Jahren triffst du jemand anderes und verliebst dich. Und dann passiert genau das Gleiche, was mit uns passiert ist. Etwa ein Jahr lang – plus minus sechs Monate – seid ihr unzertrennlich, und dann erkennst du, dass er genau die gleichen Probleme hat wie ich, und du denkst genau wie jetzt auch, was für eine große Enttäuschung dieser arme Trottel doch ist, nur mit dem Unterschied, dass du dann älter bist und wahrscheinlich ein bisschen nachsichtiger und versöhnlicher, und du denkst, *Herrje, warum bin ich nicht bei Jimmy geblieben? Dann wäre ich jetzt einen Schritt weiter und nicht wieder da, wo ich schon mal war.«*

»Woher hast *du* denn auf einmal diesen munteren Selbsthilfetonfall? *Immer schön positiv denken!«* Ich war unbeabsichtigt lauter geworden, senkte aber meine Stimme sofort wieder. »Man kann nicht einfach irgendeine Haltung annehmen. So was muss von innen kommen.«

»Doch, das kann man wohl. Ich bin glücklich. Punkt. Das ist eine Entscheidung.« Jimmy redete jetzt wieder in normaler Lautstärke und kümmerte sich nicht darum, ob die Polizisten uns hörten.

»Du wirkst aber nicht glücklich.«

»Ich bin auch im Augenblick nicht glücklich.«

»Und warum beschließt du dann nicht einfach, glücklich zu sein?«

»Ach, leck mich!«

»He, passen Sie auf, was Sie sagen«, rief die Polizistin und warf uns durch den Rückspiegel einen warnenden Blick zu. Danach herrschte wieder Schweigen.

Schließlich flüsterte ich: »Fahr nach Hause, Jimmy. Du hast meine Erlaubnis. Es ist meine Schuld. Das Ganze ist alles meine Schuld. Sieh zu, dass du dein Leben in den Griff kriegst, und ich kümmer mich um meins, und danach sehen wir weiter.«

Mein Körper, meine Stimme, meine Augen – kein einziger Körperteil schien so zu reagieren, wie ich es wollte. Sah er denn nicht, wie meine Hände zitterten? Konnte er nicht erkennen, wie meine Rückenmuskeln sich anspannten und wie Stahlkabel verhärteten? Ein Teil von mir wollte, dass er einfach verschwand; ich konnte und wollte nicht länger für ihn die Verantwortung tragen. Aber dann war da noch ein anderer Teil außerhalb von mir, der ihn beobachtete und der sah und spürte, wie sehr er sich bemühte. Die Katze miaute ununterbrochen. Mein Kopf platzte fast vor Kummer und Schmerz. Zwei Menschen können es noch so gut meinen und das gleiche Ziel verfolgen und einander dennoch um Längen verpassen. Als wir frisch verliebt waren, konnte ich nur die sagenhafte obere Hälfte von Jim sehen, aber jetzt, mit Beginn der ersten Widrigkeiten, sah ich nur noch seine hässliche, pulsierende Unterseite. Ich wusste, dass beide zu ihm gehörten, aber irgendwie gelang es mir nicht, sie gleichzeitig zu sehen.

Ich hätte gerne mehr gegeben, als ich selbst empfing, und mehr Last getragen, als mir abgenommen wurde, aber ich fühlte mich so schwach. Ich hätte heulen können vor Wut über meine eigene Unzulänglichkeit. Inzwischen waren wir vor dem Polizeirevier angekommen, und es dauerte etwa zehn Minuten, bis Jimmy schließlich hineingeführt wurde. Wir hatten uns nicht einmal voneinander verabschiedet, und erst kurz bevor die Wagentür hinter ihm ins Schloss fiel, hörte ich, wie Jimmy sagte: »Ich werde später nachkommen. Du weißt, dass ich das tun werde. Die Frage ist nur: Würdest du auch nachkommen? Das solltest du mal für dich klären. Denn eines Tages werde ich dir nicht mehr hinterherlaufen.« Im nächsten Moment fiel die Tür zu, und ich war allein.

Die Polizistin hinter dem Steuer verkündete, dass sie mich persönlich ins Sam Houston Memorial Hospital bringen würde. Wir fuhren los und passierten Straßen, die ich seit meiner Kindheit kannte. Wenn Dad und ich im Sommer zu meiner Großmutter fuhren, hielten wir immer an einem Wassermelonenstand, manchmal sogar zweimal, wenn es mal wieder unerträglich heiß war, und im Winter gingen wir ins *White Elephant Café* und tranken Kaffee und Orangensaft. In Grandmas Schlafzimmer konnte man bis tief in die Nacht die Güterzüge am Fenster vorbeirumpeln hören. Texas ist ein durch und durch mythologischer Ort – zumindest für mich. Vielleicht bin ich zu früh fortgegangen. Ich war sechzehn, als ich Houston verließ. Es war ein seltsames Gefühl, an den vertrauten Orten vorbeizufahren und keinerlei Spuren mehr von mir als Kind vorzufinden. Wir kamen am *Doll's House* vorbei, einem großen Gebäude, das wie das Märchenzuhause von Hänsel und Gretel aussah. Als ich klein war, dachte ich immer, dass ich dort einmal gerne arbeiten würde, bis ich schließlich mit zwölf Jahren dahinterkam, dass es sich dabei um einen Stripperklub handelte. Während der folgenden Strecke rechnete ich jeden Moment damit, dass eine jüngere Version von mir um die Ecke bog und eine dick glasierte Torte aus der Schneewittchen-Konditorei vor sich hertrug, aber das Einzige, was ich sah, waren noch mehr Parkplätze und moderne Glas- und Stahlarchitektur.

Das Sam Houston Memorial Hospital ist das Krankenhaus, in dem ich selbst vor sechsundzwanzig Jahren geboren wurde – am fünfzehnten Januar um exakt drei Minuten nach Mitternacht. Ich beschloss, meinen Vater anzurufen, sobald mich die Polizistin dort abgesetzt hatte. Irgendjemand musste schließlich bei mir sein, falls das Ganze so schlimm wurde, wie ich befürchtete. Seit ich meinen Vater auf der Hochzeit wiedergesehen hatte, vermisste ich ihn ständig, was merkwürdig war, weil ich mich nicht erinnern konnte, dass ich ihn in Albany auch nur einen Tag vermisst hatte. Eine Woge der Vergebung und der Liebe hatte mich wie aus dem Nichts überrollt. Ich war so lange Zeit wütend auf ihn gewesen und hatte jedem neuen Freund erzählt, was für ein egoistisches Arschloch mein Vater war. Aber heute – vielleicht lag es daran, dass ich im Krankenhaus arbeitete und inzwischen so viele tatsächlich misshandelte Kinder gesehen hatte, vielleicht war es aber auch die Schwangerschaft oder einfach die Zeit, die inzwischen vergangen war –, jedenfalls wurde mir allmählich klar, wie dankbar ich ihm sein musste. Und seit Kurzem empfand ich sogar eine gewisse Bewunderung für ihn. Sein ganzes Leben war so zielgerichtet gewesen. Das Leben scheint so viel reichhaltiger zu sein, wenn es gezielt und bewusst verläuft, anstatt wirr und planlos. Ich wünschte, ich hätte schon früher in meinem Leben eine Bestimmung gefunden und daran festgehalten. Stattdessen war ich hin und her getitscht wie einer dieser unrunden Bälle, mit denen Hunde so gerne spielen, weil sich nicht vorhersagen lässt, in welche Richtung sie als Nächstes springen.

Vorsichtig schob ich meinen Finger in Graces kleinen Transportkorb und ließ sie ihre feuchte Nase an meinem Fingernagel reiben. Ich hatte Jimmy nie den Grund dafür genannt, warum ich sie in Albany zurückgelassen hatte – dass nämlich Katzen bekanntermaßen schlecht für schwangere Frauen sind. Sie können ein bestimmtes, für Schwangere gefährliches Bakterium in ihren Krallen haben – zumindest hatte ich so was gelesen.

Irgendwie war es schon komisch: Ich hatte immer gedacht, dass sich nach der Hochzeit sämtliche Zweifel und Grübeleien darüber, ob man wirklich zusammen sein sollte, legen würden, aber das war nicht der Fall. Die Ehe schien die Beziehung lediglich mit noch mehr Verantwortung und Versagensängsten zu belasten. Ich wusste, dass ich damit aufhören musste, mir Sorgen zu machen, ob es eine *gute* oder *schlechte* Ehe, ob es die *richtige* oder die *falsche* Entscheidung war, und dass ich mir darüber klar werden musste, dass all diese Dinge gleichermaßen zutrafen. Der Gedanke daran, wie viel Mühe und Mut es kosten würde, sich durchzubeißen, machte mich fast wütend. Das Gefühl der Verzweiflung hat etwas sehr Vertrautes an sich; es erinnert an eine weiche, alte Decke. Ich weiß, was eine Depression ist; dort fühle ich mich willkommen. Die Vorstellung, dass mein Leben von Freude, Lachen und Verständnis erfüllt sein könnte, weckt in mir eine derartige Furcht vor Enttäuschungen, dass ich es vorziehe, eine Zigarette zu rauchen und erst gar nicht dran zu glauben. Ich will, dass alles entweder magisch und mythisch ist oder vollkommen tot. Aber den Alltag mit seinen kleinen Enttäuschungen und wackligen Erfolgen, die Grauzone des Vielleicht-klappt-es-aber-vielleicht-auch-nicht kann ich nicht ertragen. Ich habe ständig das Gefühl, dass hinter der nächsten Ecke schon das Ende lauert. Also wozu überhaupt erst anfangen? So kann ich beispielsweise auch nicht auf den Kalender sehen, ohne mich zu fragen, ob ich nicht vielleicht gerade auf das Datum meines Todestages blicke. Aber dann komme ich doch an einem vermeintlichen Endpunkt an und stelle fest, dass es nur eine Kurve ist und der Weg weiterführt.

In diesem Augenblick, wenige Minuten bevor wir das Krankenhaus erreichten, spürte ich, wie das Baby sich bewegte. Plötzlich war ich hellwach, als hätte man mir eine

Adrenalinspritze mitten ins Herz gesetzt. Das Kind hatte sich bewegt. Aufkeimende Hoffnung blies die beschlagenen Glaswände meiner Depression wieder frei.

Die schlichte Tatsache, dass mein Kind sich bewegt hatte, führte mir vor Augen, dass ich weiterkämpfen musste, dass ich versuchen musste, das Richtige zu tun, dass ich versuchen musste zu verstehen und verstanden zu werden, so zu tun, als sei ich erwachsen. Ich musste versuchen zu lernen und Stärke vorzutäuschen. Ich hätte platzen können vor Freude. Da glaubt man, alles wäre vorbei, aber dann geht's erst richtig los. Man muss ausatmen, um einatmen zu können. Ich spürte deutlich und ohne jeden Zweifel, wie sich mein Baby in meinem Bauch um eine innere Achse drehte, und in diesem Moment sehnte ich mich schrecklich nach Jimmy. Er war der einzige Mensch auf der Welt, dem ich davon erzählen wollte.

Die goldene Mitte

»Jetzt hör'n Sie mir endlich mal zu: *Nein, nein und nochmals nein!*« Ich schrie in den Hörer des Münzfernsprechers auf dem Polizeirevier. »Nur zwei Sekunden, okay? Hör'n Sie mir einfach nur zu.« Wie ich bereits sagte, war mein Lieutenant ein durchgeknallter Flachwichser, und er redete mit mir wie mit einem Zwölfjährigen. »Wenn es auf einmal *unehrenhaft* ist, seine schwangere Freundin zu heiraten und nach Hause zu bringen, dann machen Sie ruhig weiter. Denn wenn das stimmen sollte, ist es genau das, was ich will.«

Unehrenhafte Entlassung. Das hatte einen unangenehmen Beigeschmack. Zwar wollte ich unbedingt aus der Army raus, daran bestand überhaupt kein Zweifel – aber nicht auf diese Weise. Welche langfristigen Auswirkungen eine solche Entlassung auf mein weiteres Leben haben würde, wusste ich nicht – jedenfalls fiel mir im Augenblick nichts ein –, aber allein den Klang dieses Wortes hasste ich bereits. »Ich bin ein grauenhaft schlechter Soldat«, fuhr ich fort, »und ich wäre der Letzte, der das abstreiten würde. Aber ich bin nicht *unehrenhaft.*« Ich warf einen kurzen Blick rüber zu den beiden Polizisten, die an ihren Schreibtischen telefonierten, während mein Lieutenant mir weitere Vorträge hielt. Eine Gardinenpredigt von jemandem mit einem derart niedrigen Intelligenzgrad ist unbeschreiblich demütigend.

»Möglicherweise haben Sie ja recht«, erwiderte ich, »und ich hätte wirklich besser nachdenken sollen.« Tatsächlich zweifelte ich kein bisschen an mir selbst; noch während ich das sagte, wusste ich, dass das Ausscheiden aus der Armee die hellsichtigste Entscheidung meines ganzen Lebens war. »Aber wir sind nicht im Krieg. Ich habe niemanden im Stich gelassen. Die einzigen Menschen, die ich hätte im Stich lassen können, waren meine Frau und mein Kind, okay? Das waren die einzigen Menschen, die ich in dieser Situation hängengelassen hätte. Ich habe die Priorität erkannt und dementsprechend gehandelt. Hören Sie, lassen Sie doch einfach fünfe gerade sein – das haben Sie mir schließlich beigebracht.«

Das hätte ich nicht sagen sollen; jetzt war er total sauer.

»Jetzt beruhigen Sie sich doch«, rief ich. Ein weiterer Fehler. Sag nie jemandem, dass er sich beruhigen soll – es bringt ja doch nichts. »Hören Sie, Sie haben mir eine Menge beigebracht. Hauptsächlich, dass ich nie in die Army hätte eintreten sollen.« Meine Lage verschlimmerte sich mit jedem Satz. »Also, bitte entbinden Sie mich von meinem Dienst. Meinetwegen entlassen Sie mich auch, wenn Ihnen das lieber ist, und Sie werden nie wieder was von mir hören. Aber bitte seien Sie in einer Hinsicht großzügig, in Ordnung? Versauen Sie mir nicht mein restliches Leben durch ein *unehrenhaft*. Es ist nichts Schlimmes passiert, niemand wurde verletzt, ich habe niemanden im Stich gelassen.«

Das war der Moment, als er Kevin Anderson und seine Mutter und den Auftrag zur Sprache brachte, den ich völlig verbockt hatte.

»Das war *Ihr* Job!«, schrie ich in den Hörer. Nun starrten alle Anwesenden mich unverhohlen an. »Kevin Anderson war Ihr Job, und das wissen Sie!« Offensichtlich hatte Mrs. Anderson eine Beschwerde eingereicht. Natürlich hatte sie sich beschwert; das musste sie auch. Trotz der Wut über meinen Lieutenant spürte ich plötzlich eine heiße Woge der Scham aufwallen. Schon allein für diese Aktion hatte ich wahrscheinlich diesen ganzen Mist hier verdient. Aktionen erzeugen Reaktionen – das hätte Christy jetzt bestimmt gesagt.

»Gibt es irgendetwas, was ich tun könnte, um Sie davon abzubringen?«, fragte ich im Anschluss an einen der längeren Monologe meines Vorgesetzten über meine Unfähigkeit, gefolgt von weiteren Drohungen, mich unehrenhaft zu entlassen. »Ach, wissen Sie was?«, sagte ich schließlich. »Ich nehme alles zurück. Ich verdiene es, und ich werde die Konsequenzen tragen. Machen Sie doch, was Sie wollen. Gott schütze Sie.« Dann legte ich den Hörer auf. Ich konnte einfach nicht länger kämpfen.

Auf dem Münzfernsprecher klebte ein Aufkleber mit dem vertrauten Bild des christlichen Fischs – Werbung für die *United Protestant Foundation of Texas,* zusammen mit einer Telefonnummer. Mein Dad hatte Protestanten gehasst. Juden, Buddhisten, selbst Moslems waren ihm lieber als Protestanten. »Sie sind charakterschwach und rückgratlos!«, pflegte er zu sagen.

Ich brauche einen neuen Mentor, dachte ich, während ich zu den Schreibtischen der Polizisten hinüberblickte.

Sieben Monate nach dem Tod meines Vaters war ich zur Army gegangen. Auf der Suche nach irgendeiner Form von Ordnung und Halt in meinem Leben fühlte ich mich von den klaren Regeln des Militärs angezogen. Ich wollte einen Platz, an den ich gehörte. Das Chaos und die Freiheit des Erwachsenendaseins waren einfach zu überwältigend. Darüber hinaus – das konnte ich jetzt erkennen – war ich einer bestimmten Auffassung von *Männlichkeit* gefolgt. Das klingt kitschig, wenn ich das jetzt sage, aber es war genau das, was ich damals brauchte. Ich wusste, dass niemand kommen und mich retten würde, und ich brauchte irgendwas, an dem ich mich orientieren konnte. Bereits nach sechs Wochen war mir klar, dass ich einen Riesenfehler gemacht hatte. Aber ich blieb bei der Truppe und hoffte wider jede Vernunft, dass sich die Situation bessern würde, wenn ich mir nur genug Mühe gab, und dass ich mich nicht meiner eigenen Blödheit stellen musste. Aber das lag jetzt alles hinter mir. Eine Zeit lang kann man so tun, als kenne man die Wahrheit nicht. Das ist, als würde man den Atem anhalten – irgendwann muss man doch wieder an die Oberfläche, um Luft zu holen. Je tiefer eine Lüge vergraben wird, desto größer ist der Druck, wenn sie schließlich explodiert.

Officer Parks sah zu mir rüber; er war eigentlich gar kein so übler Kerl. Wir hatten den ganzen Zirkus gemeinsam hinter uns gebracht – Fingerabdrücke genommen, Fotos gemacht, das volle Programm, und er hatte es so wenig erniedrigend gemacht wie nur möglich, was aber noch immer ziemlich erniedrigend war. Ich war so erschöpft, dass ich kaum gehen konnte, als er mich zu meiner Zelle begleitete. Viel schlimmer kann es jetzt nicht mehr kommen, dachte ich, während er die Tür aufschloss.

Aus irgendeinem Grund musste ich plötzlich an den vierten Juli 1976 denken. Ich lag wieder auf einer Navajo-Decke auf der offenen Ladefläche des alten gelben Plymouth, den mein Vater damals fuhr, als der Himmel über mir vor lauter Feuerwerkskörpern zu explodieren schien. Ich befand mich im Zentrum des Universums. Mein Vater und ich trugen beide *Cincinnati-Reds*-Baseballkappen und schrien und schwenkten sie wie wild, während auf der anderen Seite des Ohio blaue und weiße Explosionen knallten. Wir hatten uns im Unterholz am Fluss versteckt, wo man nicht zu bezahlen brauchte. Das dumpfe Zischen der im Wasser verglühenden Feuerwerkskörper klang wie Applaus. Es war der makelloseste Moment in meinem ganzen Leben. Dieser Augenblick war Gnade in reinster Form. Ich war fünf Jahre alt und der beste Freund meines Vaters. Als sich hinter mir die Zellentür schloss, schien meine Kindheit Lichtjahre entfernt.

Die Zelle war größer, als ich gedacht hatte – ein längliches Rechteck mit Gitterstäben an einer Wand und Pritschen an den drei anderen. Außer mir saßen da noch zwei andere Typen, von denen einer einen ziemlich gestörten Eindruck machte. Er war etwa sechzig, trug einen Bart und sah mächtig heruntergekommen aus: Sein alter, abgewetzter Tweedanzug war so groß, dass er eher wie eine Robe an ihm herabhing, und er stank wie ein Penner. Völlig entspannt saß er in einer Ecke der Zelle. Officer Parks hatte mir erzählt, dass der Alte jedes Jahr versuchte, die gesamte Fastenzeit hinter Gittern zu verbringen, um dem Beispiel Christi zu folgen. Anscheinend war Aschermittwoch der Tag, an dem man Jesus ins Gefängnis geworfen hatte. Einige Menschen verzichten auf Schokolade oder Alkohol, aber dieser Typ hier randaliert so lange herum, bis er verhaftet wird. Dann weigert er sich, seine Strafe zu bezahlen, damit er im Gefängnis bleiben muss. Im Grunde hatte er gar keine Lust, fremdes Eigentum zu zerstören, und flehte die Polizisten an, ihn doch einfach bis zum Tag der Auferstehung Christi im Gefängnis zu behalten. Das war das dritte Jahr in Folge, dass er diese Show abzog. Die Cops waren nett zu ihm und versuchten immer wieder, ihm klarzumachen, dass der Steuerzahler nicht daran interessiert sei, seinen speziellen Glauben zu subventionieren.

Der andere Typ in der Zelle war eine Quasselstrippe namens Steve McNally – ein etwa fünfundvierzig Jahre alter Rotschopf, der hypernervös auf und ab marschierte und ununterbrochen redete. Die Cops hatten ihn eingebuchtet, weil er an einer Mautstelle ohne zu zahlen einfach durchgefahren war, und jetzt beschwerte er sich bitter darüber, dass er wegen solch einer Lappalie im Knast saß. Er hatte das Bußgeld schon bezahlt und wartete nun ungeduldig auf seine Entlassung.

»McNally?«, rief ein schwergewichtiger Polizist hinter seinem Computer.

Steve riss den Kopf hoch. »Hier! Wie sieht's aus?«

»Wir haben Sie überprüft. Alles klar. In ein paar Minuten sind Sie draußen.«

»Na bitte – geht doch!«, rief Steve. »Öffnet die Tore, dieser Vogel will fliegen!«

»Entspannen Sie sich. Ich muss erst noch den Papierkram erledigen; dauert nur ein paar Minuten«, sagte der Officer.

»Ich hab ja gleich gesagt, dass ihr mich nicht festhalten könnt. Da könnt ihr überprüfen, solange ihr wollt – meine Weste ist blütenweiß.« Er drehte sich um und sang »Free Bird« von Lynyrd Skynyrd. Dann entdeckte er meinen Ring. »Wie lange bist du schon verheiratet?«

»Drei Tage«, sagte ich. Ich saß auf der Aluminiumpritsche und hielt mir das Gesicht; meine Nase tat noch immer höllisch weh.

»Toller Start.« Er lachte. »Nur weiter so, Cowboy, du machst das super!« Er marschierte wieder auf und ab und streifte mit seinen Fingern über die Gitterstäbe. »Lass dir nichts vormachen, Cowboy, der Ring da an deinem Finger ist ein Gerät zum Aufspüren deines Aufenthaltsorts. Das ist eine matriarchale Welt da draußen.« Während er sprach, warf er immer wieder einen Blick in Richtung des Officers, um zu sehen, was denn so lange dauerte. »Jetzt gehen die Probleme erst richtig los!«, sang er. »Frauen beherrschen die ganze Welt, und sie sind so verdammt gut darin, dass sie es sogar geschafft haben, allen weiszumachen, sie seien die eigentlichen Opfer.«

»Na klar, in Wirklichkeit bist du das Opfer. Richtig?«, murmelte ich. Ich hatte absolut keine Lust, mich zu unterhalten. Irgendein Kribbeln in meinen Eiern sagte mir, dass ich möglichst bald hier rauskommen und nach Christy sehen musste.

»Nein, Mann. Ich bin niemandes Opfer. Ich sag nur, dass

du nicht glauben sollst, die Welt da draußen wäre fair. Die Weiber machen die Regeln. Ein Beispiel: Da hängst du jahrelang in deiner Stammkneipe herum, trinkst Biere mit deinen Kumpels und amüsierst dich prächtig. Die Frauen finden dich sexy und mögen deinen Humor. Du bist kein schlechter Typ, tust niemandem was Böses, genießt einfach dein Leben und nimmst es, wie es kommt. Und dann, eines Tages, buffst du eins der Mädels an, und wenn du dann wieder in deine alte Bar willst – um mit Freunden zu lachen, ein bisschen zu spielen, ein paar Münzen in die Jukebox zu werfen –, bist du auf einmal ein verdammtes Arschloch.« Er zielte mit seinem Finger direkt auf mein Gesicht. Ich hatte überhaupt keine Energie mehr, saß einfach nur da und hörte zu. »Denn statt bei deinen Kumpels solltest du zu Hause sein. Du solltest dich um dein Kind kümmern. Du solltest einen anständigen Job haben. Werd endlich erwachsen, werden alle Frauen dir erzählen – aber sie wollen, dass du nach ihren Regeln erwachsen wirst. Sie wollen, dass du dich in die Person verwandelst, die sie gerne haben wollen, und wenn du das nicht tust – *pfui, schäm dich!*‹ Er rieb seinen rechten Zeigefinger über den linken und verspottete mich, als wären wir zwei kleine Jungs auf dem Schulhof.

»Hör nicht auf ihn«, mischte sich der Penner in der Ecke ein und kratzte mit beiden Händen über seine stoppligen Wangen. »Solange wir insgeheim uns selbst anbeten, werden unsere eigenen Unzulänglichkeiten uns weiterhin peinigen«, fügte er hinzu, als zitiere er die Heilige Schrift.

»Ach, halt's Maul. Du bist sowieso nicht mehr ganz dicht.« Steve machte eine wegwerfende Handbewegung, als wolle er eine lästige Fliege verscheuchen. »Du glaubst doch, du wärst Jesus, richtig? Ich meine, damit hast du doch jede Glaubwürdigkeit verspielt.« Er formte seine Hände zu einem Trichter, hielt sie an den Mund und trompetete: *»Du hast nicht mehr alle Tassen im Schrank!«*

»Ich bin Jesus«, erwiderte der Mann und kratzte seinen Bart, als hätte er Flöhe.

»Okay, wenn du Jesus bist, wer sind dann wir? Die beiden Diebe?« Steve lachte und amüsierte sich köstlich über seinen eigenen Witz.

»Wir sind alle Christus in unserer eigenen Geschichte. Auch ihr beide seid Christus.«

»Oh, Gott.« Steve seufzte und wandte sich wieder an den Polizisten: »He, Gesetzeshüter, verpasst diesem Typen hier eine Zwangsjacke, okay? Er gehört nicht unter uns gesunde Kriminelle.«

Ich rieb mir die Augen und versuchte, jeglichen Kontakt mit der schmerzenden Stelle in meiner Nase zu vermeiden.

Als Christy und ich uns die ersten Male trafen, war mein Vater noch nicht sehr lange tot, und eines Nachts träumte ich von ihm. Er stand vor mir, sah mich mit leerem Blick an und fragte mich, ob ich Jesus Christus gefunden hätte. In dieser Nacht heulte ich mir in Christys Schlafzimmer fast die Augen aus. Christy hielt mich in ihren Armen, aber ich konnte einfach nicht aufhören zu weinen. »Ruhig, ich bin doch da«, sagte sie immer wieder, und ich heulte wie ein Schlosshund.

Steve warf dem Cop erneut einen Blick zu, drehte sich dann zu mir um und sagte leise: »Ich mag junge Dinger, verstehst du? Ich hab auch kein Problem damit, das zu sagen. Aber ich mag sie nicht aus dem Grund, den meine Frau vermutet, nicht weil ihre kleinen Titten noch knackig sind oder weil ihre Muschi frisch wie ein Frühlingsmorgen riecht. Junge Dinger können nämlich – ich will ganz offen zu dir sein, und wahrscheinlich weißt du es sowieso längst –, junge Dinger können nämlich genauso gut oder schlecht wie ihre Mütter riechen, und da draußen laufen etliche Zwanzigjährige mit Hängetitten rum. Kannst du mir folgen?«

Ich verzog keine Miene und fragte mich, wo Christy jetzt war und was morgen mit uns geschehen würde.

»Ich mag die jungen Dinger nicht, weil sie süß sind, und ich mag sie auch nicht deshalb, weil ich *insgeheim* selbst gerne wieder achtzehn wäre. Ich hab kein Problem damit, älter zu werden. Heute bin ich glücklicher als je zuvor. Ich mag junge Dinger, weil sie lachen.« Er legte eine Kunstpause ein. »Wenn Frauen älter werden, vergessen sie, wie man herzhaft lacht. Es scheint, als wäre Verantwortung das Einzige, was sie noch interessiert – ihr einziger Daseinszweck.«

Christy hatte ein wundervolles Lachen.

Steve hockte sich neben mir auf die Pritsche. »Verantwortung«, zischte er. »Wenn du eine Frau über fünfunddreißig vögelst, verpasst sie dir die beste Nummer deines Lebens – daneben sieht jede Achtzehnjährige aus wie eine Gummipuppe. Ich rede nicht von Sex, ich rede von spielerischer Lebenseinstellung. Meine Frau versteht das nicht. Sie hat vergessen, wie man lacht.«

»Vielleicht, weil du nie was Witziges sagst«, platzte der bärtige Mann heraus.

»Oh doch, ich *bin* witzig. Mach dir deswegen mal keine Sorgen.«

»Vielleicht finden dich nur Achtzehnjährige witzig?«, meinte der Alte.

»Nein. Ganz allgemein witzig. Punkt«, sagte Steve.

Mein ganzes Leben lang habe ich Männer so miteinander reden hören. Ich wollte nicht irgendein junges Ding, ich wollte meine Frau. Ich wollte in ihren Armen liegen und mir die Seele aus dem Leib heulen.

»Ich weiß nicht recht«, sagte ich. Dann fügte ich aus lauter Erschöpfung hinzu: »Leuten wie dir und dem Schwachsinn zuhören zu müssen, den du erzählst, hat mich schon mein ganzes Leben lang genervt, und ich will jetzt echt nichts mehr davon hören.«

»Bravo«, sagte der alte Mann, gönnte seinem Bart eine Ruhepause und klatschte in die Hände. Dass dieser Typ auf meiner Seite stand, machte die ganze Sache allerdings auch nicht besser.

Ich erinnerte mich daran, wie ich vierzehn war und mein Vater mich eines Tages zurück zum Haus meiner Mom brachte – das gleiche Haus, das sie mal zusammen bewohnt hatten. Mein Dad und ich hatten das ganze Wochenende rumgehangen und saßen jetzt in seinem gelben Plymouth. Er nahm die Gelegenheit wahr, mir den Grund für die Trennung meiner Eltern mitzuteilen: Meine Mutter hatte kurz nach meiner Geburt eine Affäre mit seinem besten Freund angefangen. »Ich weiß, dass das hart für dich ist«, sagte er und fummelte am Radio herum, »und wahrscheinlich sollte ich dich nicht mit diesem Scheiß belasten, aber deine Mom – mein lieber Mann!« Wütend schüttelte er den Kopf. »Sie ist das, was manche Männer als eine schnelle Nummer bezeichnen würden.« Er blickte mir tief in die Augen und stieß mir seinen Zeigefinger fest gegen die Brust. »Sieh dich bloß vor, mein Junge! Frauen … sie wollen dich nicht lieben, nein … sie wollen dich kleinkriegen, damit sie dich in ihre Tasche stecken können.«

»Nein, nein, nein, du verstehst mich falsch«, sagte Steve und rückte noch näher. »Ich erzähl keine Scheiße, Mann. Meine Frau …« – allein der Gedanke an sie ließ ihn unruhig hin- und herrutschen – »… ist ein gnadenloser Drachen. Ich hätte sie nie heiraten dürfen.« Er griff in seine Gesäßtasche und zog sein Portemonnaie hervor. »Aber sie hat mir diese drei Jungs geschenkt, also schätze ich mal, dass sie nicht vollkommen schlecht sein kann.« Im Fach für die Scheine trug er ein Bild von drei kleinen Jungen mit sich herum. »Diese Jungs sind wirklich toll, aber ihre Mom – das ist eine ganz andere Geschichte.«

»Warum hast du sie geheiratet?«, fragte ich und nahm das Foto mit seinen Kindern – drei hübsche blonde Jungen, etwa im Alter von zwei, fünf und sieben.

»Kann ich das Foto auch mal sehen?«, fragte der alte Mann aus seiner Ecke.

»Nein, gib es ihm nicht«, protestierte Steve. »Er wird es mit seinen dreckigen Pfoten nur versauen.«

»Komm schon, lass mich mal sehen«, sagte der Alte erneut, und ich gab ihm das Foto. »Danke«, sagte er und betrachtete das Bild.

»Okay, dann sieh es dir eben an«, gab Steve nach, »aber wisch dir zuerst die Hände ab.«

Als Nächstes zog Steve ein Foto von seiner Frau hervor

und betrachtete es düster. Das Bild war mindestens zehn Jahre alt, aber es handelte sich um eine wirklich attraktive Frau.

»Ich hab sie geheiratet, weil sie mir immer den Kopf gekrault hat, damit ich besser einschlafen konnte. Ich hab häufig schlimme Kopfschmerzen. Ich meine, wirklich schlimme Kopfschmerzen. Und irgendwann hat sie dann angefangen, ein langes Gesicht zu ziehen, sobald eine ihrer Freundinnen einen Verlobungsring trug … und so kam eins zum anderen. Und eh ich mich's versah … *peng!*« Er schlug mit der Faust in die Hand, die das Foto hielt. »He, wie steht's, Gesetzeshüter?«, fragte er schließlich und schob sein Gesicht zwischen die Gitterstäbe.

»Nur die Ruhe«, rief der Cop, ohne von seinem Computer aufzublicken.

»Im Leben eines Mannes gibt es ein winzig kleines Fenster«, wandte Steve sich wieder an mich, »wenn man nämlich gerade erwachsen ist und tun und lassen kann, was man will. Aber den Rest deines Lebens verbringst du in Mamis Diensten. Entweder deiner eigenen oder der deiner Kinder.« Er schwieg einen Moment.

Während ich so dasaß, versprach ich mir eines hoch und heilig: Sollte ich Christy wirklich zurückgewinnen, dann würde ich nicht zulassen, dass sie sich zu meiner Mutter entwickelte. Das war meine Aufgabe. Behandle sie wie eine Frau, und sie wird dich wie einen Mann behandeln.

»Wir sind Männer, wir haben einen Schwanz, wir wollen Abenteuer erleben, uns besaufen, raufen, zu den Nutten gehen – und daran ist nichts Schlimmes. Denn das heißt nur zu leben. Wir wollen fühlen, wie das Blut durch unsere Adern rauscht. Meine Frau rümpft darüber die Nase, als wäre ich ein kleiner Junge. Aber ich bin kein kleiner Junge.«

»Die Dame, wie mich dünkt, gelobt zu viel«, zitierte der Alte wieder in seiner Ecke.

»Halt's Maul, Arschloch«, schnauzte Steve ihn an. »Frauen sind die Beschützer, und wir beschützen die Beschützer. Wir agieren außerhalb des Familienkreises, genau wie Löwen. Wir sind Krieger, Mann, Jäger und Gesetzlose, und wenn du diesen Teil von dir verleugnest, dann lebst du dein Leben nur halb.«

»Jetzt klingst du wirklich wie ein kleiner Junge.« Der alte Mann schabte wieder an seinem Bart herum; diese Tätigkeit schien ihm außerordentliches Vergnügen zu bereiten. »Wir sind keine Krieger, wir sind Männer Gottes, Kinder Gottes, und wenn du keinen nobleren Zeitvertreib kennst als kämpfen und kopulieren, wirst du über dich und deine Umgebung nur Elend bringen. Demut ist das Einzige, das sich zu lernen lohnt. Zerschlage das Ego. Tanze im perfekten Gegensatz von Leben und Tod.«

Ich warf einen Blick auf die Fußknöchel des Alten und bemerkte, wie angeschwollen und unförmig sie aussahen. Er trug keine Socken, und der Dreck und der Hautpilz auf seinen Füßen drehten mir den Magen um.

»Wenn du unbedingt kämpfen willst, dann kämpfe gegen dich selbst.« Der Alte ereiferte sich jetzt regelrecht. »Alles, was lebt, muss eines Tages sterben, richtig? Darüber sind wir uns doch einig; das Einzige, was wir nicht wissen, ist der genaue Zeitpunkt. Den heutigen Tag – Aschermittwoch – schenkte uns der Herr, damit wir erkennen, dass unser Tod naht und jeden Moment eintreffen kann.«

»Na, das sind ja echt aufmunternde Worte«, murmelte Steve.

»Es ist in der Tat eine Aufmunterung, wenn du bloß mal zuhören würdest«, fauchte der Alte. »Wir tragen diese Wahrheit in uns, damit wir unser Leben eingehender und mit einem tiefen Gefühl der Dankbarkeit führen können. Asche zu Asche, Staub zu Staub«, verkündete er. »Das Wort Gottes ist der Lehrmeister, der zu uns spricht. Der Tod ist der Lehrmeister, der schweigt!«

Endlich kehrte einen Moment Ruhe in unserer Zelle ein. Ich hoffte, dass das Gespräch damit beendet war.

Nach einer Weile hob Steve den Kopf und sah mich mit einem fast melancholischen Gesichtsausdruck an. »Wie alt bist du, knapp dreißig?«, fragte er schließlich.

Ich nickte.

»Scheiße, Mann – DU STEHST IN DER BLÜTE DEINES LEBENS!«, winselte er. »Du hättest nicht heiraten sollen. Bist du denn völlig verrückt?« Er beugte sich zu mir herüber; seine blauen Augen sahen mich flehend an. »Zieh los und leg so viele Bräute flach, wie du nur kannst. Fick das Blaue vom Himmel runter. Dieser alte Knacker hier hat recht: Wir werden alle älter. Glaub mir, Cowboy, auch du wirst älter. Ich hab früher bei jeder sich bietenden Gelegenheit mein Hemd ausgezogen. Ich meine, ich hatte einen echten Waschbrettbauch …« – er zog seinen Bauch ein und schlug sich mit beiden Händen auf seine fetten Speckschichten – »… und die Weiber lagen mir zu Füßen. Heute lasse ich mein Hemd sogar beim Vögeln an. Sieh mich an – ich platze aus allen Nähten.« Er stand auf, zeigte mir sein Profil und ließ seinen Bauch sacken. »Du bist ein gut aussehender Junge; noch fliegen dir die Slips reihenweise um die Ohren, aber irgendwann hört das auf. Glaub mir, ich erzähl keinen Scheiß: Eines Tages hört das auf. Also, zieh los und nimm dir, was du kriegen kannst, Cowboy. Hör auf den alten Mann – eines Tages wirst du tot sein. Aber …« – er schwieg einen Moment und zwang mich, ihm in die Augen zu sehen – »zeig ihnen niemals, wie es in dir drin aussieht, hier innen drin.« Er schlug sich mit der Faust gegen die Brust. »Das geht nur dich was an, Junge, lass es niemanden sehen. Denn dann werden sie es gegen dich verwenden und dich bei lebendigem Leibe auffressen. Das kannst du mir glauben.«

»Schenk jedem, dem du begegnest, dein Herz«, sagte der alte Mann leise. »Der Rest ist nur Schein.«

»Na, klasse, von mir aus kannst du ja in deinem Himmel sitzen und den Rest von uns als Trottel beschimpfen – schön für dich. Aber wir leben hier auf der Erde, okay?«

»Auch ich lebe im Moment hier auf der Erde, aber wenn ich eines Tages meinem himmlischen Vater gegenüberstehe, hoffe ich, dass er sagen wird: ›Bruce, dein Eintritt ist bezahlt‹«

»McNally?«, rief in dem Moment der Cop hinter seinem Schreibtisch.

»Ja, hier!« Steve wirbelte herum.

»Sagt Ihnen der Begriff Arizona was?«

»OH, SCHEEEEEIIIISSSE.« Steve stieß ein Indianergeheul aus, das die Wände des Gebäudes erzittern ließ. »Das können Sie mir nicht antun, Mann. Eben haben Sie noch gesagt, es sei alles in Ordnung! Sie können doch nicht einfach Ihr Wort zurücknehmen. *Das können Sie nicht machen!*«

»Und ob ich das kann.« Der schwergewichtige Cop lächelte. »Sieht so aus, als könnten Sie sich erst mal wieder hinsetzen. Sie gehen nirgendwohin. Höchstens zurück nach Arizona.«

Sprachlos starrte Steve ihn eine volle Minute lang an. Sein roter Hinterkopf verharrte völlig regungslos. Schließlich drehte er sich langsam um.

»Seht mich nicht so an!«, brüllte er. »Ich will nicht, dass einer von euch Wichsern mich so ansieht!« Dann trat er gegen die Pritsche, auf der ich saß, und ließ sich auf den Boden sinken, wo er den Kopf in den Händen vergrub. Offenbar war er zwei Wochen zuvor aus einer Strafanstalt in der Nähe von Phoenix abgehauen.

Die nächsten fünf Stunden saß ich einfach nur da und wartete.

Seit ich Christy kennengelernt hatte, schien ich alle meine Freunde verloren zu haben. Ich wollte das nicht – ich mochte meine Freunde sehr. Ich mochte es, mit ihnen zu saufen und über Bräute, Fußball, Autos und Basketball zu reden und Achtzehnjährige mit nichts als Luft im Kopf anzuquatschen. All das habe ich leidenschaftlich geliebt.

Aber Christy liebte ich mehr.

Ich fragte mich, ob ich wirklich in der Lage sein würde, einen treu sorgenden Ehemann abzugeben. Ich hoffte es zumindest. Immer weiter, von einem Tag zum nächsten, sagte ich mir, genau wie ein Alkoholiker.

Dass sie mich liebte, hatte sie mir bereits gesagt, nachdem wir das zweite Mal miteinander geschlafen hatten. Damals lagen wir auf dem Bett und sahen wie so häufig ein

Spiel der Knicks. »Ich liebe dich«, platzte sie plötzlich heraus. Ich konnte echt nichts dagegen machen – ich musste einfach lachen. Das Ganze schien mir so absurd; wir kannten uns doch kaum.

Schließlich rief der Officer meinen Namen und öffnete die Tür zu unserer Zelle. Für das Fahren mit überhöhter Geschwindigkeit waren ein Gerichtstermin und eine Geldbuße festgelegt worden. Officer Parks ließ die Anklage wegen illegalen Waffenbesitzes fallen, teilweise aufgrund der unausgesprochenen Vereinbarungen zwischen der Armee und der Polizei und teilweise deshalb, weil er ein gutmütiger Kerl war und mir keine Schwierigkeiten machen und mein Leben mit einer Straftat versauen wollte. Die Waffe wurde konfisziert. Zwar handelte es sich um den alten Colt meines Großvaters, aber das war nicht so schlimm. Ich wollte das dämliche Ding sowieso nicht mehr haben. Meinen Wagen konnte ich auf einem Gelände am anderen Ende der Stadt abholen. Und man hatte mich offiziell aus der amerikanischen Armee entlassen, wobei die näheren Umstände noch zu klären waren. Aber das Einzige, woran ich jetzt denken konnte, war, zu Christy zurückzufinden.

Steve blickte nicht auf, als ich aufstand und hinausging. Der bärtige Jesus in der Ecke winkte mir zu. Als ich die Zelle verließ, war ich fest entschlossen, den Rest meines Lebens damit zu verbringen, nach einem neuen, genaueren Begriff von Männlichkeit zu suchen. Ich wollte weder ein Mönch noch ein Gesetzloser sein. Es musste einfach einen Weg dazwischen geben.

Im Wartebereich des Polizeireviers versuchte ich, sowohl

Christys Vater als auch das Krankenhaus telefonisch zu erreichen – in beiden Fällen ohne Erfolg. Dann also Plan B, dachte ich, direkt zum Krankenhaus. Ich rief mir ein Taxi, stolperte nach draußen und wartete.

Während ich auf der Eingangstreppe des Polizeireviers saß, herrschte in meinem Hirn absolute Sendepause. Es war jetzt vier Uhr nachmittags, und die Sonne brannte immer noch vom Himmel. Ich sah hinauf zu den Wolken, starrte in die Sonne und seufzte. Alles war so anders, als ich gedacht hatte.

Als ich neun war, hatte ich einmal einen Vogel geschossen, einen kleinen Rotschwanzbussard, der auf dem Telegrafenmast in unserem Vorgarten saß. Daran musste ich plötzlich denken – wie ich langsam abgedrückt und ihn mitten in die Brust getroffen hatte. Aber er fiel nicht herunter. Seine Krallen hatten sich instinktiv um den Drahtstrang geschlossen, und er hing mit dem Schopf nach unten an dem Kabel. Damals schwor ich mir, nie wieder ein lebendiges Wesen zu töten. Heilige Scheiße – war ich froh, dass ich aus der Army raus war. Ich wollte überhaupt niemanden töten müssen. In einem Krieg wäre ich der Erste gewesen, den es erwischt hätte. Dieser tote Bussard im Gegenlicht war das, woran ich sofort denken musste, wenn ich an die Liebe dachte. So viel Schmerz und Trauer.

Als mein Taxi vorfuhr, stand ich auf und ging die Treppe runter. Aber noch bevor ich den Wagen erreichte, sah ich, wie Christy ausstieg, den Taxifahrer bezahlte und sich umdrehte. Sie sah zu mir hoch – genauso überrascht wie ich. Wir standen etwa zwanzig Stufen voneinander entfernt. Tausend Gedanken rasten mir durch den Kopf, sodass ich kaum was sehen konnte. Sie zuckte mit den Schultern und schenkte mir ein kleines Lächeln. Dann legte sie beide Hände auf ihren Bauch und nickte bejahend.

Während ich die Stufen hinunterstürzte, gestärkt von einem frischen Wind in meinem Rücken, fühlte ich mich wie neugeboren, als wäre ich – oder vielleicht wir alle – in diesem Moment wieder zum Leben erweckt worden.